천년의 노래—

정읍사,

달하 노피곰 도다샤

서정 최병요 역사소설

달하
노피곰
도다샤

달하 노피곰 도다샤

노피곰 도다샤

달하 노피곰 도다샤 어긔야 머리곰 비취오시라 어긔야 어강됴리 아으 다롱디리
젼져재 녀러신고요 어긔야 즌데를 드데욜셰라 어긔야 어강됴리 어느이다 노코시라
어긔야 내 가논디 졈그롤셰라 어긔야 어강됴리 아으 다롱디리

생각나눔

머리말

천 년 세월의 불가사의

　노랫말이나 시 또는 동요가 문자로 기록되어 있지 않은 상태에서 구전으로만 천 년을 이어올 수 있을까? 더구나 최초의 본색 그대로 말이다. 어떤 특별한 연유가 아니고서는 거의 불가능하리라는 생각이다.

　'정읍사'가 바로 그런 노랫말이다. 기록을 종합하면 고려사에 쓰여 있는 대로 '정읍의 한 행상인이 행상하러 나갔다가 오랫동안 돌아오지 않으므로 그의 아내가 뒷산 망부석에 올라가 남편이 돌아올 길을 바라보며 혹시 밤길을 가다가 해를 입지나 않을까 두려워하여 지어 부른 노래'라는 것이 정설로 되어있다. 작사연대에 대해서는 대부분의 학자가 백제 시대라고 추정하고 있다.

　정읍사는 구전을 채집하여 한글로 기록한 백제 최초의 노랫말이다. 백제가 멸망한 것은 660년이다. 1,400여 년 전의 일이다. 정읍사를 채집하여 "돌하 노피곰 도두샤 …."라고 기록할 수 있었던 것은 한글이 반포된 1446년 이후가 될 것이므로 최소한 786년 이상을 구전으로 떠돌며 애창되었다는 얘기다.

그렇다면 천 년 가까이, 아마도 천 년 이상 맥이 끊어지지 않고 노랫말이 전해올 수 있었다는 것은 아무래도 불가사의다. 당시 한촌이나 다름없는 정촌(지금의 전북 정읍시)의 한 행상의 이름 없는 아낙네가 돌아오지 않는 남편을 기다리며 혼자 산에 올라 넋두리처럼 읊었던, 극히 사적인 내용이 말이다.

아니다. 아닐 것이다. 천년의 세월을 넘어 긴긴 생명력을 가졌다면 한낱 촌부가 읊은 노래도 아니고 호젓한 산봉우리에서 홀로 중얼거린 것도 아닐 것이다. 당시의 수많은 사람이 때와 장소를 가리지 않고 흥얼거리고 입을 모아 합창했다고 여기는 게 이치에 맞는 해석이다.

수많은 사람, 여러 지역의 백성들이 틈만 나면 입을 모아 불렀던 노래라면 그 노랫말에는 분명 모든 이의 생각과 염원과 흥이 어우러져 있어야 맞다. 답답하고 억울하고 한스럽고 고달플 때 흥얼거리거나 입을 모아 부르면서 스스로를 달랬을 것이다. 물론 기쁘고 즐거울 때도 함께 불렀을 것이다. 1392년 고려가 멸망한 뒤 이씨 왕조의 눈치와 핍박을 견뎌내느라 속울음하며 불렀던 오늘날의 아리랑처럼 말이다.

도대체 그때, 그곳에는 무슨 일이 있었던 것일까? 역사는 승자의 기록과 달리 패망국의 기록에 극히 냉담하다. 고증이 될 만한 것도 도굴당한 왕릉 몇 기, 도자기 파편 몇 조각, 무너진 석탑 몇 개가 고작이다. 백제의 영향력을 크게 받았던 왜의 일본서기(日本書紀, 720년 편찬)에 자주 인용된 백제 삼서三書(백제신찬(百濟新撰), 백제본기(百濟本紀), 백제기(百濟紀))의 기록이 기대되지만 전해오지 않는다.

1,400년 전 그때의 사람, 그곳을 찾아가지 않고서는 풀어낼 수 없는 수수께끼다. 사람을 만나 의식을 살펴보고 민중문화를 통해 생활상을 엿보면서 그들이 무엇을 소망으로 삼아 어떻게 살았는지를 확인코자 기꺼이 미궁을 헤치고 다닌 소이가 여기에 있다.

잊고 잃어버린 역사 속에서 사해의 중심이라고 여겼던 백제인들의 사상과 종교, 문화 그리고 한을 맛보기 바라며 행상의 아내로만 여기고 있는 정읍사의 작자, 달래가 시대를 열어가는 숨소리를 함께 들었으면 한다.

2022년 가을 서정 최병요

목차

제3부 | 뿌리 깊은 나무

제4부 | 월봉산의 노래

제1부
비껴 내린 단풍

꽃이 피다

"머~언 앙개가 이리 망케 찌까~아?"

물동이를 이고 장지문을 들어서는 배들네의 목소리에 짜증이 묻어난다.

"올 지울은 벨로 안 출랑갑다."

대산댁은 며느리의 그 속내를 알고 있다는 듯 엉뚱한 말로 비켜간다.

그랬다. 올해는 가을걷이가 끝나면서부터 사흘이 멀다 하고 아침 안개가 기승을 부렸다. 새벽마다 물동이를 머리에 이고 두세 차례 동네 우물까지 왕래하는 것이 배들네의 일상이건만 오늘 아침은 몸도 마음도 무거웠다. 집을 나간 남편 꺽손이 아직 돌아오지 않고 있는 것이었다.

송아지 한 마리를 사서 명년부터는 논밭 일을 거들겠다는 심산으로 큰 장을 찾아간다고 나간 것이 사흘 전이었다. 아마도 태산(지금의 泰仁)장, 배들(梨坪)장, 고사부리(古阜)장까지 쏘다니는 모양이었다. 너무 술을 좋아하다 보니 송아지는커녕 술값 외상이나 떠안고

오지 않을까 걱정이 쌓여만 가고 있었던 것이다.

"할머이, 나 여그…."

"… 으응? 눈 떴으면 폴딱 일어나잖고 멋을 꾸물딱거림서 할미만 불러 싸!"

"할머이, 그렇게 아니고 여그…."

대산댁은 손녀딸 달래의 뜬금없는 목소리를 나무라다 비릿한 내음에 화들짝 놀라 달래가 휘감고 있는 이불을 휙 걷어낸다.

"으응? 아이고 우리 달래 인자 시집갈 때 되았능가 부다."

"할머이…."

"어디 보자~. 암시랑토 않응게 이리 옮겨 앙겨 봐! 근디 먼 첨 이슬이 이러콤 많으까, 잉? 새끼 망케 날랑가 부다. 야야 에미야, 여 그 방의 물 한 바가지 들여보내야 쓰겄다."

"야~아? 물은 멋허실라고요?"

"어서 냉큼, 미지근혔으면 쓰겄다."

"야~, 마침 거냉헌 것 있구만요. 자~ 여그요."

"으~응, 이리 주거라."

"엥? 아이쿠머니나. 먼일이당가요?"

"호들갑 떨지 말고 언능 문이나 닫어!"

"근디, 할무이…."

"으응? 걱정 말어. 여자랑 것이 그런 거여. 달마다 달거리 허고 시집가면 이태마다 새끼 낳고, 그러고 키움서 사는 거여. 그렇게 여자로 생겨난 게 죄여."

"한 달에 한 번씩이라우…?"

"그려, 요것아."

대산댁은 한편 대견하고 한편 안쓰러워 선반의 고리 상자에 깊숙이 넣어두었던 개짐을 꺼내 달래에게 동여주면서 소매로 눈물을 훔쳤다.

그새 몇 해나 지난 것인가? 열네 살도 되기 전 뒷동산의 진달래꽃 따러 갔다가 속바지에 핏방울을 묻히고 들어선 딸을 본 어머니 고사부리 댁은 대뜸 손목을 잡고 집안 뒷편으로 끌고 가 머리를 쥐어박으면서 "다 큰 년이 어디를 쏘댕기는겨!"라고 나무라곤 헤어질 대로 헤어진 개짐을 단단히 매 주었던 것이다.

그리곤 다음 해 가을, 시집을 와서 아들 둘, 딸 둘을 낳고 살아온 것이 사십 년을 훌쩍 넘었다. 영감은 그르께 목수 일을 나갔다가 허리를 다쳐 꼼짝을 못 하더니 그만 세상을 뜨고 말았다. 한 세상이 허망하기만 했다. 그런데 이제 손녀가 제구실을 하는 나이가 됐다. 어찌하든 좋은 사람 만나 아들딸 낳고 잘 살아야 할 텐데, 세월이 수상하기만 했다.

그렇다. 거년의 일이다. 신라가 쳐들어온다며 생떼 같은 젊은이들을 한 집에 한 명꼴로 끌어가더니 이내 나라가 망했다는 소문이다. 이곳 다내(達川, 정읍시 덕천면 달천리) 마을에서만 병정 나간 사람이 일곱이나 되는데 둘은 거의 병신 되어 돌아왔고 나머지는 소식조차 없다. 대산댁 둘째 아들 막손이도 그때 끌려나가 아직 살았는지 죽었는지 모르고 있다. 풍설에는 황산벌에서 죽었다고도 하고 신라군 병정이 되었다고도 하고 당나라에 끌려갔다고도 했다. 올망졸망한 새끼 셋과 아낙만 불쌍하게 되었다.

경신년(660년) 여름, 백제는 법민 태자와 김유신 장군이 이끈 신라의 정예병 오만 명을 황산벌(지금의 충남 논산시 연산면)에서 맞아 부여 계백 장군이 이끄는 오천 명의 결사대로 항전했으나 역부족이었다. 황산벌 전투는 온조가 건국한 육백일흔여덟 해 왕조에 종지부를 찍는 전투였고, 산하가 핏빛으로 물든 동족상잔의 현장이었으며, 외세를 이 땅에 처음으로 끌어들인 부끄러운 장면으로 역사에 남게 됐다.

백제의 멸망은 신라의 삼국통일을 향한 과정의 하나였다고 얘기하지만 한수(漢水) 이남, 차령산맥 서쪽의 백성들에겐 섬겨야 할 대상만 바뀌었을 뿐 허기지고 고단한 삶이 변한 것은 아니었다. 자식을 조세처럼 병정으로 내보내 희생당하고 갖은 부역에 시달리며 꼬박꼬박 공물을 바치는 것은 백제든 신라든 별다를 게 없었다.

한 가지 더 고달파진 건 당나라 되놈 군사들의 행패였다. 약탈과 늑탈, 겁탈을 일삼았으나 이를 말릴 힘도 없었고 어디 하소연할 데도 없었다. 그러나 모든 백성이 다 피해를 본 것도 아니고 피해자가 앞장서 소문을 내는 것도 아니어서 통과의례처럼 그러려니 하며 세월을 비껴가는 것이 민초들의 삶이었다. 통치자나 지배층, 지식계급은 그런 것에 아랑곳없이 그저 역사를 장식해 나갔던 것이다.

김유신이 이끄는 신라군과 소정방이 거느리고 온 당군의 협격을 당한 백제는 마침내 칠월 열사흘 사비성 함락과 웅진성(熊津城, 지금의 공주)으로 탈출했던 의자왕이 엿새 만에 항복함으로써 나라를 잃었지만 항복의 대열에서 탈출한 흑치상지(黑齒常之) 장군이 임존성(任存城, 지금의 충남 예산)을 근거로 일만여 명의 의병들을 모아 항전을 계속했다.

흑치상지는 백제의 달솔로서 풍달군의 장수를 겸하고 있는 인물이었다. 기골이 장대하고 성정이 곧으면서도 인정이 많아 휘하 병정들로부터 숭앙을 받았다. 그의 선조는 원래 부여(夫餘) 씨였으나 백제의 식민지였던 대륙 남부의 흑치국(지금의 필리핀) 총독으로 있으면서 성을 흑치(黑齒)로 바꾸었다.

당나라에서 나고 자란 상지는 당초 당나라의 벼슬자리를 열망했지만 조정이 백제인 등용을 탐탁지 않게 여겼다. 신라와의 등거리 외교를 염두에 둔 때문이었다. 부풀어 오르는 꿈을 달랠 길 없던 상지는 바다를 건너 백제에 들어와 계백장군의 수하인 상영(常永)의 눈에 들어 군문에 입문했다. 그의 나이 약관 23세 때였다. 그의 창술은 백제 군영에서 당할 자가 없었다. 그가 승승장구한 무기가 바로 창술이었다.

사비성이 함락될 때 서부세력을 이끌고 있던 흑치는 의자왕과 함께 당나라에 항복했다. 그에게는 나름대로의 계산이 있었다. 당나라의 패전국 처리 전례를 볼 때 반드시 패전국의 왕을 압송해갔다. 항전의 불씨를 제거하려는 목적과 함께 천자에게 삼배구고두(三拜九叩頭, 세 번 절하고 머리를 아홉 번 바닥에 대는 당나라식 예법)하게 함으로써 대국의 위세를 과시하려는 의도였다. 당나라 조정과 연이 닿아 있는 상지로서는 패망국의 포로라는 오명을 쓰더라도 왕의 구명을 위해 힘쓸 사람은 자신밖에 없다는 충의와 절의에서 항복을 결심했던 것이다.

흑치가 뜻을 바꾸어 포로의 대열에서 탈출, 의병을 일으키게 된 것은 그해 팔월 초이튿날 사비성(泗沘城, 일명 소부리(所夫里)성 또는 부소산(扶蘇山)성)에서 거행된 나당연합군의 전승 축하연에서 당한 수모와 울분 때문이었다. 금돌성(지금의 상주)에서 전승 소식을 듣고 달려온 무열왕 김춘추(金春秋)와 소정방(蘇定方)이 당상의 높은 자리에 앉아 거드름을 피우는 가운데 풍악이 거창했다. 의자왕과 태자 융은 당하에 꿇어앉아 술을 따라 올렸다. 차마 눈 뜨고 볼 수 없는 치욕이었다. 백제의 여러 신하들이 목이 메어 울지 않는 자가 없었다.

그도 모자라 모질기로 소문난 소정방은 늙은 왕을 가두어 포로 취급하고 군사들은 제 세상을 만난 듯 양민들을 약탈하는 데 혈안이 됐다. 나흘 전 왕이 웅진성을 나와 항복을 하고 나당연합군의 무혈입성을 용인한 것은 당초 소정방의 측근과 연이 있는 흑치의 막후 접촉에 의해서였다. 왕에 대한 예우를 지킬 것, 태자와 왕족은 압송하지 않을 것, 포로는 풀어 줄 것, 양민 약탈을 하지 않을 것, 즉시 당으로 돌아갈 것 등이 골자였다. 약속대로라면 후일을 기약할 수 있다는 희망을 품고서였다.

그러나 패전국이 된 마당에 저들의 돌변해버린 간교함을 어떻게 대응할 수 있을 것인가? 하늘이 원망스러울 뿐이었다. 의관도 정제

하지 못한 채 처참한 꼴로 갇혀있는 왕의 모습에 뜨거운 피가 목구멍을 역류했다. 생각을 고쳐먹어야 했다. 듣기로는 황산벌에서 살아남아 김유신에 투항한 상영 장군과 충상(忠常) 장군은 일길찬(신라의 7등급 관등)에 제수되어 온갖 아첨을 떨고 있다고 한다. 흑치는 나라를 복원하고 원흉을 처단하겠다는 각오로 탈출의 기회를 엿보고 있었다.

들려온 소식

배들 네의 기우는 기우가 아니었다. 꺽손은 아내의 걱정에는 아랑곳없이 태산 장과 배들 장을 거쳐 고사부리 장까지 휘돌고 있었으나 허탕을 치고 있었다. 장에 나온 송아지는 구경도 할 수 없고 장바닥에도 장돌뱅이 몇몇을 빼고는 사람이 없었다. 그도 그럴 것이 나당 연합군에 대한 백제 유민들의 저항이 이곳저곳에서 들불처럼 일어나면서 인심이 흉흉해지고 있었던 것이다.

물정 모르는 꺽손이 집을 나섰다가 낭패를 만난 것이다. 동생 막손이는 병정 나간 후 일자 무소식이고 동네 젊은이들도 힘쓸만한 사람은 대부분 끌려나가 농사 일손이 태부족인데 송아지에다 걸어보았던 기대가 어긋나고 있는 것이었다. 집을 나설 때 아내는 신신당부했지만 국밥으로 배를 채우다 보면 자연히 탁배기 한 사발이 당기기 마련이었다. 그런데 술이 딱 한 잔만으로 그치던가? 연사흘 다리품 판 보람도 없이 허탕을 치고 있는 판에 주막을 쉽게 벗어나지 못하고 있었다.

혼자 마시는 술이 거나해지자 이번엔 무료해지기 시작했다. 단출한 자들이 옆자리와 동석하는 것은 주막의 다반사다. 마침 몸이 성치 않은 상 싶은 젊은이가 옆자리에 있어 말 거래를 텄다.

"거그, 어찌 혼자인게벼?"

"…."

"아~ 말을 걸면 받어야지 못 들응 거 맹키로 그런당가."

"지 말잉가요?"

"글먼 여그 지 말고 또 딴 사람 있능가? 먼 일인지 모르겄지만서 도 혼자 있을라먼 이쪽으로 땡겨 앙거. 그러지 말고."

"야~, 알겄구만요."

"나는 목(木) 자 승에 이름은 거수(巨手)라고 혀. 그냥 꺽손이라고 들 부르지만."

"야~아, 지는 박지라고 허능구만요. 승은 김가를 쓰고요."

"박지? 엇다 이름 한 번 좋네 잉. 그렇게 금박지다 이 말이지?"

"헤헤헤. 다들 그리 부르지라우."

"자~자~, 여그 탁배기 한 잔 받고 얘기혀. 근디 멋 땜시 장에는 왔당가?"

"보면 모르겄능가요? 병정 나갔다가 다리 빙신 되어서 시방 고향 가는 길이구만이라우."

"병정? 그러면 쌈터에서 쌈허다가 상했단 말이여? 근디 어디서 쌈혔어?"

"내~참, 혹여 황산뻘 쌈이라고 들어봤능가요? 아 거그서 흑쌍치 장군 아래 있었는디 몽땅 포로로 잡혔구만요 잉. 지는 다리 다쳐서 쩔뚝거린다고 빼주는 바람에 죽을 고생험서 여그까지 왔어라우."

"흑쌍치 장군이라고 혔능가? 흑쌍치가 아니고 이름이 자자한 흑 치상진가 먼가 아녀?"

"야아, 그렇구만요. 근디 우리는 그냥 흑쌍치 장군이라고 부른당게요. 아~,지 술도 한 잔 받으실랑가요?"

"그려, 그려, 근디 고생 많이 혔구만. 그리도 이잉, 이렇게 살아서 돌아왔응게 다행이여. 자아 한 잔 더 들게나."

"야~아, 그러지요. 지가 황색군 흑쌍치 장군 아래서 깃대 잡는 노릇을 혔는디, 장군만 따라다닝게 엥간하면 쌈은 안 붙는디 전령이 죽어삐리는 바람에 대신 전령 댕기다가 안 다쳤능가요."

"근디 집은 어디여~어?"

"인자 다 왔구만요. 쪼끔 더 가서 흘떡(흘덕, 지금의 흥덕)잉게요."

"아~아, 흘떡이여? 여그서 자고 낼 일찍 나서면 해 전에 들어가겄고만."

"그러지요, 잉. 근디 지 데리고 있던 원 기수가 여쪽의 다내에 산담서 전쟁 끝나면 서로 왔다 갔다 험서 지내자고 혔는디, 이참에 소식이라도 전해야 쓰겄구만이라우."

"아니 멋이? 다내라고? 이름이 멋이라고 허던가?"

"막수라고 허는 사람인디 지한테 성처럼 잘 해주었지라우."

"막수? 그러먼 막손이 아녀?"

"야아, 맞능구만요. 거그서도 막손이라고 불렀시우."

"으응? 그러먼 막손이는 지금 어디 있능겨."

"…?"

"앗다, 이 사람아! 내가 막손이 갸 성이어 시방!"

"엉? 참말로요?"

탈출

　　흑치의 사비성 탈출은 의외로 쉽게 이루어졌다.
갇힌 지 사흘째 되는 날 밤 막손이 그의 옥실로 찾아왔다. 자정이
다 되도록 눈을 붙이지 못한 채 뒤척이고 있다가 인기척에 뒤돌아
보았더니 가느다란 화톳불 속에서 막손의 넙데데한 얼굴이 그를
향하고 있었다. 천만뜻밖이었으나 내색은 하지 않았다. 막손은 그
가 데리고 있던 기수였다.

"장군님, 무사하셨구만요 잉. 얼능 여쪽으로 와 보실랑가요?"
"…"
"여그 쇳대 있응게요, 후딱 지를 따라오시기라우."
"… 어찌 된 게냐!"
"지가 다 알아서 혀 놨응게요, 따라오시기만 허랑게요. 얼능 후딱요."
"알았다. 아무것도 없으니 몸만 가면 된다. 앞장서거라."
"야~야~, 여쪽이어라우."
"아, 아니다. 다른 방에 있는 사람도 같이 가야지."
"아, 긍게 여그 채에 있는 아덜은 다 나왔응게 장군님만 가시면

된당게요."

"그러냐? 몇이나 되느냐."

"어따 그것은 찬찬히 얘기허고 언능 가시장게요."

"그래, 알았다."

옥소를 지키던 당나라 군사들은 그림자도 보이지 않았다. 막 모퉁이를 돌아나가면서 보니 서넛이 모닥불 옆에 나뒹굴어 코를 골고 있었다. 아마 막수가 술병이라도 건네며 수작을 부렸던 모양이다. 울 밖을 벗어나자 몸을 숨기고 있던 예닐곱 명이 손짓으로 반기는 시늉이었다. 앞뒤 가리지 않고 무작정 내달려 북쪽 성곽을 넘었다. 한 식경은 되었을 것이다. 멀리서 새벽닭 우는 소리로 보아 삼경은 지난 것 같다. 이제 눈앞의 개울 하나만 건너면 임존성(任存城, 지금의 충남 예산군 대흥) 지경이다. 초롱초롱한 별빛이 실개울의 조약돌을 비껴 부서지고 있었다. 흑치는 그제야 사지를 벗어났다는 안도감으로 숨을 고르며 살펴보니 같은 옥사에 있던 군졸들은 다 나온 것 같았다.

그때 개울 건너 둑 위로 시커먼 그림자들이 두런두런하며 모습을 드러냈다. 족히 열 명은 넘는 것 같았다. 흑치는 무기도 없는 처지라서 순간 난감해졌다. 그런데 막손이 휘파람을 '휘익~' 불었다. 그러자 저쪽에서도 '휘익~' 하고 휘파람을 불어 응답했다. 미리 군호를 짰던 모양이다. 그리곤 팔을 휘둘러 건너오라는 신호를 보냈다.

"야~아, 인자 되었구만요. 떨렁이 쇠야치 쇠돌이랑 아그들 다 모였구만요. 지가 여그서 지둘르라고 혔거등요."

"그랬더냐! 그러면 어서 건너가자!"

막손은 작년 가을 동네 사람 여섯과 함께 억지로 뽑혀와 사비성의 석투군(石投軍)에 편입되었다. 손이 큼지막해 돌팔매를 잘할 것이라며 석투군에 배속시킨 것이다. 그랬다. 막손의 손바닥은 솥뚜껑만 했고 손가락은 갈큇발처럼 길었다. 한 동네 떨렁이 깝칠이랑 함께였다. 떨렁이는 체격이 왜소하고 손발도 조그마해 석투군 감이 아니었지만 막손이 한사코 사정해 같은 부대에 있게 된 것이다. 사실 떨렁이는 좀 모자란 구석이 있는 사람이었으나 마음씨가 고와 막손이와는 예전부터 친근한 사이였다. 고향에 있을 때도 친구들한테 놀림을 당하면 막손이가 뒤에서 감싸주곤 했었다.

석투군의 하는 일이란 하루 종일 주먹 크기의 돌멩이를 모아놓고 던지는 연습이었다. 처음에는 팔이 떨어져 나가는 것 같고 퉁퉁 부어올라 밤새도록 끙끙 앓기 일쑤였다. 두 달쯤이 지나서야 요령이 몸에 배어 제법 돌팔매꾼다운 품을 갖추었다. 석투군은 매월 보름날과 그믐날 두 차례씩 석투대회를 열었다. 말이 대회지 그냥 조련장에 모여 십대 별로 누가 멀리 던지고 표적 맞추기를 잘하는가를 겨루는 단순한 방식이었다.

막손은 멀리 던지기에서 매번 첫손을 차지했다. 석투군 전체를 통틀어서도 막손이 마냥 백 보를 넘기는 병사는 없었다. 잘한다는 편이 칠십 보 내외고 보통은 오십 보 정도였다. 떨렁이는 아예 던지기를 못해 취사병 노릇만 했다. 그러나 막손은 표적을 맞추는 정확도에서 항상 뒤떨어져 한 번도 일등을 해보지 못했다. 입영 초에는 장부 기록대로 목막수(木莫手)라고들 불렀으나 표적 맞추기에 젬병인 것을 알고부터는 마구잡이로 던진다고 해서 본래 이름인 막손이라고 부르기 시작했다.

그날도 석투대회에서 아깝게 일등을 놓치고 시무룩해 있을 때인데 군장 막사에서 호출이 왔다. 뜬금없는 일이라 잔뜩 겁먹은 얼굴로 막사에 들어섰더니 군장 옆에 있는 낯선 장군이 반가운 기색으로 맞았다. 키가 육 척이나 되는 건장한 모습에 눈썹이 짙고 큼지막한 입, 덥수룩한 수염으로 위엄이 돋보이는 풍채였다. 군장이 흑치상지 장군이라며 군례를 갖추도록 일렀다.

"석투군 목막수, 장군님을 뵙습니다!"
"아~아, 반갑네. 자네 팔매질을 아주 잘하더구만. 팔 힘이 대단해."
"아닙니다. 맨 날 이등밖에 못합니다."
"아냐, 아냐, 그만하면 됐어. 어디 나하고 한판 붙어 볼 텐가?"
"예~에?"
"아니, 팔매질이 아니고 팔씨름으로 말이네. 어디 자신 있어?"
"아~예! 한 번 해보지요. 근디 지금 여그서라우?"
"그래, 이리 와 앉아 보게나."

흑치 장군이 오른 팔목을 걷어 올리며 좌정했다. 팔뚝이 웬만한 사람 장딴지만큼이나 굵었다. 막손은 큰 손으로 덥석 장군의 손바닥을 움켜쥐었다. 보통 사람의 것보다는 컸지만 막손에게는 비길 바가 아니었다. 막손은 여태껏 팔씨름에서 져본 적이 없던 터라 자못 자신이 만만했다. 군장이 둘의 맞잡은 손을 똑바로 세우고 "하나, 둘, 셋." 하며 시합 개시를 선언했다.

막손은 처음부터 얕잡아 보고 으레 하던 대로 느슨하게 힘을 주었다. 그런데 그게 아니었다. 장군은 무술로 단련되어서인지 손바닥의 옥죄는 힘이 보통이 아니었다. 장군은 힘으로는 당할 수 없음을 알고 처음부터 기선을 제압하는 작전으로 나왔다. 순간 막손의 팔목이 꺾이고 있었다. 약간 힘을 쓰면서 되받아치려 했으나 만만치 않았다. 좀 더 힘을 썼어도 한 번 꺾인 팔목이 쉽게 바로 서지 못했다. 그 사이 이마에서는 땀방울이 솟아나기 시작했다. 큰 숨을 들이마시며 얼핏 장군의 얼굴을 훔쳐보니 장군의 얼굴에도 땀방울이 배이기 시작했다.

밀고 당기는 접전이 반 각을 넘어서고 있었으나 승부가 나지 않았다. 어느새 소문을 들었는지 군막에는 장졸들이 몰려와 한쪽에서 힘을 쏟을 때마다 괴성을 질러댔다. 이제 두 대결자의 상체는 흘러내린 땀으로 멱을 감고 있었다. 막손은 속으로 있을 수 없는 일이라는 생각을 하고 있었고, 장군은 내심 적잖이 당황하고 있었다. 손목은 슬슬 마비증상까지 몰려오고 있었다. 막손 역시 이미 온 힘을 쏟은 터라 한 번 더 공격을 받으면 감당해낼 수 있을지 아득했다. 이판사판으로 용트림을 하며 최후의 일격을 가하려는 순간 군장이 "그만 됐시유."라며 시합종료를 선언했다.

막손은 팔과 어깨에서 맥이 탁 풀려 잠시동안 장군의 얼굴만 쳐다보고 있었다. 장군이 빙그레 웃어주면서 말했다.

"어이 대단해! 오늘은 내가 졌네!"

"야아? 아니구만요. 지가 졌는디요. 심 한번 못 썼당게요."
"아니야! 승부는 나지 않았지만 자네가 이긴 거나 마찬가지야!"

구경하던 장졸들이 일제히 "와~아!" 하고 함성을 질렀다. 잠시 후 숨을 돌린 끝에 장군이 막손에게 탁배기 한 사발을 따라 건네 주며 물끄러미 쳐다보았다. 막손이 계면쩍어 외면을 하는데
"이름이 목막수라 했던가? 좋아 오늘부터 내 부대로 옮기게나. 내 군장한테는 얘기해 놓았으니 저녁 먹고서 짐 꾸려 따라오게나."

막손은 다음날 흑치 장군 부대의 기수로 뽑혔다. 기수단의 오장 득보(得保)는 꽤 나이가 든 사람이었다. 원래는 상영 장군 밑에 있 었으나 흑치 장군이 그의 충직함을 보고 데려왔다. 이제 나이가 많 아 기수 노릇은 못하고 새로 뽑힌 기수들을 훈련시키는 일을 맡았 다. 득보 오장은 곧바로 막손을 데리고 나가 조련장에 세워놓은 대 나무 막대기를 기어오르라 했다. 두 장쯤 되는 꼭대기까지 올라가 면 이번엔 올라간 방식대로 내려오라 했다. 내려오면 발이 땅에 닿 기도 전에 또 오르라 했다. 이렇게 아침나절 내내 오르고 내리기를 반복했다. 나중에는 손마디가 굳어서 매달리기조차 힘들었다.
이런 훈련을 닷새 동안이나 반복했다. 비가 쏟아지는 날이라고 예외가 아니었다. 그런 날은 대나무가 미끄러워 더욱 힘들었다. 차 라리 석투군에 눌러있었더라면 이런 생고생은 안 해도 되는데 일 등 한번 못했다고 투덜거렸던 것이 후회가 되었다. 그러나 이제 빼 도 박도 못 할 신세가 되었다. 흑치 장군은 그새 한 번도 얼굴 구경

을 못 했다. 밤이면 석투군에 같이 있던 떨렁이가 보고 싶었다. 취사병이어서 밥마다 누룽지를 몰래 가지고 와 입속에 한 움큼 밀어넣어주던 때가 그립기만 했다.

오장은 엿새째 날이 되어서야 깃발을 하나 가지고 들어보라 했다. 깃발쯤이야 식은 죽 먹기다 싶어 꽉 움켜쥐고 머리 위로 들어올렸더니 오장이 '꽥' 하고 소리를 지르며 가슴팍을 쥐어박았다. 깃발은 그렇게 잡는 게 아니란다. 왼손으로는 맨 밑 부분을 잡고 오른손은 목 높이쯤 거꾸로 잡으라는 것이었다. 그러면서 시범을 보여주었다. 그래야 깃대가 똑바로 서고 달음박질을 할 때도 흔들리지 않는다는 설명이었다.

깃발을 들고 걷는 법, 달리는 법, 신호를 보내는 법까지 훈련하느라 달포가 훌쩍 지나가 버렸다. 그때 김박지가 새로 들어왔다. 호리호리한 데다 날렵하게 생겼다. 나이는 한참 밑으로 보였다. 동료 겸수하가 생기자 막손은 은근히 기분이 좋아졌다. 지내면서 얘기해보니 흘덕이 고향이라고 했다. 다내에서 하룻길도 안 되는 오십 리 상거에 있다. 반갑기 그지없어 손을 덥석 잡고 말했다.

"객지 나오면 고향 까마기도 반갑다는디 이거 어치 된 일이다냐? 거그서는 멀 허다가 왔냐?"

"그냥 산따비 밭 부쳐 먹고 실과나무도 몇 개 되어라우."

"그렁가? 식구는 몇이나 되는디?"

"아부이 어머이 하고 시집 못 간 지집아 동생이 하나 있구만이라우."

"그러면 인자 누가 농사 지을랑가 모리겄다 이잉."

"야, 지도 그거이 젤로 꺽정이어라우."

"전쟁이 후딱 끝나버리야 헐 턴디 어떻곰 될랑가 모리겄다~."

"근디 말이어라우. 성님은 다내에 누구랑 사능가요?"

"아부이는 거년에 돌아가셔 부릿고, 난 제금나서 아그들이 싯이 나 되는디 배나 안 골는지 모리겄다. 그리도 옆에 성님이 있응게 벨 반 꺽정은 안 히야."

어느새 막손의 눈이 젖어들었다. 애가 셋이나 달려있고 나이도 서른을 넘겼다며 한사코 버텨보았지만 한 번 손목을 잡은 징병관은 끄떡도 하지 않았다. 중화참이 지나서 다내 강둑에 모인 사람은 일곱이었고 인근 마을에서 온 열두 명을 합해 모두 열아홉 명이었다. 사립문을 나설 때 울고불고 매달리던 아이들의 얼굴이 떠올랐다.

큰놈 한돌이가 다섯 살이었으니까 지금은 여섯 살이 되어 있을 터다. 둘째 계집애와 셋째 사내놈은 큰놈 나은 지 삼 년을 있다가 연년생으로 얻었다. 모두 제 어미를 닮아 살결이 희고 얼굴이 반반했다. 아내는 대시산(지금의 칠보)의 삯바느질 집에서 얻어왔다. 항상 말이 없고 순하기만 했다. 눈시울을 닦아낸 막손의 눈에 먼 산밑의 아지랑이가 춤을 추었다. 봄이 무르익어가고 있었다.

아침부터 까치가 깍깍거리고 있었다. 평소에는 팽나무 주위를 맴돌며 장난치던 까치 떼가 오늘은 더 높은 가죽나무 위로 날아올라 부산을 떨며 깍깍댄다. 맨 꼭대기에 앉아있는 놈이 대장 까치다. 저희들끼리 어울려 놀 때는 '꺄~악~, 꺄~악~' 하는 게 일반이다. 먹이를 발견하면 '끼악~깍, 끼악~깍' 하고 동료를 부른다. '끼악 꼬꼬르~, 끼악 꼬꼬르~' 하는 것은 수놈이 암놈을 찾는 소리다. 그리고 접근하는 외적을 발견하면 '꺄꺄꺄~깍, 꺄꺄꺄~깍' 하고 경고를 한다. 윗가지와 아래 가지를 부산히 오르내리며 '꺄꺄꺄~깍, 꺄꺄꺄~깍' 하는 것을 보니 동구 밖에 낯선 사람이라도 나타났는가 보다. 이때 막손의 큰아이 한돌이 숨이 턱에 차, 달려들어 왔다.

"할무이! 할무이!"
"한돌이냐? 먼 일인디 숨이 턱에 차 가지고 할미를 불러 싸. 그러다 자빠지겠다."
"할무이! 긍게, 긍게…."
"아이고, 할미 안 죽는다. 찬찬히 말혀 봐."
"긍게, 처그 큰아부지가 온당게요. 시방 내깔 건너오는 거 봤당게요."
"그려? 니 큰애비가? 그래서 깐치가 울어쌌던 게비다."
"근디요, 할무이! 큰아부지 말고 쩔뚝뱅이랑 같이 오던디라우."
"모르는 사람이어?"
"야~, 인자 여그 다 왔겄는디?"

그때 꺽손이 막 사립문을 들어섰다. 박지가 뒤를 따랐다. 꺽손은 뒤를 한 번 힐끗 쳐다보고는 방문을 열어놓은 채로 고개만 내밀고 있는 대산댁을 향해 뚜벅뚜벅 걸어와 허리를 깊숙이 꺾어 인사를 했다.

"어무이, 지 댕겨 왔고만이라우."

"어찌 이리 여러 날 지체했당가."

"야~, 태산 배들 고사부리까장 댕기다 봉게 그리 됐고만이라우."

"송아치는 어따 두고 낯선 젊은이만 델꼬 와?"

"그렁게요. 이 사람아! 인사드려! 우리 어무이고만."

"야~, 안녕하싱가요. 지는 흘떡 사는 김박지라고 허능고만요."

"흘떡? 흘떡 사람이 여그까장 먼 일이~까?"

"어따, 어무이. 이 사람이 군대서 막손이랑 같이 있었는디 그 소식 전헐라고 안 왔능가요."

"멋이여? 막손이 소식? 긍게 시방 막손이 허고 쌈터에 같이 있던 동모란 말이여? 근디 막손이는 어찌 같이 안 오고?"

"야~, 지가 막손이 성허고 같이 있었는디 흑쌍치 장군을 따라가 버리는 바람에 지금은 어디 있는지 잘 모르것구만이라우."

"에구머니나! 긍게 살아있기는 허능고만 잉. 아이고 부처님, 부처님 은공이고만. 살아있기만 험사 만나능 거야 대수것어? 야 봐라? 한돌이 너 얼능 가서 에미한테 오라고 혀야 안 쓰겄냐! 우리 막손이 어디 다친 데는 없을랑가 모르겄네 잉."

"어따, 어무이 찬찬히 얘기허기로 허고 아침밥부터 먹어야 쓰것고만이라우. 근디 이 사람은 어디 갔다요?"

"에미 말이냐? 근디 야가 애비 온 줄 암서 어찌 얼굴도 안 비친다냐? 시방 내외허는 거여? 야야, 얼능 밥상부터 챙겨야겠다. 어서들 방으로 들어와."

단풍 질은 내장산

　　　　　　내장사를 향해 걷는 대산댁의 마음이 조급해졌
다. 아침 일찍 나서야 하는 것을 새벽부터 인절미 좀 만든답시고 겨
우 새참 때에야 출발했다. 상거가 수월찮으니 중화참 대기가 어려
울 것이다. 지난 중양절(9월 9일) 때 다녀왔어야 했는데 볏짐 들여
놓느라 놉을 얻어놓은 터여서 실기했다. 며칠 전 막손의 소식을 듣
고서는 더 미룰 수가 없어 작은며느리 아래끝네를 재촉해 길을 나
섰다. 달래가 쫄랑거리며 따라나섰다.

　내장사(內藏寺)는 영은사(靈隱寺)와 함께 내장산 깊숙한 곳에 자
리 잡고 있다. 영은사는 영은조사(靈隱祖師)가 건립(636년)한 오십
여 동 규모의 대가람이었으나 대웅전의 전향이 잘못되어 영험이
부족하다는 소문으로 불도들의 발걸음이 차츰 줄어들자 유해선사
(幼海禪師)가 바로 옆에 새로 터를 닦아 절을 세우고 내장사라는 이
름을 붙였다. 이태 동안의 불사 끝에 작년 완공했다. 인근 이백 리
안에 있는 선운사(禪雲寺, 577년 건립) 금산사(金山寺, 599년) 백암사
(白巖寺, 지금의 백양사, 632년) 소래사(蘇來寺, 지금의 내소사, 633년)의

맥을 잇고 있다.

대산댁의 친정아버지 고사부리 영감 광(光) 씨는 솜씨가 이름난 대목으로 영은사를 건립할 때 대목장을 맡아서 완공했다. 그 인연으로 대산댁은 영은사를 다니며 불심을 키워왔으며 절기를 빼놓지 않고 시주를 하고 치성을 드렸다. 남편 대산영감도 친정아버지를 따라다니며 일을 배워 대목이 되었다. 내장사를 지을 때 치목장을 맡아 일하다가 세우던 기둥이 넘어지는 바람에 허리를 다쳤던 것이다.

봄에 거행되었던 내장사 낙성 법회에서 유해선사는 특별히 남편의 이름을 거명해가며 극락왕생을 축수했었다. 이번에는 막손의 무사귀환을 간절히 빌고 또 빌 생각이다. 그래서 시주도 넉넉히 준비하고 있었다. 머리에 인절미 꾸러미를 이고 뒤따르는 아래끝네는 무슨 생각을 하는지 시종 말이 없다. 병정나간 남편의 소식이 끊기면서부터 말이 없어졌다. 젊은 나이에 어린 것들이 셋이나 달려있으니 오죽 힘들겠는가? 그래서 거친 일은 거의 막손이 형 꺽손이가 대신해주고 있었다.

중화참이 한참 지나서야 내장산의 초입인 두주막거리에 들어섰다. 단풍은 벌써 산자락 밑까지 내려와 있다. 산모퉁이를 돌아 저만큼 내장사 일주문이 보이기 시작하면서부터는 천지가 온통 빨간 물감칠을 해놓은 듯하다. 빙 둘러선 병풍 모양의 높다란 산에서 빨간 물감이 흘러내리는데 가운데의 손바닥만 한 하늘은 옥빛보다 짙다.

단풍놀이를 즐기는 행락객도 간간이 눈에 띈다. 달래는 마냥 흥겹기만 하다. 한가위 때 한 번 입고는 벗어두었던 비단 저고리와 치마를 곱게 챙겨 입었다. 솜씨 좋은 작은어머니가 도련과 섶과 수구에 꽃자주색 선을 빙 둘러 달아놓아 마치 선녀 옷 같았다. 할머니와 작은어머니는 건칙(巾, 쓰게치마)을 입었다. 앞으로 쪼르르 달려 나갔다가 멈춰 서서는 단풍나무 가지 하나를 꺾어보려고 애를 쓰기도 하는 달래는 누가 보아도 아담하고 예뻤다. 아까부터 미투리 코가 하나 끊어져 엄지발가락이 삐져나오는 통에 걷기가 조금 불편했지만 그다지 신경 쓰지 않았다.

경내로 들어서는 대산댁을 발견한 유해선사가 잰걸음으로 다가와 합장을 한다. 여름 가을 내 운력을 많이 해서인지 얼굴이 약간 그을려 보인다. 조금 수척해진 것도 같다. 그러나 특유의 게슴츠레한 눈과 해맑은 웃음은 그대로다. 뒤따라와 인사를 건네는 달래의 눈에 가사의 잿빛이 참 친근해 보였다. 달래는 호기심 가득한 눈빛으로 여기저기를 훑어보며 할머니와 작은어머니를 따라 법당에 들어가 부처를 향해 깊숙이 절을 했다.

"전번 중양절에 오시지 않아 그러잖아도 안부를 알아보려던 참이었습니다. 시주님과 보살님도 다 잘 계시지요."

"예~, 스님. 모등 게 부처님 덕분이고만요."

"조금 늦게 출발하신 모양입니다그려. 점심은 드셨는지요"

"예~, 그렇게 되았고만이라우. 공양을 더는 미룰 수가 없어서요."

"그럼 댁내에 무슨 좋지 않은 일이라도…."

"아, 아니고만요. 쌈터에 나간 즈그집 둘째 막손이가 살아있다는 소식을 접했고만이라우."

"그런 기쁜 소식을 가져오시느라 서두르셨군요. 그러면 오늘부터 치성을 드리려구요?"

"아니요. 오늘은 배나 올리고 내려가야 쓰겠고만이라우. 며눌아가 애기들을 냉겨 놓고 와서…."

"아 그렇게 하시지요. 소승이 준비를 하겠습니다. 그럼 잠시 쉬시지요."

"근디 스님, 시주 단자 하나 올릴랑만요. '다내마을 목거수 쌀 한 섬'이라고 적어주시기요."

"웬걸…, 그렇게 많이…."

시주단자를 적어놓고 가면 가을걷이가 다 끝난 동짓달쯤 절에서 소달구지를 내어 인근을 돌아다니면서 거두어 간다. 가난한 사람들은 많이 할 수 없으니 직접 이고 지고 오면 되고 부잣집에서는 자기 쪽의 소달구지에 바리바리 싣고 와서 시주를 한다.

달래의 마음은 아까부터 단풍이 빨갛게 물든 산자락에 가 있다. 할머니와 작은어머니가 백팔 배를 하는 동안 슬그머니 밖으로 나왔다. 어디선가 개울물 흐르는 소리가 들려왔다. 물소리는 절 마당의 양쪽에서 다 들려왔다. 달래는 양지바른 쪽을 택해 무심코 걷다가 화들짝 놀라고 말았다. 잿빛 가사 자락이 앞을 막아섰기 때문이다. 엉겁결에 할머니의 흉내를 내어 두 손을 합장하며 고개를 숙였다.

"스님, 안녕하싱가요."

"아닙니다."

"…?"

"아직 법명을 받지 못했습니다. 응법사미(應法沙彌)… 아지달이라고 합니다."

"예…, 응…사미 님…."

"응법사미라고 합니다. 아지달은 소승의 속명입니다."

"아, 예…. 아지달 사미님."

"으하하하, 아지달 사미요? 헤헤헤, 그런데 이쪽엔 무슨 일로…?"

"예~, 어디선가 물소리가 나길래…."

"아~, 그러셨군요, 소승이 안내해 드리지요. 며칠 전에 내린 비로 수량이 많아졌습니다. 바닥이 미끄러우니 조심하셔야 할 겁니다. 여기는 요사체라고 해서 중들이 먹고 자는 곳이라 속인들은 잘 드나들지 않습니다."

"아~, 예…."

"조금 더 올라가야 물이 깨끗합니다. 소승을 따르시지요."

"…."

"어디서 오셨습니까?"

"예~ 다내마을에서 왔고만이라우. 지 이름은 달래고요."

"다내마을의 달래라, 참 좋은 이름입니다. 여기 앉아 손발을 담그면 시원합니다."

"야~, 근디 아까장 무슨 사미 무슨 사미 허던디, 지는 잘 모르겠고만요."

"예, 계를 받고도 수행을 하지 않은 중을 사미라고 하는데 일곱 살부터 열세 살까지는 구오사미(驅烏沙彌), 열네 살부터 열아홉 살까지는 응법사미, 스무 살이 넘으면 명자사미(名字沙彌)라고 하지요."

"그렇게 스님은 열네 살이 넘었고만요?"

"그렇습니다. 이제 조금 있으면 법명을 받게 될 것입니다. 수행을 열심히 해야지요. 관세음 나무아미타불"

달래는 기분이 좋았다. 난생처음 높임말을 들어본 것이다. 그러고 보니 높임말은 점잖기도 하지만 사람의 마음을 부드럽게 해주는 것 같았다. 둘은 마치 오래된 친구처럼 금방 가까워져 물장구를 치며 노느라 정신을 놓고 있었다. 그때 저만큼서 선사의 부르는 소리가 들려왔다. 아지달은 솟구치듯 일어나 대웅전을 향해 달려갔다. 미처 인사도 없었다.

달래는 그제야 해맑은 눈망울 하며 파랗게 밀어 내린 머리통, 제법 어른 티가 나는 목소리를 떠올렸다. 자기도 모르게 얼굴이 약간 붉어졌다. 달래는 너무 오래 있었던 것 아닌가, 하여 놀란 가슴으로 법당을 향했다. 선사와 할머니 작은어머니 모두가 법당 뜰에서 기다리고 있었다.

"지달아! 보살님들 저기 초입까지 배웅하고 오너라. 가며 오며 장난치지 말고!"

"예~에."

"그러면 어두워지기 전에 어서들 나서시지요. 다음 탁발 때 뵙겠습니다. 안녕히 가십시오. 나무관세음보살."

"스님, 안녕하시기라요."

땅거미가 지기 시작했다. 할머니를 다소곳이 따라가는 달래는 아까부터 가슴이 콩닥거렸다. 얼마 전 초경을 치른 뒤부터 몸에 변화가 일기 시작했다. 괜히 가슴이 쿵덕거리고 신경이 예민해졌다. 특히 귀가 밝아져 예전엔 무심했던 것들이 세세하게 들렸다. 아까 개울물 소리에 이끌렸던 것도 그래서였다.

아지달은 할머니와 무슨 얘기인지 재미있게 나누면서 앞서 걷는다. 가끔씩 고개를 돌려 달래가 따라오는 것을 확인했다. 그때마다 달래의 가슴이 더욱 콩닥거렸다. 스스로도 무슨 일인지 알 수가 없었다. 어느새 구월 보름달이 산등성 위로 고개를 내밀어 아지달의 파르스름했던 머리통을 은빛으로 바꾸었다. 달은 또 그림자가 되어 두어 발짝을 앞서 갔다. 두주막거리까지 와서야 지달은 하직인사를 했다.

"보살님, 밤길 살펴 가십시오. 달래 아기씨도 편히 가시고요. 나무관세음보살."
"사미님도 안녕히 기시기요."

지달은 발걸음이 떨어지지 않는 듯 몇 번을 뒤돌아보다가 저만큼 멀어졌다. 솟아오른 달덩이만큼 둥그스름한 아지달의 머리통에 눈길을 빼앗긴 채 우두커니 서 있는 달래를 할머니가 의미심장한 눈으로 흘기며 갈 길을 재촉했다. 보름달은 다내에 도착할 때까지 환한 빛으로 그림자와 함께 동행해 주었다. 달래의 달에 대한 연민은 이렇게 싹트기 시작했다.

부흥의 꿈

　　　　　　사비성이 함락되었다는 소식을 들어서인지 임
존성의 사기는 말이 아니었다. 성주 지수신(遲受信)이 이끄는 군졸
은 채 삼백 명도 되지 않았으며, 그나마 제대로 훈련을 받은 자는
많지 않았고, 병장기마저 신통찮았다. 성주 지주신의 말로는 하루
에도 몇 명씩의 탈주자가 발생하고 있다는 것이었다. 흑치는 우선
성주를 위로하고 향후 대책을 논의했다.

"지금까지 굳게 버텨온 성주의 고생이 많았을 것입니다. 당의 소
정방이 당초 약속과는 달리 행패가 우심합니다. 비록 왕권은 무너
졌어도 백제의 백성들은 지켜야 하지 않겠습니까?"
"지당한 말씀입니다. 무슨 계책이라도 있는 것입니까?"
"우선 병사를 모아야겠지요. 온조대왕 이래로 그동안 열성들의
은혜를 입지 않은 백성이 어디에 있습니까? 사리에 맞는 얘기로 설
득하면 많은 백성이 호응할 것입니다."
"그러면 먼저 격문을 써야겠군요. 장군께서 구술하시면 필사를
해서 인근 사오백 리에 방을 붙이겠습니다."

"그렇게 합시다. 그리고 이곳은 땅이 비옥하니 넉넉한 호족들이 더러 있을 것입니다. 몰래 사람을 보내어 군량미를 부탁해야겠습니다."

"우선 이곳 지리에 밝고 몸이 날랜 병사들을 가려 뽑아놓겠습니다."

둘레가 오리(2.8㎞)인 임존성은 봉수산과 그 동쪽 봉우리들을 에워싼 석축산성으로 견고함과 접근의 험절성이 널리 알려진 백제의 전략적 요충지다. 성 바깥쪽은 돌로 쌓고 안은 흙으로 채운 내탁법(內托法)으로 축조되었다. 성안에는 계단식의 단축을 만들어 최대한 많은 백성을 수용할 수 있게 하였으며 우물도 세 곳이나 되었다. 사비성까지는 불과 구십 리 상거다.

흑치 장군은 곧바로 격문 작성에 들어갔다. 문자에 서투른 백성들을 위해 가급적 쉬운 말로 구술해 나갔다. 글을 깨우치고 쓸 줄 아는 자들이 흑치 장군의 입에서 떨어지는 말을 바로바로 적어나갔다.

"백제의 백성들이여! 나라가 나 당의 침노로 위기에 처했다. 왕 폐하는 적의 볼모가 되었고 도성은 함락되었다. 이제 나라의 운명은 우리의 손에 달려있다. 청장년은 물론 남녀노소 모두 궐기해 나라를 구하는 데 앞장서자. 농기구를 병장기 삼아 적을 섬멸하여 백제인의 긍지를 지키자. 자랑스러운 백제인이여! 임존성을 중심으로 항거의 횃불을 높이 들고 백제의 위엄을 되찾자. 임존성 성장 지주신, 백제 대장군 흑치상지."

방이 나붙자 사람들이 구름처럼 몰려들었다. 인근의 오산(烏山, 지금의 예산), 금주(今州, 대흥), 금물(今勿, 덕풍)은 물론 당진 아술(지금의 아산), 사산(천안), 고시산(옥천), 사시량(청양), 홍주(홍성), 신촌(보령), 연산(논산), 설림(서천), 강경포(강경), 멀리는 운수(임실), 고룡(남원), 도실(순창) 등지에서 열흘 만에 오천여 명이 모였다. 오천 명은 다섯 방을 형성할 수 있는 숫자다. 그 가운데는 형제, 젊은 부부, 손자의 손을 이끌고 온 할아버지까지 그야말로 남녀노소를 불문하고 병장기가 될 만한 것을 손에 들고 꾸역꾸역 모여들었다.

흑치 장군은 찾아든 의병들을 일일이 격려하고 안돈했다. 그리곤 장정들 위주로 부대를 편성했다. 고령자와 연소자 부녀자들은 화살촉 만들기, 군장 만들기, 먹을거리 장만하기에 빈틈없이 배치했다. 황색 깃발에 '백제 부흥군' '흑치상지 장군' '지수신 장군' 등을 써넣어 곳곳에 도열함으로써 사기를 북돋았다.

흑치 장군은 밤이 되자 인근 지리에 밝은 병사를 앞세워 성문을 나섰다. 서쪽 신촌(보령)을 향해 걸음을 재촉했다. 자정이 가까울 무렵, 금바위를 넘어 지적인 둔터에 다다랐다. 바로 신촌의 턱밑이다. 작은 개울을 건너 산자락 끝의 큼지막한 개와 집을 찾아드는데 개 짖는 소리가 요란하다. 인근에 살았다는 병졸이 앞장서 솟을대문을 두드리며 작은 소리로 말을 놓았다.

"딴죽이, 딴죽이 있는감?"
"…"
"딴죽이! 나여, 음생이여. 언능 문 좀 따보기여."
"이 밤중에 누구? 뭐, 음생이? 워쩐 일인감?"

"언능 문이나 따고 말혀!"

"아따, 숨넘어가긴….."

곧바로 대문이 열리자 음생이 뭐라 뭐라 소근댔다. 나이 들어 보이는 딴죽이 허리를 굽실거리며 장군 일행을 안으로 맞아드리더니 안채를 향해 내닫는다. 잠시 후 사랑채에 불이 밝혀지고 작달막한 체구의 주인이 장군을 맞아들였다.

"야심한 터에 불쑥 찾아뵈어 면목 없습니다. 저는 백제 부흥군을 이끌고 있는 흑치상지라고 합니다. 긴한 일로 찾아뵈었습니다."

"예에? 흑치 장군이오? 그러면 임존성에서 예까지 밤길을 걸으셨구면요? 저는 최성기라고 합니다."

"예에, 존함을 익히 알고 왔습니다. 가대가 넉넉하시고 인심이 후하시다는 평판을 들었습니다. 저희를 위해 힘을 좀 보태주셨으면 합니다."

"허전이겠지요. 그건 그렇고 시장하실 텐데 뭐 좀 요기를 하셔야지요. 딴죽이 밖에 있는감? 서둘러 상 들이게나."

"예에, 시방 들여가는구면요."

안채에서는 이런 일이 다반사인지라 벌써 준비를 해두었던 듯하다. 동네의 개 짖는 소리는 주인과의 의사소통 수단이다. 묵직하게 '컹~ 컹~' 하고 짖는 것은 지나가는 사람에게 접근하지 말라는 경고다. 낯모르는 사람이거나 경계대상일 때는 '캉~캉~캉' 하고 주인의 주의를 환기시킨다. 경고를 무시하고 다가오거나 적대행위를 하면 톤을 높여 '캉캉캉 캉그르 캉캉캉 캉그르' 하며 짖어든다. 접근하는 자가 다수이면 이번처럼 '컹컹 컹~ 컹컹 컹~' 하고 신호를 보낸다. 주인은 이미 개 짖는 소리로 누군가 자기 집을 찾는 사람이 오고 있다는 것을 알았으리라.

급하게 내어온 상차림치고는 반듯했다. 탁배기도 곁들여 있었다. 음생이와 수하들에게도 따로 상이 차려진 듯했다. 주인 최성기는 탁배기 잔을 가득 채워 장군에게 건넸다. 이순을 바라보는 나이이면서도 존대가 깍듯하다.

"우선 목부터 축이시지요. 안주가 변변치 않습니다."

"원 별말씀을. 그럼 달게 받겠습니다."

"주~욱 들이키시고 한 잔 더 받으시지요. 노심초사가 한결 가뿐해질 것입니다."

"실은 어려운 부탁 말씀을 드리려고 비례를 범했습니다. 이번에…"

"예에, 잘 알고 있습니다. 나라의 근본이 없어지는 것보다 더 큰 비례가 있겠습니까. 의병이 많이 모였다고 들었습니다만."

"그렇습니다. 남녀노소 다 합하면 족히 오천은 되는 것 같습니다. 우선 먹고 입힐만한 물자가 태부족이라서…"

"군자금이 넉넉해야 전력이 튼튼한 것인데…. 어느 정도 보태면 되겠습니까?"

"… 당장은 백 섬이면 좋겠습니다만."

"백 섬이요?"

"흠…? 이런 농가에서 백 섬이 벅찰 줄은 압니다만, 무리를 해서라도 좀…"

"허~어, 어디 백 섬 가지고 되겠습니까."

"음…?"

"우선 이백 섬을 내겠습니다. 그리고 참 양식만 가지고는 안 될 것이고 콩과 보리쌀도 장만하겠습니다."

"이렇게 고마우신 말씀을…. 어떻게…."

"아~아 아닙니다. 장군은 싸울 일만 걱정하시지요. 물자는 수일 내에 당도하도록 조처하겠습니다. 곧 귀정하셔야 할 텐데 어서 요기를 좀 하시지요."

"듣던 명성이 헛되지 않군요. 이 밤 천군만마보다 더 큰 힘을 얻습니다."

"그리고… 뜻이 통하는 사람들에게는 제가 별도로 연락을 해서 돕도록 할 터이니 부디 지체를 보중하십시오."

"예? 다른 후원자도요?"

"그렇습니다. 거리는 멀지만, 강경포(강경)의 정우치와 벽골(김제)의 아주생, 흰내말(부안)의 최치랑 등과 소통하고 있는데 바로 연통을 놓으면 서슴없이 동참할 것입니다."

"제가 오늘 대인을 뵈었습니다. 약조를 믿고 이만 일어서겠습니다. 봉수산 인근에 저희 파수꾼들이 나가 있으니 당도하시면 연통을 놓으십시오."

"밤이슬이 찹니다. 살펴 가십시오. 그리고 육편을 조금 마련했으니 가지고 가시지요."

"예~, 다음에 또 뵙겠습니다. 그럼."

흑치의 발걸음이 한결 가벼워졌다. 여태껏 이만한 도량과 인심을 겪어보지 못했다. 수하들의 어깨에 멘 육포 상자가 제법 묵직했다. 갑자기 빗방울이 돋기 시작했다. 큰비는 아닐 듯싶었다. 논두렁의 개구리와 맹꽁이들이 일행의 발걸음을 따라 울음을 멈춘다. 그리곤 한참을 지나서야 다시 울어댄다.

초저녁의 맹꽁이는 잠자리를 잡느라 '매앵 매앵' 하고 운다. 밤이 깊어지면서는 '맹꽁 맹꽁' 한다. 주위에 천적이나 해될 것이 없어 평안하다는 울음이다. 비가 오거나 사람들의 발걸음 소리가 잡히면 '맹꽁 맹맹꽁' 하다가 울음을 뚝 그친다. 그러다 아침이 되면 '뽀그르 뽀그르' 하면서 먹이 사냥에 나선다. 사는 지방에 따라 음의 높낮이가 약간씩 다르고 굵고 낮은 소리로 덩치가 크다는 것을 과시한다.

복신의 합류

동틀 무렵, 성에 도착한 장군 일행을 맞은 지수신 성장의 얼굴이 벌겋게 달아올라 있었다. 흑치의 의아한 표정에 가느스름한 눈을 더욱 가늘게 뜨며 복신(福信)이 이백여 마병을 이끌고 합류했다는 사실을 전했다.

"서부 은솔이?"

"예. 어젯밤 장군이 성을 나가신 뒤 한식 경쯤 지나 도착했습니다. 그런데 그 위세가…."

"마병이 이백이라…. 큰 힘이 되겠습니다. 지금 어디 계시오?"

"새로 천막을 두르고 말들을 안돈시키느라 좀 전에야 잠자리에 들었습니다."

"마병이 이백이라…. 어떻게든 명운은 이어지는 것인가…. 우리도 눈 좀 붙여야 하니 나중에 뵙기로 하지요."

"가셨던 일은…."

"예에, 의외로 큰사람을 만났습니다. 은솔과 함께 의논하지요."

복신은 무왕의 조카이자 의자왕의 사촌동생이다. 성충이 상좌평으로 있을 때 서부은솔이 되어 임존성을 견고히 수리하고 식량을 비축하는 등 성주의 역할을 충실히 수행하다가 황산벌 전투에 가담하느라 부성주인 지수신에게 성의 단속을 위임했었다. 백제에서는 지략이 뛰어난 장수에 속했다. 그러나 왕족임을 과시하면서 안하무인격이어서 휘하들로부터는 그다지 좋은 평이 아니었다.

그는 황산벌 전투에서 마병대를 이끌고 선봉에 섰다가 나당연합군의 총공세에 제대로 싸워보지도 못한 채 패퇴하고 말았다. 그때 그의 옆에는 승려로서 종군하고 있는 도침(道琛)이 함께 있었다. 어릴 때 복신과 동문수학을 하면서부터 가까이 지냈는데 복신의 꾀주머니 역할을 했다. 그때도 전세가 판가름 나기도 전에 불리함을 예견한 도침이 정면대결은 불리하니 후일을 도모하자며 복신을 채근해 전장을 이탈하고 말았다. 만약 당시 선봉 마병대가 계백의 작전대로 끝까지 분전해주었더라면 결과는 달라졌을지도 모른다.

복신은 뒤늦게 도침의 건의가 옳지 않았음을 깨달았지만 이미 엎질러진 물이었다. 당장 도침을 내치거나 목을 베고 싶은 마음을 꾹꾹 눌러 앉으며 사비성에 볼모로 잡혀있는 의자왕 구출작전을 준비했다. 그러나 소정방의 치밀한 대비에 속수무책이었다. 도침은 임존성으로 돌아가 후일을 도모하는 것이 상책이라며 안달이었지만 명색이 왕의 동생으로서 선봉을 맡았다가 전장을 이탈, 대세를 그르친 터에 무슨 면목으로 돌아갈 수 있을 것인가?

그는 소정방이 의자왕을 비롯한 왕족과 대신들, 그리고 일만여 명의 백성을 장안으로 압송한다는 사실을 알고 웅진강구로 나아가 매복하고 기다렸으나 오히려 소정방의 휘하 낭장인 유인궤에게 역습을 당해 군사만 잃고 말았다. 참으로 허망한 일이었다. '이대로 나라가 망하고 말 것인가?'라는 생각에 울분을 삭일 수가 없었다. 고작 이백여 기밖에 남지 않은 마병대를 추슬러 임존성으로 발길을 돌린 것이다.

"아, 흑치 장군. 그동안 고생이 많았소."

"고생이라니요. 그러잖아도 은솔의 안위가 궁금하던 터였습니다. 무사하셔서 다행입니다."

"지 성주로부터 대강의 얘기는 들었소. 그새 오천 명을 모았다구요. 이만하면 충분하오. 내게 생각해둔 복안이 있으니 염려 마오. 내가 상잠 장군(霜岑將軍)으로서 여기 영군 장군(領軍將軍) 도침대사와 함께 작전을 마련할 터이니 장군은 군사조련에 힘써주시오."

"상잠 장군, 영군 장군이요?"

"그렇소. 내 반드시 나라를 되찾고 말 거요. 장군이 잘 따라주기만 하면 되오."

"…?"

"그런데, 어제 군량을 조달하러 갔었다는 얘기를 들었소만."

"예에, 월동할 만큼은 마련될 것입니다. 이곳 토호들의 열의가 상당합니다."

"그럴게요. 내가 성주로 있으면서 잘 건사해둔 덕분일 것이오."

"…?"

"신촌이라면 혹 최성기라는 사람을 만난 것이오?"

"예, 거기를 다녀온 길이었습니다."

"그래요? 혹 내 얘기는 않던가요?"

"그럴 경황이 없어서…."

"아~아, 그랬겠지요. 그러면 당장 전투에 투입할만한 장정부터 가려 뽑아, 조련을 시작합시다."

가관이었다. 전장을 이탈해 행방이 묘연하다는 것을 소문으로 들어 이미 알고 있는 터인데 마치 개선장군처럼 행세하는 것이 도를 넘고 있었다. 그러나 명색이 왕제이고 또 지략도 갖춘 인물인지라 내색 없이 지켜보기로 했다. 다만 지수신은 그를 오랫동안 겪어보아서인지 시종 마뜩찮은 기색이었다. 흑치는 그를 달래 치중대 역할을 맡도록 하고 자신은 군사의 대오를 갖추는 데 힘을 쏟았다. 그는 휘하의 막수를 불렀다. 막수는 장군의 신임을 얻어 그새 백부장에 이르렀다.

"장군, 부르셨능가요?"

"그래, 여기 잠깐 앉지. 첩보에 따르면 당나라 군사들의 동정이 심상치 않다는군. 아마 이곳을 겨냥하고 있는 모양이야. 소정방은 당나라로 돌아가고 유인궤라고 하는 장군이 남아서 군사를 통솔한다는데, 그자는 야심이 만만치 않아 가만히 있을 위인이 아니지. 그래서 말인데, 백부장이 별동대를 만들어서 동정도 살피고 교란도 하고 그래야겠어."

"별동대요? 그렇게 유격대를 맹글라는 말씀이고만요 잉."

"그래, 날래고 힘이 좋은 병사들로 쉰 명쯤 모아봐! 특히 궁술에 능한 자로 말이야. 그리고 마병도 대여섯 기는 있어야 후방과의 연락이 용이할 거야. 식량은 닷새분씩만 지참하도록 해. 육포를 받아가도록 내 지 성주한테 일러놓을 테니까 그리 알고. 당장 오늘 밤 떠나도록 해!"

"당나라 군사들 만나면 쌈을 혀야 헐 턴디요?"

"아니, 아니야. 후방으로 파고들어 식량과 물자를 뺏어오거나 없애버리거나 하면서 동정만 살피면 돼! 절대 큰 부대와 맞닥뜨리면 안 돼!"

"예에, 알겠구만이라우. 후딱 준비해서 보고 드리겠구만이라우."

소정방이 서둘러 귀국한 것은 십만 병사를 먹일 식량을 약탈만으로 조달하기에는 한계가 있었기 때문이었다. 우선 백제 주민들의 저항이 예상외로 거세었다. 신라에서 오는 식량 수송도 들불처럼 일고 있는 의병들의 방해로 불가능했던 것이다. 거기에 신라 또한 당이 군사를 되 물려 돌아가도록 압박하고 있었다. 신라는 심지어 군사들을 백제군으로 위장시켜 야영을 급습토록 하는 등 괴롭히기까지 했다. 이에 소정방은 자기의 전공에 누가 될까 하여 주력군을 이끌고 돌아가면서 낭장 유인원(劉仁願) 등을 남겨 지키도록 했다.

그랬다. 왕좌가 비어있고 왕궁은 적의 손에 떨어져 백제라는 나라가 자취를 감춘 듯했으나 백제의 유민들은 곳곳에서 저항을 계속하고 있었다. 무엇보다 신라군들의 안하무인격인 위세와 당나라 군사들의 극심한 약탈을 견딜 수 없었다. 아직 거둬들이지도 않은 벼 낱알을 훑어가는가 하면 부녀자들의 치마폭을 마냥 헤집고 다녔다. 각 지방의 토호들과 승적을 가진 사람들이 주동이 되어 자구책을 꾀하는 한편 빼앗긴 식량을 되찾아오는 등 거센 저항 의지를 보였던 것이다. 임존성에 근거지를 마련한 부흥군의 활동이 활발했던 것도 이러한 백성들의 성원에 힘입은 바 컸던 것이다.

목막수가 이끌고 나간 유격대의 활약은 의외의 성과를 거두고 있었다. 십여 명씩 대를 나눈 유격대는 당 군이 머물고 있는 사비성을 향해 나아가면서 적의 동정을 살피는 한편 징발해가는 식량을 빼앗아 유민들에게 돌려주는 등 거칠 것 없는 활동을 했다. 운치 은산 탄천 등 사비성의 코앞까지 잠입했다. 수집한 정보는 흑치 장군에게 즉각 파발마를 띄웠다. 운치에서는 이백여 명에 달하는 당 군과 조우, 싸움다운 싸움을 벌이기도 했다. 그들이 운치에 바짝 다가갔을 때 척후로 나간 두 사람이 급하게 말을 달려왔다.

"백부장님, 저기 바로 등선 너머에서 뙤군 놈덜이 쉬고 있구만요."
"당군이? 근디 몇명이나 되더냐."
"자세히는 모르겄고요, 대략 이백 명은 되는 거 같았구만요."
"이백 명이라…. 군장은 갖추었고?"
"아니여요. 환도 찬 놈은 몇 안 되고 남지기들은 식량자루를 들쳐메고 가는 중이구만요."
"그래? 식량을 약탈해가는 놈들이구만. 좋아 한번 해보자. 즈그들이 얼마나 쎈지 한번 붙어보자고!"

"백부장님, 장군이 절대 쌈은 허지 말라고 혔담서요."

"허지만 쌈도 쌈 나름이지. 저런 짚동가리 같은 것들이야 혼 좀 내줘야 안 쓰겠냐. 쇠야치야! 너는 여그 절반 이끌고 처그 뒤쪽으로 돌아가서 내가 신호하면 크게 소리 지르며 달려들어! 알았어?"

"야~."

"그러고 남지기는 나하고 같이 등선을 살살 올라가서 일시에 내리찍는 거여. 말은 여그다 잘 매어놓고. 쇠돌이가 지키고 있어!"

당군 병사들은 능선 위에서 갑자기 뛰어 내려오는 백제군들을 보자 제정신이 아니었다. 식량 자루를 팽개치고 개울 쪽으로 줄행랑을 치기에 바빴다. 환도를 찬 몇몇이 소리를 고래고래 지르며 윽박지르는 통에 절반쯤은 정신을 차리고 제법 대오를 갖추고 맞섰다. 무기라야 지팡이 삼았던 대막가지가 고작이었지만 칼을 잡아본 자세였다. 막손은 제일 높은 자인 듯한 키 큰 놈을 향해 돌진했다. 삼십여 보 앞에 이르러서는 잠시 숨을 고르고 허리춤에서 조약돌을 꺼내 놈의 정수리를 겨냥했다. 악 하는 소리와 함께 나동그라졌다.

막손은 칼을 든 자들만 골라 돌팔매질을 했다. 예닐곱 명이 연거푸 쓰러지자 당 군은 느닷없이 팔짱을 엮어 끼고 맨몸으로 달려들었다. 좌로 우로 서너 걸음씩 갈지자를 그리며 다가드는 바람에 오히려 이쪽에서 어찌할 바를 모르게 되었다. 앞장섰던 백제군 몇이 뒷걸음질하다 제풀에 넘어져 저들의 발길 세례를 받고서는 비명을 질렀다. 이쪽에는 궁수도 있고 칼 잡은 자도 있건만 어찌된 일인지 손발을 쓰지 못했다.

막수가 큰 소리로 적의 등 뒤에 있음직한 쇠야치에게 공격하라고 신호를 보냈다. 일제히 함성을 지르면서 팔짱을 끼고 있는 당군 병사들의 뒤통수를 향해 달려들었다. 이번에는 당 군들이 얼을 빼앗겨 팔짱을 풀 생각도 못 하고 얼어붙고 말았다.

전의를 잃은 당군 병사들은 그 자리에 주저앉으며 두 손을 싹싹 비볐다. 아마 살려달라는 시늉인 듯했다. 무릎을 꿇리고 손을 머리에 얹게 한 후 세어보니 얼추 칠십여 명에 이르렀다. 그때 개울 쪽에서 두런두런하며 도망갔던 무리들이 머리에 손을 얹은 채 끌려왔다. 그들도 칠십여 명이나 되었다. 막손은 모두를 한데 모아놓고 감시를 하면서 사후처리를 어떻게 할지 십부장들과 구수회의를 열었다.

"저것들을 어찌야 쓸랑가 모리겄다."

"어찌긴 어찐대유. 싹 쥑에부려야지유."

"그러면 쓴대유. 저들도 고향에 처자식이 있을 건디… 성으로 살살 끌고 가야지유."

"저렇게 많은디 어찌케 끌고 간다고 그러남유. 우리헌티 헌 것을 생각허면 이참에 모가지를 싹~."

"알았응게 그만들 혀. 인명은 재천이여. 생목숨 없애면 부처님이 노하실 거구만. 힘 팽기더라도 성으로 끌고 가자고. 나중이야 장군이 알아서 안 허겄능가 말이여."

달구지 탁발

　　　　동네 개들이 떼거리로 나와 짖어대는 것은 낯선 소달구지 하나가 다내 마을로 들어서고 있기 때문이었다. 황소는 큰 눈을 이리저리 굴리며 이웃 마을 모징이에게 고삐를 잡힌 채 고샅길로 접어들었다. 뒤에는 내장사의 유해선사와 아지달이 따르고 있었다. 가을걷이가 끝나자 약속받았던 시주를 거두어 가기 위해 모징이네의 소달구지를 빌려 이 마을 저 마을을 돌고 있는 중이다.

　"아이고, 선사님. 이제야 당도허셨구만요. 진즉에 장만해두고 이제나저제나 험서 지둘르고 있었구만요."
　"보살님, 그간 강녕하셨는지요. 나무관세음보살."
　"야~, 누추허지만 여그 잠깐 오르시기요. 마침 걸러 논 곡차가 좀 있구만이라우."
　"곡차요? 지가 아무리 땡중이지만 벌건 대낮에 곡차에 취하면 어쩐다지요?"
　"목 좀 축이는데 취하시기야 혈랑가요? 야! 에미야. 얼능 상 내와야 안쓰겄냐! 근디 야는 어디 갔어? 달래야 후딱 니 애비 찾아오거라."

"야? 야~, 안그려도 아부지가 초상집에 간담서 먼일 있으면 댈러 오라고 혔구만이라우."

"그려? 싸게 갔다 와!"

달래가 득달같이 달려나가다가 섶밖에 서있던 아지달과 맞닥뜨렸다. 달래는 너무 뜻밖이라 화들짝 놀라며 제자리에 멈춰 섰다. 먼저 파르스름한 달덩이 머리가 눈에 들어왔고 단정하게 차려입은 가사가 눈앞을 막았다. 가슴이 쿵덕거리고 귀밑이 달아올랐다. 엉겁결에 손을 모으며 고개를 숙였다.

"안녕허세유."

"아이고 이게 뉘신가. 달래 아기씨구만요. 그간 잘 있으셨습니까. 관세음보살~"

"야~, 응…응…사미님."

"응법사밉니다, 응법. 그냥 사미라고 불러도 되고 유정幼靜이라는 법명으로 불러도 됩니다."

"유정이요?"

"예. 바로 며칠 전에 유정이라는 법명을 받았습니다. 그런데 어디 가는 중 입니까?"

"처그 초상난 집에 아부지 부르러 가는 중이구만이라우."

"그러면 소승이 동행하지요. 초상집이라니 망자의 극락왕생을 빌어 주어야지요."

아지달 아니 유정은 주저 없이 달래의 뒤를 따랐다. 쫄랑쫄랑 뛰는 것이 아직 어린티를 벗지 못했지만 씰룩거리는 엉덩판이 제법 도톰했다. 고샅길을 이리저리 돌아가기에 맨 끝자락에 있는 집인가 했더니 그냥 지나쳐 소나무 숲길을 한참 뚫고 지나간다. 숲을 벗어나자 초가집 십여 채가 옹기종기 산자락에 모여 있고 그 가운데 한 집이 어수선했다. 뭉실한 연기가 피어올라 대나무 끝에 매달린 만사를 휘감고 있었다. 유정은 묵묵히 뒤를 따를 뿐 아무 말이 없다. 달래의 혀끝에서 오랫동안 맴돌던 말이 불쑥 튀어나왔다.

"저~어, 스님! 스님은 어찌 중이 되셨나요?"
"예~에? 아, 중노릇이 재미있느냐는 말씀이군요. 재미있습니다. 재미있다마다요."
"그래요 잉. 몇 살 때부터 절에서 산당가요?"
"그러니까 올해로 세 해째 됩니다. 소승의 나이 열세 살 때 출가해 금산사에 있다가 내장사에는 올봄에 왔구만요. 관세음타불."
"금산사요?"
"예, 제가 태어난 벽골에서 이틀 길인 모악산 깊은 곳에 있는 절이지요."
"벽골이요? 우리 고모가 거기 어디로 시집을 갔다고 허든다…."
"아 그래요? 저는 출가한 후 한 번도 다녀오지 못해서…

순간 유정의 두 눈에 얼핏 물기가 묻어나는 듯했다. 달래는 괜한 말을 했나 싶어 무안한 기색을 감춘 채 초상집 마당으로 쪼르르 달려갔다.

아지달은 벽골군 신학마을에 사는 아阿주생의 셋째 막내아들로 태어났다. 평소 불심이 깊었던 아씨의 셋째 아들이 태어나던 날 오색구름과 서기가 마을을 뒤덮었다고 한다. 마을 사람들은 장차 크게 될 인물이 태어났다며 축하를 했다. 어머니 추소랑은 셋째가 들어설 때 금빛 가사를 입은 부처님이 찾아와 발을 씻었는데 대야의 물이 마당 가득히 넘쳐 흐르는 태몽을 꾸었으나 입 밖에 내지 않고 열 달을 견뎠다. 만약 아들을 낳더라도 내 아들이 아니라는 생각의 지배를 받으며 지냈다.

아이는 커가면서 하는 짓마다 예사롭지 않아 주위 사람들의 칭찬이 자자했다. 아마 여섯 살 때였을 것이다. 날씨가 가물어 일꾼들이 방죽의 물을 두레로 퍼올리고 있었다. 일꾼들은 물길을 한 번할 때마다 하나, 두울 하며 셈을 했다. 반 식경 쯤 되면 "삼백이요." 하면서 잠시 쉬었다가 다시 물을 퍼 올렸다. 그래도 방죽의 물은 쉽게 줄어들지 않았다. 하루종일 이를 지켜보던 지달은 저녁에 아버지에게 물었다.

"왜 방죽 물을 쪼끔씩 쪼끔씩만 퍼 올려요?"
"그게 무슨 말이냐."
"그냥 한 번에 퍼 올리면 되잖아요."
"한 번에? 어떻게 말이냐."
"두레를 방죽만 하게 만들면 한 번에 퍼 올릴 수 있지 않을까요?"

"…?"

아버지는 말문을 닫고 말았다. 머리뿐만 아니라 배포가 여간한 것이 아니었기 때문이다. 그러한 지달이 열 살 되던 해였다. 또래들과 어울려 산속으로 놀러 갔다가 까투리가 여남은 마리의 꺼병이를 데리고 풀이파리를 쪼고 있었다. 슬근슬근 다가가는 지달의 발소리에 놀라 까투리가 훌쩍 뛰어오르며 날아갔다. 그런데 옹기종기 모여 있던 꺼병이(꿩의 병아리)는 한 마리도 눈에 띄지 않았다. 귀신이 곡할 노릇이었다. 제 어미와 함께 날아오른 것도 아니고 잰걸음으로 도망치는 것도 보지 못했다. 지달은 하도 신기해 주위의 풀숲을 뒤졌다.

끝내 종적을 찾을 수 없어 뒤돌아 나오려는데 바로 옆에서 부스럭 소리가 들렸다. 가만히 살펴보니 꺼병이 한 마리가 손바닥만 한 나뭇잎을 입에 물고 발랑 드러누워 그 밑에 숨어있었다. 기가 막힌 위장술이었다. 이를 본 지달의 가슴에 무언가 파문이 몰려왔다. 한낱 미물도 생명을 지키기 위한 지혜를 갖고 태어난다는 사실이 놀라웠다.

그는 외진 곳에 쭈그려 앉아 상념에 젖어들었다. '생명이란 무엇인가?', '왜 생겨났다가 죽는 것인가?' 도저히 풀리지 않는 의문이 꼬리를 이었다. 그러다 문득 고개를 들어보니 먼 곳에 높은 산이 있었다. 그는 가보고 싶은 충동에 휩싸였다. 어떻게 산을 넘고 내를 건넜는지 모르게 달려서 어두워 당도한 곳이 모악산 기슭에 자리한 금산사였다.

"날이 저물었는데 어디서 온 누구냐?"

"예~, 벽골 신학마을에 사는 아지달이온데 저도 모르게 오게 되었습니다."

"오 그래? 그 먼 곳에서 혼자 왔단 말이냐. 아마 전생의 인연인 게다. 어서 올라와 저녁을 먹어라. 언젠가는 이곳의 주인이 될 터이니 말이다."

"예에?"

이튿날 집에 돌아와 금산사에 다녀온 것을 고했으나 아무도 믿어주려 하지 않았다. 장정도 갔다 오려면 이틀이 걸리는 먼 거리였기 때문이다. 지달은 그 후부터 혼자 있는 시간이 많아졌다. 정신이 맑다가도 무언가 개운치 않은 느낌이 드는가 하면 생각이 자꾸 미궁 속으로 빠져들었다. 식욕도 없어지고 몸도 야위어 갔다. 그러다 이태가 지난 어느 날,

"아버지, 출가하여 금산사로 가겠습니다."

"때가 이르렀나 보구나. 그러나 너는 아직 어리니 삼 년만 더 부모 곁에 있다가 출가하도록 해라."

"아닙니다. 답답해서 하루도 견디기 어렵습니다. 얼른 가서 노 선사님의 가르침을 받겠습니다."

동구 밖까지 배웅하던 어머니는 한사코 눈물을 감추었다. 깨우침을 얻을 때까지는 돌아오지 말라는 엄한 당부를 할 뿐이었다. 지달

역시 인사를 꾸뻑하고는 더는 뒤돌아보지 않고 금산사를 향한 발길을 재촉했다. 그리고 이태, 내장사로 가 유해 선사의 가르침을 받으라는 유언을 남기고 노 선사가 입적했다.

마당에는 화톳불이 타고 있었다. 뭉실한 연기는 거기에서 퍼져나가는 것이었다. 마당 한쪽에는 상여가 놓여있다. 당목으로 바람막이를 한 안쪽의 멍석에서는 탁배기를 권하는 자 마시는 자의 수다가 부산했다. 거기에 꺽손이 있었다. 달래의 귀띔을 받고도 일어날 기색이 없던 꺽손은 파르스름한 중의 머리를 보자 벌떡 일어나 곧 오겠다는 다짐을 하고 섶을 나섰다.

갑자기 가사를 걸친스님이 나타나자 마당 안이 술렁거렸다. 뒤이어 망자의 아낙인 맹구어멈이 두 손을 모으며 정중히 맞아들였다. 그러잖아도 마지막 가는 사람을 그냥 떠나보내기가 허전해 당골어미라도 부르려던 참이었는데 청하지도 않은스님이 홀연히 나타나니 그렇게 고마울 수가 없었다. 상청 옆자리로 안내해 요기부터 하라는 권유를 마다하고 유정은 섬돌아래 멍석에 가부좌를 틀고 앉아 독경을 시작했다.

"수리수리 마하수리 수수리 사바하… "

천수경이었다. 단아한 미소년의 낭랑한 목소리가 노을진 한촌의 허리를 휘감아 돌았다.

"얼래? 어쩌문 목소리가 저렇게 곱디야! 죽은 사람도 일어나게 생겼구만잉."

"뭣이여? 죽은 사람 극락왕생하라고 읊어쌓는디 맹구어멈 들으면 어쩔라고씰데 없는 소리여."

"씰데없기는 멋이 씰데없어. 너무 듣기 좋아서 그러는구만."

"그러면 자네도 후딱 서방 죽으라고 히야 쓰겠네."

"멋이여? 시방 고것을 말이라고 혀?"

"그렇게 좀 쬥이하고 들어나 보란 말이여. 간장이 다 녹아드는구만."

부엌의 아낙들이 들썩거리는 것도 무리가 아니었다. 유정의 독경은 듣는 사람 모두의 심산을 건드리기에 충분했다. 하물며 달래의 귓가에 맴도는 독경소리가 먼 천상의 노래로 여겨지는 것은 당연했다. 아마도 가슴이 붕 떠오르는 느낌이라고 해야 옳을 것이다. 그랬다. 유정의 독경은 유해선사마저 천상의 노래라고 극찬할 정도였다.

"나무 사만다 못다남 옴 도로도로 지미 사바하 옴 아라남 아라다… 나모라다나다라 야야 나막알약바로기제 새바라야… 바로기제 새바라야 사바하."

유정의 독경이 멎었어도 주위가 한동안 숨을 죽였다. 그제야 정신이 돌아온 듯 달래가 유정에게 다가가 고개를 숙이며 돌아갈 것을 권했다. 벌써 날이 어두워지고 있었다. 섶을 나서는 유정에게 맹구어멈은 경황이 없어 시주도 못한다며 송구해 했다. 함께 온 달래에게도 은근한 눈빛으로 몇 번이나 고맙다고 인사를 했다. 아마 달래가 일부러 데리고 온 것으로 알고 있는 모양이었다.

다시 솔밭길을 지나 돌아오는 길에 상여 어르는 소리가 들려왔다. 다음날 상여가 나가기에 앞서 상여꾼들이 상여 메는 연습을 하는 모양이다. 소위 예행연습인 것이다. 요령을 손에 쥔 앞소리꾼이 '어~노 어~노 어노아 어~얻~네'라고 운을 떼면 이에 따라 뒷소리꾼들이 '어~노 어~노' 하고 후렴을 했다. 다시 앞소리꾼이 '가네 가네 인제 가네~' 하면 뒤 소리꾼이 '어~노 어~노 어노아 어~얻~네'라고 복창을 하고 앞소리꾼이 또 '인제 가면 언제 오노 어노아 어~얻~네' 하면 뒤 소리꾼이 후렴을 반복했다. 이는 내를 건너거나 산비탈을 지날 때 상여를 온전히 운반하기 위한 발맞추기 박자이기도 하지만 망자의 이 세상 하직을 아쉬워하는 처연한 외침이기도 하다.

상여 메는 소리에서는 요령을 쥐고 장단을 맞추는 앞소리꾼의 역할이 중요하다. 상여의 마지막 하직인사 하기, 떠나기 아쉬운 듯 제자리 맴돌기, 부조돈 얻어내기 위한 더디 가기, 비탈길에서 평형 유지하기, 외나무다리 숨죽여 건너기 등이 앞소리꾼의 능숙함에 달려있다. 경험 많은 앞소리꾼의 선창은 상주와 조문객들의 심금을 울리는 대목으로 잘 구성해 더욱 슬피 울리기도 하고 때론 웃기기도 한다.

유정과 달래가 돌아오자 유해선사는 먼저 길을 떠났다는 귀띔이었다. 유해선사는 유정은 아마 독경하느라 늦을 것이니 나중에 돌아오거든 벽골의 본가에 다녀오라고 전하라며 갈 길을 재촉했다는 것이다. 순간 유정의 안색이 어두워졌다. 대산댁은 밤길을 혼자 가야하는 걱정 때문인가 하여 유숙하고 다음 날 출발하라 권유하였으나 유정의 심저에는 생각지도 않은 일정에 잠시 머뭇거림이 일렁이고 있었다.

벌써 삼 년이란 세월이 흘렀다. 출가할 때 어머니 추소랑은 깨우침을 얻기 전에는 돌아오지 말라고 당부했었다. 비록 유정이라는 법명을 받았다고는 하나 삶과 죽음이란 화두의 실마리조차 얻지 못하고 있었던 것이다. 그리고 근자 소년기를 벗어나 청년기에 들어서면서부터는 까닭 모를 격정에 시달리고 있었다.

다음날 유정은 벽골의 생가 대신 금산사를 향해 길을 나섰다. 노선사님의 영정 앞에 가서 깨달음을 구하면 얻어지리라는 기대를 안고서였다. 생가에 들러 부모님의 면전을 대한다는 것이 부질없는 일이라는 생각이 들었던 것이다. 아마도 유해선사는 여기까지 짐작하고서의 전언이었으리라. 금산사를 가려면 태산(태인)을 거쳐서 서이(원평)를 지나야 하는 하룻길이다. 그래서 아침 일찍 길을 나섰다.

대산댁도 동행이었다. 태산 가는 길의 대산 마을 친정에 다녀올 요량이었다. 서너 해 동안이나 잊어버린 채 지내온 친정 생각이 문득 났던 것이다. 열다섯에 출가해 아들딸 낳으며 사십 년을 살았지만 여자에게 있어 친정이란 그런 것이었다. 스스로 친정어머니가 되어 있으면서도 나이가 들은 것과는 상관없이 친정에 대한 애틋함은 젊었을 때와 다르지 않았다.

달래의 외외가를 향한 발걸음도 가볍기만 했다. 어젯밤 달래는 밤이 이슥할 때까지 유정 옆에 붙어 앉아 밤하늘의 별자리를 깨우치고 있었다. 중천을 가로지르는 미리내에 대한 전설, 국자 모양의 북두칠성과 북극성의 별자리, 견우와 직녀성의 전설 등 듣고 들어도 싫증나지 않는 이야기였다. 새벽하늘 서쪽에 영롱하게 빛나는 샛별을 찾아보라는 당부도 들었다.

달래는 유정의 얘기도 얘기지만 그에게서 풍기는 어떤 냄새가 너무 좋았다. 그것은 할머니의 냄새도 아니었고 아버지에게서 나는 냄새와도 달랐다. 할머니의 재촉을 듣고서야 잠자리에 들었다. 달래는 꿈에서 다시 유정을 만났다. 그는 내를 건너가며 손을 흔들고 있었다. 다가가려 해도 내를 건널 수가 없어 안타까워하다가 잠을 깼다. 그리곤 할머니의 선심으로 따라나서게 된 것이다.

노선사의 영정 앞에 향불을 피우고 꿇어앉았다. 그리고 묵상에 빠졌다. 지혜가 번득이는 얼굴에 잔잔한 미소가 흐른다. 열세 살의 아지달이 찾아왔을 때의 알듯 모를 듯했던 그 미소였다. 맨 처음의 선문답이 귓가에 맴돈다.

"삶과 죽음이 무엇인지 알고 싶습니다."
"같은 것이다."
"예? 같은 것이라면 다르지 않다는 말씀입니까?"
"그렇고말고. 본래 하나이니라."
"그러하오면 왜 있고 없고의 차이로 나타납니까?"

"너는 그것이 차이로 보이느냐. 있기 위해서 없어지고 없어지기 위해서 있느니라. 본래가 하나이기 때문이니라."

"아직 깨달음이 모자랍니다."

"아집이 너를 우둔하게 하는구나. 쯧쯧쯧."

그리곤 그 알듯 모를 듯한 미소를 머금은 채 돌아앉으셨다. 유정은 그 미소 앞에 머리를 조아리며 작금의 번뇌에 대한 깨우침을 얻고자 했다.

"선사님. 무언가 피어오르다가 사라지며 정신이 혼미해집니다."

"뿌리에 다가서고 있구나."

"그 뿌리는 하나입니까?"

"뿌리가 어찌 하나이겠느냐. 큰 뿌리와 작은 뿌리가 뒤엉켜 있느니라."

"어느 것부터 뽑아내야 합니까?"

"그렇지 않다. 있는 그대로 두면 저절로 뽑히느니라. 네 속에 음양의 뿌리가 무성하구나. 본래 하나인 것을 부정하는 데서 오는 번뇌이니라."

"음과 양이 어찌 하나라 하시는지요."

"너는 음과 양이 다르다고 보느냐? 어찌 다른지 듣고 싶구나."

"음은 어둠이고 양은 빛이라서 다르옵니다."

"아직 미성이구나. 음과 양은 본래 하나이니라. 음이 없이 어찌 양이 있을 수 있으며 어두움이 없다면 어찌 빛을 알겠느냐. 네가 남녀를 다르다고 보고 있어 뿌리가 뽑히지 않는 것이다."

"예~에?"

"지금 남녀가 다른 것에 집착하여 번뇌하고 있지 않느냐."

"그러면 남녀도 하나라는 말씀입니까?"

"하나가 아니면 둘이겠느냐. 본래 한 뿌리에서 나왔으니 하나인 것을 자꾸 다르다는 망념으로 번뇌에 시달리고 있느니라."

"본래 하나인 것을 다른 것으로 착각하여 망상을 키운다는 가르침 깊이 받듭니다."

"단단한 껍질이 깨지기 더 쉬운 법이니라. 이제 눈을 뜨고 돌아가거라."

눈을 번쩍 뜨고 향불 너머 노선사의 영정을 주시했다. 목소리가 달랐다. 노 선사는 쉰 듯한 목소리였는데 방금 들은 목소리는 카랑카랑했던 것이다. 앞뒤 분별이 잘 되지 않아 잠시 멍하게 앉아있는데 등 뒤에서 유해 선사의 카랑카랑한 목소리가 들려왔다.

"유정 이놈! 깨달음이 그리 더디단 말이냐!"

"에~에? 선사님께서 어찌 여기까지…."

"이 절이 너만 찾아드는 곳이더냐! 네 앞서 와서 기다리려 했는데 내가 좀 늦었구나."

"제가 여기 올 줄을 어찌 아시고…."

"내가 나이를 헛먹은 줄 아느냐. 어제 내장사를 출발할 때부터 너의 미망이 눈에 들어왔느니라."

"선사님. 우둔한 소인을 붙잡아 주옵소서."

"그래? 알았느니라. 문 밖에 달래가 와 있느니라. 나가보아라. 너를 괴는 듯하더구나."

"···?"

삼통의 활약

막손이 백사십여 명의 당나라 군사를 포로로 잡아오자 임존성의 사기가 한층 드높아졌다. 흑치 장군은 목막수의 공을 치하하고 방령으로 승차시켰다. 막손이 알아온 정보를 토대로 복신은 사비성 공략을 준비했다. 아직도 사비성에 갇혀있는 백제 군사를 되찾아오자는 게 목적이었다. 당나라군은 이미 주력부대가 철수를 했고 신라는 오랜 전쟁으로 국력이 피폐한 상태에 있어 사비성을 수복하는 것이 그리 어렵지 않다는 판단이었다. 거기에다 신라와 당의 혹심한 약탈에 넌더리가 난 백제 유민들의 호응이 예상외로 거세어 충분히 후일을 도모할 수 있다는 계산이었다.

흑치 장군이 신촌에 다녀온 지 달포가 지날 즈음 소달구지 이십여 기가 성문에 도달했다는 소식이었다. 바로 신촌의 최성기가 보내기로 약조했던 군량미였다. 쌀이 이백 섬에다 보리쌀 오십 섬, 콩과 팥 등 잡곡이 열 섬이나 되었다. 받아들여 임시창고에 쌓는 데 반나절이 후딱 지났다. 달구지를 몰고 온 사람들은 늦은 저녁을 먹자마자 돌아가는 길을 재촉했다. 그들은 밤길이 오히려 편하다면서 만류를 한사코 뿌리쳤다. 흑치 장군은 물량확인서와 함께 간절한 고마움이 담긴 서찰을 들려 보냈다. 그들을 배웅하고 나서 하늘을 쳐다보았다. 결코 무심치 않으리라는 확신을 다짐하고 싶어서였다. 유성이 길게 하늘을 가로지르고 있었다.

그리고 바로 사흘 후 또 한 차례의 달구지 행렬이 줄을 이었다. 삼십여 기를 따라온 사람도 이십여 명에 이르렀다. 제법 의관을 갖춘 젊은이 셋이 앞장서고 있었다. 지수신이 그들을 맞아 물량을 확인하느라 부산을 떠는 동안 앞장섰던 세 젊은이가 흑치 장군을 만나겠다며 처소로 찾아왔다.

"지는 신촌에서 온 최천동이라 합니다. 성자 기자 되시는 아버님의 분부를 받고 강경포(강경)와 벽골(김제)의 동모들과 합류하느라 며칠 늦었습니다. 이쪽은 강경포 정우치 어르신의 둘째 자제인 정수탁이옵고 그 옆은 벽골 아주생 어르신의 둘째 자제인 아중달입니다."

"먼 길 오시느라 수고가 많았습니다. 이다지 흡족한 군량미를 마련해주신 어르신들께 뭐라고 고마운 말씀을 드려야 할지…."

"어르신들께서는 우선 일차 분이라고 말씀하셨습니다. 도정이 끝나는 대로 곧 더 준비하겠다는 전갈을 올리라 하셨습니다. 그리고 흰내말(부안)의 최치랑 어르신께서도 참 양식 백 섬을 변통해주셨습니다."

"흰내말이라면 여기서 수백 리 길인데 이리 쉽게 당도했다니 정성에 감탄할 뿐이오."

"아닙니다. 흰내말에서는 강경포에서 미리 염출하면 나중에 변제

하시겠다 해서 우치의 어르신께서 장만하셨습니다."

"아~, 그렇게들 소통하셨군요. 어쨌든 군사를 움직이는 힘에 걱정을 덜었으니 이제 군략만 튼튼하면 되겠습니다. 원로에 피곤하실 테니 요기부터 하고 좀 쉬시지요."

"그보다는 먼저 드릴 말씀이 있습니다. 사실 이번에 저희 셋이 동반한 것은…"

"으응? 그러면 동참하겠다는 의사로?"

"그렇습니다. 재주는 별로 없사오나 곁에 두시면 작은 힘이라도 되실 것입니다."

"힘이 되다마다요. 군량미 염출에다 자제분들까지 공출하신 어르신들의 충정이 참으로 놀랍습니다."

"받아 주시겠습니까?"

"아~, 그럼은요. 우선 삼장 장군에게 고하겠습니다."

"삼장 장군요?"

"예, 복신 장군을 삼장 장군으로 부르고 있습니다. 도침선사는 영군 장군이구요. 하하하…"

흑치 장군의 웃음이 어딘지 허허했다.

"장군! 저희들은 흑치 장군의 휘하에 몸담겠다는 생각으로 달려왔습니다. 저희 가친께서도 그리 당부하셨고요."

"그래요? 그러면 이리 합시다. 군사훈련은 차차 이수하기로 하고 우선 나의 수하에서 각자의 적성에 맞는 일을 하나씩 맡기로 하지요."

"저는 셈법을 좀 아니까 지원물자를 관리해 보았으면 합니다만…"

"아, 그래요? 그러잖아도 그 방면에 사람이 꼭 필요하던 참이었습니다. 치중대는 지수신 장군이 책임지고 있으니까 내 잘 일러두겠습니다."

"저는 문서작성이나 정리하는 일을 맡아보았으면 합니다."

"그럼 저는 병장기 만드는 일이나 깃발 같은 것 만드는 일을 맡아보겠습니다. 손끝으로 하는 것은 뭐든 자신이 있거든요."

"아~아, 그래요? 모두들 한 가락씩 가지고 있군요. 천군만마를 얻은 기분이구만."

오천이 넘는 군사를 운용하는 일은 그리 간단치가 않다. 군략이야 장군들이 짜낸다 하더라도 전술로 옮기려면 군대의 조직편제가 제대로 이루어져야 하고 각종 물자 특히 식량의 확보와 소모량 책정도 주먹구구식이어서는 곤란하다. 또 군의 사기를 진작시킬 수 있는 각종 포상과 능력에 따른 승차는 물론 징계에 관한 것도 군율로 정해두지 않으면 안 된다. 예전 황색군 출신이 소수 있기는 하나 대부분은 격문을 보고 몰려온 의용대였다. 군사지략을 알고 있는 복신도 이 점에서 늘 아쉬워하던 터라 흑치의 진언을 흔쾌히 따랐다.

셋 중 연장자인 강경포의 정수탁은 물자관리를, 신촌의 최천동은 각종 제도의 확립과 문서정리를, 제일 연소자인 벽골의 아중달은 제복의 도안과 군기제작 등을 맡아 흑치 장군을 돕기로 했다. 어려서부터 부친의 물류관리를 옆에서 보아온 수탁은 셈에 남달리 능했다. 천동은 서(書)와 부(賦)에 통달, 가히 명문장가라 할 만했으며 당나라말과 일본말에도 능했다. 아주생의 둘째 아들, 그러니까 유정스님이 된 지달의 형인 중달은 남다른 손재주가 있어 눈대중만으로 무엇이든 그럴듯하게 만들어냈다.

수탁이 맨 먼저 착수한 일은 창고에 쌓아놓은 군량미의 양을 계수하는 일이었다. 그는 바닥 면적과 창고 높이만으로 정확한 양을 계산해냈으며 이를 곡류와 부식별로 일목요연하게 기장했다. 그리고 취식 인원에 맞게 취사도구의 용량을 조정하고 배분하는 양곡의 양도 정확하게 계산하여 지급토록 했다. 처음에는 너무 까다롭다며 불평하던 취사반원들도 배식 후 거의 남는 음식이 없을 정도로 오차가 발생하지 않자 오히려 혀를 내두르며 감탄했다.

수탁은 창고 관리를 맡은 후 열흘쯤 지나서 흑치 장군을 찾았다. 특별한 보고가 필요할 성싶었기 때문이었다. 마침 지수신 장군도 함께 있어 시간을 잘 맞춘 셈이 되었다.

"특별한 보고라니 무슨 불편이라도 있는 것인가?"

"예? 아닙니다. 그동안 조사한 물자 현황에 대해서 몇 가지 말씀 드리겠습니다."

"으응, 마침 성주님도 계시고 하니 어서 말해보게나."

"예. 지금 창고에는 쌀이 삼백예순다섯 석, 보리쌀 이백서른 석, 콩 마흔일곱 석, 팥 서른세 석, 좁쌀 열여덟 석, 찹쌀 열네 석이 있습니다. 모두 합하면 칠백일곱 석인데 찹쌀 열네 석은 별도로 치고 참 양식과 잡곡이 각각 삼백예순다섯 석과 삼백스물여덟 석으로 반반입니다. 따라서 참 양식과 잡곡을 반반씩 섞어서 한 사람당 하루에 두 홉씩을 배정하고 있습니다."

"아~, 잠깐! 한 사람이 하루에 두 홉씩을 먹는다는 얘긴데, 그러면 지금 확보한 양으로는 얼마나 버틸 수 있겠소?"

"예, 그걸 말씀드리려던 참이었습니다. 지금 성내에 상주하는 인원은 모두 구천삼백스물두 명입니다. 성 바깥으로 파견된 인원은 백 명쯤 되는데 이들은 대부분 현지조달을 하고 있어 제외했습니다. 그러니까 탁상 계산으로는 서른 닷새분이 됩니다만, 예비량과 결손분을 감안하면 한 달 보름은 견딜 수 있습니다."

"한 달 보름이라…. 그렇다면 서둘러서 군량 확보에 나서야 하겠군."

"그런데 장정이 하루에 두 홉씩으로 양이 찰는지 모르겠군."

"예, 여자와 소년이 덜 먹는 데서 벌충하면 문제가 없습니다만…."

"또 다른 문제가 있다는 겐가?"

"부식이 문제입니다. 아무래도 겨울을 나려면 배추절임을 해야 할 것 같습니다."

"그것은 인근의 농가에서 조금씩 부조를 받아 해결하는 수밖에…."

"제 생각입니다만 병장기와 군복을 마련하려면 아무래도 자금이 필요합니다. 그래서 군상(軍商), 즉 보부상을 운영하는 것이 하나의 방책이라 여겨집니다."

"군대 보부상?"

"예, 예전에도 군상을 통해 필요한 물자를 구입한 것으로 알고 있습니다."

"자네의 얼굴을 보니 방책을 세운 것으로 보이네만."

"그렇습니다. 우선 백 명쯤의 인원을 동원할 생각입니다만."

"그리하게나. 인원은 목막수 방령이 뽑아줄 게야."

"알겠습니다. 준비되는 대로 다시 보고 드리겠습니다."

　백제는 일찍이 군사물자를 조달하는 데 양곡과 포목 등의 징세 외에 보상과 부상을 운용해왔다. 전시에는 배속된 부대에서 전투 임무를 수행하지만 소강 상태일 때는 선질꾼(보상, 褓商)과 바지게 꾼(부상, 負商)으로 나서 부족한 물자를 보충했다. 물물거래 수완이 있는 자들 중심으로 구성된 군상은 바닷가의 소금이나 해산물을 내륙지방의 산간에 공급하고 내륙지방의 특산물을 해안지방에 보급하면서 생긴 이문으로 군수물자를 조달했다. 이들은 국경을 넘나드는 무역도 서슴지 않았다. 이들의 또 다른 임무는 적정의 탐색이었다. 일종의 간자였던 것이다. 수탁은 곧 군상의 선발과 훈련에 착수했다.

　한편 중달의 임무는 의외로 막중했다. 전투에 있어 가장 핵심이 되는 병장기의 확보에 심혈을 기울였다. 창을 만드는 데는 삼 년 이상 자란 곧고 단단한 대나무를 골라 베어다가 여섯 자 크기로 자른 다음 끝을 뾰족하게 잘라 불에 그슬려 창의 대용으로 삼았다. 가벼워 다루기 쉽고 간편했다. 삼지창은 낡은 농기구를 수거해 벼렸다. 수량에 한계가 있어 오장 이상급에만 지급했다. 칼과 활궁, 화살대, 화살촉도 만들었다. 화살은 큰 것, 작은 것, 중간 것으로 분류해 각자의 체중과 근력에 맞는 것을 골라 쓰도록 하되 궁수부대는 각 방령의 휘하에 쉰 명씩을 편제했다. 화살대는 인근에 시누대가 지

천으로 자라고 있어 조달하기 수월했다.

중달이 특히 솜씨를 발휘한 것은 군병들의 전투복과 각종 깃발이었다. 부녀자들에게 치자 우린 물과 황톳물을 섞어 담황색으로 물들인 포목과 본을 나누어 주어 바느질하도록 했다. 상의는 앞가슴과 등에 박달나무를 얇게 절단한 편린을 겹쳐 꿰매도록 해 아예 찰갑(札甲, 갑옷) 겸용으로 만들었고 하의는 바지의 통을 좁게 해 활동성이 편하도록 했다. 방령 이상의 지휘관들의 찰갑은 조개 껍데기를 다듬어 붙였다.

군기는 일, 이, 삼, 사 군으로 나누어 흰 바탕에 각기 색깔이 다른 술을 달아 구분할 수 있도록 했고 지휘부의 군기는 황색으로 통일해 장군 호칭을 수놓아 위엄을 과시토록 했다. 밥만 축내고 있던 병사들은 준비 작업에 모두 열중이어서 달포 만에 대충의 작업을 완료했다.

동짓달을 며칠 앞둔 맑은 날 새로운 군복과 병장기로 대오를 갖춘 부흥군이 연병장에 도열했다. 일만 군사의 위용이 근사했다. 사기 또한 하늘을 찔렀다. 삼장 장군 복신과 영군 장군 도침, 흑치 장군, 지수신 성장이 누대에 올라 흐뭇한 표정으로 정렬한 대오를 굽어살피고 있었다. 선임 방령의 우렁찬 보고가 끝나자 복신이 앞으로 나서 사자후를 토했다.

"부흥군 여러분! 참으로 감개무량하다. 오늘 여러분의 당당한 위용을 보니 우리의 숙원인 백제 부흥이 이뤄진 것처럼 느껴진다. 이제 곧 수복전투에 나설 것이다. 한 사람도 뒤처지지 말고 앞장서 백제민의 의기로써 당나라와 신라의 침탈을 막아내자. 고향에 두고 온 여러분의 부모와 처자식의 생사와 안위가 바로 제군의 손에 달렸다. 기필코 승리를 이뤄내자."

일만 군사의 환호가 지축을 울렸다. 부흥군의 결기가 그렇게 무르익어가고 있었다. 흑치 장군과 지수신 성장은 군율과 제도의 기틀을 마련한 최천동과 물자의 조달과 관리를 요령 있게 정비한 정수탁, 각종 병장기 및 복색을 본새 있게 제작한 아중달의 공에 대해 각기 통령의 지위를 내릴 것을 복신에게 상주, 허락을 받았다. 복신은 도침과 의논해 최천동을 일통령, 정수탁을 이통령, 아중달을 삼통령으로 정해 참모 역할을 다하도록 특명했다.

이후 삼통의 활약은 부흥군의 명맥을 유지하는 데 있어 절대적이었다. 장군은 물론 간부들도 대부분 항상 이들의 자문에 의지했으며, 병사들도 무슨 일만 생기면 이들을 찾아 하소연했다. 이후 병영에서는 하나의 우스갯소리가 유행했다. 조그만 공을 세우거나 뽐낼 일이 있으면 저마다 사통을 자처했다.

"내가 바로 사통이란 말이여."

"뭐여? 사통? 자네 같은 꼴통이 개뿔은 무슨 사통. 그냥 꼴통이라고 혀!"

"멋이? 꼴통? 내가 꼴통이면 너는 똥통이게?"

"아니, 뭐? 으하하하."

악몽

　　유해선사의 은근한 부추김에 덩달아 따라나섰던 달래는 후회가 막급이었다. 할머니도 무슨 생각이었는지 달래의 금산사 구경을 만류하지 않았다. 유해선사는 달래가 외외가의 대문에 들어서기가 무섭게 불현듯 나타나 다짜고짜 금산사 구경을 가자고 재촉했던 것이다. 달래는 혹 유정스님을 다시 만날 수 있으리라는 기대를 하고 있었지만 내색은 하지 않았다. 잠시 기다리라 하고 법당으로 들어간 선사는 좀체 나타나지 않았다. 날은 벌써 어두워지고 있었다. 요사체인 듯, 대웅전 옆의 건물에 등불이 하나둘 밝혀지더니 이어 법당에서도 환한 불빛이 새어 나왔다.

　무료하게 기다리던 달래는 무심코 하늘을 쳐다보고 별자리를 가늠했다. 처음 몇몇 개만 나타났던 별은 시간이 지날수록 숫자가 늘어났다. 유정이 일러주던 대로 북쪽을 향해 북극성을 찾았다. 국자 모양이던 북두칠성이 아직 나타나지 않아 확실한지는 모르겠으나 밝게 빛나는 별이 하나 반짝이고 있었다. 항상 정북 방향에서 움직이지 않고 자리를 지킨다던 북극성이 왠지 마음에 들었다. 훗날 북극성을 자기별 삼아 오랜 기다림을 하소연하게 될 줄은 미처 몰랐다.

얼마나 시간이 흘렀을까? 동자승 하나가 다가와 합장을 하고는 소매를 이끌었다. 저녁 공양을 하자는 것이었다. 어찌할지 잠시 망설이다 뒤를 따랐다. 선사님은 분명히 여기서 기다리라 했는데 나중에 찾을까 염려되었던 것이다. 목기에 반쯤 채운 쌀밥에서 김이 모락모락 오르고 있는 것을 보니 갑자기 배가 고파졌다. 무쳐놓은 산나물에서 들기름의 고소한 냄새가 식욕을 돋우었다. 자기를 인도했던 동자승은 달래의 숟가락 놀림을 가만히 지켜보고만 있을 뿐 아무런 말이 없었다.

조금 후 달래는 그 자리에 꼬꾸라지고 말았다. 먼 길을 온 데다 빈속을 가득 채우니 식곤증이 몰려왔던 것이다. 유정이 다가와 손을 끌어 언덕길을 오르고 있었다. 유정의 큼지막한 손에 자기 손을 맡겼지만 부끄럽지가 않았다. 유정스님에게서는 예전의 그 냄새가 풍겼다. 싫지 않은 냄새였다. 이윽고 언덕의 꼭대기에 도달하자 유정스님은 잡았던 손을 놓더니 달래에게 왔던 길을 도로 내려가라고 당부하면서 고개를 꾸뻑하고는 언덕길을 휘적휘적 내려갔다. 가사자락이 나부끼는 듯했다.

따라가 붙잡아야 한다는 생각으로 발걸음을 내디디려 했으나 발이 땅에서 떨어지지 않았다. 펄럭이던 가사자락은 점점 멀어지는데 발걸음이 떨어지지 않으니 안타깝기만 했다. 이윽고 스님을 목청껏 불렀다. 그러나 입만 벌렸을 뿐 목소리가 나오지 않았다. 그래도 부르려고 몸부림쳤다. 그때 동자승이 몸을 흔들어 깨웠다. 꿈을 꾸었던 것이다.

"꿈을 꾸셨나 봅니다."

"…"

"무슨 꿈이기에 그리 손을 휘저으며 몸부림을 치셨습니까?"

"지가요?"

"예. 무슨 악몽인 듯했습니다. 하도 보기가 안돼서 제가 깨웠습니다."

"무슨 꿈이 그리 답답혔는지 모리겠구만이라우."

"꿈은 반대라고 했으니 좋은 일이 있으려나 봅니다."

"좋은 일요?"

정신이 들어서도 꿈 속 아쉬움이 가시질 않았다. 아직도 가사 자락이 눈앞에 펄럭이는 것 같고 처음 느껴본 냄새가 여전히 코끝에 남아 있는 듯했다. 이해할 수 없는 꿈이 어쩐지 불길하게만 느껴졌다. 그러고 보니 어느새 동창이 밝아오고 있었다. 몸을 추슬러 밖으로 나와 법당 쪽으로 발길을 옮겼다. 선사님이 아직 법당에 있을 것이란 짐작에서였다. 달래가 법당 앞에서 주춤거리는데 법당문이 열리고 아닌 게 아니라 선사님이 단정한 모습으로 나왔다. 달래가 반가운 마음으로 쪼르르 달려가 인사를 하자 선사의 눈이 휘둥그레졌다.

"아니, 너 여기에 밤새 서 있었던 것이냐?"

"예? 아니고만이라우. 저 아래 집에서 저녁 먹고 잠들었다가 지금 막 깨어난 참이고만이라우."

"뭣이? 그럼 유정은 어디 있느냐!"

"유정스님이요? 지는 못 보았는디요."

"허어, 이럴 수가. 어젯밤에 바로 만나지 않았더냐?"

"예. 지는 선사님만 지둘르고 있었고만이라우."

"그랬구나. 음, 그랬구나. 나무관세음 보살."

"유정스님이 어찌 되었능가요?"

"아니다. 다 부처님의 자비하심이니라. 달래야. 저 아래 개울에 가서 소세하고 오너라. 나하고 함께 아침 공양을 하고 내려가자꾸나."

"…"

"어서 서둘러라. 절간에서는 늦은 사람 밥 안 주느니라."

달래의 마음이 싱숭생숭해졌다. 어젯밤 꿈자리도 개운치 않았지만 선사님이 뜬금없이 금산사 절을 구경하자며 데리고 나선 것도, 유정스님의 행방을 물었던 것도 속내를 알 수 없는 일뿐이었다. 달래는 이 날의 일들이 평생을 사는 동안 가슴의 못으로 자리 잡을 줄도 미처 몰랐다. 아침 공양이 끝난 후 외외가에 돌아올 때까지 가닥을 잡아보려 애썼지만 허사였다. 왠지 가슴 한구석이 텅 빈 것처럼 허전하기만 했다. 달래의 이러한 마음속을 아는지 모르는지 선사님은 시종 아무 말이 없었다. 어떤 땐 빙그레 혼자 웃는가 하면 미간을 좁혀 무언가 골똘하는 모습을 되풀이할 뿐이었다.

유정은 밤새 걸어 내장사에 도착했다. 그러니까 어젯밤 유해선사님이 밖에 달래가 와서 기다린다면서 "달래가 너를 괴고 있느니라."라고 귀뜸한 의미가 무엇인지 곱씹느라 고단한 줄도 몰랐다. 불문에 몸담은 출가인으로서 아직 어리다고는 하나 한 여자의 꾐에 마음을 쓸 수가 없었다. 출가한 이상 속세의 인연을 모두 끊어야 한다며 삼 년이 지나도록 친가조차 잊고 지내오지 않았던가? 그래서 일단 피해 나왔던 것이다. 달래가 괴고 있다는 말을 듣는 순간 자기의 마음이 몸 밖에 나와 있는 것처럼 당황하고 말았다. 그래서 차마 떼어지지 않는 발걸음을 재촉해 내장사로 돌아온 것이다. 그것은 일종의 도피였다. 이튿날 저녁 늦게 당도한 유해선사는 유정부터 찾았다.

"선사님, 다녀오셨는지요."

"못난 놈, 네가 아직 뿌리를 잘라내지 못했구나. 어리석은 놈."

"…."

"내 이르지 않았더냐? 뿌리가 하나인 것을 억지로 부정한다고 뽑히겠느냐?"

"선사님께서는 저절로 뽑힌다고 하시오나 뿌리가 더 내리기 전에 잘라버리는 게 더 쉽지 않겠습니까?"

"너는 뿌리의 실체를 알지도 경험하지도 못하고서 어떻게 자른다는 것이냐?"

"연한 뿌리라야 자르기 쉽지 않사옵니까?"

"연한 뿌리든 질긴 뿌리든 흔적은 남느니라. 곪는 상처는 더 곪을 때까지 가만두어야 스스로 터지고 상처도 쉽게 낫는 이치를 깨닫지 못하느냐? 미련한 놈."

"…."

"너는 어찌 남녀관계를 합일로 보지 않고 교합으로만 여기려 한단 말이냐? 더욱 정진하거라. 못난 놈."

"예, 선사님, 소인의 어리석음을 깨우쳐 주소서."

군략 회의

복신의 주재 아래 사비성 공략을 위한 작전회의
가 열렸다. 도침과 지수신 흑치상지가 상좌에 앉고 다섯 명의 방령
과 세 명의 통령이 배석했다. 복신은 그동안 소수의 병력으로 아직
도 성을 지키고 있는 이례성을 비롯해 옹장성, 사정성 등 이십여 개
의 성과 연락해 당나라군이 점령하고 있는 사비성 탈환을 위한 연
합작전을 도모해왔다. 날짜가 정해지면 각각 은밀히 약속장소에 집
결하기로 한 것이다. 모두 합하면 족히 삼만에 달하는 병사였다. 작
전 여하에 따라 사비성을 탈환하고 사비성을 중심으로 단합하여
잃어버린 나라를 다시 복원할 수 있다는 생각이었다.

"우선 결전 날짜부터 정하기로 합시다. 기탄없이 의견을 내놓아
보시오."

"흑치가 말씀드리겠습니다. 날씨가 점점 추워지고 있습니다. 가급
적 서두르는 게 좋을 듯합니다. 제 생각으로는 우선 선발대부터 출
발시켰으면 합니다."

"선발대라면 척후병을 말하는 것이오?"

"그렇습니다. 규모는 한 방은 되어야 할 것입니다."

"그러면 본진은 언제 출발하는 것이오?"

"출발 준비를 하려면 열흘 정도는 걸릴 것으로 생각됩니다."

"소승의 생각은 다릅니다. 기병은 신속이 그 생명인데 선발대 따로 본대 따로 움직이면 기밀이 누설되어 적의 방비가 튼튼해질 것입니다."

"제 생각은 백강 부근을 집결지로 삼아 그곳에 집결하는 날짜와 시각을 정해 각 성에 통보하는 것이 좋을 듯합니다. 다만 신속행군으로 움직이는 시간을 단축하도록 미리 일러두어야 할 것입니다."

"방금 지수신 장군의 말씀이 합당한 것으로 여겨지는데, 그리하기로 하고 집결지와 집결 시간에 대해 말씀해보시오."

"일통령 최천동이 한 말씀 올립니다. 이번의 기병은 일거에 사비성을 점령해 백제의 명운을 개척하자는 것으로 압니다만, 그렇다면 군략을 세우는 것보다 더 중요한 것이 있습니다."

"군략보다 더 중요한 것?"

"그렇습니다. 이번에 온 힘을 쏟아부어 사비성을 수복할 수 있을지는 모르오나, 그 사비성 탈환만으로 막강한 신라와 당나라의 연합세력을 국경 밖으로 온전히 내몰기는 어려울 것입니다. 결국, 성의 수비부담만 늘어날 뿐, 국면전환은 난망하다는 말씀입니다."

"아니, 지금 자네 인제 와서 무슨 뚱딴지같은 소리를 하고 있는 게야."

"뚱딴지가 아닙니다. 본시 나라란 위로 왕 폐하를 모시고 국토와 백성을 건사할 수 있어야만 하는 것인데, 지금 왕 폐하는 당나라에 볼모로 가 계시고 국토는 신라군에게 유린되어 백성은 뿔뿔이 흩어졌습니다. 따라서 사비성 탈환이라는 소국적 전투보다는 국토수복과 백성을 어우르는 대국적 전략이 있어야 할 것입니다."

"인제 보니 자네 전투가 무서워 겁부터 먹고 있군 그래."

"영군 장군님, 말씀이 지나치십니다."

"왜, 내 말이 섧게 들리나 보군. 자네가 무슨 군략을 안다고 나서는 게야."

"아~아, 그만들 하시오. 듣고 보니 일통의 말에 일리가 있소. 우리는 사비성 탈환만 생각했지 그 이후에 대해서는 생각이 없었던 것 같소. 자, 오늘은 늦었으니 이만하고 밤새 좀 더 생각하여 내일 다시 모이기로 합시다."

싱거운 군략 회의가 되고 말았다. 최천동은 임존성을 찾아오기 전부터 백제 부흥의 의미를 되새겨 왔다. 백제의 나태와 나당연합군의 공격, 황산벌 싸움의 패배, 왕조의 몰락, 유민들의 고초, 의병들의 열망 등을 정리하면서 백제 부흥은 어떻게 이루어져야 하고 부흥이 이루어지면 어떤 나라와 제도, 위민정책이 수반되어야 하는지에 대해 고민을 거듭했다. 그래서 일단은 꺼져 가는 불씨부터 살려야 한다는 생각으로 뜻을 같이하는 동무들과 임존성을 찾았던 것이다.

입성 후 두 달 동안 각종 군사제도를 정비하면서 느낀 것은 의분과 결기만 있을 뿐, 나라의 정체성 회복이라는 대의명분이 부족하다는 점이었다. 특히 지도부인 삼장 장군 복신과 그의 참모격인 영군 장군 도침은 독선적인 데다 의외로 욕심이 많아 흑치 장군이나 지수신 성장을 의도적으로 무시하면서 거드름을 피웠다. 최천동은 우연하게 도침의 내심을 파악할 기회가 있었다. 군사편제에 관해 보고하는 자리였다.

"자네는 이러한 제도와 편제만으로 전투에서 이길 수 있다고 여기는 겐가?"

"전투의 승패를 겨루기 전에 예단하는 것은 병법에 어긋나는 줄 압니다만…."

"그러나 싸움에 이기는 조건은 있는 법이지."

"장군님은 그것을 무엇이라 여기시는지요."

"첫째는 군사가 잘 훈련되어 있어야 하고…."

"둘째는요?"

"둘째는 용병술과 군략에 능한 지휘자가 있어야 하고…, 예를 들면 나같이 육도삼략에 능통한 장군이 있어야 한다는 말일세."

"…!"

"셋째는 이것이 가장 중요한 조건인데, 새로 세우는 나라의 목표일세."

"새로운 나라요?"

"그렇지. 새로운 나라에는 어떤 국가목표가 있어야 하지."

"장군님은 그 목표가 어떤 것이어야 한다고 생각하십니까."

"자세히 설명하려 들면 어렵지만, 간단히 말해 불자대국일세."

"불, 자, 대, 국이요?"

"그러네. 불교가 국가의 중심이 되는 나라일세. 당연히 온 백성은 불자가 되어야 하고 오로지 불국정토에 힘 쏟는 그런 나라란 말일세."

"이왕의 백제도 불교를 숭상하고 백성들도 불교문화에 빠져들고 있지 않았습니까?"

"그러나 온전하지 못했어. 겉만 번지르르했지. 오히려 왜국으로 건너간 불교가 제 모양을 갖추어 가고 있는 게야."

"그것은 우리 백제의 것을 그대로 베껴간 것이 아니옵니까? 그리고 우리는 신라의 것을 상당 부분 베껴오지 않았습니까?"

"잘못 알고 있는 게야. 신라의 불교는 불교를 위해 나라가 있는 것이 아니고 나라를 위해 불교를 이용한 것이지. 소위 호국불교라는 게야."

"불국정토의 의미에서라면 이거나 그거나 마찬가지 아니옵니까?"

"아닐세, 아니야. 불국정토를 이룩하려면 반드시 불자가 나라의 주인이 되어야 하네."

"불자가요?"

복신의 야욕을 눈치챈 천동은 왠지 씁쓰레했다. 부흥운동의 앞날이 걱정되기도 했다. 도침은 도침이라지만 복신은 복신대로 꿍꿍이속을 지니고 있었다. 그것은 군략 회의가 있던 바로 그 날 밤, 부름을 받고 찾아간 복신의 처소에서였다. 복신은 반쯤 술에 취한 상태였다. 비단보다 귀하게 여기는 무명옷자락이 어지럽게 구겨져 있었다. 그는 게슴츠레한 눈을 치뜨며 천동에게 자리에 앉을 것을 명했다.

"아까 일통의 얘기는 잘 들었다. 그런데 말이야. 그 대국적 전략이란 것에 대해 좀 더 자세히 얘기해보겠나?"

"…"

"아~아, 뭐 망설일 것 없다. 여기에 엿듣는 자는 없네."

"…?"

"이 성내에도 내 말을 엿듣고 전파하려는 자들이 있는 듯해. 요즘엔 각별히 신경을 쓰고 있다네. 지금은 괜찮을 게야. 어서 말해보게. 그 대국적 전략이란 것을 말이야."

"백제의 예전 국경까지 고스란히 되찾는 전략이 되겠습니다."

"예전 국경까지?"

"예. 현재의 군사력으로는 이십여 개의 성을 확보할 수는 있습니다만 실지를 회복하여 왕권과 국권을 확립하려면 힘을 더 길러야 합니다. 다행히 여기저기서 의병들이 들불처럼 일어나고 백성들의 호응이 대단하므로 좀 더 크고 견고한 성으로 옮겨 군사를 모으면 곧 대항할 힘이 생길 것입니다. 그리고 왜국에 밀사를 파견하여 그들의 군사를 끌어오는 것도 한 방편 입니다."

"원군을 요청한단 말이냐?"

"그렇습니다. 그동안의 교류와 협력관계를 감안하면 우리의 원군 요청을 거절하지 못할 것입니다. 그들은 신라와 고구려, 당나라의 침공을 늘 불안해하고 있습니다. 이치를 따져 말하면 반드시 응할 것입니다."

"좋은 생각이군. 왜국엔 풍 왕자님이 계시긴 하다만⋯. 나라의 주인이 될 만한 그릇이기는 한지."

"⋯ 예?"

"아, 아니다. 그러면 이번 사비성 공략은 그만두라는 뜻이냐?"

"아닙니다. 절반쯤의 군사로 사비성을 맹공하여 저들의 기세를 꺾은 다음 시간을 벌면서 본성 이전과 원군 요청을 추진하면 가할 것입니다."

"⋯."

"소인 괜한 말씀을 드린 것이옵니까?"

"아니다. 깊은 성찰이구나. 일통은 당장 내일부터 옮겨야 할 튼튼한 성을 물색하도록 해라. 지리적 이점과 요새의 강점이 완벽한 곳을 찾아야 하느니라."

"흑치 장군과 지수신 장군의 허락이 있어야 인적 물적 지원을 받을 수 있습니다."

"그래야겠지. 다만 영군 장군의 귀에는 들어가지 않도록 각별히 유념하거라."

"분부 모시겠습니다. 충."

소리를 빚는 독

"달팽이 성. 오늘은 천상 여그 주막에서 묵어야겠수."

"아직도 해가 중천인디. 해전에 벌음지(지금의 충남 청양군 유구)까지 당도하려면 서둘러야 쓰겄다. 근디 너 시방 나한테 뭐라고 혔냐! 달팽이 성?"

"아, 다들 그렇게 부릉게 나도 안 그려요. 잘못혔수. 달평 오장님."

"막둥아, 절대로 백제군 행세허지 말라고 안 혔냐!"

"미안허요. 갑자기 정색을 헝게 안 그려요. 달평이 성님."

"그럼 잠시 쉬었다 가자. 여그가 배산(지금의 호계)잉게 재 하나만 넘으면 바로 벌음지 코밑이어."

"성은 어찌 그리 지리가 빠삭허요 잉."

"어디 오장 노릇 하기가 쉰 줄 알어?. 내일 안으로 성에 당도하라는 분부였응게 질을 안 서둘러야 쓰겄냐. 언능 탁배기 한 사발씩 하고 일어나자"

　목막수 방령의 명에 따라 군상으로 차출되어 성을 떠난 지 달포
가 되었다. 달평은 셈에 밝고 붙임성이 좋아 이통 정수탁의 신임을
얻었다. 나이가 어린데도 오장으로 발탁되어 군량미 관리를 맡았
다. 정수탁은 무슨 생각이었는지 계룡산 주변의 고을을 낱낱이 살
피면서 올해 작황을 잘 파악해오라 했다. 특히 신라군의 주둔지역
을 맴돌며 그들의 양도를 머릿속에 그려오라 했다.

　달평에게는 그다지 어려운 임무가 아니었으나 남의 눈을 속이며
적정을 살피는 일은 위험한 일이었다. 그래서 꾀를 낸 것이 수탁의
방에 진열되어있는 도자기 화병을 달라 했다. 수탁은 강경포에서
떠나올 때 만약을 위해 아버지 정우치의 거래 물품 가운데 귀하게
여기는 도자기 화병을 몇 점 가지고 왔던 것인데 눈치 빠른 달평의
눈이 그것을 그냥 넘기지 않았던 것이다. 수탁은 흔쾌히 그중 값나
가는 것으로 다섯 개를 골라주었다.

　달평은 올망졸망한 도자기 다섯 점을 길 양식과 함께 갈무리하면
서 아버지가 생각났다. 고향 점촌(지금의 정읍시 북면 승부리 금곡마
을)에 홀로 계시는 아버지는 지금도 독 짓는 일에 매달려 있으리라.
그 곧은 성미에 가세를 어떻게 꾸려나가는지 가슴이 울컥했다.

　아버지는 소리가 맑아야 한다고 했다. 사람에게 소리가 있어 그
고저와 청탁으로 사람됨을 짐작할 수 있듯이 독을 빚는 데도 소리
를 염두에 두고 흙 반죽과 성형과 불 때기가 이루어져야 한다고 누
누이 강조했었다. 독은 우선 소리가 맑고 은은해야 견고하고 숨을

잘 쉬는 옹기라는 설명이었다. 할아버지 때부터 내려온 가마에 의지해 사십 평생을 옹기 굽는 일에 매달려온 아버지는 하나밖에 없는 자식에게 대물림하려는 작심으로 흙 고르는 일, 반죽하는 일, 물레 돌리는 일, 불 지피는 일을 꼼꼼하게 전수했다.

달평은 철이 들기 전부터 아버지 심(沈)수리의 독 짓는 일을 거들어 온 터라 그 일이 싫고 좋고가 없었으나 한 가지, 소달구지를 빌려 여러 모양, 여러 크기의 옹기를 잔뜩 싫고 인근을 돌며 팔러 다닐 때는 재미있었다. 아버지는 대충으로 크기에 따라 값을 부르고 곡식을 퍼주는 대로 받아왔으나, 달평은 크기와 모양별로 미리 값을 정해놓고 곡식도 쌀과 보리, 대두, 소두만을 받도록 아버지에게 훈수했다. 그리고 장날에는 제일 값나가는 것 몇 개를 지게에 지고 나가 살림에 필요한 것들을 물물 교환하거나 이중, 삼중거래로 사 왔다.

열여덟 살이 되자 아버지는 독을 내다 파는 일은 아예 달평에게 맡겼다. 달평은 고사부리장, 태산장, 배들장을 번갈아가며 옹기를 팔러 다녔다. 멀리 벽골, 흰내말까지도 다녔다. 팔다 남은 것은 도로 지고 오지 않고 맘씨 좋은 주막 주인에게 부탁해 맡겨놓았다. 혹 사러 오는 사람이 있으면 쌀 몇 말 몇 되를 받으라고 당부하고는 다음 장날에 셈을 치러 작은 술독으로 인사를 챙겼다. 또 이러이러한 항아리를 만들어 달라 주문하면 잊지 않고 날짜를 맞추어 집으로 짊어지어다 주었다.

달평이의 이러한 재치와 부지런함으로 가세가 금세 늘어나 남부

럽지 않을 만큼 되었다. 동네 사람들은 입을 모아 "심술이가 아들 하나 잘 두었어. 달팽이 허는 짓을 보면 보통내기가 아니란 말여." 라고들 칭찬했다. 그러나 바로 그때 아버지의 땅이 꺼지는 듯한 한숨이 달평의 귀에 박혔다.

"아부지, 무슨 일로 그리 한숨을 쉰당가요."

"그리 되았구나."

"머시 그리 되았단 말이랑가요. 후딱 말혀 보랑게요."

"이리 되았응게 말 안 할 수 있겄냐? 달팽이 너, 장날 보러 다닝게 벌써 들었을 것 아니냐?"

"먼 말인디요."

"아따, 나라가 망해부러서 신라와 당나라가 여그저그 들쑤시며 지랄을 헌다고 안 허더냐. 너는 그것도 못 들었냐?"

"얼래, 어찌 못 들어것능가요. 지도 솔챈이 전부터 들었구만요."

"그런디, 너는 암 생각도 없었냐?"

"지가 멋을 어떻게 혀야 허는디요."

"나라가 망하면 우리 백성은 다 죽은 목심이어. 어디 당나라 놈덜이 가만 놔두겄냐? 즈그덜 종 삼을라고 허지."

"그거야 여그 촌구석에서 숨죽이고 있는디 즈그덜이 어떡한다요."

"그것이 아니여. 이까짓 옹기 굽는 일이야 혀도 그만 안 혀도 그만이지만서두 나라야 한 번 망해뿌리면 다시는 사람대접 못 받고 살다가 개돼지처럼 죽는 거여."

"글먼 지금은 뭐 제대로 사람대접 받는가요?"

"조상 윗대 제사 잘 모시는 것만도 사람 노릇은 하는 거지 멋을 더 바란다냐?"

"긍게 안 되았능가요. 인자 지가 장개 가서 아버지 편히 모시면 되지라우."

"그거이 아니라는디 그러는구나. 다들 나라 되찾자고 젊은이들을 내놓는디 우리라고 못 본 체하고 넘어가서야 쓰겄냐?"

"…."

"느그 증조할아부지, 할아부지도 다 병정을 나가셨어야. 할아부지는 삼십도 되기 전에 쌈터에서 돌아가셨어. 그래서 나는 병정을 면해주었다만 너까지는 아닌 게야."

"…."

"애비 걱정은 말아라. 입에 풀칠이야 못 허겄냐? 내일 여그 점촌에서 너댓 명이 출발한당게 너도 함께 가거라. 살아서 돌아오기만 허면 된다."

"…."

울며 겨자 먹기로, 등 떠밀려 부흥군에 가담했다. 다행히 좋은 윗사람 만나 별 고생 없이 병영생활을 하면서 여러 가지를 배우고 깨달았다. 특히 정수탁을 만나 수리를 깨우치면서 우물을 벗어난 개구리가 되었다. 큰 계산을 하려면 작은 계산을 잘해야 하며, 작은 계산이 큰 계산속에서 어떤 역할을 하는지 꿰뚫어야 다음의 더 큰 계산이 수월해진다는 수의 이치와 개념을 배우고서는 눈이 확 열리는 느낌이었다. 감산을 할 때는 가산을 이용하고 제산을 할 때는 승산을 역이용하는 요령도 배웠다.

이번 첫 군상활동은 달평의 세상 보는 눈을 더욱 넓혀주었다. 가지고 간 도자기 화병은 아무나 쉽게 만질 수 있는 것이 아니어서 큰 재산가에서나 흥정이 가능했다. 그것도 풍류를 아는 부자라야 물건 귀한 줄 알고 대했다. 대개는 양곡으로 값을 쳐주려 하지만 달평은 운반하기 쉬운 당목을 청했다. 당나라에서 들여온 무명은 부드럽고 색을 먹이면 빛깔이 고와 모시 베나 삼베보다 세 배나 되는 값을 쳐주었다. 한 필에 대략 백미 한 섬이었다.

달평은 도자기를 건네고 나서는 잘 맞는 오동나무 상자를 얹어주었다. 오동나무 상자는 삼통 아중달의 솜씨였다. 덤으로 근사한 상자까지 건네받은 주인은 그냥 돌려보내지 않았다. 날이 저물기도 전에 유숙하고 가라 붙잡았으며 푸짐한 저녁도 대접했다. 저녁을 물리고 나면 바깥세상 돌아가는 얘기를 청하는 것이 상례였다. 사실 달평이 노리는 것도 그것이었다. 말재간 좋은 달평은 주인의 마음을 홀딱 빼앗곤 했다.

그러는 사이 인근의 정황이나 신라군들의 동태, 민심을 읽어낼 수 있었다. 달평은 내친김에 부흥군 자랑을 늘어놓으며 각 고을의 부농들이 십시일반으로 군량미를 염출하고 있다는 것을 풍문이라며 전하면 대개는 자기도 가세하겠노라고 나왔다. 그 가운데는 후환을 염려해서 생색을 내려는 사람도 있었으나 진심으로 나라 걱정을 하는 사람이 많았다. 뜻이 통하는 사람에게는 본색을 밝히고 언제까지 얼마를 염출하겠다는 단자를 받았다.

달평은 백제가 반드시 다시 일어나리라는 확신을 얻게 됐다. 감추어둔 속내는 모두가 한가지로 신라와 당나라의 토색질과 패악을 견딜 수 없어 하는 것이었다. 그래서 흉년이라며 공출을 거절하고 지하 곳간에 깊이 감추어두었던 양곡을 자진해서 갹출하겠다고 나오는 것이었다. 그밖에 얻어낸 정보로는 사비성에 주둔한 당나라 병사들의 사기가 말이 아니라는 내용이었다. 본국으로부터의 양도가 중단된 터에 신라의 협조는 말뿐이고, 백제 유민들의 저항도 만만치 않아 양곡 창고가 거의 바닥났다는 내용도 있었다.

달평이 수집해온 정보와 군량미 염출 단자는 임존성의 사기를 한껏 높여주었다. 일통과 이통은 달평의 전과에 대한 보상으로 십부장 임명을 천거했다. 성주는 거의 일백 석에 달하는 군량미를 확보해온 것에 대해 칭찬을 아끼지 않았다. 목막수 방령도 달평의 승진 신고를 받으면서 여간 흐뭇한 게 아니었다. 고향 마을 다내에서 고작 삼십 리 상거인 점촌에서 왔다기에 반가운 마음에 자기 막하에 거두었다가 그의 재주를 알아보고 이통에게 천거했던 것이어서 더욱 흐뭇했다.

상사병

"달래야. 너 어디가 어떻게 아퍼서 요렇게 암껏
도 못 먹고 그리쌌냐."

"…"

"요것이 시방 큰 빙 났는가분디 먼 말을 혀야 약이라도 쓰든가 말
든가 헐 것 아니여."

"할무이~, 할무이, 나 암시랑토 않웅게 걱정허지 말어라우. 메칠
있으면 기운 안 날랑게벼. 그렇게 그냥 나 혼자 내비두랑게 좀."

"머시야? 그냥 내비두게 생겼냐? 시방? 아이고 부처님. 우리 달
래 어찌 근당가요 잉."

"할무이, 오늘이 메칠잉가요."

"메칠이면 멋 헐라고 그려? 어저끄가 동짓달 시작잉게 초이틀인
갑다."

"그러면 바깥 날씨 솔찬히 춥겄네요 잉."

"웬 날씨 탓이어? 시방. 안 추우면 어디 갈 디라도 있어서 그런다
냐?"

"야~. 퍼뜩 일어나서 꼭 가보아야 할 디가 있고만이라우."

"얼래, 머시여? 거기가 어디 간디 이 동지섣달에 출행헌단 말이어?"

달래는 금산사에 다녀온 뒤 심한 몸살에 시달렸다. 온몸의 맥이 풀리고 신열이 났으며 입맛도 없어져 아무것도 목구멍을 넘어가지 않았다. 머릿속도 텅 빈 것 같았다. 아무리 부르려 해도 목소리가 나오지 않고 가사 자락을 날리며 휘적휘적 멀어져 가던 유정의 뒷모습만 자꾸 떠올랐다. 그에게서 풍기던 야릇한 냄새도 여전히 코끝을 맴돌았다. 그의 손을 통해 전해오던 체온도 아직 손바닥에 남아 있다. 높이 뜬 찬 달빛이 그의 파르스름한 머리통으로 자꾸 둔갑했다.

더욱 견디기 어려운 것은 가슴이 답답하다는 것이었다. 뭔가 체한 것도 같고 어떤 땐 뭉클한 것이 가슴을 치고 올라오기도 했다. 그것은 꼭 피멍울일 것이라는 생각이 들었다. 곰곰이 생각하니 유해 선사를 따라 금산사를 내려오면서 유정에 관해 물어보지 못한 것이 후회막급이었다. 아주 당돌하게 그가 어디 있는지, 어떻게 해야 만날 수 있는지 물었어야 했다. 선사는 무엇을 짐작하는지 시종 알듯 모를 듯한 미소만 흘리고 있지 않았던가?

이제라도 서둘러야 한다는 생각이 들었다. 그렇지 않으면 왠지 다시는 유정 스님을 만나지 못할 것 같은 생각이 들었다. 인연이라면 발 벗고 나서서 꼭 붙잡든지 인연이 아니더라도 확실하게 매듭지어야 한다는 결기가 발동했다. 아버지 어머니와 할머니의 나무람이 문제가 아니었다. 이제 열네 살을 넘어 곧 열다섯 살이 된다.

달래는 어머니 배들 댁 모르게, 할머니에게만 귀띔을 하고는 무작정 집을 나섰다. 동짓달의 매서운 바람이 소맷자락을 파고들었지만 추위를 느낄 여념이 없었다. 댓바람에 정촌(지금의 정읍)까지 내달은 달래는 할머니를 따라가 보았던 길을 어림짐작으로 달려가 이내 내장사 입구인 두주막거리에 당도했다. 그제야 가쁜 숨을 삭였다. 여기까지는 일심으로 달려왔지만 일주문이 보이자 약간의 망설임이 일어났다. 비록 양가집 규수는 아니라 하나 출가 전의 처자로서 불쑥 나타나면 유해 선사가 어떻게 대할지 은근히 근심되었다. 당장 돌아가라는 호통이 터질 것 같아 가슴이 콩닥거렸다.

대웅전 앞뜰은 정갈하게 소제되어 있었다. 토방 위 섬돌에 짚신 두 짝이 가지런히 놓여있고 안에서는 독경 소리가 낭랑하게 흘러나왔다. 얼마를 기다렸을까. 문이 열리며 섬돌에 발을 내딛던 유해 선사의 눈길을 정면으로 받았다. 쥐구멍이라도 찾을 듯 몸을 웅크리는 달래를 본 선사는 입가에 그 알듯 모를 듯한 미소를 다시 떠올리면서 왜 안으로 들어오지 않았느냐며 나무랐다. 마치 기다리고 있었던 듯한 다정한 목소리였다. 얼른 법당에 들어가 부처님께 예를 올렸다.

"어인 일이더냐?"

"…"

"어인 일로 혼자 왔느냐고 묻지 않느냐?"

"예~에, 실은 저어 그냥 왔고만이라우."

"그냥 오다니? 너 집에는 얘기를 하고 온 것이냐!"

"예~에, 할무이한티 말 혔고만이라우."

"나무관세음보살. 업보인게야. 아니면 선연일테고."

"예? 업보라고요? 지가 무슨 잘못을 혔길래 이런 벌을 받는당가요?"

"너도 벌이라고 생각하느냐? 그러나 벌이 아니니라. 부처님의 자비이니라."

"부처님의 자비요?"

"암, 그렇고말고. 천지조화를 깨우치시려는 대자대비 아니면 무엇이겠느냐? 날이 저물었으니 어서 안에 들어가 저녁을 먹고 편히 쉬어라."

"…?"

"유정은 여기에 없느니라. 지금 벽면수행 중이니라."

"벽면수행이요? 그게 언지 끝나는디요?"

"내일 얘기하자꾸나. 관세음보살."

요사체에는 벌써 저녁상과 잠자리가 준비되어 있었다. 한방을 쓰게 된 나이 지긋한 보살은 마치 어린 딸을 대하듯 자상하고 부드러웠다. 달래의 저녁 먹는 모습과 잠자리를 준비하는 모습을 주의 깊게 살피던 해미 보살은 달래의 얼굴에서 수심을 읽어내고서는 마치 자기 일인 양 가슴 아파했다. 해미 보살은 천장을 향해 반듯하게 누워 잠을 청하는 달래를 옆에 누운 채 쳐다보지도 않고 혼잣소리를 하듯 말을 건넸다.

"처자는 참 좋은 얼굴을 타고났구만."

"…"

"전생에 달을 머금은 듯하구만. 이승의 달도 가슴에 품고 살아야 겠지."

"…."

"이름이 달래라고 했던가?"

"예? 예~에, 그렇고만이라우. 보살님."

"처자가 품고 있는 달은 달로 그쳐야 할 터인데, 그달이 내세까지 품고 갈 짐이 되고 있음이야. 그래도 나쁘지는 않아. 여자 팔자 그만하면 이승을 살다 간 흔적이 되겠지. 나무아미타불."

"…?"

"인제 그만 눈을 붙여 봐. 내일 선사님께서 이르실 말씀이 있을 게야."

늦잠을 잤다. 얼마 만에 이렇게 단잠을 잤는지 모를 만큼 푹 잤다. 밖에서는 비 돋는 소리가 들렸다. 초겨울의 빗소리는 그 추적거림이 마음을 어지럽게 한다. 달래는 밖의 동정에 귀를 기울이다 선뜻 일어나 부엌을 향했다. 해미 보살은 혼자서 아침 공양을 준비하고 있었다. 달래를 보자 아무 말 없이 공양 소반을 내밀며 법당 쪽으로 눈길을 보냈다. 엉겁결에 두 손으로 소반을 받아 법당을 향했다. 독경 중인 유해 선사의 뒤로 다가가 소반을 든 채 멍하니 서 있었다. 소반을 어디에 놓을지도 모르고 아무 데나 놓을 수도 없었다.

"저기 촛대 옆에 올려놓고 이리와 앉아라."

"예~에."

"여시아문 일시 불 재사위국 기수급고독원…."

  법화경의 첫머리인 줄은 모르지만 유해 선사의 독경은 정신을 맑게 해주고 귀도 시원하게 해주었다. 순간 지난번 초상집에서 들었던 유정 스님의 독경이 머리를 스쳤다. 그리곤 갑자기 가슴이 뭉클해지면서 또 답답해지기 시작했다. 자신도 모르게 가느다란 신음이 입 밖으로 흘러나왔다. 달래의 신음소리 때문일까, 아니면 독경을 마친 때문일까? 선사가 공양 소반을 도로 가져오라고 하더니 나무 숟가락을 들었다. 선사는 여분의 숟가락을 건네면서 함께 먹을 것을 권했다. 거역할 수 없는 무엇이 주눅 들게 했다. 선사를 따라 무심히 숟가락질을 하고 있는데 선사의 느닷없는 너털웃음이 터져 나왔다.

  "으어허허허…."
  "…?"
  "놀랠 것 없다. 세상의 이치는 이렇게 우스운 것이니라."
  "…?"
  "달래야. 너 오늘부터 여기서 기거하면서 나한테 불경도 배우고 문자도 익히도록 해라. 불심만이 너의 마음을 치료할 것임이야."
  "…?"
  "다내 너희 집에는 내가 별도로 연통할 것이니 염려하지 말거라. 이번 겨울을 넘기면 눈이 뜨일 것이야."
  "선사님, 그리헐랑만요."

"으응? 그것은 네 뜻이 아니고 부처님 뜻인 게야. 해미 보살님이 잘 수발해 줄 것이야."

"예~에, 알겠고만이라우."

낮엔 선사로부터 문자를 배우고 불법을 들으면서 자연스럽게 반야경을 익혀나갔다. 밤엔 요사체에서 해미 보살과 함께 기거하면서 세심한 보살핌을 받았다. 해미 보살은 날마다 밤늦도록 얘기 보따리를 풀었다. 불법에 관한 얘기, 고승들의 수행 얘기는 물론 절밥 짓기와 경내 생활 등 무슨 얘기든지 재미있게 풀어나갔다.

그러나 열흘이 지나도록 유정 스님에 관한 얘기는 한 마디도 없었다. 그렇다고 불쑥 묻기도 망설여져 눈치만 보고 있었다. 해미 보살이 아침저녁 공양을 들고 절 뒤편으로 갔다 오는 것을 보면 분명히 가까운 곳에 있는 것은 틀림없으나 내색은 하지 않았다. 보살이 들려주는 얘기가 미약이 되고 있었던 것이다. 첫 싸락눈이 문 창호지를 두들기던 날 밤에는 보살 자신의 내력을 마치 남의 얘기처럼 들려주었다.

제2부
꺼지지 않는 불씨

추억

　　해미 보살은 내장사의 산림 보살로 눌러앉기 전까지 고시이(지금의 장성)에 있는 백암사(지금의 백양사)에 몸담고 있었다. 그곳 산림 보살의 일손을 거들어주면서 세끼 밥을 얻어먹었다. 천성이 얌전하고 손 맵시가 있는 데다 부지런해 산림 보살의 신임을 얻었다. 정식으로 계를 받지 않았지만 부르기 쉽게 보살이라고들 불러주었다. 지난봄의 일이다. 사월초파일의 연등 행사를 준비하느라 눈코 뜰 새 없이 바쁜 터에 누가 찾아왔다며 나가보라 했다.

　자기를 찾아올 사람은 이 천지에 아무도 없는데 이상한 일이었다. 이곳에 몸담고 있는 것을 아는 사람도 없다. 벌써 십 년 전, 죽음 문턱에서 헤매고 있다가 산림 보살의 눈에 띄어 구명을 하고 그대로 눌러앉은 이래 일주문 밖은 나가보지도 않았다. 도대체 찾아올 사람이 없는 것이다. 순간 일말의 불안이 머리를 스쳤다. 혹시 그 애가?

　그녀가 첫사랑에 눈뜬 것은 열여섯 살 때였다. 아직 한 사람 몫의 일꾼 대접을 받기 전이라 어머니의 품팔이를 따라가 부엌일을 거들

며 밥을 얻어먹었다. 달녀의 아버지 성상갑은 군관 자리에서 물러
난 후 병을 얻어 자리보전을 하고 있어 어머니의 품팔이에 생계를
의존해야 했다. 네 살 위인 오라비가 있었으나 어려서부터 병치레
를 일삼더니 사람 구실을 못하는 반병신이 되었다. 겨우 똥오줌만
가릴 뿐 말도 제대로 하지 못하는 방안풍수가 되었다.

모량부리(지금의 고창)의 서쪽 바닷가 해미 마을은 지형이 아담하
고 물산이 풍부해 예로부터 장수가 나올 것이라는 전설이 내려오
고 있다. 오십여 호의 백(柏) 씨 종친들이 옹기종기 모여 살고 있다.
그 중 백중서의 집안이 제일 넉넉했다. 살림이 유족한 만큼 집안에
훈장을 들여놓고 아들 삼 형제에게 글공부를 시켰다. 첫째인 하나
루는 기골이 장대해 일찍부터 칼 다루기를 좋아하더니 동네 유일
의 타성받이인 성상갑의 천거로 군문에 들어가 오장과 십부장을
거쳐 백부장에 이르렀다. 둘째인 두루는 놀기를 좋아해 부모의 근
심을 샀으나 바다로 나가 그물질을 하거나 가마로 소금을 생산해
재물 모으는데 신명이 났다.

막내인 시루는 영특했다. 글씨도 잘 썼고 그림에도 소질이 있었
다. 열 살이 넘으면서 시와 부를 다뤘다는 풍문이었다. 그는 예쁘장
하고 단정했다. 나이 먹은 사람들도 그 앞에서는 말을 함부로 하지
못했다. 되레 무안을 당하는 그의 이치와 언사 때문이었다. 사춘기
를 맞은 그의 눈에 달녀가 꽂히고 말았다.

어느 화창한 봄날, 달녀가 찔레의 새순을 끊어 껍질을 벗긴 다음
입에 넣으면서 무심코 종달새의 흉내를 내어 "찔록(찔레) 꽃도 보배
요."라고 목청을 돋우었는데 마침 시루가 근처에서 이를 듣고 보았

다. 시루의 눈에 그 뒷모습은 천녀를 닮아 있었다. 저도 모르게 다가간 시루는 말을 걸었다.

"이봐! 시방 뭐라고 혔능가?"

"…?"

"아까 찔록꽃이 어쩌고 했잖여! 다시 한 번 혀봐!"

"찔록꽃도 보배라고 혔는디요?"

"그려! 바로 그것이여. 근디 꽃은 아직 안 피었잖어. 근디 그게 보배라는 것이어?"

"눈에는 보이지 안 혀도 꽃은 벌써 피고 있는 것이어요. 뿌리 속에서 피어 있당게요."

"긍게 너는 시방 그 꽃을 보고 있다는 거여?"

"도련님은 멋이든 눈으로만 보능게비지? 마음으로도 볼 줄 알아야 배운 사람의 마음인디."

"배운 사람의 마음?"

"그렇당게요. 우리 아부지도 항상 그리 말 혔당게요. 배운 사람은 배운 사람의 마음이 있어서 그렇지 못한 사람을 부리는 거라고요."

"…."

"그러고요. 도련님은 배운 사람이고 재주 있는 사람잉게 못 배우고 없는 사람 마음을 잘 ….."

"잘? 자알 멋을 어떻게 혀야 헌다고?"

"…."

"말을 혔으면 끝까지 혀야지. 잘 어떻게 말이어."

"지가 말을 잘 못 혔고만이라우. 지 가봐야 쓰겠는디?"

이 만남은 시루에게 큰 충격이었지만 달녀에게도 마찬가지였다. 달녀는 나중에 생각하니 당돌한 얘기를 한 것 같아 부끄러워졌다. 그러나 한편 못 할 말을 한 것 같지도 않았다. 동네에서 모두 신동이 났다며 어려워들 하지만 지가 잘났으면 얼마나 잘났을 것인가? 나이도 어린데. 먹고살 만한 집안이니까 눈치 보느라 할 말도 못 하고 미리 고개부터 숙이는 것이 아닌가?

한편 시루는 그녀의 맑디맑은 눈빛이 아른거려 아무것도 손에 잡히지 않았다. 사람의 눈이 그렇게 많은 생각을 품고 있다는 사실을 처음 알았다. 여태껏 자기 앞에서 그렇게 당돌하게 치고 나오는 것을 경험하지 못했다. 괘씸하다는 생각이 들었다. 그러나 그것은 괘씸한 것이 아니라 괴고 있다는 사실을 깨달았다. 생전 처음 느끼게 되는 여자였다.

시루는 그림을 그렸다. 밭두렁의 찔레꽃 앞에 선 여인의 그림을 그렸다. 하늘엔 종달새가 짝을 이루어 날고 있다. 그녀의 치맛자락 밑 발가락이 미투리 코를 헤집어 나오는 그림이었다. 얼굴은 수줍음을 돋보이기 위해 담홍색으로 처리했다. 두 갈래로 땋아 내린 머리카락의 한쪽을 왼쪽 가슴 앞으로 뽑았다. 그녀의 눈은 하늘을 향하도록 했다. 그리곤 화제를 썼다. '月心春色(월심춘색)'을 써넣었다.

그가 몸을 더듬었다. 단단히 동여맨 가슴을 헤집었다. 손길은 부드러웠으나 감당할 수 없는 송곳 찌름이었다. 그가 나를 괴고 내가 그를 괸다고 해서 지금 그를 받아들이면 그다음은 어찌 되는가? 그는 행세하는 집안의 전도유망한 자제인 데 비해 나는 쇠락한 무골 집안의 과년한 처자다. 내 아버지 어머니는 그렇다 치고 그쪽의 부모는 우리 사이를 어떻게 받아들일 것인가? 아니었다. 아무래도 아니었다. 내 몸뚱이야 희생할 수 있지만 그에게는 얼마나 큰 짐이 될 것인가? 욕심을 버려야 했다. 그의 요구를 물리쳐야 했다. 그것은 이별을 의미하는 것이었다.

어머니를 졸랐다. 아버지와 오빠의 병환을 이대로 두고만 보겠느냐며 어차피 품팔이를 할 바엔 대처로 나가 고생하면서 식구들을 살리자고 주장했다. 정신이 반쯤 나간 듯 어리둥절하던 어머니도 나중엔 달녀의 의견을 따르기로 했다. 그냥 몸만 떠나면 되었다. 변변한 세간이 있는 것도 아니고 정리할 전답이 있는 것도 아니다. 떠나려면 하루라도 빨리 떠나는 것이 좋았다.

이사는 밤에 하는 것이 좋다고 했다. 소문도 내지 않는 것이 좋다고 했다. 갈 데를 정한 것도 아니고 대강의 짐을 꾸려 아버지와 오라비를 부축해가면서 길을 떠났다. 달빛이 배웅을 했다. 동구 밖을 벗어나서야 뒤를 돌아보았다. 달녀의 눈에서 하염없는 눈물이 흘러내렸다. 어렸을 적, 시주 나온 스님이 달녀를 지그시 바라보며 측은한 눈길을 보내더니 "부처님밖에는 누가 있으리오." 하면서 휘적휘적 사라졌던 기억이 났다. 그게 팔자라는 뜻이었던가 싶다.

고생한 보람도 없이 아버지는 세상을 하직했다. 아버지는 숨을 거두면서 달녀에게 "네가 하고 싶은 일을 하라."라고 당부했다. 어머니에게는 미안하다고 했다. 오라비에게는 잘 있으라고 했다. 그리곤 편안하게 떠났다. 어머니의 슬픔은 간장을 녹이는 것이었다. 상노(지금의 고창군 무장면)에서 열여섯에 군관에게 시집와 아들딸 낳고 살 것처럼 산다고 했으나 남은 것은 송장이 된 남편과 반편이 된 아들 하나, 과년한 딸 하나였다. 이제 의지할 데조차 없는 과부가 되었다. 눈앞이 캄캄한 만큼 슬픔이 더욱 복받쳤다.

달녀의 고심은 더 컸다. 재산이 있어 데릴사위를 얻을 것인가? 타지로 시집을 가고 나면 병신 된 오빠와 나이 많은 어머니를 누가 돌볼 것인가? 날이 갈수록 시루의 생각이 간절했지만 애써 지나간 일이라고 치부했다. 봄여름 가을이야 품을 팔아 연명한다지만 겨울을 나기가 걱정이다. 고지를 주는 집도 있으나 그것도 남정네라야 가능했다.

고심 끝에 얻은 결론은 넉넉한 집안에 씨받이로 가는 것이었다. 마침 중매도 들어왔다. 망설임 없이 결행했다. 그것이 어머니와 오라비를 살리는 길이었다. 논 두 마지기와 밭 한 마지기를 받기로 하고 애를 낳아주러 갔다. 남자는 오라비보다 못한 병신이었다. 양발이 오그라져 걷지도 못하고 서지도 못했다. 똥오줌도 받아내야 했다. 남자 구실도 제대로 못 해 애가 들어서지 않았다. 그래도 여섯 달 만에 애가 생겨 아홉 달이 지나 순산했다. 사내였다. 다행히 온전했다. 두 살 때까지는 키워주어야 한다고 했다. 그 삼 년 동안 달녀는 인생을 다 살아버린 것처럼 지치고 힘들었다. 자식을 떼어놓고 떠나는 것은 쉬운 일이 아니었다.

친정에 돌아와 병이 났다. 삼 년간의 고초에다 자식을 떼어놓은 아픔이 연합하여 몸과 마음을 피폐하게 만들었다. 삼 년 동안 병치레를 하느라 씨받이 대가로 받았던 전답을 도로 팔아치웠다. 결국, 남은 것은 빈손이었다. 거기에다 오라비도 죽고 말았다. 그리고 연이어 어머니마저도 심화로 세상을 뜨고 말았다.

바닷가에 나가 굴비 두름 일을 하거나 생선 몇 마리를 머리에 이고 행상을 하거나 산나물을 캐어 팔거나 하면서 생명을 부지했으나 이미 살 맛은 잃어버리고 말았다. 어슴푸레 어렸을 적의 기억이 났다. "부처님밖에는 누가 있으리오."라고 들었던 생각이 났다. 그래서 산사를 찾아 길을 나서 눈발을 헤치고 산길을 헤매다 쓰러져 백암사 산림 보살의 구호로 살아났다. 그리곤 절이 집이 되었다.

그런데 자기를 찾아온 이가 있다는 전갈이다. 순간 그녀의 뇌리에 씨받이로 낳은 아들 건이 스쳤다. 그 아이라면 지금 열여섯이 되어 있으리라. 능히 제 생모를 찾을만한 나이다. 장성한 모습이 눈앞에 어른거렸다. 그러나 달녀의 마음은 딴 곳을 향하고 있었다. 인제 와서 자식을 만난들 무슨 득이 될 것인가? 십수 년 전 시루를 피해 떠나왔던 아픔이 되살아났다. 그렇다. 부처님 밖에 누가 있을 것인가? 그녀는 발길을 돌려 요사체로 피했다.

밤이 이슥해지자 산림 보살에게 두말없이 하직 인사를 하고 영은사를 향했다. 절의 살림살이를 배우고 불법을 익히면서 생기를 되찾아 사람 구실을 하게 되었을 때 언젠가 묵었다 가던 스님 한 분이 달녀를 스쳐 지나가며 혼잣소리로 "부처님밖에는 누가 있으리오."라고 중얼거리는 소리를 들었다. 그 전 해미에서 같은 소리를 했던 그 스님이었다. 달녀는 쫓아가 어느 절에 계시는 누구인지를 여쭈었다. 당연하다는 듯 영은사의 유해라고 대답하곤 휘적휘적 걸어가던 일이 생각났던 것이다. 달녀는 떠나기 전 자기의 행방은 부처님만이 아신다는 말로 소문내지 말 것을 귀띔했다.

유해 선사는 혜안으로 무엇을 꿰뚫어 보았던지 수심이 가득해 찾아온 그녀를 알듯 모를 듯한 미소로 무덤덤하게 맞으면서 고향 마을의 이름을 본떠 해미라는 법명을 내려주었다. 그리고는 산림 보살을 맡으라 했다. 내장사의 건립과 준공을 묵묵히 뒷바라지하면서 그녀의 불심이 몰라보게 깊어져 선사와 선문답을 주고받을 만큼 되었다. 그러던 어느 날 유해 선사가 오늘 찾아오는 시주를 잘 보살펴달라고 당부했던 것이라며 부처님의 뜻을 알게 될 때까지 눌러있으라고 권했다.

먹잇감

흑치 장군이 쇠야치와 쇠돌이 형제를 불렀다. 쇠야치는 방령 목막수의 휘하에서 오십부장이 되어 있었고 쇠돌이는 십부장이다. 형제는 고시산(古尸山, 지금의 충남 옥천) 가을마동리(동이면 갈마동리)의 넉넉한 집안에서 태어나 고생을 모르고 장성했으나 엄격했던 가풍에 따라 아버지의 엄명을 받고 미장가인 채로 황색군에 가담했다. 그동안 황산벌 싸움에서 포로로 잡혔다가 흑치 장군과 함께 탈출했다. 그러나 아직 이렇다 할 전공을 세우지 못해 호강 변(금강 상류)의 고향 집을 찾지 못하고 있는 터였다.

형제 모두 눈치가 빠르고 야무졌다. 황색군의 정식 병정으로서 궁성의 수비를 담당했던 것을 늘 자랑으로 삼았다. 흑치 장군과 함께 사비성을 탈출, 임존성에 들어와 오십부장과 십부장으로 승진한 형제는 부모님 소식이 궁금해 오래전부터 고향 집에 다녀오도록 단 삼 일만이라도 짬을 내 줄 것을 요청하고 있었다. 이제야 그 허락이 떨어지는 줄 알고 기쁜 낯빛으로 장군의 막사에 들어섰다.

"오십부장 양쇠야치, 십부장 양쇠돌이 부름을 받고 왔습니다."

"어? 그래, 잘 왔어. 지금 기다리고 있던 중이라네. 거기에 앉게 나."

"괜찮습니다!"

"아냐, 얘기가 기니까 앉는 게 좋겠어."

"알겠습니다."

"고향에 양 부모가 다 계시는가?"

"예~에."

"잘 됐군. 이번에 한 번 다녀오도록 해."

"예에? 감사합니다."

"그런데 말이야, 임무가 하나 있어."

"예에? 어떤 임문데유?"

"그게 말이야. 좀 어려운 일이 돼놔서 말이야."

"…?"

"오십부장은 전에 사비성에 있었으니까 성안 사정을 잘 알 것 같은데. 그렇지?"

"예~에, 손바닥 보듯 훤하지유."

"그러면 성안에 샘이 몇 개나 되는지도 잘 알겠군."

"그러믄요. 동서남북 네 곳에 하나씩 하고 맨 가운데에 또 하나가 있시유. 그러니께 다섯 군데구먼유. 그리고 있으나 마나 한 것도 네 댓 개 되지유."

"그렇지? 그런데 이맘때의 수량은 풍부한가?"

"아니여유. 부소산 쪽의 두 군데는 괜찮은디 가운데와 남쪽은 물이 많았다가 줄어들었다가 허는디유."

"그 밖에 바깥 물을 끌어오는 물길도 있지 않은가."

"아녀유. 그런 것은 없시유. 강 쪽은 워낙 경사가 심해서유. 그래서 커다란 물 창고에 항상 물을 퍼 날라 저장하는 게 일이지유."

"아~, 그래?"

"그러믄 저희들 보고 지금 거기 샘의 물줄 끊으라고 허시는 감유?"

"으응? 으하하하. 역시 자네들은 눈치가 빠르군."

"그런디 거기를 어찌끔 들어가야 헌데유?"

"내 그 방법을 알려주려는 게야."

"…?"

"고향 집이 고시산이라 했던가? 일단 고향에 가서 부모님을 찾아뵙고 한 삼 일 쉰 다음에 두잉지(지금의 충남연기군 남면)에 들려서 지난번 심달평 십부장이 단자를 가져온 쌀 오십 섬을 운반해오도록 해."

"그런 거라면 식은 죽 먹기지유."

"아닐세. 식은 죽이 아니야. 우선 힘이 좋은 수하 열 명을 데리고 가서 소달구지를 빌려 나누어 싣고 오게. 아마 두 개에 나누어 실으면 될 게야."

"두 개면 충분허지유."

"달구지 빌리는 삯은 쌀 한 섬씩 떼어주면 될 게야. 그리고 말이야, 함께 오지 말고 각자 멀찍이 떨어져서 와야 하네."

"예, 알겠구만유. 눈을 피할라믄 그렇게 해야지유."

"눈을 피하는 게 아니고 되도록 큰길을 잡아서 쉬엄쉬엄 오도록 해. 혹시 신라병이나 당병의 습격을 받더라도 놀라지 말고 저들의 요구에 순순히 따르도록 해. 목숨이 식량보다 중하니까 말이야. 뒤따르던 달구지 하나만 무사히 가져와도 좋고 세 불리하면 그냥 버려두고 와도 돼."

"그 아까운 식량을 앉아서 뺏기라는 말씀인가유?"

"그리고 갈 때는 변복을 하고 돌아올 때는 군복을 입도록. 알겠나?"

"명 받들겠습니다. 충."

"지금 바로 출발하도록. 어떤 상황이든 백제 부흥군으로서의 위용을 잃지 말게나. 부디 임무를 잘 수행하기 바라네."

쇠야치는 장군의 막사를 나서면서도 무언가 석연치 않아 고개를 갸웃거렸다. 군복을 입고 큰길로 쉬엄쉬엄 오라니 나들이를 하라는 얘긴가? 쇠돌이도 약간은 미심쩍은 게 있었지만 내색하지 않았다. 장군의 지시에 하자가 있을 리 없다는 믿음에서였다.

저녁을 일찍 먹자마자 수하 열 명을 변복시켜 대동하고 성문을 나섰다. 가는 길에 남의 눈에 띄지 않으려면 밤길을 서둘러야 했다. 두 명, 세 명씩 짝을 지어 보부상 행세를 했다. 맨 앞서가는 쇠야치는 중간중간에 나뭇가지나 돌무더기로 표식을 남겨 나머지 일행이 뒤따르도록 했다. 밤새 길을 재촉한 덕에 동이 틀 때쯤에는 길게 누운 호강이 보이는 언덕배기에 당도했다.

갑자기 열두 명의 장정이 떼거리로 찾아든 가을마동리 양(楊)칠석의 집안은 일대 난리였다. 수 삼 년 동안 소식조차 없던 두 아들이 번듯하게 살아 돌아와 큰절을 올리자 양씨 부부는 꿈인가 생시인가 할 정도로 경황이 없었다. 가까운 친척들에게 연통해 불러오는가 하면 장정들의 조반을 준비하느라 부산했다.

온 동리 잔치가 흥겨울 만도 했지만 역시 눈치 하나 빠른 아버지 양칠석은 용의주도했다. 오십부장, 십부장이 됐다는 두 아들이 수하를 열 명씩이나 데리고 불쑥 나타난 것은 분명 심상찮은 일일 터라고 짐작했다. 과묵한 아버지는 그 사연에 대해 일언반구도 운을 떼지 않은 체 아들의 하는 양을 지켜보며 뒷바라지만 했다. 집안사람들에겐 입조심을 거듭거듭 당부했다.

한나절을 단잠으로 때운 수하들은 늦은 점심 요기를 하자마자 강변으로 나가 그물질을 하기도 하고 낚시질을 하기도 하며 흥겹게 놀았다. 쇠야치 형제에게 호강은 마치 어머니 품처럼 포근한 안식처였다. 강변은 놀이터이기도 했고 대화 상대이기도 했다. 한 겨우내 잠잠히 흐르던 강은 봄이 오는 것을 먼저 알아 꼬르륵꼬르륵 소리를 내며 강변의 얼음 조각을 훑어 내렸고 여름 장마에는 마치 새끼 잃은 암곰처럼 으르렁거리며 강둑을 넘실댔다. 그러다 가을 하늘이 높아지면 수면에 잔주름을 잔뜩 그리며 건들건들 흘러내려 갔다. 전날 매 놓은 발에 메기라도 한 마리 걸리면 저녁상이 비릿함으로 푸짐해 더없이 살가운 그런 강이었다.

일행은 다음날 새벽밥을 먹고 곧바로 길을 나섰다. 흑치 장군은 한 삼 일 쉬었다 오라 했지만 아버지의 눈빛이 출발을 재촉했다. 임무를 부여받은 장졸의 마음가짐이라고 여겼으리라. 가을마동리에서 두잉지까지는 험준한 황등야산(지금의 계룡산)을 넘어야 하는 장정의 하룻길이다. 재를 넘어 주막거리에서 늦은 점심을 요기하고 겨우 해전에 두잉지에 도착했다. 일행을 마을 초입 야산에 남겨놓고 쇠야치와 쇠돌이 둘이서 나(那)씨 부잣집을 찾았다. 오십 연갑의 나씨가 눈을 휘둥그레 뜨며 형제를 맞았다.

"어르신, 임존성에서 왔구만유."

"으~응? 임존성이오? 그러면 지난번 왔다 간 달팽이란 사람의 단자 건으로?"

"예~에. 지는 고시산 가을마동리 사는 양쇠야치라고 헙니다유. 여기는 지동상이구유."

"그러니께 지금 임존성이 아니고 고시산에서 왔다는 말이유?"

"예~에, 거기 부모님 잠깐 뵙고 오느라 그리 되았구만유."

"아~, 그려유? 그러믄 거기 어딘가 양칠석 옹 사는 동리 아닌가베?"

"예~에? 어떻게 아시는가유? 지 가친이구만유."

"뭣이유? 양칠석 옹 자제라구? 허어, 반갑소이다. 물론 강녕하시지유? 오래전부터 존함을 들었지유. 우리 집안에서 그쪽으로 혼사한 사람도 있구유."

"아이고 사둔지간이구만유. 그러믄 인자 말씀 낮추시구유. 다시 인사를 올려야 허겄구만유."

"아니 별말씀을…. 그건 그렇고 단자 물목은 어떻게 운반할 요량이유?"

"예~에, 소달구지를 두엇 빌릴 생각이구만유. 저희 수하 여럿이 저 앞산 자락에서 기다리고 있구만유. 그리고 여기 단자유."

"어디 보자. 그렇지. 맞구만 맞아. 그땐 경황이 없어 쌀 오십 섬이라고 혔지만 여럿이 왔다니께 아무래도 좀 더 실어 보내야 허겄고만. 오늘은 늦었으니 여기서 유하고 내일 일찍 발행허도록 허시유. 우선 일행을 데려와서 저녁부터 먹어야지유."

"이렇게 고마우실 데가…."

나씨 부자의 인심이 참으로 후했다. 저녁 대접도 푸짐했다. 통째로 삶은 닭 서너 마리에다 탁배기도 동이 째로 내왔다. 산길을 재촉한 데다 푸짐한 저녁 덕에 식곤증이 몰려와 자리에 눕자마자 곯아떨어졌다. 쇠야치는 밖에서 한 식경이나 번을 서다가 들어와 수하하나를 깨워 교대를 했다. 그리곤 첫닭이 울자마자 눈을 뜬 쇠돌이가 번을 교대했다. 모두 일어나 새벽밥을 먹고 나서야 동이 뿌옇게밝아왔다. 일행은 부리나케 황색 군복으로 갈아입었다.

그 사이 나씨 부자는 인근에서 소달구지 셋을 불러왔다. 하나에 삼십 석씩 야무지게 실었다. 하나에 쌀 한 섬씩 한다는 삯은 나씨 부자가 굳이 부담하겠다고 나섰다. 동구 밖까지 배웅하는 나 부자의 눈빛이 참 서글했다. 점심 요기까지 넉넉하게 장만해 실어주었다. 쇠돌이가 수하 다섯과 함께 달구지 한 대를 이끌고 맨 앞서 출발한 다음 반 마장쯤 뒤에 쇠야치가 두 대를 호위해 따랐다. 변복한 채인 한 사람은 중간쯤에서 앞뒤 상황을 연결했다.

동짓달에 접어들면서 날씨가 사뭇 쌀쌀해졌다. 응달진 쪽엔 서릿발이 그대로 남아 있었다. 소는 목에 단 워낭을 딸랑거리며 묵묵히 걸었다. 한 발 한 발 서두르지도 않고 꾀부리지도 않았다. 옆에서 따르고 있는 사람의 발걸음을 자로 재는 듯 걸음에 속도를 붙였다가도 어느 땐 조금 가볍게 걷기도 했다. 언덕배기에선 다소 힘에 부치는 듯 침을 흘리다가도 내리막에선 조용히 고개를 숙인 채 터덜터덜 걸었다. 중화 참이 되어서야 무성산을 지나 운암삼거리에 도착했다. 깊은 산간이어서인지 인적이 드물었다. 쇠돌이는 개울가를 택해 늦은 점심 보따리를 풀었다. 수하 하나를 부리나케 뒤에 따르는 형 쇠야치에게 보내, 기별을 했다. 아직까지 아무 탈이 없어 다행이었지만 왠지 싱겁기도 하고 서운하기도 했다.

이제 남은 길은 옥녀봉을 지나 벌음지를 거쳐 차령고개만 넘으면 임존성이 지척이다. 꼬불꼬불한 옥녀봉을 휘돌아가는 길은 지루하기 짝이 없었다. 이럴 때면 입담 좋은 벼락이 헤픈 소리로 발길을 가볍게 한다. 옹벼락은 진내 불화(지금의 충남 금산군 부리면 불아리) 출신으로 문자속도 그럴듯했다. 아버지 옹천둥은 금쪽같은 외아들을 징병으로 보내면서 억장이 무너지면서도 내색을 하지 않을 만큼 강단이 있는 사람이었다.

"야, 천둥 아들 넘아! 먼 소리라도 한 번 혀 봐라. 심심허닝게 말여."

"멋이여? 어찌 울 아버지 함자까지 들먹이는 거여?"

"베락이 칠라믄 천둥부텀 칭게 그러지야."

"그냥 좋게 뙤라기 하나 혀 달라고 허면 되지 안 남유?"

"그려, 그려. 뙤라기 하나 풀어보아."

"그러지유. 전에 말이유. 홀아비 시아부지와 청상 과수 된 며느리가 안 살았답디여?"

"낮에는 시아부지 며느리고 밤에는 여보 당신이란 뙤라기인 거여?"

"아이고~. 그런 게 아니고요. 들어보란 말이유."

"그려, 그려. 어서 혀봐!"

"둘이 아주 재미있게 살았다고 안 헌가유. 하루 저녁엔 시아부지가 며느리한테 내일 조동하니께 입고 갈 옷을 잘 시침해놓으라 혔는디 며느리가 일찍 불 끄고 자버리는 거유."

"고것이 맹랑허구먼."

"그래서 시아부지가 안채의 며느리에게 들으라고 '아가, 그냥 자냐?' 혔더니 며느리가 큰 소리로 '아니유. 이불 덮고 자유.' 그러더랑구만유."

"그러니께 며느리가 꽤나 심통이 있구먼."

"다음날 시아부지가 출행했다가 오는 길에 비를 흠뻑 맞고 돌아왔는디 며느리가 물에 빠진 생쥐 꼴인 시아부지 보기가 민망혀서 '아이고 아버님. 어디서부텀 비를 맞으셨당가유.' 하고 위로혔더니 시아부지가 '어디서는 어디서겄냐, 머리끝에서부텀 맞았지.' 하더랑만유. 이번에는 시아부지가 한 방 먹였지유."

"으하하하. 근디 천둥아들놈 뙤라기 하나는 잘 현다."

"또 아부지 함자 부르능가유?"

"잘 못혔구먼. 인자부텀 안 그럴 텡게 하나 더 혀봐!"

"또 시아부지허구 며느리 뙤라기인데유. 홀로 된 시아부지가 머리를 감고 상투를 틀어 올리는데 똑바로 잘 안 되능 거유. 그래서 안방의 며느리를 불렀시유. 애기에게 젖을 물리고 있던 며느리가 무슨 다급한 일인가 싶어 얼른 사랑으로 건너갔더니 시아부지가 고개를 푹 숙이고서는 '아가, 내 사투 좀 틀어 올려봐라.' 그러는 거유. 며느리가 무릎을 꿇고 앉아서 조심스럽게 머리채를 붙잡고 말아 올리는디 눈을 감고 있던 시아부지가 답답혀서 눈을 떠봉게 바로 코앞에 며느리의 젖이 탐스럽게 매달려 있는 거여유. 애 젖 먹이다 급한 김에 그냥 온 거지유."

"야! 그리서 다짜고짜 덮쳤냐! 원 이거 아랫도리 불끈거려서 못 참겠네. 빨리 말혀 봐!"

"그게 아니구유. 시아버지가 보기에 하도 탐스러워서 그냥 입으로 한 번 쭉 빨았대유."

"그런디, 그담에 며느리가 어찌 나왔단 말이여~."

"그랬더니 며느리가 화들짝 놀라서는 뛰쳐 나가버렸대유."

"야! 베락아. 그게 다여? 그걸 뙤라기라고 허냐?"

"아니지유. 저녁에 남편이 돌아오자 고대로 일렀대유. 그랬더니 남편이 화가 나서 당장 사랑으로 달려가 아부지에게 따졌대유. '아부지! 어찌 내 마 누라 젖을 빨아먹었남유!' 하고유."

"멱살을 잡고 말이냐?"

"'아녀유. 어떻게 아버지 멱살을 잡는대유.' 그랬더니 아부지가 오히려 역정을 내면서 '야, 이눔아! 니 마누라 젖 한 번 빨았다고 이 야단이냐? 너는 내 마누라 젖을 몇 년이나 빨았는지 아냐?' 그러더래유."

"으하하하…."

"으하하하…."

웃음이 끝나기도 전이었다. 웅진성(지금의 충남 공주) 남쪽을 막 지

나고 있어 조금만 더 가면 차령 고개다. 차령을 넘으면 임존성까지
는 한나절 단걸음이다. 청색 군복과 벙거지로 보아 신라군임이 역
력했다. 이십여 명이 넘는 것 같았다. 십여 명이 주위를 포위하고
대여섯 명은 창검을 꼬나들고 등등한 기세로 다가왔다. 이쪽은 십
부장 쇠돌이를 포함해 겨우 다섯 명, 중과부적이었다. 낌새를 파악
한 쇠돌이는 수하들을 다독거려 순순히 장검을 내려놓았다. "목숨
이 식량보다 중하지 않느냐?"라는 흑치 장군의 말이 귀를 스쳤기
때문이었다.

　창대로 달구지에 실은 쌀가마를 쿡쿡 찔러대던 나병들은 꿇어앉
은 황색군 가운데 쇠돌이의 복색으로 그가 수장임을 알고 일으켜
세워 저희들 수장 앞으로 끌고 갔다. 쇠돌이는 허기져 지쳐있는 상
대의 모습을 보고 한번 부딪쳐보고 싶은 충동이 일었으나 억지로
참으며 그를 빤히 쳐다보았다. 먼저 날아온 것이 돌주먹이었다. 왼
쪽 볼이 욱신거렸다. 그래도 눈을 치뜨고 그를 노려봤다. 수장은 어
이없다는 듯 실소를 하더니 수작을 건넸다.

　"느그들이 황색군이냐?"
　"…."
　"니캉 죽고 싶네? 와 여기꺼정 와서 양곡을 수탈해 가는 기야!"
　"수탈이라니? 우리 백성이 주는 것 받아가는디 그게 무슨 수탈
이란 말여!"
　"뭬라고? 우리 백승? 느그 나라 망해뿌린 게 언젠데 느그 나라
백승이어?"

"아직 안 망혔다. 인자 너그들이 곧 망할 거여."

"이눔아가 시방 말장난하자는 기가! 일마들 모도 쥑이삐리까?"

"니놈 손에는 안 죽을 거니께 염려 붙들어 매고 양식이 탐나거든 얼른 끌고 가거라. 내 수하는 건들지 말고."

"기렇게는 안 되지. 느그들 모도 델꼬 가야겄다. 야그들아. 일마들 손 뒤로 묶어서 끌고 가자. 오늘 횡재했다 아이가."

"어디로 간다는 거여?"

"어디는 어디여, 소부리성이지. 문초는 거기 가서 혈 거이고 잔말 말고 순순히 땡겨 와!"

쇠돌이는 어금니를 깨물었다. 벼락이의 뙤라기에 정신이 팔려 경계를 게을리 한 것이 화근이었다. 중간쯤의 연락병이 이를 눈치챘으면 뒤따르는 형 쇠야치의 구원이 있을 것이다. 불과 반 마장이니까 한 식경 안에는 쫓아올 것이다. 나병들은 웅진성 쪽의 반대 방향인 차령산 산자락을 타고 대용천을 따라 솔치고개를 향해 가고 있었다. 쇠돌이는 아마 고개 중턱쯤이면 결판이 나리라는 기대로 태연하게 그들을 따랐다.

한편 중간 연락병의 다급한 전갈을 받은 쇠야치는 눈에 심지를 세우며 숨을 몰아쉬었다. 수하들이 다가와 명이 떨어지기를 기다렸다. 금방이라도 달려 나가려는 태세였다. 그러나 쇠야치는 미동도 하지 않은 채 끓어오르는 분을 억지로 삭이고 있었다. 흑치 장군의 의도가 이것이었던가? 큰길을 택해 쉬엄쉬엄 오라는 것도, 함께 오지 말고 멀찍이 떨어져 오라는 것도, 식량을 내어주어도 좋다는 것도 모두 일부러 먹잇감이 되라는 뜻이었단 말인가? 그제야 흑치 장군의 의아했던 명에 대한 의문이 풀렸다. 사비성에 잠입하는 방법을 알려주겠다고 한 말이 새삼 기억났다.

그렇다면 차라리 내가 앞장서서 나아갈 것인데 생각이 짧았다는 후회가 들었다. 식량은 빼앗긴다 해도 쇠돌이와 병사들은 어떻게 할 것인가? 어쩌면 생명이 위태할 수도 있다. 얼른 가서 한 판 붙어 수하들을 구해 와야 하는 것 아닐까? 그런데 혹시 이것이 흑치 장군의 진짜 계책이었다면? 생명까지 담보로 하는 함정이었다면? 이렇게 오십부장이 잠시 망설이는 듯한 태도를 보이자 수하 몇 명은 창검을 꼬나 쥐며 명을 재촉하는 표정들이었다.

마침내 명이 떨어졌다. 그러나 그것은 모두 그 자리에서 꼼짝하지 말라는 명이었다. 대신 연락병은 얼른 따라가서 앞의 행렬이 눈치채지 않게 뒤따르며 어디로 향하는지를 알아 오라고 일렀다. 쇠야치는 눈이 휘둥그레진 수하들의 태도에는 아랑곳없이 흑치 장군의 의중을 파악하느라 여념이 없었다. "백제 부흥군의 위용을 잃지 말라."라는 장군의 말은 어떠한 희생도 감수해야 한다는 뜻이었다는 것을 깨달았다.

잔뜩 겁에 질린 수하들과 함께 끌려가는 쇠돌이는 솔치고개 중턱에 이르러서도 쇠야치 형 일행이 나타나지 않자 역시 흑치 장군의 말 한 마디 한 마디를 되새기며 죽음을 각오했다. 그제야 형이 제발 나타나지 말고 무사히 귀성하기를 빌었다. 반드시 후일 어떤 계책이 이루어지리라는 기대로 오히려 마음이 편해졌다.

그러나 속으로 낭패를 견디지 못하는 사람이 있었다. 바로 달구지를 끌고 온 우부였다. 어찌 쌀 한 섬이 좀 과한 삯이라는 생각을 했었으나 이처럼 위험한 일일 줄은 몰랐다. 달구지야 새로 장만하면 되지만 근동에서 힘 좋기로 소문난 누렁소를 빼앗길까 봐 전전긍긍이었다. 논밭 뙈기 하나 없이 오로지 소달구지로 연명하는 처지였다. 이제 소를 잃어버리면 늙은 어머니까지 여섯 식구는 하루하루 끼니 걱정을 해야 한다. 어떻게든 이 위기를 모면하고자 했다.

밤이 이슥해서야 사비성이 멀리 바라다보이는 소나무골에 당도했다. 나병들은 목적지에 다 왔다는 안도감으로 잠시 쉬어가자며 걸음을 멈췄다. 우부는 이때다 싶어 어둠을 틈타 소의 멍에를 한 뼘쯤 치켜 올려놓고는 시치미를 뗐다. 양쪽 아래턱에 매단 워낭은 일찌감치 떼어낸 후였다. 다시 출발하자는 수장의 외침이 있었지만 소달구지가 움직이질 않았다. 멍에가 잔등에 느슨하게 걸려있어 소가 힘을 쓸 수 없었던 것이다. 수하들이 달려들어 달구지를 밀거나 당기거나 해보았으나 수레는 반 바퀴도 구르지 못하고 도로 서고 말았다.

우부는 소의 아랫배를 살살 문지르면서 내일모레 출산인데 이 주인을 잘못 만나 이 지경이 되었다며 눈물 콧물을 흘렸다. 갑작스런 상황에 너도나도 어쩔 줄을 몰랐다. 더러는 혀를 끌끌 차며 안타까워하기도 했다. 눈물을 찔끔거리는 사람도 있었다. 이때 쇠돌이가 나섰다. 우부에게 가장 미안했던 사람은 누구보다 쇠돌이였던 것이다. 우부에게는 온 식구의 명줄이 달린 소라는 생각에 참으로 미안했었다.

"이 보기여. 느그덜이 사람인감? 말 못 하는 짐승한테 이거이 헐 짓이냔 말여!"

"…?"

"아, 언능 풀어주어야 안 허겄는감. 뱃속에 새끼까장 들었다는디."

"일마가 머라 캐쌋노! 누구는 알고 그럭 캤어? 벡지 승질 부리고 있네."

"저그가 사비성 아닌가베. 바로 코앞 아녀! 인자 소는 쉬었다 가라고 풀어 주란 말이여."

"…"

"여그다 쌀가마 내려놓고 날 새는 대로 성에 있는 사람들 불러서 한 가마니씩 져 나르면 될 거 아닌가베. 야 이 새 대그빡아!"

"머라꼬? 새 대글빡? 니 증말 그 말버릇 몬 고치나!"

"고칠라믄 느그덜 맴씨나 고쳐야 쓰겄다. 손에 쥐어 줘도 모름서."

말씨름에서 나병들이 지고 말았다. 밤이 깊어져 사위가 적막한데 괜한 말썽이라도 생기면 다 먹은 밥에 콧물 빠지는 격이라고 생각했는지 쇠돌이의 말을 따랐다. 우부에게 소를 풀어 돌아가라고 이르고는 쌀섬을 풀어 등에 메고 갈 만큼 담아주었다. 우부는 아직까지 코를 훌쩍이는 시늉을 하고 있었다.

"미안케 되았심더. 우리사 마, 소가 새끼 밴 줄 어케 알겠십니꺼. 밤길 조심해서 건너 가입시다. 새끼 잘 놓았으면 좋겠심더."

"아이고 원 세상에 어찌 이런 일이 있당감. 백제고 신라고 다 한 조상 한 핏줄인디, 지발 쌈질 허지 말고 잘들 지냈으면 좋겠는디유 잉."

"아따 사슬 그만 늘어놓고 퍼뜩 가이소!"

"야~야. 그러지유. 근디 저그 뒹지(두잉지)에서 온 양반 말이유. 우리 여섯 식구 죽은 목심 살려 준 것 안 잊어버릴 거여유. 나중에 꼭 한 번 찾아오시유. 내 소식 전할 게유."

참 넉살 좋은 사람이었다. 넉살을 핑계 삼아 할 말은 다하고서 느릿느릿 떠나갔다. 나머지 일행에게 상황을 알리겠다는 말 대신 소식을 전하겠다고 에둘러 말하는가 하면 한 조상 한 핏줄이니 절대 목숨은 상하지 말라는 언질을 하지 않는가. 혹시 두잉지에 후환이 있을까봐 뒹지라고 말하는 기지를 발휘하지 않는가? 또 소가 새끼 밴 줄을 주인이 아니고서야 누가 알겠는가? 그럴싸한 임기응변이 소의 목숨까지도 구했던 것이다.

꺼지지 않는 불씨

해미 보살은 지난해 초파일 연등 행사를 앞두고 백암사로 찾아온 사람이 씨받이로 낳아준 아들 건이로 알고 부질없는 속연을 끊기 위해 야반도주하다시피 절을 떠나 영은사로 종적을 감추었다. 그러나 그것은 해미 보살이 잘못 짚은 것이었다. 사미승에게 이곳에 혹 이러이러한 보살이 있느냐고 넌지시 물었던 사람은 다름 아닌 시루였다.

모량부리 해미마을 백중서 댁의 셋째 아들인 시루, 그림 솜씨가 제법이었던 시루는 해당화를 배경으로 한 달녀의 초상화 '月心春色(월심춘색)'을 아직까지도 지니고 있었다. 설레는 마음이 앞서 미처 전해주지 못한 채 십칠 년이 흐른 것이다.

밤새 소리소문없이 떠나버린 달녀가 처음엔 괘씸했다. 그것은 시간이 지나면서 애달픔으로 바뀌었다. 그리곤 혹심한 병을 앓았다. 다행히 지극한 부모의 구완으로 병석을 떨쳤으나 말 없는 사람이 되고 말았다. 어느 누구와도 말 대거리를 하지 않았다. 낮엔 하루 종일 방 안에 있다가 밤이 되어 달이 뜨면 마루에 쪼그리고 앉아 멍하니 하늘만 쳐다보았다.

그렇게 여름과 가을과 겨울을 견뎌내더니 봄이 오자 분연히 일어나 부모에게 하직 인사를 했다. 대처에 나가 그림공부를 하겠다는 것이었다. 아버지 백중서는 아들의 얼굴에서 그처럼 옹골찬 눈빛을 처음으로 보았다. 가타부타 없이 물갈음 옷과 길 양식을 챙겨주고 노자를 마련해주었다. 혹 인편이 있으면 소식을 전하라고 당부하는 것이 고작이었다. 그렇게 자식 하나를 잃어버린 시루의 어머니는 눈물만 찍어내고 있었다.

길을 떠난 시루는 미리 작정한 듯 황등야산의 갑사(甲寺)를 찾았다. 거기 불화와 산수화에 정통한 하휴(河休) 선사가 있다는 얘기를 훈장으로부터 들은 바 있어서였다. 해미에서 고시이 갈재를 넘어 모량부리까지 하룻길이었다. 잠시 선운사에 들를까 하다 내질러 흘덕을 거쳐 태산에서 다시 하룻밤을 지내고 벽골 함열 황산(논산시)까지 또 하룻길이었다. 나흘 만에 열야산(논산시 상월면)을 지나 곧바로 갑사 경내에 도착했다.

망설일 것이 없었다. 무작정 산림 보살을 찾아 바랑 속의 노자를 송두리째 꺼내놓으며 기거를 부탁했다. 대뜸 거절이었다. 요사체에 빈방이 없다는 이유였다. 사정을 거듭하자 불목하니와 함께 있겠느냐 물었다. 감지덕지였다. 퀴퀴하게 땀 냄새가 찌든 구석방에 들어가 불문곡직 큰대자로 누웠다. 먼 길을 걸어온 고단함이 잠으로 쏟아졌기 때문이었다. 오줌이 마려워 눈을 뜰까 말까 하고 망설이는데 누군가 옆구리를 쿡쿡 찔렀다.

넙데데한 얼굴에 눈이 부리부리했으나 천성이 선해 보였다. 뭔가 자꾸 손시늉을 했다. 아마 밥을 먹으라는 시늉 같았다. 그러고 보니 옆에 개다리소반이 놓여있었다. 일어나 앉으니 또 손시늉을 했다. 벙어리였다. 그제야 빙그레 웃음을 넘겨주고는 바지춤을 부여잡고 문을 나섰다. 그가 따라나섰다. 그리곤 뒤란으로 돌아 한참을 걸어가서야 손가락질을 했다. 거기에 해우소가 있었다.

방으로 돌아와 수저를 들면서 같이 먹자 하니 자기는 먹었다는 시늉이다. 남쪽 멀리 해미에서 온 백시루라고 자기소개를 했다. 고개만 끄덕일 뿐이었다. 밥상은 산나물 무침 두세 가지와 조를 반이나 섞은 꽁보리밥이었다. 한 번도 먹어본 적이 없는 조악한 밥이었으나 꿀맛처럼 달았다. 벙어리는 다 먹은 소반을 들고 나가더니 이내 물 한 주발을 들고 와서는 물끄러미 쳐다보았다. 자기보다는 연상으로 보였다. 고맙다는 시늉을 하고는 물그릇을 받아 반쯤 마시고 윗목으로 밀어놓았다.

밤새도록 빈대와 싸우느라 잠을 설치고 방을 나섰다. 초여름이라지만 산간의 새벽공기는 싸늘했다. 해우소를 찾아가는데 그림자가 따라왔다. 서쪽 하늘을 보니 초승달이 떠 있었다. 가슴이 울컥했다. 달녀가 밤사이에 종적을 감춘 뒤부터 달만 보면 나타나는 증상이다. 눈에 보이지 않아도 뿌리 속에서 꽃이 피고 있다는 달녀의 말이 뇌리에 남아 달이 뜨지 않아도 달을 볼 줄 알게 되었다.

아침을 얻어먹자마자 막봉이를 따라 뒷산에 가서 삭정이를 주었다. 산림 보살이 그렇게 불러서 그의 이름이 막봉이인 줄을 알았다. 지게를 질 줄 모르니 등짐을 할 수밖에 없었다. 삭정이 가시가 등골을 파고들어도 어쩔 수 없었다. 점심을 먹고는 더 멀리 가서 쓰러진

나무토막을 목도해 왔다. 저녁 먹기 전에는 물지게로 물을 길어오는 것이 순서였다. 그리고 저녁을 먹자마자 빈대와 싸우며 잠을 잤다. 새벽엔 대웅전 뜰에서부터 온 경내를 빗질해야 했다. 막봉은 하루 종일 말이 없다. 혹 무슨 말을 걸어도 배시시 웃는 게 전부였다.

석 달이 지났다. 손바닥엔 못이 박히고 어깨와 등엔 굳은살이 붙었다. 날씨가 싸늘해지자 두툼한 바지저고리를 내주었다. 재로 잰 듯 몸에 맞았다. 발에 딱 맞는 버선과 속곳도 내주었다. 옷을 갈아입기 전 개울의 찬물로 몸을 깨끗이 씻었다. 받아두었던 잿물로 머리도 감았다. 댕기로 머리를 묶으면서 개울을 보았더니 거기에 낯모르는 장정이 있었다. 얼굴에는 수염과 구레나룻이 돋아있었다. 자기도 모르게 한숨이 흘러나왔다.

오랜만에 말끔한 모습으로 나타난 시루를 본 산림 보살은 온 얼굴에 웃음이 가득했다. 의아해하는 시루에게 법당 쪽으로 눈짓을 했다. 산림 보살의 눈짓을 따라 법당 쪽으로 고개를 돌린 시루의 눈에 장승처럼 서 있는 스님의 모습이 들어왔다. 역시 온 얼굴에 웃음을 함빡 머금고 있었다. 영문을 몰라 겁먹은 표정으로 허리를 굽히는 시루를 향해 스님의 벽력같은 목소리가 덮쳤다. 몇 번 마주치기는 했으나 여태까지 한 번도 말을 붙여주지 않던 스님이었다.

"시루야! 이리로 올라오너라."
"…?"
"어허! 냉큼 이리로 올라 오라는데도."
"예~예."

법당에 마주 앉은 스님은 위엄이 가득한 소리로, 역시 쩌렁쩌렁한 소리로 말을 건넸다.

"네가 그림에 소질이 있다 했느냐!"

"…?"

"여기 화선지에 저 앞의 부처님을 그려 보거라!"

"스님. 그걸 어찌…?"

"너의 내력을 어찌 아느냐는 말이더냐!"

"예~예, 소인 같은 사람을 어찌 아시고…."

"허~어, 모량부리 해미마을 백중서의 셋째 자제가 아니더냐!"

"예~에? 그렇습니다만, 그걸 어찌?"

"어리석구나. 이 하휴에게 그만한 안목이 없는 줄 알았더냐!"

"예~에? 스님이 하휴 선사님이시라구요? 그 존명이 자자한?"

"어~허, 그만한 이치를 꿰뚫지 못하고서 그림을 그린다? 부처님 마음을 그린다? 너는 그림을 손재주로 그리는 줄 알고 있구나. 그림은 마음으로 그리는 것이니라. 네가 석 달간 불목하니로 고생한 것은 네 마음을 다스리기 위한 도정이었던 게야."

"선사님, 소인의 어리석음을 더 크게 꾸짖으시옵소서. 으흐흐흐."

"허~어, 부처님을 그려보라는데 어찌 눈물을 짜는 것이냐!"

"예, 예, 그려보겠습니다."

손끝이 떨렸다. 그동안 무뎌질 대로 무뎌진 손으로 오랜만에 세필을 잡아서가 아니었다. 그림을 배우겠다고 나선 지 석 달, 하휴 선사의 이름만 듣고 무작정 갑사로 찾아든 지 백 일이다. 그 누구에게도 하휴 선사에 대해 물어보지 않았고 고향 해미 마을에 대해서 입도 떼지 않았다. 그저 밥 세 끼 얻어먹으며 마름이나 머슴이 하던 일을 해냈다. 막봉이가 벙어리만 아니었어도 한결 쉬웠으리라. 당장 하산하고 싶은 마음을 달녀의 '月心春色(월심춘색)'으로 다잡았다. 그러한 지난날의 억장과 인고가 손끝을 떨리게 했다.

미간을 먼저 그렸다. 미간을 사이에 둔 양 눈이 초상화의 성패를 좌우한다. 마음의 창이라고 하는 눈을 아무리 잘 그려도 미간의 사이가 맞지 않으면 품고 있는 마음을 표출해낼 수 없다. 따라서 미간의 넓이가 전체 그림의 기준 잣대가 되어 얼굴이 화선지를 알맞게 메우게 된다. 아직 누구에게 배운 바가 없으나 오랜 습작을 통해 깨달은 솜씨다. 막 양 눈의 위치를 잡아가는데 선사가 그만하라며 화선지를 거두었다. 잠시 들여다보던 선사는 흡족한 표정으로 내일부터 그림을 공부하라 했다.

하휴 선사는 달포 전 선운사에 들렀다가 시루의 아버지 백중서와 조우했다. 백중서는 아들의 예사롭지 않은 눈빛에 눌려 졸지에 길을 떠나보내며 한 달에 한 번씩은 소식을 전하라고 당부했었다. 그러나 한 달이 훨씬 지나도록 아무런 기별이 없자 내심 불안해지기 시작했다. 더는 견디지 못하고 수소문에 나섰다. 어디 절간에 들어가 그림공부를 하겠거니 하는 짐작이 적중했다. 인근의 사찰을 샅샅이 살펴도 찾을 수 없어 낙담하던 차에 선운사에서 불화 점안식이 있다는 소문을 듣고 혹시나 해서 찾아갔다가 하휴 선사를 만나게 돼 혹 이러이러한 아이가 선사를 찾을지 모르니 만나거든 잘 거두어 달라고 하소연하면서 자초지종을 털어놓았다.

선사는 그다지 염두에 두지 않고 갑사로 돌아왔는데 두어 달 전 뜨내기로 들어왔다는 불목하니의 단정한 용모와 태도를 보고서 혹시나 해 산림 보살에게 그 이름을 물어보았더니 시루라고 하는 것이었다. 그러나 성은 모른다고 했다. 고향도 모른다 했다. 밥 먹고 시키는 일을 할 뿐 별다른 재주를 보지 못했다고 했다. 그러다 며칠이 지나면서 선운사에서 만났던 백중서 시주의 자제라는 확신이 들었던 것이다. 다시 한 달을 눈여겨보고서 그의 그림 솜씨를 시험해본 것이다.

이러한 사실을 알 리 없는 시루는 다음날부터 불목하니의 일을 떠나 선사의 제자로서 그림을 배우기 시작했다. 선사의 예견대로 시루의 재주는 뛰어났다. 손끝으로 잔재주를 부리려 하지 않고 마음을 해석하고 나타내는 안목이 탁월했다. 불탱화 후불탱화 신중탱화를 차례대로 익혀나갔다.

그가 제일 어려웠던 것은 사천왕의 부리부리한 눈을 그리는 것이었다. 천성이 야멸치지 못한 그가 눈을 부라리는 형상을 그려놓아도 눈가의 잔잔한 웃음기를 거둬낼 수 없었던 것이다. 그때마다 선사는 불호령을 했다. 손으로 그리지 말고 마음으로 그리라는 것이었다. 부처님의 알 듯 모를 듯한 미소를 그려내는 것도 결코 쉽지 않았다. 미소가 자꾸 입으로 흘려내렸던 것이다. 사실 다른 그림과 달리 부처님은 눈보다 입을 묘사하는 것이 훨씬 어려웠다.

그렇게 십 년을 정진한 끝에 만다라와 칠성 독성 산신탱화는 물론 괘불까지 스승과 비견할 만한 경지에 이르렀다. 산수화는 가히 해동삼국의 절륜이라 할 만했다. 하휴 선사는 제자의 대성에 만족하면서 그의 법명 첫 글자 하(河) 자를 예명으로 사용하도록 허락했다. 시루는 스승의 법명 첫 글자 하(河)에다 달녀의 성씨인 성(成) 자를 붙여서 하성(河成)이라는 예명을 지었다.

스승 때문이었는지, 아니면 그의 탁월함 때문이었는지 불사가 있고 불화가 필요한 곳에서는 의례 하성을 불렀다. 대개는 하휴 선사를 청했지만 칭병하며 하성을 대신 보냈다. 불화와 탱화는 시간과 정성을 무한으로 쏟아야 완성되는 작품이다. 물감도 고급화된 비싼 염료를 사용한다. 본전의 큰 벽화를 완성하려면 여섯 달, 일 년이 걸린다. 하성은 괘불 몇 점까지 그려주고서는 마지막으로 산수화를 그렸다. 불사에 시주한 불도에게 답례 겸 기념으로 주기 위한 작품이다.

그는 꼭 달이 중천에 떠 있는 야경을 그렸다. 봄에는 달빛을 받은 해당화가 등장했고 여름엔 해당화 대신 연화를 넣었다. 가을엔 황금 들녘 위로 높이 나는 기러기를 그리고 겨울엔 노송 위의 눈송이를 미끄러져 내리는 달빛을 그렸다. 그래서 야경 위주인 하성의 그림은 조금 어둡고 우중충하다. 그러나 그 어두움과 우중충함은 감상하는 이의 마음을 오히려 밝고 활달하게 해주었다. 모두들 천상의 조화라고 입을 모았다.

시루는 집을 떠난 지 십육 년 만에, 나이 서른둘이 되어서야 고향 해미 마을을 찾았다. 환갑을 앞둔 아버지 어머니는 반갑기에 앞서 장가도 가지 않고 늙어가는 아들이 안쓰럽기만 했다. 늦었지만 혼사를 시켜야겠다는 생각으로 넌지시 시루의 마음을 떠보았으나 시큰둥한 반응이었다. 처음 보는 두 형수와 올망졸망한 조카들을 대하면서도 언제나 무덤덤했다. 바랑을 짊어지고 집을 나가면 대엿새 만에 돌아왔다. 어디에서 무엇을 하는지, 누구를 만나는지 알 수 없는 일이었다. 시종 아무 말이 없어서였다.

그러다가 가을 햇살에 벼가 누렇게 익어갈 즈음 하직 인사를 했다. 그저 먼 길을 떠난다고만 했다. 양부모는 그게 어디냐고 묻지도 않았다. 그가 그림값으로 받은 것이라며 내밀었던 은자 여남은 개를 도로 주었지만 한사코 거절하며 머리가 땅에 닿도록 인사를 하고서는 뒤돌아섰다. 그의 눈가에 맺혀있는 눈물을 부모는 미처 보지 못했다.

하성의 머릿속은 당나라의 수도 장안에 가서 대륙의 화풍을 공부하고 싶은 욕망으로 가득했다. 스승 하휴는 하성의 산수화가 마음을 사로잡는 오묘함은 있으나 격조가 부족하다며 당나라의 문인화가 왕유(王維)의 수묵산수화에 대해 귀가 따갑도록 얘기했었다. 오도자(吳道子)와 염입본(閻立本)의 청록산수화에 대한 설명도 항상 곁들였다. 그때마다 더 큰 공부를 위해 당나라에 가겠다는 생각을 해왔었다.

그는 고마나루(곰나루, 웅진)에서 당나라로 건너가는 배를 탈 작정이었다. 그러나 떠나기 전에 꼭 한 번 찾아서 만나야 할 사람이 있었다. 바로 달녀였다. 고향 집에 있으면서 집을 비웠던 것은 달녀의 행방을 수소문하는 행보였다. 그는 몇 년 전 어렴풋한 소문을 듣고 백암사를 찾았던 것인데 밤이 맞도록 기다렸으나 달녀는 나타나

지 않았다. 날이 새어 다시 물었으나 밤새 온데간데없이 사라졌다
는 대답이었다. 그는 전해주려던 '月心春色(월심춘색)'을 도로 접어
품에 넣고 발길을 돌렸던 것이다.

　고마나루를 향하던 시루의 발길이 내장사를 향했다. 마음속의 응
어리는 이미 정리되었는데도 생각과 달리 발길이 먼저 내장사를 향하
고 있었던 것이다. 노을에 비낀 단풍이 절경이었지만 눈에 들어오지
않았다. 무심한 발걸음을 따라 법당 앞에 다다랐을 때 법당 안에서
나누는 남녀의 목소리가 새어 나왔다. 인정 모정 애정 색정 등의 낱말
이 오가는 것을 보면 오욕에 관한 선지식을 주고받는 것 같았다.

　"해미는 필시 심저에 있는 오욕의 뿌리를 온전히 잘라내지 못해
대오가 더딘 게야."
　"선사님, 아닐 것입니다. 분신이랄 수 있는 자식이 찾아왔는데도
마음이 움직이지 않았습니다."
　"해미는 모정보다 애정이 더 큰 미망이란 것을 모름이야."
　"애정이라고 말씀하셨습니까? 자식이 생겼다고 해서 그걸 어찌
애정이라 유추하십니까?"
　"자식이 생기지 않는 애정도 있지 않겠느냐! 애정이 없는 자식이
생기듯 말이다. 말하자면….."
　"예? 그것은 색정이 아니옵니까?"
　"색정과 육정은 같아 보여도 전혀 다른 것이지. 애정과는 더욱 다
르고."

"설명하옵소서."

"애정은 말이다. 무언가, 누군가에 대해 갖는 낌이니라. 부처님의 대자대비가 애정의 극치라 할 수 있지. 그에 비해 색정은 색을 탐하기 위해 생기는 욕심이고 육정은 서로 색을 탐하다 보니 생겨나는 현상인 게야."

"그러면 애정은 어떻게 생겨나는 것이옵니까?"

"애정은 사유인 게야. 서로 부대끼다 보니 자연스럽게 일어나는 좋은 마음 즉 측은지심에서 비롯되는 것이야. 말하자면 말이다."

"말하자면, 무엇이옵니까?"

"… 음, 네가 처음 괴었던 사람이 있지 않느냐?"

"예~에? 처음 괴었던 사람이요? 선사님! 해미마을의 시루 말이옵니까?"

"그렇다. 내가 처음 너를 보았을 때 시루도 함께 보았느니라. 둘의 아름다움이 노승의 눈에 띄었지만 너희들은 선연만 있을 뿐 인연은 없었던 게야. 하물며 천연(天緣)으로 맺을 수는 없었다. 둘 다 불연(佛緣)은 확실한데 인연과 천연이 없는 너희들을 보는 내 마음도 개운치 않았던 게야."

"선사님. 그걸 다 알고 보셨으면서 모른 체를 하시고 십칠 년을 지키셨습니까?"

"벌써 그리 됐구나. 십칠 년이 지났구나. 시루는 하성이라는 예명으로 그림의 대가가 되었느니라. 아마 지금은 당나라에 가 있을 게야, 아마."

"선사님, 한 가지만 더 여쭙겠습니다. 그러면 제가 백암사에 있을 때 찾아온 사람이 바로 그 시루였습니까?"

"아마 그랬을 게야. 아마 그랬을 게야. 나무아미타불."

하성은 십칠 년간 오매불망하던 달녀, 틀림없는 그녀를 눈앞에 두고서도 발길을 돌렸다. 불문에 귀의한 것은 아니지만, 절밥을 먹으면서 성장했고 선사의 가르침으로 오늘의 경지에 이르렀다. 법당 안에서 주고받는 선문답의 심오함을 깨닫지 못할 리 없다. 해미가 그녀의 법명인 모양이다. 이미 속연을 끊고 불문에 귀의, 열반의 세계를 열어가는 한 여인의 옹골짐을 미성년 때의 풋정으로 허물어뜨릴 수는 없었다. 미어지는 듯하고 허전하기 이를 데 없지만 선연으로 만족하는 게 도리였다. 너덜너덜해진 '月心春色(월심춘색)'을 곱게 접어 섬돌 밑에 남겨놓고 돌아섰다.

한편 이를 알 리 없는 해미 보살은 선문답을 마친 뒤 요사체에 돌아와서도 오금이 저리고 손발이 곱아서 마음이 다잡이지 않았다. 그랬었구나. 그랬었구나. 시루가 찾아왔었구나. 그것을 짐작도 못하고 혼자의 깜냥으로 씨받이 자식 건이라는 착각에 빠져 그의 마음을 아프게 했구나. 내 마음이야 이미 닫힐 만큼 닫혔다고 장담할 수 있으나 오매불망 찾아다녔을 그의 여린 마음을 생각하니 몹쓸 짓을 했다는 후회가 일었다.

섬돌 밑에서 주운 너덜너덜한 그림을 뚫어지게 들여다보던 해미는 까무러치게 놀라 방을 뛰쳐나갔다. 그리곤 일주문을 향해 내달렸다. 틀림없다. 틀림없이 그가 다녀간 것이다. 용모도 용모지만 활짝 핀 해당화가 증명이었다. 자기의 몸을 더듬던 날 밤, 내일 저녁에 줄 것이 있다며 또 만나자고 했던 기억이 되살아났다. 그렇다면 그것을 십칠 년 동안이나 간직했었기에 그토록 너덜너덜해졌단 말인가? 일주문까지 나가서 아무 흔적도 발견하지 못한 해미는 그 자리에 주저앉아 하염없이 눈물을 흘렸다.

길지를 찾아서

일통 최천동은 간단한 여장으로 길을 나섰다. 남쪽 지리에 밝은 심달평 십부장 한 사람만을 대동했다. 복신은 '지리적 이점과 요새의 강점이 완벽한 곳'을 물색하라고 당부했었다. 그렇다. 현재의 임존성은 견고하여 수성하기는 좋으나 일만 명이 넘는 군사가 머물기에는 너무 협착했다. 지리적으로도 한수 이남까지 내려와 있는 고구려의 위세에 신경 써야 했고 동쪽 내륙은 신라군이 장악하고 있다. 비록 사비성을 탈환한다 해도 당나라와의 해상통로가 막혀있어 옴짝달싹할 수 없는 형국이다. 먼 앞날을 내다보고 세력을 확장할 수 있는 더 남쪽의 새 터전이 필요했다.

최천동은 그 조건으로 임산배수의 지형을 이루고 있는 곳, 농산물 임산물 해산물이 풍부해 온유한 백제문화가 녹아들어 있는 곳이어야 한다는 생각으로 출발했다. 특히 왜나라 및 당나라와의 해상왕래가 편한 곳을 염두에 두었다. 선진문물이 대부분 해로를 통해 당나라로부터 유입되었고 그것을 다시 해로를 통해 왜에 전파하여 긴밀한 유대를 맺고 있기 때문이었다. 다시 말하면 이 삼한반도가 사해는 물론 더 넓은 세계를 아우를 수 있는 중심이 되어야 한다는 밑그림을 그리고 있었다.

사비성을 멀리 비껴서 남쪽으로 나흘 길을 걸어 강경포에 이르렀다. 강경포는 이통 정수탁의 고향이다. 온 김에 그의 부친 정우치 어른을 뵙고 갈 요량으로 물산이 잡다한 포구에서 수소문해 찾은 가게에서는 미내 삼거리를 지나 강경천변으로 가보라고 알려주었다. 쉽게 찾았다. 가대가 넉넉했다. 널따란 기와집 담을 따라 곳간이 쭉 늘어서 있다. 신촌 최성기 댁 자제 최천동이 왔다는 말에 정우치 어른이 버선발로 나와 반겼다. 귀밑머리는 하얗게 세어있었으나 눈빛이 형형했다.

"성자 기자 되시는 분의 첫째 천동이 인사 여쭙니다. 그간 강령하셨는지요."

"여~어, 어서 앉게나. 영민한 자제를 두었다는 얘기는 진즉부터 들었네만 가히 틀린 말이 아니었군. 지금 어디서 오는 길인가?"

"임존성을 출발한 지 나흘 되었습니다. 졸지에 나서느라 수탁 군한테 얘기도 못하고 왔습니다만 무탈하게 잘 있습니다."

"아, 그런가? 물론 자별하게들 지내고 있겠지?"

"그럼은요. 수탁 군의 활약으로 성내 기강이 바로 세워졌습니다. 통령이라는 직함을 얻었습니다."

"통령?"

"예, 통령이 셋인데 제가 일통이고 수탁 군이 이통, 그리고 벽골 아주생 어르신의 둘째 자제 중달 군이 삼통입니다."

"그러니까 자네 동모들이 일, 이, 삼 통을 맡고 있다는 말이지?"

"그렇습니다. 수탁 군은 모든 군수물자를 총괄하고 있습니다. 어찌나 셈이 밝은지 모두들 혀를 내둡니다."

"하하, 그렇군. 제 역할을 하고 있다니 다행이군. 그런데 여기까지 웬일인가. 한가하게 나들이 나온 것은 아닐 테고."

"예, 그렇습니다. 어르신의 가르침을 받고자 합니다."

"내게?"

"예, 지금 부흥군의 사기는 하늘을 찌를 듯합니다. 다만 일만의 병사가 의분으로 똘똘 뭉쳐있기는 하나 아직은 세 불리하고 더 많은 병력을 모아야 하는데 지금의 임존성은 국량이 못 미칩니다. 하여 삼한은 물론 당나라와 왜를 아우를 수 있는 중심지를 찾아 새 둥지를 열려 합니다."

"듣던 중 반가운 소리군. 비록 백제가 무너지기는 했지만 대륙과 열도를 한 데로 묶어 사해를 지배하겠다는 것이 온조대왕의 큰 뜻이었던 게야. 반도 내에서 삼국이 각축하느라 불행한 결과가 되었지만 이왕에 부흥의 기치를 내세웠다면 그만한 기개를 가져야겠지."

"그렇습니다. 신라의 옹졸함이 대세를 그르쳤습니다. 앞으로 고구려도 장악하려 할 것인데 그리하려면 또 당의 힘을 빌려야 할 것이고 당은 당연히 대가를 요구할 것입니다. 고구려 호태왕이 애써 복속시킨 북녘의 요동 땅을 온전하게 지켜낼지 염려됩니다."

"아~. 생각이 거기까지 미쳤는가? 참으로 장하군. 자~, 저녁상이 준비된 모양이니 함께 들면서 얘기를 나누세나."

군량미 이백 석을 선뜻 갹출한 배포가 집안 곳곳에 묻어났다. 벌써부터 대문을 잠그고 수하들을 단속했다. 차려온 저녁상도 정갈했다. 하얀 사기그릇 반상기가 가지런히 놓였고 주발에서 간장 종지까지 모두 대나무 그림이 박혀있다. 참기름을 떨어뜨린 배추절임, 닭살로 고은 무국, 쇠고기 장조림, 간 고등어 자반, 오래 삭힌 굴젓, 고사리 무침, 그리고 시원한 동치미가 소반 위에 그림처럼 앉아있다. 거기에 여덟 가지 약초를 넣어 빚었다는 팔선주가 곁들었다.

최천동은 젓가락 대기가 무서울 만큼 깔끔하고도 품격 있는 상차림에 내심 혀를 내둘렀으나 이 집안인들 항상 이런 호사를 할 리는 없을 것이라는 생각에 정우치 어른의 환대가 더욱 고마웠다. 자식을 싸움터로 내보낸 부모의 마음이 고스란히 배어있었다. 이럴 줄 알았으면 억지를 부려서라도 수탁과 동행하는 것을, 생각이 짧았다는 상념에 젖어있는데 어른의 권주가 성화였다.

"죄송합니다. 수탁 군과 함께 오는 것이었는데…"

"아닐 게야. 자네가 강권했어도 그 아이는 사양했을 게야. 각자 맡은 임무가 다를 터인데 쉽게 정에 끌리지는 아니했을 게야. 그러니 마음 쓰지 말게나."

"면목 없습니다. 어르신."

"아니라는 데도. 그건 그렇고 마음에 작정한 곳이 있는가?"

"아닙니다. 아직은. 내일은 마서량(지금의 군산 옥구지역)을 돌아보고 더 남쪽으로 내려가 볼 생각입니다."

"마서량은 물산이 풍부하기는 하나 요새로서는 수성의 약점이 있을 게야.조금 안쪽으로 금마라고 마한의 왕궁 터를 무왕폐하가 새 도읍지로 조성만 하고 방치해 둔 자리가 있는데 역시 대업을 도모하기에는 지세가 부족했던 게야. 주변에 변변한 산성이 없는 것도 흠이고."

"그러면 더 남쪽에 쓸 만한 곳이 있을까요?"

"글쎄, 더 남쪽인 고시이(지금의 전남 장성), 발나(지금의 나주)는 뱃길이 열려있지 않고 훨씬 남쪽인 물량(지금의 무안), 몰아혜(목포)는 왜 쪽의 뱃길은 열려있는데 당나라와의 소통에 어려움이 있을 게야."

"저는 오래전부터 변산(卞山, 지금의 邊山 반도)의 지형이 마음에 있었습니다만."

"가히 남방의 명산이지. 우선은 산세가 웅장해 명당을 찾는 사람들의 발길이 끊이지 않는 곳이야. 흰내말 평야의 물산이 풍부하고 임해 지역이어서 수산물도 넉넉하니 자연히 큰 가람들이 들어섰던 게지. 내변산에 개암사(開巖寺)라는 사찰이 있는데 본래 변한의 궁성이었던 것을 무왕께서 묘련 왕사에게 명해 절로 고치셨던 곳으로 지금도 산성이 그대로 남아 있다네."

"산성이요? 규모는 얼마나 되는지요."

"주류성(周留城, 혹은 위금암산성(位金岩山城))이라고 해서 높다란 울금바위를 배산으로 잘 조성된 성곽이지. 아마 둘레가 십 리 안팎은 될 게야."

"예~에, 그 정도면 삼만 병력은 보듬을 수 있겠습니다."

"그럴 테지. 수성을 염두에 둔다면 그만한 길지가 없을 게야. 왜?

가보려고 그러나?"

"예, 주변 지역을 한 번 살펴보려 합니다."

"그러게나. 내일은 일찍 발행할 터이지? 내 사람을 하나 딸려 보내세."

정우치 어른의 배웅을 받는 최천동의 발걸음이 한결 가벼웠다. 길양식과 물갈음 옷, 짚신을 등에 짊어진 마름이 하나 따라나섰다. 심달평이 앞장서 고맙다고 허리를 굽혀서 웃음을 샀다. 최천동은 돌아갈 때 들르지 못할 것 같다며 애석한 하직 인사를 올렸다. 정우치 어른은 최천동의 손에 은자 두 개를 쥐어 주며 노자에 보태라 했다. 그윽한 눈길을 거두지 않던 정우치 어른은 주류성을 찾아가려면 여기에서 피산(지금의 임피), 두릉(만경), 금마저(익산), 명랑(죽산) 길을 택하라고 귀띔했다. 명랑에서 지적인 흰내말(부안)에서 반나절이면 부령(상서)이고 거기가 주류성 입구라 했다.

서두를 일이 없는 길이다. 함열을 지나 금마의 궁성 터를 향했다. 높고 하얀 온탑(백 번째의 탑이라는 뜻, 지금의 오층석탑)의 위용이 멀리서도 눈에 들어온다. 주위의 야트막한 야산과 야릇한 조화를 이루고 있다. 땅은 황토흙으로 짚신과 버선에 금방 붉은 물이 들고 말았다. 퇴락한 성곽 안으로 들어서니 위풍이 그럴듯한 전각이 즐비하게 늘어섰고 온탑은 동녘을 향해 반듯하다. 가까이 다가가 본 온탑은 하얀 돌로 목탑을 본 따 지은 아홉 층짜리였다. 그 높이가 사십 척이나 되었다. 웅장하고도 정교했다. 무왕의 하늘을 찌를 듯한 기개가 그대로 묻어났다. 담장 옆의 우물은 마르지 않았는지 뚜껑으로 덮여있다. 초겨울의 스산한 바람이 한차례 휩쓸고 지나갔다. 황량했다.

오래전 무왕은 이곳에 새 도읍지를 열려고 했다. 터를 닦고 전각을 세우고 절을 짓고 나라 안 백 번째의 석탑을 공들여 세웠다. 강경포의 뱃길과 두릉 평야의 물산 등 여러 가지 지리적 이점을 안고 있는 적지로 여겼으나 궁궐과 성곽을 마무리해놓고도 천도하지 못했다. 호시탐탐 침공기회를 노리는 신라의 강군을 막아낼 수성 능력이 부족한 약점이 있었기 때문이었다. 무왕은 눈을 감으면서도 천도를 통해 대 백제국 문화를 창달하지 못한 것을 애석해 했다고 전한다.

"통령님, 인자 돌아서야 허겄는디요."
"그러자꾸나. 이곳에 오래 있자니 만감이 서리는구나. 역사는 결코 뒤돌아 갈 수 없는 수레바퀴인 게야. 삼한시대 마한도 이곳에 도읍을 세우려다 말았던 것이 우연만은 아닐 테지. 우리가 아니래도 이담에 또 누군가가 도읍지로 탐낼 만한 지세인 것은 틀림없는데 말이야."
"지가 그전에 들은 말로는 지금도 무왕 폐하의 혼령이 가끔 나타났다가 사라진다고 허데유. 여그 사람들은 앞으로 언젠가 반드시 도읍이 옮겨올 것이라면서 절기 때마다 손질을 하고 있다는 구만유."
"그랬더냐. 그러나 삼국의 각축이 이를 허용치 않고 있음이야. 자어서 가자꾸나. 해 전에 명랑(죽산)까지는 당도해야 할 텐데 노정이 만만치 않아."

"그런디, 통령님. 여그 황토흙이 참 좋구만요 잉."

"흙이 좋아? 무슨 말이냐."

"이런 흙은 말여요. 찰져서 옹기를 굽는 디 아주 좋구만요. 기와 굽는 디도 그만이구요."

"그러냐? 또 그밖에 생각나는 것은 없느냐."

"있지요. 모시 베 물들이는 데도 좋구요, 이런 흙으로 가마를 맨들면 돌이고 쇠고 다 녹여버리는구만요."

"그래? 쇠를 녹여? 그러니까 야철장에서 이런 흙으로 가마를 만든단 말이지."

"그렇당게요."

"음~, 그래서 이 지경에 대장간이 흔했던 거로구나. 그런데 야철장에서 녹일 쇠는 어디서 가져온다더냐?"

"그거야 대둥산(대둔산)이나 벤산(변산)에 있는 돌산을 뽀개서 안 가져오능가요 잉."

"돌산에서 쇠가 나와?"

"아니요. 거그서 시크무르한 돌을 갖다가 가마에 넣고 녹이면 쇳물은 무거웅게 밑으로 갈아앉지라우,"

"그래서?"

"그것을 몇 번씩 되풀이허다 보면 단단한 쇳덩어리가 생기지라우."

"너는 어찌 그것을 아느냐?"

"인자 봉게 통령님도 참 무심허구먼요 잉."

"…?"

"아~, 지가 어려서부터 옹기를 굽기 시작혔는디 저의 아부지 말씀이 가마로 흙을 굽는 것보다 쇠를 녹이는 것이 더 소용 있다고 허셨구만요. 그래서 먼 곳꺼정 옹기 팔러 댕기면서 야철장만 있으면 눈여겨 보았지라우."

"하하, 그랬더냐! 기특하구나. 그러면 내가 큼지막한 야철장 하나 만들어주랴?"

"야? 참말로요? 그런디…."

"그런데 뭐란 말이냐."

"지가 말은 이렇게 쉽게 혀도 쇠를 맹글라면 쇠의 성질을 잘 알아야 허는 것인디 그것이 하루아침에 되는 것도 아니고…."

"그거라면 염려 없다. 내가 야철장이를 수소문해서 데려올 것이니라."

"그러면 좋지만, 그러면 저는 또 쓸모가 없지랑요 잉."

"하하하, 그렇겠구나. 너는 천상 옹기나 구워야 하겠다. 하하하"

"참, 통령님도. 누구 약 올리는가요? 약 주고 병 주고."

"약부터 주고 병을 주더냐? 병 주고 약을 주지."

"그게 그거지라우."

"으하하하."

그렇지 않아도 병장기를 두루 갖추려면 단단한 쇠가 있어야 했다. 신라군이나 당나라 군사들이 쓰는 창과 칼은 여물어서 황색군이 당해내기가 버거웠다. 한 번 부딪히면 두 동강 나는 것은 황색군의 병장기였다. 백제의 용맹과 지략으로도 고구려와 신라에 항상 밀렸던 것은 병장기의 우열에도 원인이 있었음이 분명하다. 신라는 가야 지역의 야철 기술에 힘입어 오래전부터 청동에서 벗어나 있었던 것이다. 심달평의 눈썰미가 최천동의 야철 기술의 시급함에 대한 눈을 뜨게 해주었다. 이 일은 삼통 아중달에게 일임할 생각이었다. 그러나 야철장을 짓는 것은 요새를 옮긴 뒤의 일이 되리라.

벽면수행

　　달래가 마음을 앓느라 자리에 누워있을 때 내장사에서는 유해 선사가 유정을 불렀다. 경전공부에만 매달려 있는 모습이 안타까워서였다. 풍상을 겪지 않은 나무가 어찌 거목으로 자랄 수 있을 것이며 비를 맞지 않은 땅이 어찌 굳을 것인가. 장차 대가람의 주인이 되어 억조창생을 불심으로 다스려야 할 그릇이 옹골찬 의기 하나만으로 어찌 성불할 것인가? 여기까지 생각이 미친 선사는 자기의 가르침에 정성이 부족했다는 것을 느끼고 결단을 내렸다. 자신의 수한도 이미 한계에 이르렀다는 생각에 더욱 조급해졌던 것이다.

"정진에 진전은 있느냐."

"아니옵니다. 선사님. 미궁이 깊어질 뿐입니다."

"못난 놈. 네가 세상을 모르고, 오욕칠정을 모르고서 중생을 제도할 수 있다고 여겼기 때문인 게야."

"어찌 그런 말씀을…."

"너는 대들보에 쓰인 나무기둥을 보았느냐."

"…."

"옹이가 있는 것과 없는 것의 차이를 생각해 보았느냐. 어느 것이 더 단단하고 보기 좋더냐!"

"있는 것이옵니다."

"그렇다. 옹이는 생채기가 나거나 가지가 생기느라 고생한 자국이다. 그러나 그것은 나무의 질을 단단히 하고 또 켜놓았을 때 아름다운 무늬를 드러내느니라. 세상만사도 이와 같음이야."

"…."

"곧기만 하고 속이 무른 나무는 겉으로는 그럴듯해도 재목으로서는 쓸모가 없는 게야."

"제가 품어야 할 옹이는 무엇이옵니까?"

"아직도 몰라서 묻는 게냐. 네 나이 이팔청춘 아니더냐. 삼라만상이 그러하듯 음양의 조화가 근본인데 너는 알기도 전에 부딪히는 것조차 두려워 피하는 것 아니냐."

"선사님, 소인 깨달을 수 없습니다."

"허허허, 네가 깨닫기를 피하는 것이 아니더냐."

"달래를 이르는 말씀이옵니까?"

"이제야 알겠느냐. 부처님의 자비를 어찌 깨닫지 못하느냐."

"색의 근본을 아는 것도 부처님의 자비인 것입니까?"

"그렇고말고. 그게 보시인 게야. 화두를 주는 것도 자비이고 보시인 게야."

"그럼 제가 어찌해야 할지 가르침을 주소서."

"그것을 내 직접 훈수해주랴? 어리석은 놈."

"소인이 이다지 어리석은지 미처 몰랐습니다."

"어리석은 너를 밤낮 대하고 있는 나는 오죽 답답하겠느냐. 아니 되겠다. 당장 벽면 수행에 들어가거라. 화두도 네가 정하고 해득도 스스로 하거라. 이루기 전에는 나오지 말거라."

"예, 선사님, 그리하겠습니다."

다음날 새벽 예불을 마치자마자 아무것도 지니지 않은 채 뒷산의 중턱에 있는 암자에 들어갔다. 댓돌에 신발을 벗어놓은 것으로 표식을 하고는 문을 걸어 잠그고 북벽을 향해 가부좌를 틀었다. 얼마 동안은 머릿속이 수세미처럼 엉클어져 아무런 가닥을 잡을 수 없었다. 대소변이 마렵고 다리에 쥐가 나는 것은 처음 삼 일 정도였다. 그 뒤는 온몸이 가벼워지고 나중에는 감각을 잃어버리게 된다. 머리도 가벼워지면서 일념이 일어난다. 그 후에야 화두가 떠오르고 그 뿌리를 캐는 수행이 이어진다.

벽면 수행은 불자의 필수 과정이다. 수행을 통해 본질을 깨닫게 되고 본질의 뿌리와 씨름하면서 존재유무를 괘념하지 않을 경지에 이르러야 평정을 얻게 된다. 그러나 육신 속에 깃들었던 정신을 육신 밖으로 끌고 나와 홀로 자유토록 하는 것은 관념만큼 쉬운 일이 아니다.

사실 선사의 벽면수행 명령은 어떤 의미에서 일종의 벌이었다. 유정이 수행을 통해 그것을 깨닫게 되기까지에도 오랜 시간이 걸렸다. 그의 수행이 벌써 사십 일을 넘기고 있었다. 그때 달래가 내장사를 찾아왔던 것이다.

한편 달래는 문자를 익히고 경전을 배우면서 안정을 되찾아갔다. 언제까지고 이대로 머물고 싶은 마음이었다. 선사는 달래의 빠른 진전을 보면서 숨겨진 재능을 찾아내느라 고심했다. 말을 조리 있게 잘하고 허튼소리를 하지 않았다. 그러나 그것을 달래만의 재능이라고 여길 수는 없다. 행실도 바르고 눈치가 빨랐다. 그것도 달래만의 장끼는 아닌 것이다. 도대체 재능이라고 내세울 만한 것이 엿보이지 않았다. 그러던 어느 날 댓돌에 홀로 앉아 멍하니 중천의 달을 보며 뭔가 중얼거리는 것을 보았다.

'달아'라고 했다가 '달님'이라고 했다 하는 것이 아마 달과 대화를 하고 있는 것 같았다. 그 모습이 처연했다. 집을 떠나 절에 온 지 두 달이 되어간다. 이제 내일모레면 정월 초하루 설날이다. 으레 부모와 식구들 생각이 나련만 내색을 하지 않았다. 그것은 남다른 옹골찬 면이 있음을 엿보이는 대목이었다. 선사는 거기에서 달래의 장끼를 찾으려 했다.

섣달 그믐날이었다. 선사가 달래를 불러 다내에 가서 부모님께 세배를 하고 오겠느냐고 하문했다. 대답이 없었다. 생각나지 않느냐고 물어도 대답이 없다. 눈에 그렁그렁한 눈물이 고일 뿐이었다. 선사는 해미보살에게 일러 여염집에서 하는 음식을 만들어 보양을 시키라고 분부했다.

초하룻날 달래가 까까 옷을 곱게 차려입고 선사에게 세배를 했다. 해미 보살도 함께였고 그녀에게도 얌전한 절을 올렸다. 해미 보살과 달래는 이미 모녀 이상의 정이 들어있었다. 달래의 절을 받는 두 사람의 마음은 각각이었다. 보살은 안쓰러운 생각이 앞섰고 선사는 대견하다는 생각이었다. 설빔을 맛있게 나누어 먹은 다음 선사가 지필묵을 꺼내 달래의 앞에 놓았다.

"달래의 시작(詩作)을 한번 보고 싶구나."
"선사님, 시작이라니요. 이제 막 문자 깨우치고 있는데요."
"아니다. 내가 그동안 너의 재주를 눈여겨보았느니라. 보기 드문 시재가 있음이야."
"저는 다른 사람의 시를 읽기만 했지 한 번도 지어보지는 않았습니다."
"어젯밤에도 달을 쳐다보며 무어라고 시를 읊었지 않느냐?"
"그건, 그건…. 혼잣소리였지요. 그게 무슨 시에요."
"그게 바로 시다. 네가 어제 중얼거렸던 내용을 여기에다 한자로 새겨 써 보아라."

달래가 망설이다가 마지못해 붓을 들고 어젯밤의 혼잣소리를 골똘히 생각하면서 글자를 적어나갔다. "陽光木芽生(양광목아생) 風雨松實强(풍우송실강) 日出月色藏(일출월색장) 月出星光滅(월출성광멸)."이라고 썼다. 이제 겨우 한 달 남짓 배운 문자의 실력으로서는 참으로 놀라운 일이다. 선사의 눈이 휘둥그레졌다. 특히 옆에 앉은 해미 보살은 벌린 입을 다물지 못했다.

"그럴듯하구나. '햇볕은 싹을 틔우고 비바람은 열매를 튼튼하게 한다. 해가 뜨면 달은 숨어버리고 달이 뜨면 별빛은 사그라진다.' 괜찮구나. 허나 표현이 네 성정만큼 너무 곧은 것이야. 또 어두웠던 마음이 아직도 엿보이는구나. 내가 몇 자 고쳐주마. 强(강)을 堅(견)으로, 滅(멸)을 殘(잔)으로 고치면 무던하겠구나.”

“비바람은 열매를 야무지게 한다. 그리고 달이 뜨면 별빛은 희미해진다. 그리 말이옵니까?”

“그렇지. 시는 맑은 마음에서 우러나오는 것을 으뜸으로 친다. 그래서 死(사)나 落(락), 滅(멸) 같은 모진 글자는 되도록 피하는 것이 좋다. 어두운 마음이 내비치거든.”

“새겨듣겠습니다.”

“내일모레 출행을 해야겠는데 부모님께 서장을 한 장 쓰거라. 내가 가는 길에 전해주마. 오죽 궁금하시겠느냐.”

“그리하겠습니다.”

바랑 속에 달래의 서장을 간직한 유해 선사는 금산사를 향한 길에 다내에 들렀다. 달래의 할머니 대산댁이 호들갑을 떨며 반겨 맞았다. 마침 달래의 아버지 꺽손도 집에 있었다. 설을 쇤 뒤끝이라 주안상이 푸짐했다. 육고기를 모두 들어냈는데도 한 상이 가득했다. 꺽손이 억지로 권하는 탁주로 갈증부터 삭인 선사가 바랑을 헤집어 달래의 서장을 건넸다.

“아이고, 이것이 멋이당가요?”

“펼쳐보시지요. 달래의 안부입니다.”

“편지요? 달래가 그새 문자 속을 배웠당가요?”

"그렇습니다. 그 사이 다른 사람의 일 년 공부를 해냈답니다. 어서 펴보세요."

"얼래, 달래가요 잉. 근디 지가 문자를 어찌 읽는당가요."

"아, 예. 눈이 어두우시니까 잘 안 보이시겠군요. 시주님도 눈이 어두우시다 들었고…. 소승이 대독하겠습니다."

"아~, 그려요. 음마? 달래 에미도 언능 들어와서 달래 소식 들어봐야 안 쓰겠냐!"

"그럼 읽겠습니다. '父主前 上書 其間 玉體康寧 家內平安 不孝女 無事安逸 朝夕 相逢所願 寺內佛子 同一善對 下山日 所要時日 文字未熟 細細事 不告知 不孝莫重 不遠 期必 上人事 不孝女 芝月 上(부주전 상서 기간 옥체강녕 가내평안 불효녀 무사안일 조석 상봉 소원 사내불자 동일선대 하산일 소요시일 문자미숙 세세사 불고지 불효막중 불원 기필 상인사 불효녀 지월 상).'"

"얼래? 근디 무슨 말이 그러콤 어렵당가요? 이왕에 풀어서 읽어 주시지요."

"아~ 그르믄요. 그러지요. 으흠, '아버님께 글월 올립니다. 그동안 건강하시며 집안도 두루 평안하신지요? 불효한 자식은 아무 일 없이 잘 있습니다. 아침저녁으로 만나 뵙고 싶습니다. 절에 계시는 분들이 모두 잘 대해 주십니다. 절을 내려가려면 좀 더 시일이 걸릴 것입니다. 문자가 미숙하여 세세한 일 다 아뢰지 못 합니다. 불효가 크옵니다. 머지않아 꼭 인사를 올리겠습니다. 불효녀 지월이 올립니다.'"

"아이고머니나. 이게 무슨 조화속이당가? 우리 달래가 인자 봉게 서당 훈장 혀도 되겠네 잉. 그런디 어찌 달래라고 안 허고 지월잉가

멍가라고 했지라우?"

"예, 지월은 달래의 예명입니다. 제가 그리 지어 주었습니다. 나무 관세음보살."

서장을 다 읽기도 전에 배들댁은 훌쩍이기 시작했다. 시어머니의 눈치를 보느라 멀쩡한 자식을 떼어놓고도 말 한마디 못하고 얼마나 가슴앓이를 했던가? 그런데 어미도 못 알아먹는 문자로 자초지종을 써 보냈으니 한편 대견하면서도 어쩐지 내 자식이 아닌 것 같다는 생각에 서운함도 들어 눈물 콧물을 주체할 수 없었다.

놀래기는 꺽손이도 마찬가지였다. 이게 무슨 해괴한 일인가. 꼬맹이로만 알았던 어린 것이 무슨 재주를 타고났기에 두어 달 사이 어른이 다 되어 있단 말인가? 그러면서도 가슴이 뿌듯해져 연방 헛기침을 하고 있었다.

"그럼 소승은 이만 일어나겠습니다. 지월이는 너무 염려 마십시오. 해미 보살이 옆에서 잘 거두고 있습니다. 이게 다 부처님의 큰 뜻이고 자비일 것입니다."

"아이고, 선사님. 여그서 하룻밤 묵으심서 우리 달래 이야기 좀 더 해주시지 그려요. 금산사까장 가실래면 밤이 늦을 틴디요 잉."

"아닙니다. 소승의 발걸음은 장정도 못 따라옵니다. 그러지 마시고 일간 내장사에 한 번 발걸음하시지요."

"아이고 그려요 잉. 그렇잖혀도 대보름 전에 나서려고 맘먹고 있었구만요."

"소승 하직합니다. 안녕히들 계십시오. 나무아미타불."
"야~, 선사님. 조심혀서 가시겨요."

군율회의

동생과 군량을 눈앞에서 빼앗기면서도 손 한 번 쓰지 못하고 방관해야 했던 쇠야치가 터덜터덜 임존성 성문에 들어섰다. 싣고 온 나머지 군량을 이통 정수탁에게 인계하고 숙소로 돌아오면서 흑치 장군에게 귀임 보고를 해야 하지 않겠는가 했던 쇠야치는 먼저 일통 최천동을 만나야겠다고 고쳐 생각했다. 이렇게 앞뒤를 종잡을 수 없을 때는 일통의 훈수가 주효하다는 것을 알고서였다.

그러나 일통의 행방을 아는 사람이 아무도 없었다. 며칠 전부터 보이지 않는다는 것이었다. 난감했다. 그래서 목막수 방령을 찾았다. 막손은 야병장에서 말타기 연습 중이었다. 명색이 방령인데 말은 탈 줄 알아야 한다는 도침의 권유를 따라서였다. 사실은 말도 못 탄다는 비아냥거림이었다. 마병대의 조련사 깜이가 끌고 온 잘생긴 말을 보자마자 대뜸 올라타려 하자 말이 휙 엉덩이를 돌려버려 보기 좋게 땅에 나동그라지고 말았다. 구경하던 수하들이 박장대소했다.

"방령님. 말을 그렇게 쉽게 타면 누가 못 탄대유."

"그래. 쉽지 않구나."

"이렇게 허세유. 왼손으로 고삐를 단단히 잡고 오른손으로는 안장 머리를 잡으세유. 그다음 왼발을 등자에 끼우세유. 예, 그렇게유."

"이제 올라타면 되냐?"

"아녀유. 무조건 올라타면 누가 순순히 대 주남유?"

"뭣이여? 멋을 대준다고?"

"말잔등 말이여유. 왼발을 등자에 끼웠으면 그대로 반 바퀴 돌아서 말 궁뎅이를 보세유."

"이렇게 말여?"

"아이고, 아이고. 말고삐를 꽉 쥐고 있어야지유. 오른손으로는 안장머리를 꽉 잡구유. 예, 그리고서 몸을 반 바퀴 돌리랑게유. 인자 오른쪽 발을 번쩍 들어 도로 반 바퀴 돌면서 올라타세유."

"아이쿠, 말이 안 도망가버리냐!"

"그리서 고삐를 꽉 잡으시랬잖아유. 얼른 가서 말 잡아 오세유."

"내가 말이냐?"

"그러면 놓친 말을 누가 가서 잡아 온대유."

"원, 빌어먹을. 되었다, 오늘은 그만 허자."

"근디 저그 쇠야치 오십부장이 찾아왔는디유."

"그래? 알았다."

"쇠야치! 너 집에 갔담서 언지 왔냐?"

"방금 도착했시유,"

"그런디 너 어찌 안 좋아 보인다? 무슨 일이 있냐?"

"일 생겼시유. 지가 고향 갔다 옴시 전번에 달팽이가 단자 받아왔던 군량을 두잉지에 가서 받아오는디 수레 하나허고 동생 쇠돌이를 잃어부렸당게요."

"멋이어? 쇠돌이허고 또 몇 명이나 잃어부렸냐, 다 죽었냐?"

"아니유. 죽은 것은 아니구유. 신라 놈덜이 끌고 갔당게요. 사비성으로유."

"어떻게 허다가 눈 번히 뜨고서 당했단 거여?"

"그게 말이어유. 사실은 말이어유."

"뜸 들이지 말고 싸게 말 혀봐!"

"사실은유, 흑쌍치 장군이 그러라고 시켰구만유."

"흑치 장군이? 흑치 장군이 왜?"

"지가 그걸 어떻게 아남, 그렇게 암시를 중게 그랬지유."

"가만 있어봐라. 그런 암시를 주었다? 그게 틀림없느냐?"

"그러먼유."

"네가 돌아온 것을 장군이 아느냐?"

"아니유. 지가 아직 보고를 안혔응게유. 그래서 방령님 찾은 것 아닝가유."

"이건 보통 일이 아닝게 너는 입 꾹 다물고 먼저 흑치 장군에게 얼른 가서 보고부터 혀라. 내가 자초지종을 알아볼 팅게 말이어. 아니다. 나허고 함께 가자."

보통 일이 아니었다. 군량미를 거두러 갔다가 도중에 적병들에게 빼앗긴 것도 문제지만 병사까지 잃고 오지 않았는가? 더구나 손 한 번 써보지 않았다는 것 아닌가? 아닌 게 아니라 방령을 뒤따라 온 쇠야치가 전후사정을 보고하자 흑치 장군은 불같이 화를 냈다. 오십부장이란 자가 무슨 일을 그렇게 대처했느냐며 호통을 쳤다. 그러더니 돌아가 대기하라 명했다. 쇠야치는 억울한 마음이 태산 같았지만 입도 뻥긋하지 못했다.

그리고 다음 날이었다. 갑자기 군율회의가 열린다며 쇠야치와 그 수하들을 호출했다. 영군 장군 도침의 막사에는 삼장 장군 복신을 비롯해 지수신 성장과 목막수 방령, 이통과 삼통이 빙 둘러앉아 쇠야치 일행이 꿇어앉는 것을 주시하고 있었다. 군율회의는 도침이 주재했다.

"오십부장 양쇠야치는 수하 열 명과 함께 두잉지에서 쌀 백 섬을 수령해 오던 중 신라병과 조우했는데 저항 한 번 하지 않고 쌀 서른 두 섬과 기타 잡곡을 넘겨주고 도주해온 자입니다. 쇠돌이 십부장과 수하 네 명도 함께 끌려갔다고 합니다. 이는 우리 백제 부흥군의 위엄은 물론 사기를 크게 저해하는 행동으로, 도저히 간과할 수 없는 일입니다. 이에 이들을 군율에 의거 엄히 다스리고자 합니다. 어떤 처벌이 가한지 기탄없는 의견을 말씀해주십시오."

"…"

"결전을 앞둔 마당에 설마 그냥 넘어가자는 것은 아니겠지요?"

"우선 양쇠야치 오십부장의 해명을 들어보는 것이 순서 아니겠습니까?"

"예. 무슨 사정이 있었는지 한번 들어 봅시다."

"그러면 양 오십부장은 당시 상황을 자세히 말해보아라."

"…."

"할 말이 없는 게냐?"

"말씀드리겠습니다. 오십부장인 지가 상황판단을 잘 못혀서 그리 되았십니다. 모든 허물이 지에게 있응게 여그 수하들은 용서해주시기유."

"그것뿐이냐! 좋다. 이통! 군량창고에서 쌀 서른두 섬을 도둑질하다 잡히면 그 처벌이 어떻게 되오?"

"군량미에 손을 대다 발각되면 양의 과다를 막론하고 참수에 해당합니다."

"참수? 그렇지만 이번은 군량미 절도가 아니고 적에게 빼앗긴 것아니오. 사정이 다를 듯한데?"

"방령 목막수가 한 말씀 올리겠습니다. 양 오십부장의 죄가 가볍지는 않으나 그동안의 공을 참작해서 이번은 너그럽게 넘어가는게 좋을 것 같습니다."

"흑치 장군의 명이었던 것으로 압니다. 장군은 어떤 생각이시오?"

"그게…, 그것이…, 결과가 좋지 않으면 그 원인을 규명해 처벌하는 것이 군율을 바로 세우는 일인 줄 압니다. 양 오십부장의 이번 범실은 결코 가벼이 넘길 사안이 아닙니다. 따라서 그 죄과를 전 병사에게 알리고 태 삼십에 처하되 그 직위도 십부장으로 강등하는 것이 합당하리라 여깁니다. 그리고 나머지 수하는 쌀 예순다섯 섬을 잘 수송해온 점을 참작, 불문에 붙였으면 합니다.”

“더는 다른 의견이 없는 것 같으니 흑치 장군의 제안을 받아들이기로 하겠습니다. 이상으로 군율회의를 마칩니다.”

쇠야치의 억장이 무너졌다. 동생이 잡혀가 속에서 사불이 날 지경인데 애매한 명령으로 사태를 그르치게 한 장본인인 흑치 장군이 앞장서서 엄벌을 내리고 있으니 이럴 수는 없는 일이었다. 그는 이를 부득부득 갈면서 태 삼십을 견뎌냈다. 잘못하면 하반신을 못 쓰게 되는 중벌이었으나 다행히 큰 해는 입지 않았다. 매질하는 손 끝에 사정을 두었기 때문이었다. 함께 갔던 수하들이 앞다투어 찾아와 울분을 토했지만 쇠야치는 꾹 참았다. 언제든, 어떻게든 이 수치와 분함을 되갚아 주겠다고 다짐하고 또 다짐했다.

막손은 무언가 석연찮음을 눈치채고 있었다. 군율에 관해서는 흑치 장군의 소관인데도 도침이 앞장서 설치는 것도 그랬고, 그래도 사비성을 함께 탈출한 옛 인연이 있는데 흑치 장군이 나 몰라라 하며 자기의 허물을 뒤집어씌우는 듯한 태도가 평소의 그답지 않았다. 그나저나 쇠야치가 큰 부상을 입지 않아 다행이었다. 몸이 회복되는 대로 그의 원직 복귀를 논의해볼 생각이었다.

한편 사비성으로 끌려온 쇠돌이 일행 다섯은 바로 노역장에 배치되었다. 석축을 보수하는 일, 수장고에 물 퍼 나르는 일, 마초 거두어 오는 일, 땔감 장만하는 일 등이 포로로 잡힌 백제병들이 하는 노역이었다. 황색군복을 그대로 입힌 채여서 어디에서나 눈에 잘 띄었다. 어림잡아도 오륙백 명은 되는 것 같았다.

쇠돌이는 수하 벼락이와 함께 수장고 물 채우는 노역에 배치되었다. 나머지는 석축보수와 마초 장만 쪽으로 뿔뿔이 헤어졌다. 감시가 소홀한 틈을 타 가끔씩 서로의 안부를 묻곤 했다. 흑치 장군은 우물의 물줄기를 끊어버렸으면 했지만 그렇게 간단하게 될 일이 아니었다.

쇠돌이네가 처음 끌려왔을 때는 마치 떡집에 불난 것처럼 야단법석이었다. 신라병들이 신라군 막사 쪽으로 끌고 가는 것을 본 당병들이 막아서며 빼앗으려 하자 실랑이가 붙었다. 양쪽의 숫자가 점점 불어났지만 거기까지였다. 신라가 수적 열세를 감수할 수밖에 없었다. 당군은 식량만 빼앗고 포로는 신라군 쪽으로 넘겼다.

신라 군영의 수장이 요것조것 캐물었다. 그는 신라군을 거느리고 있는 왕자 김인태(金仁泰)였다. 주로 임존성의 병력과 사기, 비축군량, 전투준비에 관한 것들이었다. 하급병졸이라 잘 알지 못한다면서 군량미가 부족해 잘 먹지 못한다는 점, 날씨가 추워지자 도망하는 사람이 늘었다는 점, 다가오는 겨울 추위를 넘기기 어려우리란 점 등 그럴듯한 거짓 정보를 토설했다. 쇠돌이는 순간순간 이것이 흑치 장군의 계책과 맞는 것인가 하고 자문해보았다.

그러나 붙잡혀 온 지 열흘이 넘어가자 불안해지기 시작했다. 무슨 계책이 있다면 이렇게 질질 끌 리가 없을 것 같았다. 사실 식량이 부족해 늘 굶주리고 있는 것은 사비성을 점령하고 있는 당군 일만 명과 신라군 칠천 명이었다. 밤사이 도망자가 속출하는 것도, 신라군이 겨울이 닥치기 전 철수할 것이라는 소곤거림이 난무하는 게 사비성 안의 사정이었다. 이럴 때 밀어붙이면 끝장 아니겠는가 하는 것이 쇠돌이의 조바심이었다.

"야, 베락아. 저 되놈덜 어찌 저렇게 시끌벅적허냐?"

"십부장님, 가만히 들어봉게 제비뽑는다고 저지랄이래유."

"야! 천둥 아들넘아. 십부장 소리 못 빼냐! 저들이 알면 가만히 안 놔둔다는 거 알면서도 그러냐?"

"야, 알았시유. 쇠돌이 성."

"그러니께 무슨 제비를 뽑는다는 겨?"

"그것이유. 이번에 당나라로 돌아갈 놈덜을 뽑는대유. 서로들 지가 갈라고 허니께유."

"그려? 그렇단 말이지 잉! 그러니께 몇 명이나 돌아가는디."

"얼풋 듣기로는 세 놈에 한 놈씩을 뽑는데유."

"그려? 삼중일이라. 여그 시방 한 만 명 있으니께 칠천 명만 냄기고 삼천 명은 델꼬간다~, 이 말이구면."

"그런디, 왜 그런대유?"

"그기야 여그 먹을 것이 없으니께 그럴 거여. 신라가 도와주는 것도 아닌 것 같은디 백제 유민들까지 다 숨어버렸으니께 말이여."

"아이고 배고파. 되놈들보다 우리가 먼저 굶어죽는 거 아녀유?"

"야, 베락아. 쬐끔만 참아보자. 무슨 수가 안 생기겄냐?"

"십부장님은 포로로 잡힌 처지에 수는 무슨 수래유?"

"또 또 십부장이냐? 염할 놈."

쇠야치의 절치부심은 날이 갈수록 깊어졌다. 도저히 이대로는 있을 수가 없었다. 동생을 잃어버린 터에 매까지 맞고 강등당했으니 이건 아니다 싶었다. 그러나 아무리 생각해도 뾰족한 수가 없었다. 그때 목막수 방령이 불렀다. 심사가 편치 않을 테니 탁배기나 한잔하자는 것이었다. 방령의 자상함은 병사들 사이에 널리 알려진 터다. 더구나 자기와는 사비성을 함께 탈출하지 않았던가?

탁배기가 몇 번 왔다 갔다 하기도 전에 문득 일통이 나타났다. 요 며칠 사이 종적을 감췄던 일통의 출현이 뜻밖이라 둘은 반갑게 맞았다. 일통은 원래 술을 잘 먹지 않는 사람이라 두어 잔 술에 그만 거나하게 취했다. 얘기의 대부분은 강경포 이통의 집에 다녀온 내용이었다. 왜 갔는지, 무엇을 했는지는 일체 말이 없고 맛있는 젓갈하며, 즐비한 곳간 설명만 늘어놓았다. 그러다가 정말 취했는지 헷갈린 표정을 지으면서 말했다.

"사비성 공격이 만만치 않아. 어렵게 생겼단 말이야. 성이 너무 튼튼해. 비밀통로라도 있으면 한결 쉬울 텐데 말이야. 아이구, 난 모르겠다. 목방령, 나 잘 먹고 가유."

그리고는 휙 나가버렸다.

막수는 쇠야치의 안색을 살피면서 빙그레 웃을 뿐이었다. 둘은 함께 나와 풀 섶에 오줌을 시원하게 갈겼다. 별빛이 낭랑했다. 막사로 돌아온 쇠야치는 곰곰이 생각에 빠졌다. 일통의 혼잣소리가 꼭 자기 들으라고 한 말 같은데 무슨 속내인지를 알 수 없었다. 그러다가 고개를 흔들었다. 그러한 지레짐작으로 오늘 이 낭패를 겪고 있지 않은가? 그러나 다시 생각해보니 용의주도한 일통이 일부러 찾아와 '비밀통로' 운운한 것은 그냥 넘길 일이 아니었다.

쇠야치는 득보를 찾았다. 기수 대장이었던 오장 득보는 사비성이 함락될 때 나이가 많다는 핑계로, 병신이 되어 쓸모없게 된 사람들과 함께 풀려났다. 그러나 고향 진동(지금의 충남 금산군 진산면)을 향하지 않고 임존성으로 들어왔다. 일가친척 하나 없는 외톨이었다. 군대 밥으로 나이를 먹은 그에게는 군대 밥이 편했다. 지금은 오십부장으로 승차해 군기단을 맡고 있다.

"오십부장님. 지 쇠야치구만유."
"으응? 쇠야치? 이게 먼일이냐. 그렇게 매를 맞았담서 괜찮은 기여?"
"야, 지는 괜찮은디."
"근디 안 괜찮은 사람 너 말고 또 있남?"
"지가유. 암만 혀도유. 먼 수 써야 할랑가 봐유."
"니가 먼 수를 쓴다는 말인감?"
"오십부장님! 지 한번 살려줘유."
"내가 어쨌길래 나보고 살려달라는 기여."
"지 말여유. 사비성에 가서 동상 델꼬 올라는디유. 길 좀 가르쳐줘유."
"사비성이사 길 따라 쭈~욱 가면 안 되남?"
"그게 아니구유. 나오는 길 말여유."

"나오는 길?"

"그려유. 거그 암도 모리게 성에서 나오는 길 알 것 아녀유. 거그 오래 있었응게유."

"그러니께, 혹시 비밀통로 아느냐 그 말 아닌감?"

"그려유. 어디나 그런 거 있잖아유. 급할 때 쓸라고 맹글어 놓은 거 말여유."

"거그라고 있지, 없겄는감? 그런디 들어가는 구멍은 아는디 나오는 구멍은 몰라야."

"그게 무신 소링가유. 어찌 나오는 길은 모리구 들어가는 길만 안대유."

"아~, 생각혀봐라. 내가 거그를 한 번이나 들어가 봤어야 알 거 아닌감."

"그렇겄네유. 그러면 들어가는 구멍만이라도 여그다 그려줘 봐유."

"근디, 너 정말로 거그 갈라고 그러남?"

"그러믄요. 꼭 가고 말 것이구만유. 얼른 여그다 그려줘유. 대신 말여유."

"대신?"

"야, 대신 아무헌티도 말허문 안 되어유. 알겄지유?"

"내 니 말뜻 알았다. 암튼 조심혀야 혀."

"야, 고맙구먼유."

득의만면한 쇠야치는 득보가 일러준 약도를 되새기면서 기회를 엿보았다. 군율회의 이후 감시의 눈이 항상 따라다닌다는 것을 눈치채고 있었다. 쇠야치는 제일 믿음직하고 잘 따르는 남구를 가만히 불러냈다. 자초지종과 계획을 실토하면서 함께 행동하자고 부탁했다. 남구는 의외로 순순히, 아니 적극적으로 응했다. 그러잖아도 친동기간처럼 지냈던 벼락이가 붙잡혀간 뒤 무슨 방도가 없는가 하고 항상 속을 태우고 있던 참인데 오십부장이 간곡히 얘기했던 것이다. 울고 싶은데 뺨 때려준 격이었다. 남구의 집은 사비성 못 미쳐 도무재(지금의 부여군 규암면)로 부모형제가 큰 농사를 짓고 있다. 어쩌면 집안의 도움을 받을 수 있을지도 모른다는 계산을 했다.

둘은 마초용으로 볏 짚단을 거두러 나가는 병사들 틈에 끼어 성문을 나서자마자 남쪽으로 줄행랑을 쳤다. 잡히면 끝장이었다. 아무리 변명해도 소용없을 것이다. 목막수 방령마저도 어떻게 할 수가 없을 것이다. 삼십 리 길인 칠갑산 어귀까지 내달린 뒤에야 숲속에 몸을 숨기고 숨을 골랐다. 남구는 낳고 자란 지역이라 지리에 밝았다. 이제 이 산자락을 끼고 돌아서 조금 더 가면 자기의 집이라며 쇠야치를 안심시켰다.

밤이 이슥해서야 도무재에 도착했다. 아닌 밤중에 들이닥친 아들을 맞는 남구의 아버지는 반가워하기보다는 마뜩치 않은 표정이었다. 허구한 날 전투가 벌어지고 군량미 공출에 시달리다 보니 지칠 대로 지쳐 이제 웬만해선 마음을 내비치지 않게 되었던 것이다. 더구나 밤중에 불쑥 나타난 아들이 아무런 사단이 없을 리 없는 것이다. 먼지를 잔뜩 뒤집어쓴 채 눈자위가 흔들리는 행색을 일견하고 심상찮은 일임을 금방 알아차렸다.

"아부지, 절 받으세유. 어무이도유."
"절은 되았다. 동모랑 같이 왔능가분디 어서 몸부터 씻고 요기를
해라."
"야, 여그는 지가 모시고 있는 오십부장인디유 임무가 있어 같이
왔구만유."
"그러냐? 이야기는 나중에 허구 어서 저녁부터 먹어라."
"야, 그러지유. 형님이랑 동상들은 다 어디 갔능가유?"
"아, 나중에 허잖은디도. 여그 밥상 나왔다. 오십부장님, 찬이 변
변치 않지만 시장이 반찬잉게 어서 들어보세유."
"어르신, 별말씀을유. 잘 먹겠심니다."

밤새 무슨 얘기를 나누었는지 다음 날 아침은 분위기가 한결 가
벼웠다. 남구 아버지는 뒷산 중턱에 감추어두었던 양식을 꺼내와
빌려온 소달구지에 차곡차곡 실었다. 족히 서른 가마는 되어 보였
다. 배추를 소금에 절인 김장 단지도 두어 개나 실었다. 농사꾼으로
변복을 한 쇠야치와 남구는 허리를 깊숙이 꺾어 인사를 했다. 전송
하는 아버지와 어머니의 얼굴에 수심이 가득했다.
칠갑산을 휘감아 몰아치는 바람이 매서웠다. 섣달이 코앞에 다가
와 있다. 들판은 황량했다. 쇠야치의 가슴속 역시 일말의 불안감으
로 황량했다. 마음 먹은 대로 된다면야 오죽 좋겠는가만 어디 세상
만사가 그렇던가? 하물며 전장의 일임에야. 목막수 방령과 흑치 장

군의 노여워할 모습을 상상하는 것만으로 오금이 저렸다. 그러나 하늘이 무너져도 솟아날 구멍이 있다 했다. 어떻게든 동생을 구하고 비밀통로의 출입구를 알아내리라. 그래서 흑치 장군과 목방령의 신임을 되찾으리라.

사비성을 향해 건들건들 걸었다. 태연을 가장하고는 있으나 온 말초신경이 곤두섰다. 이쪽은 빈 몸인데 다짜고짜 칼부림으로 나오면 어찌할 것인가? 그때였다. 멀리 성의 모습이 어른거린다 했더니 느닷없이 멈추라는 고함과 함께 창과 칼을 꼬나 잡은 대여섯 명의 신라군이 에워쌌다. 눈을 멀뚱멀뚱 뜬 채 얼보기 시늉을 했다.

"머 하는 놈들이가?"

"…"

"귀 막혔나. 어디 가느냐고 묻지 않노."

"우리유? 길 가고 있구먼유."

"머라꼬? 니가 나캉 말장난하자는 기가? 거기 달구지에 실은 기 뭐꼬?"

"이거유? 보믄 모리겄남유. 쌀양식이구먼유."

"메? 쌀양식? 그거이 누구낀데?"

"우리 아부지 거인디 시방 사비성 신라 장군헌티 갖다주러 가는 구만유."

"그래? 신라 장군 누꼬?"

"우리가 아남유. 우리 아부지가 어차피 백제군한티 뺏길 거면 신라군한티 주는 게 낫담서 이렇게 보냈구먼유."

"히야! 일마들 기특하데이. 그라몬 우리하고 퍼뜩 가자."

"그런디 댁네들은 누구세유?"

"임마, 보믄 모르겠네. 우리가 마, 신라 장군 모시고 있는 신라군 아이가."

"하, 그려유? 잘 만났네유. 후딱 가기유. 그런디 우리도 거그서 함께 쌈혔으면 좋겠는디유. 그럴라고 왔구먼유."

"좋제, 좋아. 나가 장군한테 잘 말해주꾸마."

첫 단추는 잘 끼웠다. 쌀 삼십 석의 위력은 대단했다. 군량미가 바닥나 궁했던 터라 눈이 뒤집힌 것이었다. 쌀과 김장 단지를 인계하고 소달구지를 돌려보냈다. 소까지 잡아먹겠다고 할까 보아 걱정했는데 오히려 수고했다며 인사치레가 진중했다. 신라 군영의 환대가 제법이었다. 두 사람을 형제간으로 알고 함께 기거하도록 했다. 신라 군복도 비록 다 헤져 남루한 것이었으나 한 벌씩 내어 주었다.

이튿날에는 창 잡는 법과 칼 쓰는 법을 가르쳐준답시고 법석이었다. 쇠야치는 서투른 모습으로 열심을 보이는 척하면서도 계속 황색 군복을 입은 백제 포로들의 동향을 주시하고 있었다. 삼 일째 아침, 소세를 하러 가는 길에 포로들 막사에 접근, 은근히 쇠돌이의 행방을 염탐했다. 포로들은 약간의 경계를 하면서도 물 긷는 곳에 가면 볼 수 있을 것이라 일러주었다. 쇠야치의 지방 사투리가 낯설지 않은 탓이리라고 짐작되었다.

쇠야치 형을 만난 쇠돌이는 눈을 의심하면서도 짐작했다는 듯 회심의 미소를 지었다. 쇠야치는 대강의 계획을 귀띔해 주었다. 멀리서 보면 신라군이 포로를 앞에 놓고 닦달하는 것으로 보였으리라. 쇠야치와 쇠돌이는 탈출에 가담할 숫자를 하루하루 늘려나갔다. 그러나 아무에게도 비밀통로가 있는 곳은 알려주지 않았다. 만에 하나 있을 이탈자를 염려해서였다.

사비성 공략

흑치 장군은 밑져야 본전이라고 시험 삼아 계책을 꾸몄던 것인데 우직한 쇠야치 형제가 곧이곧대로 잘 움직이고 있는 것에 만족했다. 그러나 이번 작전에 큰 도움이 되리라고는 그다지 기대하지 않았다. 다행히 쇠돌이와 포로를 몇 명이라도 구출해오면 원직으로 복귀시켜 줄 생각이었다.

사비성 공략을 위해 일 개 방의 선발대가 어제 출발했다. 한편 남잠성(부여외곽)과 정현성(진잠), 두시원악(청양군 정산면) 등에 파발을 띄워 모레 그믐날까지 칠갑산의 남쪽 자락 붉골에 집결하라 전했다. 임존성의 본대를 포함, 모두 모이면 이만 병력은 될 것이다. 사비성의 수성 병력은 유인원(劉仁願)이 이끄는 당군 칠천여 명과 김인태가 거느린 신라군 칠천여 명 등 일만 사천여 명에 불과했다. 비록 사비성이 견고하기는 하나 사면을 에워싸 후원군으로부터 고립시킨 뒤 일거에 공략하면 성문을 열 수 있을 것이다.

칠흑같이 어두운 그믐날 밤, 붉골에 모인 병력은 이만 명을 훨씬 넘었다. 사비성과 웅진성의 외성에서 소규모의 병력으로 항전하던 세력과 어떻게 소식을 들었는지 승군의 기치를 내세운 승병, 의병에 가담한 유민들이 꾸역꾸역 모여들었던 것이다. 자못 기개가 하늘을 찔렀다. 그리고 한밤중에 희소식 하나가 들려왔다. 쇠야치 일행이 백제군 포로 오십여 명과 함께 사비성을 탈출, 백촌강(백마강)을 건넌 것이다. 모두들 피골이 상접한 채였다. 쇠야치는 성내의 병력배치 대강과 수비의 허점을 파악, 흑치 장군에게 보고했다. 흑치 장군은 회심의 미소를 지었다.

날이 새자 전날 세운 공성 전술에 따라 각기 사비성을 향해 진격했다. 강폭이 좁은 청소골(청남면 청소리)에서 도강, 청마산성 쪽으로 접근한 부흥군은 예비병력 일대를 뒤에 남겨놓고 네 대가 성의 동서남북에 거점을 확보, 일시에 공성키로 했다. 동쪽의 능산골과 남쪽의 남령(금성산), 서쪽의 성흥산, 북쪽의 부소산에 각각 기치를 세우고 성을 압박했다.

쇠야치와 쇠돌이의 보고에 따르면 당군은 서쪽의 성흥산과 북쪽의 부소산에 집중 배치되어 있고 신라군은 동쪽 청마산과 남쪽 금성산을 맡고 있다는 것이었다. 외성에서 온 병력과 의병은 신라군 쪽을, 본대인 흑치 장군과 지수신 장군은 당군 쪽을 공략키로 했다. 복신과 도침은 예비대와 함께 남아 후원키로 했다.

신라 군영 쪽은 별로 싸울 의기를 보이지 않았다. 거세게 밀고 들어오면 이를 핑계 삼아 사비성을 벗어나 금돌성으로 퇴각한다는 것이 김인태의 속셈이었다. 사비성의 외성이 대부분 부흥군의 수중에 있는 데다 지금처럼 백제 유민들의 반항이 드센 판에 고립된 사비성을 사수하는 것은 당나라 좋은 일만 시키는 격이라는 판단이었다. 그리고 이것은 신라 조정의 뜻이기도 했다.

그러나 당 군영 쪽은 사정이 달랐다. 소정방이 비록 주력군을 이끌고 돌아갔지만, 유인원이 남아 신라를 공격할 기회를 엿보고 있었다. 이는 장수 설인귀(薛仁貴)가 하달한 명령이었다. 신라가 이를 눈치채고 보급을 끊는가 하면 심지어 백제군으로 위장하여 공격하는 등 괴롭혔으나 굴하지 않고 추위와 굶주림을 견디고 있는 터였다. 특히 백제 유민들의 거센 저항으로 군량미 등 물자조달이 날로 어려워지자 오히려 오기가 발동하고 있었던 것이다.

연 사흘간의 공격이 효과를 거두지 못하자 흑치 장군은 결사대를 조직했다. 야음을 틈타 백마강과 연해 있는 부소산의 절벽을 기어올라 성안으로 진입하려는 작전이었다. 경사가 워낙 가팔라 적들의 경계가 그다지 심하지 않으리라는 판단에서였다. 오십 명의 결사대가 절벽 밑으로 접근했다. 절벽 중턱까지 기어오른 다음 사다리를 걸치고 그 위에서 밧줄을 던졌다. 열에 아홉은 실패를 하고 겨우 두세 개가 걸렸다.

한편 오십부장으로 원직 복귀한 쇠야치가 삼십여 명을 인솔, 고란사 뒤쪽의 비밀통로 잠입을 시도했다. 고작 다섯 자 높이라서 고개를 수그린 채 종종걸음을 쳐야 했다. 불을 밝힐 처지가 아닌지라 이곳저곳의 바위덩이에 머리를 부딪쳤다. 입구는 지난번 탈출할 때 단속해놓은 채 그대로였다. 널빤지를 들어 올리자 고란사의 요사체가 눈에 들어왔다. 삼십 명의 숫자를 확인한 쇠야치는 궁녀사와 극락보전을 지나 수혈병영지에 다다랐다.

백제군이 성을 에워싸고 있는 상황이라 외곽 경계에 동원되어선

지 성 내곽은 허술하기 짝이 없었다. 쇠야치는 쇠돌이에게 일대를 맡겨 군창지 쪽을 가리키면서 창고를 불태우라 지시하고 나머지와 함께 백제 포로의 숙소를 향했다. 역시 경계가 소홀했다. 번을 서고 있는 당군 몇몇을 쓰러뜨리고서 막 잠을 청하고 있는 포로들을 깨워 신라병들의 군영이 있는 남문 쪽으로 가서 담을 넘으라 했다.

쇠야치는 그들이 우르르 몰려가는 것을 확인하고 다시 고란사 쪽으로 내달렸다. 그때 군창지에서 불길이 일어나며 아우성이 들려왔다. 비밀통로 입구에서 당군과 신라병들의 허둥대는 꼴을 지켜보는 재미에 빠져있는데 나머지 일대가 돌아왔다. 그런데 쇠돌이가 보이지 않았다. 아무도 모른다 했다. 그래도 더는 지체할 수 없었다. 스물아홉 명이 모두 빠져나와 겨우 숨을 고르는데 시커먼 그림자들이 꾸역꾸역 모여들었다. 그 맨 앞에 쇠돌이가 있었다.

쇠야치 부대의 성공과는 달리 절벽을 기어올라 잠입하려던 결사대는 실패하고 말았다. 오십 명 중 삼십여 명의 사상자를 냈다. 절벽이 워낙 가팔라 기어오르기가 쉽지 않은 데다 성벽 위에서 지키던 자들에게 발각되어 만만치 않은 방해를 받았던 것이다. 밧줄의 쇠고랑이 걸리자마자 거두어냈으며 돌멩이와 흙을 쏟아부어 사다리에 매달렸던 자들이 낭떠러지로 굴러떨어지고 말았다. 그 바람에 사다리 밑에 있던 자들까지 휩쓸려 곤두박질쳤다.

부흥군은 전술을 다시 세웠다. 변변치 않은 공성 무기로는 견고한 사비성을 결딴낼 수 없다는 것을 알았기 때문이었다. 다행히 쇠야치 형제의 전과로 포로들을 대부분 찾아왔으니 절반의 성공을 거둔 셈이었다. 거기다 성안의 곡창을 모두 불태워버림으로써 성 밖 양도만 잘 차단하면 며칠 견디지 못하고 성문을 열 수밖에 없으리라는 판단이었다. 맞는 판단이었다. 밤사이 황색군 포로들이 모두 탈출해버리고 몇 톨 남지 않은 양곡마저 죄다 소실한 당군과 신라군은 적잖이 당황했다.

그러나 철통 같은 포위로 양도가 끊어졌는데도 당군은 굳게 버티었다. 신라군은 밤을 이용해 성을 빠져나가려 했으나 나가는 족족 부흥군에 붙잡히고 있어 더는 엄두를 내지 못했다. 성안에서 밥 짓는 연기가 사라진 지 삼 일째, 백기를 든 군사 하나가 성문을 열고 말을 달려 나왔다. 부흥군 쪽에서도 마주 나가 제지했다. 당군 복색을 했는데도 백제 말이 능숙했다. 그를 지수신 장군 막사로 안내했다.

"무슨 일이야!"

"저희 장군께서 흑치 장군을 찾아 협상을 논하라 했습니다."

"항복이 아니고 협상을?"

"그렇습니다. 흑치 장군을 만나게 해주십시오."

"흑치 장군은 여기에 없다. 할 말이 있으면 내게 해라. 그 협상 내용이 무엇이냐!"

"그러면 혹 지수신 장군이십니까?"

"그렇다. 내가 지수신이다. 얘기해 보아라."

"저희 유인원 장군께서 내일 아침 해 뜰 무렵 성문을 열어 놓을 테니 흑치 장군이 들어왔으면 하십니다."

"혼자 말이냐!"

"아닙니다. 오십 명의 호위군사를 허한다 하셨습니다."

"정신 나간 놈!"

"예~에? 너무 험한 말씀을…."

"정신 나간 놈 아니냐! 이미 결판이 난 터에 무슨 협상이란 말이냐!"

"그러면 돌아가서 협상결렬이라 아뢰오리까?"

"뭣이? 네놈 말버릇이 아주 고약하구나. 참새도 죽을 때는 짹 한다더니 어디에서 함부로 입을 놀리느냐!"

"장군, 사자의 목은 사자의 것이 아니고 사자의 입도 사자의 것이 아니라는 것쯤은 잘 아실 텐데 어찌 저에게 역정이십니까?"

"허허허. 대가 센 놈이로구나. 그건 네 말이 맞다. 잠시 기다리거라. 흑치 장군에게 연통할 것이니라."

복신의 막사에서 구수회의가 열렸다. 유인원의 협상제의를 어떻게 할 것이냐를 두고 의견이 분분했다. 도침은 적의 잔꾀에 속으면 안 된다며 사자의 목을 베어 간담을 서늘케 해야 한다고 주장했다. 지수신은 협상제의는 거절하더라도 사자의 목을 베어서는 아니 되는 일이라고 반박했다. 흑치는 일단 협상에 응해서 저들의 속셈을 알아보는 것도 나쁘지 않다는 입장이었다. 다만 저들의 콧대를 꺾기 위해서는 삼장 장군이 협상에 나서는 것이 좋겠다고 주를 달았다. 절대 위해는 없을 것이니 안심하고 다녀올 것을 건의했다.

시간이 지나면서 토의는 다소 엉뚱한 데로 흘러가고 있었다. 사사건건 도침이 토를 달아서다. 전투는 승기를 놓쳐서는 아니 되는 것인데 지금이 승기라는 것이었다. 협상을 하자며 시간을 질질 끄는 것은 원군을 기다리는 전통적인 수법이라는 게 도침의 주장이었다. 그렇다고 뾰족한 공성전략을 내놓는 것도 아니었다. 그리고 그의 의심증이 한몫을 했다.

"시일이 지날수록 어려워지는 것은 저들입니다. 추위는 매서운데 밥 짓는 연기가 끊어진 지 벌써 삼 일째입니다. 협상에 응할 하등의 이유가 없습니다. 협상이라고 하지만 사실 건더기가 없지 않습니까?"

"쥐도 도망갈 길을 열어두고 쫓으라 하지 않았습니까? 쥐도 사지에 몰리면 대든다지 않습니까? 추운 날씨에 우리 쪽도 사기가 그다지 좋지 않습니다."

"그래서 저들에게 양곡이라도 퍼다 주자 이겁니까?"

"아니, 영군 장군! 그게 무슨 말씀이십니까. 군략과 전술도 시의에 적합해야 하지 않겠습니까?"

"그러고 보니 유인원이 유독 흑치 장군을 지목해서 협상하자는 저의가 의문스럽습니다."

"아니, 영군 장군 말씀이 점점 이상해집니다?"

"그렇지 않소! 당나라 쪽에 더 가까운 흑치 장군 아니오?"

"예? 무슨 그런 황당한 말씀을…."

"영군 장군, 진정하십시오. 유인원이 흑치 장군을 지목한 것은 아마 당나라말을 할 줄 알기 때문일 것입니다."

"지 장군! 흑치 장군을 역성들려 하지 마시오. 당나라 말이라면 여기 삼장 장군께서 더 잘하시지 않소?"

"그렇기는 하지만 유인원 제 딴에는 지체의 균형을 맞추려 그런 것 같습니다."

"…."

"…."

"아마 그럴게요. 도대체 저들의 속셈이 무엇인지는 알아 두는 게 좋겠소. 내일 흑치 장군이 한 번 다녀오시오. 그런 다음 다시 의논합시다."

복신의 정리가 아니었다면 자칫 내분으로 치달을 뻔했다. 흑치는 이미 도침의 엉뚱한 야욕에 대해 짐작하고는 있었으나 이렇게 노골적으로 나올 줄은 예상치 못했다. 불쾌했지만 속으로 삭였다. 밤늦게까지 기다린 사자에게 명일 아침 일백 명의 호위군사를 대동하고 입성할 것이라는 답을 주어 보냈다. 흑치는 일통을 불러 저들의 저의에 짐작되는 것이 있는지 물었다.

"허투루 한 것 같지는 않습니다."

"무슨 진정성이 있다는 말이오? 그게 무엇이란 말이오?"

"아마 포위압박을 풀고 양도를 열어주면…."

"양도를 열어주면…."

"양도를 열어주고 며칠간의 말미를 주면 철수하겠다 할 것입니다."

"당나라로 말이오?"

"아니요. 신촌(보령)이나 설림(서천)으로 간다 할 것입니다. 아마 거기서 원군을 기다릴 요량일 것입니다."

"우선 사지를 벗어나고 보자는 잔꾀로군."

"제가 내일 수행해도 되겠습니까?"

"그리합시다."

날이 새고 해가 높게 뜬 다음 성흥산성 쪽의 서문이 열렸다. 기치를 세운 당병이 문밖까지 나와 도열했다. 흑치 장군과 일통이 역시 기치를 세운 병사 일백 명을 인솔하고 앞장섰다. 성문에 다다르자 유인원이 대기하고 있다가 맞아들였다. 그의 안내를 따라 극락보전 앞뜰까지 가면서 보니까 성내의 꼴이 말이 아니었다. 여기저기 쓰러져 신음을 내뱉는 자들이 있는가 하면 휑뎅그렁한 눈으로 멀거니 쳐다보는 자들도 있었다. 굶주림이 극한상황에 이르렀음을 알 수 있었다. 그런데 이를 애써 감추려 하지 않는 이유가 의문스러웠다.

뜰 가운데에 차일을 세우고 그 안에 마주 보도록 의자를 배열해 놓은 것이 깔끔했다. 호위병들은 차일 밖에 대기하도록 했다. 자리를 잡자마자 유인원이 말문을 열었다.

"와 주어서 고맙습니다. 먼저 수인사부터 합시다. 나는 오호장군 유인원이오. 신라의 김인태 왕자는 조금 후에 올 것이오."

"예, 나는 백제 부흥군 흑치상지요. 이쪽은 통령 최천동이오. 우리 다 귀국 말에 능통하니 당나라 말로 진행해도 됩니다."

"아, 그렇소? 의사소통이 쉽겠구료."

"먼저 요구사항부터 들어봅시다."

"간단하오. 포위압박을 풀어 양도를 열어주시오."

"그것뿐이오?"

"그렇소."

"양도를 열어주면 식량은 어디에서 가져오지요?"

"그야 신라에서 가져와야지요."

"지금 신라가 귀군에 지원해줄 식량이 있다고 보시오?"

"그럼, 어쩌겠소. 본국으로부터의 양도가 끊어진 지 오래이니…."

"결국, 우리 백제 유민들의 양곡을 수탈하겠다는 것 아니오? 그리고 양도를 열어주는 대가가 무엇이오?"

"그리하면 소부리성을 비워주겠소."

"이 사비성을요? 어디로 철수한다는 말이오?"

"설림으로 퇴각할 것이오."

"이 백제 땅을 떠나지는 않구요?"

"그것은 장안의 훈령이 있어야 가능한 일이오."

"그래요? 그러면 성을 비워주는 문제는 신라와도 의논한 것이오?"

"아니, 아직…."

"장군! 아니 되겠습니다. 다른 조건을 제시하면 모를까."

"그 다른 조건이 무엇이오."

"그건…, 차제에 귀군이 당나라로 철수하고 신라가 점령하고 있는 성을 모두 되돌려주는 것이오."

"장군! 그건 지나친 조건 아니오?"

"결코 지나치지 않습니다. 우리는 원상회복을 원하고 있소. 그리고 한 가지 경고할 것은…"

"경고요?"

"그렇습니다. 귀국이 더 이상 이 삼한반도의 균형을 깨뜨리려 획책하지 않았으면 하오. 앞으로는 대국답게 사해의 평화를 유지 발전시키는 데 노력했으면 한단 말이오."

"역시 듣던 대로군요. 설인귀 장군께서 흑치 장군을 품지 못했던 것이 아쉽다고 한 말이 이해가 갑니다. 그건 그렇고 이곳에 오면서 보았지 않습니까? 며칠째 굶어서 아무 데나 쓰러져 있는 것을 말이오. 아무리 창칼을 겨눈 적이라지만, 비록 전장이라도 자비는 있어야 할 것 아니오?"

"지금 자비라 하십니까? 내가 괜한 발걸음을 했소이다. 이만 돌아가겠소."

그때였다. 불쑥 나타난 자가 있었다. 신라의 김인태였다. 눈꼬리가 처진 데다 인중이 짧고 콧날이 날카로워 성깔이 있어 보였다. 귓불이 발달한 것이 그나마 왕족의 피가 흐르고 있음을 짐작케 했다. 무열왕 김춘추의 서자로 사비성에서 유인원의 부장을 맡고 있다. 그는 협상 분위기를 간파했음인지, 아니면 나름대로의 다른 계산이 있어서인지 입을 열지 않고 눈치만 살폈다. 딴에 왕자랍시고 목례조차 건네지 않았다. 흑치 역시 일부러 못 본 체하고 차일 밖으로 나와 휘하를 이끌고 성문을 나섰다.

일통 최천동의 마음은 께름칙했다. 협상이라는 것은 서로가 조금씩 양보하며 의견을 좁혀가는 것인데 일방적인 요구와 일방적인 거절로 끝나버린 것이다. 엄밀히 따져보면 유인원의 제의를 들어준다 해서 이쪽의 손해는 아닌 것이다. 이만의 병력으로 성을 공략한 것은 포로를 구출하고 사비성을 탈환하자는 것이었는데 당군은 스스로 성을 비우고 저 멀리 서쪽 바닷가로 물러난다고 하지 않는가? 그렇게 되면 신라군도 견디지 못하고 철수할 것이다. 결국 더 이상 피를 흘리지 않고 사비성을 되찾는 것이 되는데 말이다. 그다음에 힘을 키우면 되는 것이다.

흑치 장군이 협상대표로서 이렇게 결기를 앞세운 것은 훗날 일통이 염려했던 결과로 나타난다. 유인원이 설인귀를 들먹이며 흑치 장군의 의중을 떠보았던 것도 마음에 걸렸다. 어쩌면 흑치 장군을 협상대표로 지목한 이유가 바로 거기에 있는지도 모른다. 그리고 전승국의 오호장군이란 자가 자비심 운운하며 격에 맞지 않는 언사를 농한 것도 다 이유가 있을 텐데 흑치 장군이 너무 가볍게 넘기고 말았다. 김인태의 안하무인 격인 태도도 마음에 걸렸다. 무언가 획책하고 있는 낌새였다.

흑치 장군의 협상 결과를 들은 부흥군 진영은 "그러면 그렇지." 라며 환호작약했다. 성안의 사기가 말이 아니라는 전언엔 마치 승패가 결판난 것처럼 희희낙락했다. 이제 며칠만 더 압박하고 있으면 모두가 굶어 죽을 테니 그때 슬그머니 밀고 들어가면 다 되는 밥이라는 분위기였다. 그러나 아니었다. 당군은 굶어 죽은 자의 인육을 삶아 먹으며 버티었다. 그리고 장안으로 후원군 급파를 요청하는 전령을 연달아 보내고 있었다.

득도

        금산사를 향하는 유해 선사의 발걸음이 한결 가벼웠다. 이십여 년 전에 입적한 스승께서는 사람을 기르는 것은 나무를 기르는 것과 같다고 항상 말씀하시면서 후학을 가르치는 데 열성을 다하라고 다독이셨다. 나무가 제때에 옮겨 심고 물을 주고 알맞은 거름을 주면서 곁가지를 잘라내는 등 정성을 쏟아야 큰 재목감으로 키울 수 있듯이 사람도 세심한 손길로 정성을 쏟아야 후일의 인재로 양성할 수 있다는 가르침이었다. 스승은 자기를 그렇게 훈육하고 뒷바라지했었다.

  지금 유정과 달래를 보듬고 가르치면서 혹시라도 모자란 점이 있을까 보아 노심초사하는 것도 자기의 경험 때문이다. 스승이 계실 때는 모르는 점, 모자라는 점을 그때그때 여쭈어 가르침과 교정을 받았지만, 막상 스승이 떠나고 자립해보니까 헐겁고 비뚤어진 것이 한둘이 아니었다. 뒤늦게 교정하려 해도 결코 쉬운 일이 아니었다. 이번 금산사 발길은 벽면수행을 마치고 나올 유정의 거취를 미리 결정해두려는 심산이 있어서다.

칠십일 간의 벽면수행을 마치고 나온 유정은 개울에서 봉두난발이 된 머리를 감고 있었다. 얼음장 밑의 물이 뼈를 에일 듯 차가웠다. 오기가 생겼다. 차갑고 더운 것이 육신의 느낌이라면 얼마든지 이겨낼 수 있다는 자신감이 일어났다. 그는 옷을 훌훌 벗어버리고 얼음장 밑에 몸을 담갔다. 손발 가락이 떨어져 나갈 듯 아리고 오금이 저려왔지만 심호흡을 하면서 기다렸다.

"무상심심무묘법 백천만겁난조우 아금문견득수지 원해여래진실의." 천수경 개경게를 스무 번쯤 읊었을까. 마비될 것 같던 온몸이 점차 훈훈해졌다. 얼굴에서는 땀이 솟아나기까지 했다.

그때였다. 빨랫감을 들고 개울로 향하던 달래의 눈에 띄고 말았다. 얼음장 위에 둥그스름한 돌덩이가 놓여 있었다. 처음엔 무언지 몰라 어리둥절했으나 이내 그것이 사람의 머리통이라는 것을 깨닫고는 까무러칠 듯 놀라고 말았다. 그리고 그것이 유정의 머리통이란 것을 알고는 기겁을 하고 말았다.

인기척에 놀란 것은 유정도 마찬가지였다. 이제 막 독경삼매에 빠져들어 가는데 인기척을 느낀 것이다. 더구나 그 인기척의 주인공은 달래가 아닌가? 그러나 유정은 곧 평정심을 되찾아 만면에 웃음을 띠며 눈인사를 건넸다. 그러더니 알몸인 채로 벌떡 일어섰다. 마치 알몸을 자랑하려는 것처럼 우뚝 선 유정은 이번에는 너털웃음을 터뜨렸다. 달래는 민망해 얼굴을 돌렸다.

"놀라셨습니까, 달래 아기씨."

"…"

"으하하하. 진짜로 놀라셨군요. 소승을 처음 보셨습니까? 제가 유정입니다. 이게 제 본모습입니다. 이제 진정하시고 이리 와서 등을 좀 밀어주시지요."

"…"

"아~, 어서요. 몸이 식습니다. 거기 돌멩이로 박박 좀 긁어 주세요."

달래는 어쩐 일인지 거역할 수가 없었다. 빨랫감을 내려놓은 다음 돌멩이 하나를 주워들고 유정의 등 뒤로 다가가 정성스레 문질렀다. 시커먼 때가 밀려 나왔다. 두 손으로 바가지를 만들어 물을 끼얹었다. 유정은 달래에게 등을 맡겨놓은 채 시종 아무 말이 없다. 그의 몸에서는 김이 모락모락 났다. 달래의 손이 곱아오기 시작할 즈음 그가 돌아서서 한참을 물끄러미 쳐다보더니 달래의 등을 돌려세웠다.

"이번에는 소승이 아기씨의 등을 밀어드릴까요?"

"저는 괜찮습니다. 추위가 매서우니 옷부터 입으시지요. 감기 드십니다."

"감기요? 그런 것도 있나요? 등 밀기 싫으시면 이제 물 밖으로 나갑니다."

"예, 어서 나오세요. 얼른 가서 따뜻한 녹차를 드시면 한기가 곧 가실 것입니다."

"예, 그러지요. 빨래하러 오신 모양인데 얼른 하세요. 그리고 함께 가십시다."

"저는 괜찮으니 먼저 들어가세요."

"아닙니다. 그러지 말고 그 빨래 이리 주세요. 소승이 하겠습니다."

"그건 아니 됩니다. 제 속옷이라서 제가 빨아야 합니다."

"속옷이든 겉옷이든 다 같은 빨래 아닙니까. 어서 주세요. 더위 식습니다."

"그러면 제가 헹구어 놓을 터이니 스님은 꽉 짜주기만 하세요."

"그렇게 하시지요."

벌써 어둑어둑해지고 있었다. 상현달이 중천에 걸려 있다. 조용히 앞장서 걷던 유정이 가만히 뒤돌아서더니 달래의 손을 잡았다. 냉기가 가시지 않은 손이었지만 달래의 시린 손을 녹일 만했다. 사실 시린 손을 녹인 것은 달래의 가슴에서 일어난 불꽃이었다. 손을 잡힌 채 걸어가면서도 부끄럽지 않았다. 가슴속만 불타고 있었다. 둘은 요사체에 가까워서야 잡았던 손을 놓았다. 유정은 가볍게 목례를 하고 법당 쪽으로 걸어갔다.

"무엇을 보았느냐."

"아무것도 보지 못했습니다."

"무엇을 얻었느냐."

"아무것도 얻지 못했습니다."

"네 어찌 칠십일을 수행하고도 아무것도 얻지도 보지도 못했다 하느냐? 잠만 잤던 것이냐?"

"예, 잠을 많이 잔 듯합니다. 눈을 감아도 보이지 않는 것이 없고 이미 얻을 것도 없는 것을 어찌합니까?"

"얻을 것도 없고 보이지 않는 것도 없다?"

"그렇습니다. 유무동일(有無同一)입니다."

"유무동일이라? 으하하하 으하하하. 스님! 득도하셨구려."

"예~에? 득도요?"

"아암. 그렇고 말고요. 으하하하."

"그런데 어찌 존대를 하십니까. 선사님."

"유무동일(有無同一)이고 득도무애(得道無碍)입니다. 도를 깨우치면 높낮이에 구별이 없는 법이지요."

"선사님의 크신 은혜 골수에 새기겠습니다."

"어찌 내 은혜라고 하십니까. 부처님의 자비인 것입니다."

사흘째 되는 날 아침, 선사가 달래를 불렀다. 유정 스님이 절을 떠나시니 일주문 밖까지 배웅하고 오라는 분부였다. 내일모레가 정월 대보름이라 큰 공양을 준비하려면 여념이 없을 판이다. 많은 신도들이 찾아올 것이다. 그 가운데는 다내의 할머니 어머니도 끼어 있을 것이다. 대보름 달이 높이 뜨면 유정과 함께 실컷 달구경을 하리라 맘먹고 있는데 갑자기 절을 떠난다니 혹 무슨 일이 있는 것인가 하는 불안이 일어났다.

유정은 선사에게 하직 인사를 깊게 하고 발걸음을 뗐다. 달래는 불안을 감춘 채 그의 뒤를 조용히 따랐다. 지난 삼 일 동안 선사와의 선문답에 동참하여 귀동냥했을 때는 마치 선계를 노니는 것 같았다. 그런데 갑자기 떠난다니 섭섭하기 그지없었다. 달래는 이 날

의 헤어짐이 유정에 대한 그리움에 몸부림쳐야 하는 시작이었음을
미처 몰랐다.

"어디로 가십니까?"

"달 가고 구름 가는 곳입니다."

"…."

"만남은 헤어짐의 시작이고 헤어짐은 만남의 시작입니다. 부디
학문에 정진하시어 대성하십시오. 그것만이 소승의 바람입니다."

"그것만이요?"

"말씀드리지 않았습니까? 꽉 찬 달은 일그러지기 시작하고 생겨난
한 점 구름은 또 다른 모습으로 다시 생겨납니다. 소승은 불가에 속
한 몸, 어찌 부처님의 뜻을…, 부처님의 뜻을…, 거스르겠습니까?"

"연락이 닿겠지요."

"연락이 닿아도 잇지는 못할 것입니다."

"…."

"제가 찾아 나설 것입니다."

"어허허허. 아기씨, 아니 지월 님의 시작(詩作)에 한 가닥 보탬이
되는 것으로 족합니다. 나무관세음보살."

"저는 그리하지 못합니다. 스님은 제 마음이 보이지 않으십니까?"

"보이지요. 아주 잘 보입니다. 허나 소승에겐 하나의 달이고 구름
일 뿐입니다."

"서운하십니다. 스님."

"서운한 것은 소승입니다. 지월 님의 마음이 더 넓어졌으면 합니다."

"스님…."

"지월 님, 어찌 눈물을 보이시는 겁니까? 아니 되겠습니다. 제가 한 번 꼬옥 안아드리지요."

"…."

달래는 두주막거리에 가까워져서야 발길을 돌렸다. 두말없이 돌아서서 뎅겅뎅겅 걸어가는 유정의 뒷모습을 한참이나 바라보았다. 그의 둥그스름한 머리통이 돌덩이처럼 차가워 보였다. 아직도 그의 체온이 남아 있다. 어찌나 으스러지게 껴안았는지 숨이 막히는 줄 알았다. 특유한 그의 냄새로 정신이 혼미해질 지경이었다. 그의 가슴에서는 쿵쿵 방아 찧는 소리가 들렸다. 언제까지고 그렇게 있고 싶다는 생각을 하는데 유정이 밀어내며 등을 돌려세웠다. 그때 달래는 유정의 얼굴에서 눈물 자국을 보았다.

고타소의 원혼

　　　백제 부흥군의 철통 같은 포위와 압박으로 사비성 안의 당병과 신라병은 어린아이를 서로 바꾸어 삶아 먹을 정도로 아사 위기에 직면, 그야말로 궤멸 일보 전이었다. 부흥군의 계책이 맞아떨어진 것이다. 부흥군 수뇌부는 최후의 일격을 준비하고 있었다. 이제 사비성을 탈환하면 협소한 임존성을 벗어나 이곳에 본진을 세워 이미 장악한 주위 이십여 개 성을 외성으로 하여 본격적인 왕국 재건에 나선다는 꿈에 부풀어 있었다. 적어도 복신과 도침, 흑치의 머릿속은 그랬다.

　그러나 이는 복신과 도침, 흑치의 바람이었을 뿐이다. 사비성의 함락위기를 듣고 먼저 구원에 나선 것은 신라였다. 무열왕 김춘추와 태자 법민(法敏)은 구원군을 이끌고 이례성(지금 부여의 동남쪽)을 공격하여 함락시키고 여세를 몰아 사비성 남쪽에 포진한 부흥군의 군책을 공략, 일거에 무너뜨렸다. 느닷없는 적의 후방공격에 방심했던 부흥군은 넋을 잃고 말았다. 제대로 저항 한번 하지 못하고 우왕좌왕하며 사분오열되었다. 신라군은 이어서 왕흥사잠성(지금의 울성산성) 등 외성을 모조리 점령하여 위세를 드높였다. 다 녹

앉던 사비성이 다시 우뚝 솟아난 것이다.

신라 무열왕 김춘추는 사비성에 있는 김인태의 위급상황을 파발로 전해 듣기 바로 전, 죽은 딸 고타소(古陀炤)의 꿈을 꾸었다. 아버지를 닮아 무용이 출중했던 고타소는 대야성(지금의 경남 합천) 도독 김품석(金品釋)의 아내가 되어 함께 성을 지키고 있었는데 백제 윤충 장군의 공격을 받고 성이 함락되었다. 사로잡히기 직전 남편 품석과 함께 스스로 목을 찔러 죽었다. 열여덟 해 전의 일이다.

김춘추는 고타소를 무척이나 아꼈다. 그가 딸의 죽음을 얼마나 애석해 했는지는 김유신이 육 년 후(648년) 옥문곡 전투에서 백제에게 크게 승리하여 백제 장수 여덟 명을 사로잡았을 때 딸의 시체라도 찾을 마음으로 그 장수들과 맞바꾸어 송환하였던 데서 잘 알 수 있다.

꿈에 나타난 딸은 눈물을 주룩주룩 흘리며 동생 인태를 살려달라고 애원했다. 꿈이 불길하여 안절부절못하던 차에 사비성으로부터 다급한 구원요청이 도달했다. 무열왕은 딸을 잃은 것도 분한 터에 아들까지 잃을 수 없다는 분기가 탱천, 태자 법민을 앞세워 직접 달려왔던 것이다. 왕의 출병에 태자가 동행하는 것은 사리에 어긋나는 일이라고 중신들이 말렸으나 태자 법민은 듣지 않았다. 이번에야말로 씨를 말려버리겠다며 아버지 무열왕보다 더 분을 냈다.

법민은 그런 사람이었다. 매우 야성적이었다. 그는 지난 칠월 열여드레 날 사비성이 함락된 직후 백제 왕자 부여융(夫餘隆)을 말 앞에 꿇어 앉혀 놓고 "너의 아비가 내 누이 부부를 죽였다. 너의 목숨으로 원혼을 달래겠다."라며 으름장을 놓을 정도의 다혈질이었다. 그는 나당 연합의 막후협상을 도맡아 성사시킨 장본인이기도 하다.

사비성에 갇혀있던 당군과 신라군을 극적으로 구해낸 무열왕은 백제 부흥군이 지리멸렬한 것을 확인하고 되돌아갔다. 열여덟 해 전에 죽은 고타소의 원혼이 아사 직전의 나당 연합군을 구원해낸 것이다.

부흥군 패잔병은 뿔뿔이 흩어져 오갈 데를 찾지 못했다. 이십여 개의 외성이 모두 신라의 수중에 들어가 돌아갈 수 없게 되었고 본 성인 임존성도 풍전등화여서 의탁할만한 성이 아니었다. 그나마 도 침이 사후대처를 잘했다. 급히 서쪽과 북쪽의 진영에 사태를 관망 하다가 세 불리하면 백촌강을 도강해 붉골에 집결하라는 연락을 취하는 한편 예비대로 하여금 퇴로를 확보하라고 전갈했다.

예비대의 방령 또칠은 영리한 사람이었다. 병사들을 모아 대오를 짠 뒤 함성을 지르라 했다. 그 함성을 듣고 부흥군은 죽을 둥 살 둥 달려왔고 신라군은 반격이 두려워 주춤거리게 되었다. 사비성 탈환 이 물 건너갔음을 직감한 복신은 정신을 가다듬고 패잔병 수습에 나섰다. 백촌강을 무사히 건너온 군졸은 고작 일 만도 되지 않았 다. 병력의 절반을 잃어버린 것이다.

복신은 일통에게 일러 임존성의 안위를 확인하라 일렀다. 임존성 마저 함락되었다면 부흥군은 집 잃은 토끼 신세가 되어 다시 복원 하기 어려울 것이기 때문이다.

그때 일통 최천동은 한발 앞선 생각을 하고 있었다. 비록 임존성이 온전하더라도 더 이상 몸 둘 곳은 아니라는 판단이었다. 차제에 전에 탐색한 바 있는 주류성으로 본거지를 옮겨 후일을 도모함이 현명하다는 생각이었다. 일단은 임존성에 파발을 띄워 철수준비를 해 남행하라고 전했다. 집결지는 설림이라고 정해 주었다. 망연자실하고 있던 복신은 일통의 상주를 받아들여 겨우 수습한 일만 명의 병졸을 이끌고 사비성을 우회해 남쪽으로 향했다.

섣달의 추위는 모질었다. 나당 연합군의 처지와 뒤바뀌어 오히려 굶주림과 추위에 시달리게 된 부흥군의 행군은 더디기만 했다. 이 추위와 굶주림을 언제까지 이어갈지 암담하기 짝이 없었다. 이틀 길인 설림에 도착한 것은 초이레였다. 한데 잠을 자야 할 처지였지만 절대 민폐를 끼치지 말라는 엄명이 내려져 있어 모닥불로 추위를 견디고 있었다.

엎친 데 덮친 격으로 밤중부터 싸락눈이 내리기 시작, 모닥불을 더욱 시원찮게 했다. 배가 고파 쥐새끼라도 잡아먹고 싶을 지경이었다. 아침에 주먹밥 한 덩어리를 받아먹은 후 하루 종일 굶었다. 여기까지 오는 동안 숫자가 눈에 띄게 줄었다. 병사들이 추위와 배고픔을 견디지 못해 대오를 벗어나기 일쑤였다. 더는 붙잡을 수 없는 상황이기도 했다.

다음날 해가 중천에 이르러서야 임존성을 출발한 잔여 병력과 합류했다. 제일 반가운 것은 밥을 먹을 수 있다는 것이었다. 며칠 만에 뜨거운 밥을 먹게 되어 모두들 들떠 있을 때 일통은 이통과 삼통을 찾을 수 없어 안달하고 있었다. 아무도 모른다 했다. 다만 사흘 전 사비성 전투가 여의치 않은 것 같다며 양곡 등 대강의 짐을 꾸려 소달구지에 싣고 떠났다는 것이다. 그들이 사비성에 나타나지도 않았지만 나타났더라도 사단이 벌어졌을 것이라는 지레짐작에 일통의 마음이 심란했다. 일통은 이통과 삼통이 이미 주류성에 가 있다는 것을 미처 몰랐다.

이통과 삼통은 사비성 전투에 출병하지 않고 임존성에 남아 사위경계를 하면서 추이를 지켜보고 있었다. 그런데 들려온 소식이 신통치 않았다. 전혀 예상하지 않았던 것도 아니다. 성문을 굳게 닫아걸고 은신하고 있는 연합군을 고작 이만 병력으로 쉽게 무너뜨리기가 어려울 것인데 너무들 들떠있는 것 같았다. 노심초사하던 이통 정수탁이 삼통 아주생을 찾았다.

"아무래도 불길한 생각이 자꾸 드는구먼."
"자네 지금 무슨 얘기인가?"
"글쎄, 웬 지는 나도 모르겠구. 자꾸 일통 걱정이 생기는구먼."
"일통이? 왜, 무슨 일이 있는가?"
"아니야, 그런 건 아니고. 기분이 좀 그래."
"이 사람, 싸움터에 나간 사람을 뒤에서 못 믿겠다는 건가?"
"그게 아니라는 데도. 사실은 일통이 떠나면서 말일세. 혹 무슨 일이 있더라도 양곡과 물자는 꼭 지켜야 한다면서 방책을 세워두라고 했는데, 그게 마음에 걸리는구먼."
"그래? 워낙 머리 회전이 빠른 친구라 무슨 생각이 있었던 것 같기는 한데…."

"방책이라면 미리 숨겨두는 것 말고 뭐가 있겠나. 그렇지 않은가?"

"그렇기는 한데…. 참, 지난번 며칠 어딘가 다녀온 뒤 무슨 얘기 없었는가?"

"응? 있었지. 이제 생각나는군. 변산의 주류성이 길지라고 한 말이 생각나는군."

"변산? 변산이라면 여기서 남쪽 수백 리 길이 아닌가?"

"그야 그렇지. 그렇지만 그곳이 길지라고 귀띔한 것을 보면 분명 무슨 복안이 있는 게야."

"자네 말을 들어보니 그렇군. 그러니까 그 말은 상황을 잘 파악해서 시의적절하게 행동에 옮기라는 암시 같은데?"

"그렇지? 자기가 결정해서 명령할 처지는 아니니까 책임자가 알아서 하라는?"

"그렇다면 말이야. 준비를 해두세나. 지금 사비성 상황을 보니 만만치 않은 것 같아. 만의 하나를 위해서 말이야, 여기 양곡을 미리 분산해 두자구. 나중에 별일 없으면 도로 가져오면 되니까 말이야."

"역시 삼통은 두뇌 회전이 빨라. 손재주만큼 빠르단 말이야."

"자네 지금 농담할 정신이 있나?"

"농담이 아니라 사실이 그러니까. 그러면 여기 양곡 절반을 싣고 내일 바로 떠나야겠네."

"어디로 말인가?"

"어디긴 어디겠나. 변산에 있다는 주류성이지."

"변산으로?"

"그래. 일통은 거기가 길지라고 했네. 무언가 함축해서 한 말일 게야. 참, 자네는 집이 벽골이니까 거기서 가깝지 않나. 함께 가야 겠어. 지리를 알아야 하니까 말이네."

"그러자구. 어서 서두르세."

제3부

뿌리 깊은 나무

정월 대보름

　　민초들에게 있어 정월 대보름은 의미 있는 절기다. 세배다, 성묘다, 처가 나들이다 해서 하릴없이 보내던 기간을 끝내고 일상으로 돌아와 농사채비를 서두르는 경계 날이다. 해동하면 뿌릴 씨앗을 챙겨보고 농기구도 손질해두고 거름 낼 요량도 해두어야 한다. 새로운 해가 시작되는 절기인 것이다.

　열나흗날이 되면 집안을 대청소하고 방문을 열어 방안의 묵은 공기를 바깥으로 다 내보낸다. 아낙네들은 쌀, 보리, 콩, 팥, 조를 씻어 오곡밥을 준비한다. 윤택한 집에서는 오곡에 밤과 대추를 넣어 칠곡 밥을 마련한다. 그리고 남정네들은 산에 가서 큰 대나무를 베어와 폭죽을 준비한다. 폭죽은 생대나무를 두 마디씩 잘라 만든다.

　달이 동쪽 산 위로 얼굴을 드러내면 기다리고 있던 사람들이 모두 합창으로 "만월이야~!" 하고 외친다. 만월은 하루 뒤인 보름날이지만 달이 크고 탐스럽기는 열나흗날에 뜨는 달이다. "만월이야~!"를 외칠 때는 각자 자기 마음속의 소원을 곁들여 내쏟는다.

　아이들은 달이 뜨기 무섭게 그동안 가지고 놀았던 연을 먼 곳으로 날려 보내기 위해 연을 매단 줄의 한 뼘쯤 되는 곳에 불심지를 묶는다. 연이 높이 올라 바람을 탈 때쯤 심지의 불이 연줄에 닿아 끊어지고 연은 혼자서 멀리멀리 날아간다. 이때 연이 멀리 날아갈 수록 자기의 소원이 더 잘 이루어진다는 믿음으로 흥겨워한다. 연을 날려 보내는 것은 농사일을 앞두고 놀이와 작별한다는 뜻도 있지만 이날을 기점으로 한 방향에서 불어오던 북서 계절풍이 흐트러지기 시작, 더는 연을 띄우기에 적당치 않기 때문이기도 하다.

연에 매단 불빛이 멀어져 보이지 않게 되면 아이들은 부리나케 부지깽이에 불을 붙여 들고나와 논두렁으로 내달린다. 쥐불놀이를 하려는 것이다. 쥐불놀이는 논두렁의 잡풀을 태움으로써 해충을 박멸하는 일종의 방제작업이다. 전장에서는 이곳저곳에 불을 놓아 군사의 수효를 부풀려 보이려는 의도도 있었다.

쥐불놀이에 실증을 느낄 때쯤에는 이웃 동네와 불 따먹기를 한다. 이웃 동네의 불을 훔쳐오면 마을에 대풍이 든다는 믿음을 가지고서다. 한쪽에서는 뺏으려 하고, 다른 한쪽에서는 뺏기지 않으려 떼거리로 대항하는데, 투석전을 벌여 다치는 사람도 나왔다.

자정이 가까워지면 아이들은 모두 잠자리에 들어 동네가 조용해진다. 이때 어른들은 마당의 모닥불에 불을 지핀다. 이것이 활활 타오르면서 묻어두었던 생대나무 토막이 '뻥! 뻥!' 하며 터진다. 폭죽이다. 대나무 통이 클수록 소리도 크다. 폭음에 동네의 개들이 놀라 일제히 짖어대면서 밤이 깊어간다. 폭죽은 대보름이 되었음을 알리는 신호이기도 하지만 폭음으로 지축을 깨워 농사에 대비하라는 뜻이 있다. 이는 또한 자신들의 경성을 촉구하는 의미도 있다.

날이 새면 밤새 불을 때 쪄낸 오곡밥을 나누어 먹고 이웃집에 골고루 나눈다. 서로 자기 집의 솜씨를 자랑하려는 속내가 있기는 하지만 가난한 사람들을 구휼한다는 뜻이 더 깊다. 그들의 자존심을 건드리지 않으려는 배려가 있는 나눔 행사다. 이렇게 대보름을 맞는 것이 오랜 풍속이었다.

여염집의 대보름맞이와는 달리 가람의 대보름은 간소했다. 영가 법회를 열어 죽은 자들의 영혼을 위로하는 법회를 간단하게 치르고 찾아온 신도들의 예불을 돕는다. 음식은 주로 신도들이 장만해 가져오기 때문에 평소보다 푸짐한 것은 사실이다. 그러나 소식을 우선으로 하는 불자들에겐 별스러운 일이 아니다.

며칠 전 달래가 유정 스님을 배웅하고 풀죽은 모습으로 돌아오는 것을 지켜보던 유해 선사는 유쾌하다는 듯 파안대소를 터뜨렸다. 의아한 달래가 가까이 오자 이번에는 아무렇지도 않다는 듯 정색을 하면서 뒤돌아 법당 안으로 들어가 버렸다. 가슴이 조마조마한 것은 해미 보살이었다. 비록 나이가 어리다지만 남녀의 오롯한 정을 알게 된 여자의 삶을 몸소 겪어보아 잘 알기 때문이었다. 자칫 평생의 상처로 남을지도 모르는 것이다.

해미 보살은 같은 여자로서 안쓰럽다는 생각에 무슨 말인가를 건네고 싶었지만, 입술이 떨어지지 않았다. 그러나 산사가 모두 잠든 늦은 시각까지 골똘한 생각에 잠겨 있는 달래를 그냥 내버려 둘 수가 없어 말을 붙였다.

"스님은 잘 배웅한 것이야?"

"…"

"그 나이에 득도하셨으니 앞으로 큰일을 하실 게야."

"큰일이요? 그 큰일이라는 게 뭘까요?"

"불자대국의 주춧돌이 되실 거라는 얘기지."

"그러면 이제 세속의 일들은 괘념할 틈이 없으시겠네요?"

"그렇지. 아마 벌써 세속을 벗어나 계실 거야."

"벌써요? 그러면 보살님이나 저 같은 사람은 이제 잊어버린 사람이 되겠네요?"

"그렇지는 않을 거야. 잊어버리지는 아니하셨을 게야. 옷깃만 스쳐도 영겁의 인연이 있다고 하는데…"

"인연이요? 인연에도 속연과 선연 그리고 불연이 있다지 않아요?"

"그건 각자의 마음에 달려 있는 것일 뿐 근본은 같은 것이겠지."

"…"

"달래야. 사내라는 건 말이다. 사내라는 건…"

"예~에? 사내라는 건?"

"특히 여자에게 있어 사내라는 건 애틋함보다는 인고의 씨앗에 더 가깝단다."

"인고의 씨앗이요?"

"그래. 인고의 씨앗이지. 그렇다고 비켜 갈 수 있는 것도 아니어서 짐을 짊어지고 한평생을 살다 가는 거지. 그게 여자의 삶이란다."

"어쩜, 그럴 수가…"

"달래도 이제 차차 알게 될 거야. 그러니 삭일 줄도 알아야 해."

"예…."

달래는 알 것 같기도 하고 모를 것 같기도 했지만 해미 보살의 말에 수긍하고 말았다. 무어라고 더 할 말이 없었다. 더구나 그 따뜻했던 손길도 감미롭던 냄새도 쿵쿵거리던 가슴의 요동도 입 밖에 내어 말할 수가 없었다. 오로지 달이 비칠 때마다 그 달을 쳐다보며 달님을 불러보는 것이 고작이었다.

보름날 아침, 예불을 마친 스님들이 모두 법당에 눌러앉아 선사의 하문을 기다렸다. 선사는 해미 보살과 달래도 자리에 함께하라 일렀다. 기껏 해가 바뀌었을 뿐인데 선사는 눈에 띄게 늙어 보였다. 그러나 눈은 예전보다 더 자상해졌다. 웃음도 천진해졌다. 목소리만은 조금 탁해진 것처럼 느껴졌다. 좌중을 둘러본 선사는 모두들 긴장해 있는 것이 다소 재미있다는 듯 빙그레 웃더니 목소리를 높여 편한 자세로 고쳐 앉도록 주문했다.

"왜들 이리 긴장들 하는 게야. 아직도 내가 까다로운 영감으로 보이는가?"

"선사님, 아니 옳습니다!"

"그렇겠지? 오늘은 대보름이라고 하니 우리도 유희를 즐겨보자."

"…."

"모두 지필묵을 꺼내 각자 시 한 수씩 써내거라. 시제는 월광, 달빛이니라 해미와 지월도 함께하느니라."

"…."

"왜? 시제가 너무 어려우냐? 내 잠시 나갔다 올 동안 마무리하여라."

이렇게 기상천외의 대보름기념 유희가 열렸다. 어쩔 수 없이 스님들은 끙끙대며 시작에 몰두했다. 선사의 대쪽 같은 성품을 잘 아는 터에 더는 토를 달 수가 없었던 것이다. 얼마가 지났을까. 선사가 법당 문을 열라 하더니 큰 상 하나를 끙끙대며 들고 들어왔다.

푸짐한 음식이 한 상 가득했다. 그 시간에 부엌에 가서 손수 상차림을 했던 모양이다. 상 위에는 웬 곡주도 한 병 놓여 있다. 스님들은 모두 눈이 휘둥그레지고 벌린 입을 다물지 못했다. 해미 보살은 아예 까무러칠 지경이었다. 눈치가 모자라 이런 걸 대비하지 못했다는 자책감 때문이었다.

"왜들 이러나. 자, 자, 상 가까이 둘러앉도록. 시작(詩作)이 시원찮으면 여기 곡차를 벌차로 내릴 것이야."

"벌차요?"

"왜, 처음 듣는 말인 게냐? 너희들이 모른다 해서 말이 안 되는 것은 아니야. 부처님도 모르는 불경 구절이 있고 공자님도 모르는 문자가 있다지 않느냐?"

"하하하…."

"호호호…."

"그럼, 누가 먼저 읊겠냐? 그래 혜구 스님이 먼저 읊어보아."

"흠흠…. 예, 그럼 읊겠습니다. 睡起推窓看(수기추창간) 非冬滿地雪(비동만지설) 呼童急掃庭(호동급소정) 笑指中天月(소지중천월) (자다가 일어나 창문 밀치고 내다보니 겨울도 아닌데 땅에 온통 하얀 눈.

아이 불러 서둘러 뜰을 쓸라 하였더니 웃으며 손가락으로 중천의 달 가리
키네)."

"음, 제법이로구나. 잠결에 밝은 달빛을 보고 눈이 내린 것으로 착
각했던 게로구나. 장원감이다. 다음은 법장 스님 차례로군?"

"아, 예. 花下一壺酒(화하일호주) 獨酌無相親(독작무상친) 擧盃邀
明月(거배요명월) 對影成三人(대영성삼인) 月旣不解飮(월기불해음)
月影隨我身(월영수아신) 暫伴月將影(잠반월장영) 行樂須及春(행락
수급춘). (꽃 아래 한 병의 술을 놓고 짝없이 홀로 술잔을 드네, 잔 들어 달
님을 맞으니 그림자까지 합하여 셋이어라, 달님은 본디 술을 못 하고 그림
자는 그저 나 하는 대로 할 뿐, 잠시 달과 그림자를 벗하며 봄밤을 맘껏 즐
기네.)"

"뭣이라? 곡주를 마시기도 전에 취했더란 말이냐. 괜찮구나. 시재
가 있음이야. 이번은 해미의 음운을 한 번 들어보자."

"선사님, 제가 어찌 감히…."

"대신 읊어주랴?"

"예, 예, 알겠습니다. 흉보지 마옵소서. 月影從親庭路程(월영종친
정로정) 幼少節想外家簷(유소절상외가첨). (달그림자 따라가는 친정 길
은 어릴 적 외갓집 처마를 생각하게 하네.)"

"으응? 해미의 실력이 그 정도라니 의외로구나. 흡족하다. 그러면
이번엔 지월의 시심을 맛보아야겠다."

"저는 따라가지 못하옵니다. 선사님."

"네 앞에 써놓은 것은 그림이더냐. 어서 읊어보아라."

"예~, 그럼. 月下流水 行悠長江(월하유수 행유장강) 無聲不休 不

遠千里(무성불휴 불원천리). (달빛 아래 흐르는 물은 긴 강을 유유히 가면서도 소리도 없이 쉬지도 않고 천 리가 멀다 하지 않네.)"

"으하하하. 지월의 마음이 깊고 맑구나. 아깝도다. 탈속했으면 유정을 앞설 뻔하였다. 오늘 벌차 공궤는 지월 몫이다. 안 그러냐?"

"의당하옵니다. 저희는 지월의 시심을 따르기 어렵습니다."

"처녀가 어찌 곡주를 입에 대겠습니까. 축하하는 의미로 이 해미가 대신 마시겠습니다."

"으하하하. 그러고 보니 해미가 제일 대견한가 보군. 곡주도 제일 마시고 싶고 말이야. 그렇지 않은가?"

"그렇습니다, 선사님, 울고 싶을 만큼 대견하옵니다."

이렇듯 신선놀음이 한창일 때 법당 밖에서 인기척이 나더니 선사님을 찾는다. 달래가 쪼르르 달려가 법당문을 열자 햇살과 함께 찬 바람도 따라 들어 왔다. 달래가 화들짝 놀라며 섬돌 아래로 달려 내려갔다. 거기에 할머니 대산 댁과 어머니 배들 댁 그리고 동생 차돌이와 사촌 한돌이 서 있었다. 달래는 할머니에게 인사를 하자마자 어머니에게 달려가 끌어안았다. 달래가 울음을 터뜨렸다. 배들 댁도 숨죽이며 눈물을 쏟았다. 차돌이와 한돌이도 덩달아 훌쩍거렸다.

잠시 동안 이들의 해후 모습을 멍하니 바라보던 선사와 스님, 해미 보살이 일제히 합장을 했다. 이 세상에 하고많은 헤어짐과 만남이 있으련만 모녀상봉에 비길 만한 만남이 있을 것인가? 참으로 가

습이 뭉클해지는 순간이었다. 합장을 마친 선사가 큰기침을 한 번
하고는 입을 열었다.

"시주님들께선 어서 안으로 드시지요. 바람이 차갑습니다."
"아이고, 선사님, 평안하셨능가요. 스님과 보살님도요."
"아무렴요. 여기 이렇게 진즉부터 모여서 기다리고 있었습니다."
"보살님. 어린 것을 거둔다고 얼매나 고생 허셨능가요."
"고생이라니요. 지가 되레 덕 보고 있는데 그만한 것이 고생이겠
습니까."
"아니, 덕 본단 말씸이 먼 말이당가요?"
"허허허. 틀린 말이 아닙니다. 관세음보살."
"먼 말인지 저희는 모르겄구만요."
"예 예, 들어가서 차차 얘기하지요. 해미는 점심 공양을 준비해야
겠네."
"예. 그럴 참이었습니다. 달래 어머님이랑은 이쪽으로 오시지요."

대산 댁이 법당에 들어가 예불을 마치자 선사가 지긋한 눈길로
쳐다보면서 그간의 대강을 들려주었다. 그러나 유정과의 인연은 입
밖에 뻥긋도 하지 않았다. 대산 댁은 놀라기도 하고 한숨을 쉬기도
하며 눈물을 짜기도 하면서 묵묵히 듣고 있다가 그동안 거두어준
것에 대해 거듭거듭 사례를 했다.
부엌에 들어간 배들 댁은 해미 보살의 손을 덥석 잡으며 눈물부
터 흘렸다. 허드렛일을 하면서도 손이 고왔다. 그네의 마음은 이보

다 더 고울 것이라는 짐작으로 머리를 자꾸 조아렸다. 자식을 키워 철도 들기 전에 떼어내 본 심정을 잘 아는 해미 보살은 배들 댁의 거친 손을 다독이며 위로와 안심을 전했다.

"참말로 좋은 따님을 두셨습니다. 어찌 그렇게 영민한지…."

"무슨 그런 말씸을 허시능가요. 아직 한참 어린 것을 수발하시느라 얼매나 고생이 많았당가요. 지가 무심혀서 한 번도 못 찾아왔구만요. 그새 몰라보게 커버린 것을 봉게 지가 참말로 에미 노릇을 잘못혔구만요."

"아무런 걱정 마세요. 달래는 워낙 속이 여문 아이라서 딸 노릇을 잘할 것입니다. 앞으로 귀한 사람 될 것입니다."

"말씸만으로도 고맙구만요. 그런디 이참에 델꼬 갈라고 허능구만요. 지도 인자 다 컸응게…."

"그래요? 선사님이 허락하실는지…, 공부를 더 했으면 좋으련만…."

"공부요? 지집아가 문자 속이 그만혔으면 되았지라우. 더 배운다고 어디다 써먹을 디가 있는 것도 아닝게…."

"얘기는 천천히 하고 공양부터 하시지요."

배들 댁은 심란했다. 다 죽어가던 딸을 거두면서 문자까지 가르쳐줘 사람 구실을 하도록 했으니 그 이상 고마울 데가 없었다. 얼핏 보아 글재주가 있는 것 같기는 하나 죽을 때까지 해도 다 못한다는 글공부를 언제까지 시킬 것인가. 계집아이가 나이 차면 시집가서 아들딸 낳고 사는 것이 순리인데 명색이 어미가 되어서 제 뜻대로 내버려 둘 수는 없는 것이다. 이번에 꼭 데리고 가겠다는 작심으로 시어머니와 함께 나섰지만 선사님이 말리면 어찌할까 하여 심란해진 것이다.

무거운 발걸음

　　두주막거리에서 달래를 돌려세운 후 금산사를 향하는 유정의 발걸음이 가볍지 않았다. 콩콩거리던 달래의 가슴 소리가 아직도 귓가에 남아있다. 머릿결에서 묻어나던 동백기름 냄새도 아직 코끝에 머물러있다. 안쓰러웠다. 서운하다며 원망 어린 눈길을 쏟아내던 달래였다. 그녀는 정녕 나에게서 사내를 느꼈음이리라. 아마 첫정이리라. 순진무구한 첫정을 고스란히 내려놓아야 하는 여자의 마음을 확실히 알 수는 없지만 아마 평생을 두고 가슴 아파하리라.

　유정은 한 여자의 마음을 아프게 했다는 생각에서가 아니라 자기가 보듬고 감싸 안아야 마땅한 중생의 마음을 다독거리지 못하고 야멸치게 외면했던 자신의 옹졸함에 은근히 부아가 났다. '네 해 동안 공부를 하고 정진을 했어도, 유해 선사로부터 득도했다는 대접을 받고서도 이 정도의 수준에 머물러 있는가?'라는 자괴감 때문이었다.

　그는 한밤중이 되어서야 금산사에 도착했다. 산사에서는 이미 연통이 있었던 듯 깍듯한 상좌대접을 했다. 그는 다음날 새벽예불을 마치자마자 백일정진에 들어갈 것이라며 뒷산의 깊은 곳에 있는 암자에 차비해 달라고 부탁했다. 백일정진은 보통 자리에 눕지 않고 정진을 계속하는 불수정진을 말한다. 범인으로서는 감히 엄두를 내지 못하는 고된 수행이다. 누워서 잠을 자지는 않지만 앉은 채로 잠시 잠깐 눈을 붙일 수 있다 하더라도 법력이 약해서는 감당하기 어려운 고행이다.

유정은 모든 스님의 전송을 받으며 암자로 향했다. 이번 겨울은 유난히 눈이 많이 내렸다. 해가 바뀌어 입춘이 지났는데도 사흘이 멀다 하고 내렸다. 발목에 엉겨 붙은 눈을 툭툭 털어내고 암자의 문을 열었다. 윗목에 타구 하나와 변구 하나, 아랫목에 엉덩짝보다 작아 보이는 방석 하나만 달랑 놓여 있었다. 퀴퀴한 냄새는 오래 비워둔 탓이리라.

불문곡직 가부좌를 틀었다. 우선 가슴속의 묵은 공기를 다 토해내야 한다. 단전에 정기를 모아 심호흡을 계속하자 조금씩 정신이 돌아왔다. 이번엔 두서없이 몰려드는 상념들을 하나씩 하나씩 털어나가야 한다. 얼마 동안은 털어낸 상념이 도로 끼어들어 오기도 한다. 모든 상념들을 다 털어내야 정신이 한곳으로 모인다. 정신일도다. 그다음엔 무념의 상태가 이어진다. 짧아도 괜찮고 길어도 상관없다. 정신이 온몸을 지배하고 있으므로 시공조차 잊어버리게 된다.

정진에 들어간 지 열흘이 넘는데도 물 한 모금 받아먹지 않는 스님이 걱정되어서 수좌들은 가만히 섬돌 밑으로 다가가 동정을 살펴보지만 가느다란 숨소리만 들려올 뿐 미동도 느껴지지 않는다.

그렇게 또 열흘이 지나갔다. 이때부터는 아예 밖에서 한 사람씩 교대해가며 번을 섰다. 산림 보살과 수좌는 매사가 염려되어 안절부절못했다.

유정은 재작년에 입적한 큰스님을 만났다. 황톳빛 가사 대신 눈보다 하얀 가사를 걸치고 있는 모습은 생전처럼 자애롭기만 했다. 가르치지 않고 깨우치도록 유도하던 그 잔잔한 미소가 그대로였다. 입을 열어 말하지 않고 생각으로 이심전심하는 간화선이 이어졌다.

"원래 없던 것을 보고 괜한 상념을 하는구나."

"마음의 형태가 보이지 않는다고 해서 없는 것은 아니겠지요."

"마음에 욕심이 차니까 형태를 의식하는 것이야."

"그러면 무엇을 채워야 하는지요."

"아무것도 채울 것이 없느니라. 비어있는 것이 원래의 모습인 게야."

"비어 있으니까 자꾸 채우려는 것 아니겠습니까?"

"그저 공(空)이니라. 무념무사(無念無思)로 공을 채워 보아라. 그래서 공인 게야."

"이제 각성입니다. 없이 한 빈 곳을 없는 것으로 채우는 공(空), 그 공이 시작과 끝이라는 가르침으로 소승이 살아났습니다. 스승님."

스승과 헤어지고서도 눈을 뜨지 못한 채 휴식에 들어갔다. 얼마가 지났을까. 아무런 감각이 없던 팔다리에 쥐가 나는 듯하다가 갑자기 오금이 쭈뼛거렸다. 아직껏 이만한 열락을 느껴보지 못했다. 그러다가 잠시 후 맥이 풀리면서 눈이 번쩍 뜨였다. 뭔가 기분이 이상해 사타구니를 더듬었더니 찐득찐득한 액체가 손끝에 묻어났다. 그것은 난생처음 겪는 몽정이었다.

유정은 얼른 일어나 옷을 갈아입고는 밖을 향해 먹을 것을 가져오라 소리쳤다. 그리고 얻은 것을 정리했다. 육신의 열락(悅樂)이 결코 법열(法悅)에 못지않은 기쁨이란 것을 경험했다. 중생들의 열락을 하찮은 것으로 여겨 업신여기는 것은 부처님의 뜻이 아니었다는 중대한 깨달음을 얻었다. 다만 법열은 더할수록 그 기쁨이 배가하지만 육신의 열락은 자칫 환락의 위험으로 치닫는다는 차이인 것이다. 중생의 열락을 모르면서 법열을 강요하는 것이 얼마나 유치한 것인지를 깨달은 것이다.

항전의 횃불

　　주류성에 입성한 부흥군은 무너진 성을 보수하
는 등 체제정비를 서두르면서 서부와 남부지역 곳곳에 백성들의 총
궐기를 주창하는 격문을 돌렸다. 궐기문은 일통 최천동이 기안했다.

　'백제인이여. 이 땅의 주인은 우리다. 이 땅은 우리가 누천년 간
터를 잡고 뿌리를 내려온 우리의 보금자리다. 나라를 되찾자. 다
시 일으키자. 나라가 없어지면 나라만 없어지는 것이 아니고 우리
의 삶이, 우리의 조상이, 우리의 자손이 없어지는 것이다. 가가호호
마다 한 사람씩은 백제 부흥의 기치 아래 모여 우리 스스로를 지키
자. 우리 백제인의 문화와 슬기를 바로 세워 사해의 평화를 이룩하
는 중심이 되자. 자랑스러운 백제인이여. 보국위민의 결단으로 굳게
뭉쳐 백제인의 기개를 드높이자. 모두 일어나 주류성으로 모이라.'

　읽는 이마다 가슴을 치지 않는 자가 없었다. 나붙은 격문을 필사
해 돌려가면서 읽었다. 그리고 이웃 마을로 전달했다. 삽시간에 서
부지역은 물론 남부의 구차지(지금의 구례), 모산(운봉), 발나(나주),

몰아혜(목포), 도무(강진), 오차(장흥), 복홀(보성), 쌍암(순천), 구지하(고흥) 지역에서 자원자가 꾸역꾸역 모여들었다. 주류성에 이르는 해안 쪽의 명랑(죽산), 백강하구(동진) 길과 내륙 쪽의 태산(태인), 고사부리(고부) 길, 남쪽의 갈재와 흘덕(흥덕), 지아골 삼거리(영전) 길은 이들의 행렬이 줄을 이었다. 채 열흘이 지나기도 전에 삼만이 모여들었다. 대부분 양곡을 등에 짊어지고 있었으며 포목이나 피륙을 둘러맨 자, 소를 끌고 가는 자도 눈에 띄었다.

"아, 거그는 웬 포목이여?"

"웬 포목은 웬 포목! 그쪽은 방도 보지 못 했능가? 거그에 보면 노부모를 모시고 있는 독자나 병약자는 양곡이나 포목으로 대신하라고 안 쓰여 있덩가. 그래서 내가 대신 짊어지고 가는 참이어."

"그리여? 내가 미처 몰랐구먼. 그렇지, 군역을 안 나올라면 그런 것이라도 내놓아야지 잉~."

"근디, 거그는 어디서 오는 길이어?"

"나사 쩌그 밑의 몰아혜에서 안 왔능가?"

"얼래? 몰아혜라면 여그서 겁나게 먼디? 거그까장 방이 붙었던 가부지?"

"멀기사 솔찬히 멀지만 거그라고 귀가 없고 발이 없겠능가? 뱃길 건너 인진도(진도) 완도서도 온다고 난린디."

"허기사 거그도 다 백제 땅잉게 모다 나와야겠지. 근디 거그는 먼 소를 끌고 온당가?"

"새끼 쳐서 잡아먹을라고요."

"이 사람! 군영이 먼 목축장이랑가? 그라고 그놈이 언지 커서 새끼 낳고 또 언지 커서 잡아먹는당가."

"야들이야 풀만 멕이면 지 알아서 쿵게요. 한 삼 년 지나면 너댓 마리는 될 것이구만요."

"멋이여? 한 삼 년? 그렇게 이 쌈이 삼년도 더 간다는 말 아니어?"

"암만 혀도 그리 될 것이구만요. 신라나 당나라 놈덜이 뺏은 땅을 어디 쉽게 내주것능가요. 아새끼들도 지 손에 있는 떡은 잘 안 내놓을라고 허는디."

"그라고 봉께 자네는 견식이 쬐끔 있는 것 같은디?"

"견식은 먼 견식이것어라우. 여그 저그서 얻어들은 풍월이지요 잉."

"근디, 그 소는 누구 군역 대신 끌고 오는 거여?"

"아니지라우. 지가 농사 지을라고 키우는디 어머이가 한사코 군병 나가라 혀싸서 나올랑게, 이놈을 집이서는 키울 사람이 없응게 끌고 온 것이지라우."

"긍게, 늙은 어머이 혼자 두고 군병 나온 거여? 그런 사람은 안 나와도 된다고 허등만,"

"온 나라가 우리 땅 찾자고 난린디 어떻게 그런 핑계 대고 안 나온당가요. 형수님 계싱게 벨로 걱정은 안 혀요."

"듣고 봉께 자네 말이 맞구만 그려. 이렇게 다들 한 마음잉게 이번 쌈은 혀나마나 이긴 것이어."

"맞어, 맞고말고. 어서 가세. 여그가 지아골잉게 인자 다 왔능가 부네."

일통 최천동 일행은 모량부리(고창), 무시이(영광), 무주(무안)를 지나 몰아혜로 향하고 있었다. 몰아혜에서 배를 타고 왜로 건너갈 작정이다. 왜에 머물고 있는 왕자 풍(豊, 의자왕의 셋째 아들)을 귀국시키기 위한 사신단 행로다. 신유(辛酉)년(661년) 정초다. 왜말에 능한 일통은 부사 자격이고 정사는 사타상여(沙咤相如) 장군이다. 진현성(지금의 대전시 유성구 진잠동)을 지키고 있다가 사비성 공략에 참여하는 동안 성이 신라군에게 점령당하자 주류성에 합류했다. 사리가 분명하고 올곧은 성격이어서 불의에 굽힐 줄 몰랐다.

부흥군 패잔병이 주류성에 안돈하고 모병이 순조롭게 진행되면서 백성들의 열화와 같은 성원이 잇따르자 수뇌부는 더욱 확실한 구심점이 필요하게 되었다. 맨 먼저 의견을 개진한 것은 바로 사타상여였다. 새로운 왕을 옹립해 나라다운 골격을 갖추어야 백성을 안심시키고 나당 연합군에 효과적으로 대응할 수 있다는 주장이었다. 그럴 필요가 있느냐며 난색을 표명한 것은 복신이었다.

"좀 더 세력을 키운 다음에 모셔 와도 될 것이오. 그리고 풍 왕자께서 돌아와 주겠다고 할지도 의문이고…"

"풍 왕자님은 백제를 대표해 일궁부(日宮府) 대사직을 수행하시느라 왜에 머무셨던 것입니다. 상주하면 의당 달려오실 것입니다. 특히 고모인 보황녀의 등극에 일등 공을 세우셨다 하니 정치적 수완을 갖추셨다 보아야 할 것입니다."

"그렇지만 왜에 뿌리를 내려 제명여왕의 측근으로 영화를 누리고 계시거늘…. 왜에 머문 시간이 오래인데 모국에 대한 애정이 남아있을 것이며 설혹 있다 해도 왜왕이 놓아주지 않으면 어쩔 것이오?”

“상잠 장군께서는 풍 왕자님의 귀국을 미덥게 여기지 않으십니까?”

“아니오. 절대 그런 것은 아니고, 괜히 헛걸음할까 보아 그러는 것이오. 어흠.”

“왜 헛걸음이라고 미리 짐작하시는 것입니까? 들려온 소식에는 이번 사비성 함락을 그렇게 마음 아파하셨다고 합니다. 왕 폐하와 융 태자님이 당나라로 끌려가셨다는 소식을 듣고는 며칠 동안 식음을 전폐하면서 애통해하셨답니다. 그런데 국난을 벗어나 재건하자는 백성들의 성원을 어찌 나 몰라라 하시겠습니까.”

“사타 장군은 어찌 그리 왜 나라 사정에 밝은 것이오?”

“예에? 그게 의심스럽습니까? 한 달에도 몇 차례씩 배편이 왔다 갔다 하고 특히 지금의 왜왕 제명 여왕은 선왕이신 무왕 폐하의 따님이셨던 보황녀인데 전혀 남남이 아니잖습니까.”

“아, 아, 보황녀는 무왕께서 돌아가시자마자 왜로 망명한 분 아니오? 그렇다면 혹 아직 백제에 대한 원한이 남아있을 법하오만.”

“상잠 장군님, 제명여왕은 장군과는 사촌지간이고요. 풍 왕자님과는 오촌 당숙인 장군께서 나라를 되찾고자 이렇게 고군분투하고 있는데 예전의 섭섭함을 원한으로 여기겠습니까?”

“듣고 보니 사타 장군의 말이 가당하오. 내일이라도 당장 떠나야 할 테니 일통은 사신단을 구성해서 알려주고 이통은 사신단이 가지고 갈 예물과 필요한 물자를 빈틈없이 챙겨주오.”

마침내 복신의 동의를 얻어 오십여 명의 사신단을 구성하여 주류성을 출발한 것이다. 몰아혜에서 범선을 타고 쓰쿠시까지는 바람이 좋으면 이틀길이지만 바람을 잘못 만나면 열흘도 더 걸린다는 사공의 귀띔이었다. 쓰쿠시 항은 왜 제명여왕의 활동지인 큐슈로 들어가는 관문이다. 범선의 출발에 앞서 작은 배를 먼저 띄웠다. 척후 활동을 위해서이기도 했지만 사신단 도착을 미리 알리려는 의도였다.

현해탄의 물결은 사납기만 했다. 백제는 대륙으로부터 전해온 문물을 바다 건너 섬나라에 전해주기 위해 이 뱃길을 그 얼마나 오고 갔던가? 말을 가르쳐주고 옷 입는 법과 짓는 법, 토기 만드는 법, 문자와 문화, 통치와 종교에 이르기까지 아낌없이 전해주며 가르쳐었다. 그들은 연년세세 조공을 정성껏 바쳐왔다. 백제는 왜를 통할 지역으로 여겨 가꾸면서 정변이 일어나면 핍박과 죽음을 피해 현해탄을 건넜다. 한마디로 왜국은 삼한반도의 울타리나 다름없었다. 지금도 울타리가 되어 달라는 명을 가지고 현해탄을 건너고 있는 것이다.

다행히 날씨가 순조로웠다. 배를 처음 타본다는 달평이와 남구는 배가 바다 한가운데로 들어설 즈음부터 멀미를 하느라 몸을 가누지 못하더니 그새 이력이 났는지 생기를 되찾아 바다 구경이 한창이다. 저 멀리 육지가 보이기 시작하고 갈매기들이 날아들자 난간을 붙잡고 서서 수다를 떨었다. 달평은 오십부장, 남구는 십부장이 되어 이번 사신단의 물자를 관리하고 있다.

"오십부장님, 여그 갈매기는 백제말로 운다요, 왜말로 운다요?"
"니가 직접 물어보지 그러냐!"

"지가 갈매기 말을 모릉게 안 그리요. 엇다 엇다 저놈 봐라. 주둥이에 먼가 물고 있네요 잉. 괴기 새끼 한 마리 낚았는가부요."

"낭구야, 저놈덜은 말이다, 우리 사람덜 보고 한심허다고 헌단다."

"지깟것덜이 멋을 안다고 사람헌티 한심허다고 헌데유우."

"그렇게 말이다. 어쩌믄 맞을지도 모르지야 잉. 사람덜은 만나면 맨날 쌈박질만 헐라고 헝게 그럴른지도 모르지 잉."

"아 즈그덜은 쌈박질 안 헌대유? 저것 봐유. 아까 그 물괴기 서로 뺏어 묵을라고 지랄 안 허능가유?"

"그것이사 먹고 살기 위해서 그렇지만도 사람덜은 맥없는 욕심땜시 안 그러냐."

"얼래? 저그 지나가는 배에서 머라고 허는디?"

"왜나라 배인갑다."

"근디 먼 말인지 알아들어야 말이지라우. 시방 머라고 헌데유?"

"아마 넓은 바다 가운데서 만났응 게 방가워서 그러는가부다."

"근디 오십부장님. 저 사람덜 말이우. 어찌서 모다 꼬맹이처럼 키가 작달막 허대유? 꼭 도토리 맹키로."

"그렇게 말이다. 얼래? 근디 저 사람들 아랫도리에 걸친 것이 뭐당가?"

"오십부장님은 눈도 밝으유 잉. 고개 고쟁이 아닌 감유?"

"그러냐? 그러고 봉게 너 사신단 간다고 공부 망케 했다 잉?"

"시방 지 놀리는 감유?"

"놀리긴. 내가 헐 일 없어서 너 놀리겄냐?"

사주풀이

　　　　달래의 어머니 배들 댁은 떨어지지 않는 입으로
조심스럽게 달래를 데리고 가겠다는 의사표시를 했다. 할머니 대산
댁도 그랬으면 좋겠다는 뜻을 눈짓으로 표시했다. 두 사람을 한참
동안 지긋이 쳐다보던 선사는 빙그레 웃으면서 고개를 끄덕였다. 배
들 댁이 허락하는 줄 알고 고개를 깊숙이 숙이려는데 선사가 헛기침
을 한 번 하고 나서 배들 댁보다는 대산 댁을 향해서 입을 열었다.

"어흠, 아직은 때가 아닙니다. 삼사월은 되어야 온전할 것입니다.
어찌 두 분의 심정을 모르겠습니까만 일단 소승에게 맡겨두시지
요. 나무관세음보　살."

"아이고, 선사님 말씸 들어야 허지요 잉. 그런디 달래에게 무신
일이 있당가요? 온전한 때가 아니라고 허시니 먼 말씸인지 모르겠
네요 잉."

"시주님께서 모르셔도 괜찮은 부처님의 뜻이 있습니다. 소승이야
남이지만 어찌 중생의 대소사를 외면하겠습니까. 그런 줄 아시고
일단 내려가시면　나중에 날이 따뜻해질 때쯤 소승이 데리고 가겠

습니다. 그리고 달래의 생년 월 일 시를 한 번 보겠습니다. 달래가 지금 몇 살인지요."

"시방 열다섯 살잉게 다 컸구만요. 에미야, 열다섯 살 맞지야?"

"야, 열다섯 살이구만이요. 근디 멋 헐라고 그러신대요."

"소승이 사주를 한 번 맞추어 보렵니다. 생일은 몇 월 며칠인지요."

"사월 스무날인디요."

"참 좋은 때 태어났습니다. 시도 아시지요?"

"그러믄요. 저녁밥 먹을 때쯤 되었을 것이네요."

"유시로군요. 어디 보자 정미 년 사월 스무날 유시라…, 음."

"…."

"…."

"예에, 달래는 큰 재복을 타고났군요. 특히 문재(文才)와 상재(商才)가 엿보입니다. 글재주와 장사수완이 있다는 얘기입니다. 잘 갈고 닦으면 장차 큰 재목이 될 것입니다. 소승도 늘 축수기원 하겠습니다."

"하이고, 이게 먼 말씸이데여. 우리 달래 팔자가 그렇게 좋당가요?"

"예. 소승의 주역 풀이가 과히 빗나가지는 않을 것입니다. 그러면 시주님들, 너무 늦기 전에 내려가셔야지요."

"선사님. 그럴랑만요. 그런디 여그 시주 쬐끔 준비혔구만요."

"나무관세음보살. 시주님의 적덕이 깊습니다."

내장사 일주문을 지나 두주막거리에 다다를 때까지 두 고부는 아무 말이 없었다. 달래의 그렁그렁한 눈물 배웅이 아직도 눈에 선했다. 그보다는 선사의 사주풀이가 여염집의 아낙네로서는 받아들이기 어려울 만큼 묵직한 것이어서 알딸딸하기만 했다. 그러나 가슴 깊이 묻어두어야 할 내용이라는 생각에 쉽게 입을 열지 못하고 있는 것이었다.

달래는 이참에 어머니와 할머니를 따라나서는 게 좋지 않을까 한참을 궁리했다. 집을 마음대로 뛰쳐나왔듯 돌아갈 때도 마음대로 갈 수 있으리라 생각했지만 선사의 가르침을 받으면서부터 자기의 힘으로는 거역할 수 없는 어떤 힘이 붙잡고 있다는 의식으로 바뀌었다. 그렇다고 불문에 귀의할 마음은 추호도 없었다. 남자라면 모르지만 여인의 몸으로서 득도를 한다 해도 겨우 제 한 목숨 건지는 것에 지나지 않는다는 생각 때문이었다. 선사님의 가르침으로 견성을 한 것만으로 부처님의 은혜가 충분했다.

자나 깨나 유정 스님의 모습이 눈앞에 어른거려 마음의 갈피가 흔들렸지만 이제 시간이 지나면 견뎌낼 수 있다는 소견이 생겼다. 달을 쳐다볼 때마다 울컥거리던 울증도 많이 가셨다. 좀 더 마음이 다잡히면 정식으로 하직을 하고 내려갈 작정이었다. 아침저녁 법회에 빠지지 않고 참석, 선사의 법문을 읽히면서 조용히 수행하는 것이 일과였다. 그러면서 생각이 한층 넓어졌다. 정월이 다 갈 무렵 선사의 부름을 받고 대좌했다

"너는 사람을 무엇이라 여기느냐?"

"사람이요? 사람은…, 사람은 하늘입니다."

"무슨 뜻이냐?"

"모든 사람은 하늘의 뜻에 따라 태어났습니다. 따라서 서로 하늘처럼 섬겨야 합니다."

"그래? 그러면 땅은 무엇이냐?"

"땅은 서로 간의 좋은 사이입니다."

"네 생각이 깊구나. 서로 좋은 관계를 맺는 데는 무엇이 필요하다고 보느냐."

"그것은 바름(正)이겠지요."

"하아. 옳은 말이구나. 바르지 않으면 좋은 관계가 이루어지지 않는 법이지. 그렇다면 사람의 마음을 움직이는 것은 또 무엇이겠느냐?"

"선사님. 소녀 거기까지는 모르겠습니다. 가르침을 주소서."

"그것은 이로움(利)이 아니겠느냐? 이로움을 보고 사람이 움직이느니라."

"그러나 이로움이 지나치면 망하는 길이 아니오니까."

"그렇고말고. 이를 탐하면 욕(慾)이 되느니라. 욕은 망(亡)으로 통하지."

"하오나 세상에는 이가 아니어도 마음이 움직이는 때가 있지 않습니까. 나라를 위해 목숨을 바칠 때처럼 말입니다."

"그렇지. 그것은 의(義)라고 하느니라. 나의 이(利己)가 아니라 남의 이(利他) 모두의 이(共利)를 위하는 일이 의라는 것이지. 세상이 항상 바른 방향으로 나아가는 것은 바로 이 공리 때문인 게야."

"세상을 움직이는 데는 의 말고도 정(情)이라는 것이 있지 않습니까."

"그렇다. 정이 세상을 연결해주고 엉기게 해주고 튼튼하게, 재미있게 해주는 것이지. 정이란 한마디로 맛인 게야."

"오늘 큰 가르침을 받았습니다."

"네가 말했듯 사람이 하늘이다. 사람이 이 세상의 주인인 게야. 따라서 사람이 제각각 분수를 알고 제 역할을 하면 주인 노릇을 제대로 할 수 있는 게야. 이것이 절(節)이니라."

"마음 깊이 새기겠습니다."

그렇다. 정(正)과 의(義)가 세상을 움직이고 다스리는 힘이고 정(情)으로 사람의 마음을 묶고 이(利)로써 사람을 움직인다. 그리고 욕(慾)은 망(芒)으로 이어지는 통로다. 사람이 절(節)로서 스스로를 건사하면 세상의 주인이 된다. 여기에서 여자가 갖추어야 할 부덕이 나오고 부모를 공경해야 할 효가 나오며 이웃을 위하는 도리가 비롯되었음이리라. 결국, 사람을 다스리는 것이 세상을 다스리는 기본이고 역사가 기록하는 선열들의 아름다움도 모두 여기에서 찾아야 할 것이다. 물론 앞으로의 역사도 이렇게 정립되어 나가리라. 나이 어린 한 여자의 소견으로서는 가히 대단한 경지였다.

달래가 선사와의 대좌를 마치고 요사체로 돌아와 방문을 여는데 해미 보살이 화들짝 놀라 무엇인가를 치마폭에 감추었다. 얼굴은 반쯤 상기되어 있었다. 그동안 모녀지간 이상의 정이 들었던 두 사람인지라 서로 감출 것이 없다 했는데 무엇인가를 급히 감추는 것이 아무래도 괴이했다. 섭섭하기도 했다.

달래는 자리에 앉자마자 갑자기 훌쩍이기 시작했다. 해미 보살이 왜 그러느냐고 다그쳐도 달래의 훌쩍임은 좀체 그치지 않았다. 아무래도 모를 일이었다. 혹 선사님께 무슨 꾸중을 들었는지도 모른다는 생각이 들었으나 웬만해선 달래의 마음이 흔들리지 않는다는 것을 잘 알고 있는 해미였다.

"달래야. 무슨 일이 있기에 이러는 것이어?"

"…"

"글쎄, 무슨 일인지는 몰라도 나한테까지 말 못할 일인지 모르겠다."

"저한테까지 말 못하고 숨기는 것은 보살님 아니세요?"

"으응? 내가 숨기는 것? 아까 내가 감춘 것 때문에 그러는 것이어?"

"… 저는 보살님을 친어머니만큼 가깝게 여기는데…."

"그것 때문에 맘이 상했던 거여? 굳이 속이려는 것은 아니었다. 자, 여기 이것이다. 한번 펼쳐보아라."

"호호호. 그렇게 보여 줄 것을 왜 부리나케 감추세요? 제가 보면 안 되는 것이에요?"

"아니다. 여기 실컷 보아라. 그리고 제발 사람 놀라게 하지 말거라."

"아니? 이것은 그림 아니어요? 으응? 月心春色(월심춘색)? 월심춘색이라. 참 잘 그렸다~. 이 그림이 뭐예요?

"지난번 내가 얘기한 해미 마을 그 도령님이 주고 간 그림이다."

"그러면 이 그림이 보살님 옛날 어렸을 적 그 도령님이 그린 그 그림이란 말이어요? 그런데 언제 이 그림을 받으셨어요?"

"지난 겨울이란다. 아마 이곳에 다녀간 모양이더라. 법당의 섬돌 밑에 놓여 있더구나."

"만나보지도 않았는데 이것이 그 도령님의 그림인 줄 어떻게 아세요?"

"나도 짐작만 할 뿐이지. 그 그림 속의 여인네가 나라는 것도 내 생각일 뿐이고."

"아니어요. 보살님 맞아요. 달덩이처럼, 봄에 핀 꽃처럼 예쁜 게 틀림없이 보살님이어요. 그러니까 보살님을 찾아 여기까지 왔다가 차마 전하지 못하고 그림만 남겨놓은 채 돌아간 것이로구만요."

"…."

"세상에 이럴 수가. 아무려면 그렇게 야속할 수가. 그건 그렇고 보살님도 아직 그 도령님에게 미련이 남아있는 것인가요?"

"달래야. 나한테 나무라는 어조로 말하지 말거라. 미련은 말이다."

"죄송해요. 저는 이해가 되지 않아서 말예요. 그런데 미련은요?"

"미련은 말이다. 미련은 미움으로 바뀌기 전까지는 아니, 바뀐 후에도 쉽게 가시지 않는 그런 것이란다."

"저는 무슨 말씀인지 잘 모르겠어요. 미련과 미움이라…."

"달래야! 너도 유정 스님이 미울 때가 있지?"

"예에? 유정 스님이요? 보살님께서 어찌 그런 것을…."

"호호호. 내가 모르고 있는 줄 알았구나. 너는 유정 스님과 이룰 수 없는 것을 알고서 잊으려 했지만 잊히지 않아서 그렇게 마음고생을 했지? 한편으로는 밉기도 하고 야속했지만 여전히 생각이 나지? 그게 미련이란 것이란다. 관세음보살."

"…"

"달래야. 내가 언젠가 여자의 일생을 얘기한 적 있지? 사내에 대해서 말할 때 말이야."

"여자에게 있어 사내라는 것은 인고의 씨앗이란 그 말씀 말이지요?"

"그렇단다. 네가 마음이 아파보니까 이제 조금 알 것 같지? 쉬운 것은 아니다만 나는 네가 그러한 아픔을 더 겪지 않았으면 한단다."

"알겠습니다. 보살님. 그러나 보살님은 이제 더 숨기지 말고 다 들어내세요."

"다 들어내다니?"

"그 도령님을 찾으세요. 그래서 그분의 미련과 보살님의 미련을 섞어보세요. 저는 그게 도리라고 생각해요."

"아이고, 우리 달래가 어른 다 됐네. 달래는 다음에 큰 사람이 될 거야. 내가 그때까지 오래오래 살아야 할 텐데."

현해탄의 돌풍

쓰쿠시 항에는 왜의 접반사가 미리 나와 대기하고 있었다. 접반사의 수장은 부여 선광으로 바로 풍 왕자의 아들이다. 아직 소년티를 벗어나지 못한 젊은이였다. 소식이 늦게 도착해 준비가 소홀하다며 선광이 머리를 숙였다. 우리말이 손색없었다. 달평이와 남구가 배에 싣고 온 물품을 점검하여 하역하는 동안 정사 사타 장군과 일통 그리고 경호책임을 맡은 또칠 방령과 정병 스무 명이 선광의 안내를 따라 큐슈로 향했다.

길 양편에 구경하는 사람들이 늘어섰다. 대부분 맨상투에 아랫도리는 겨우 국부만 가린 훈도시라는 것을 차고 있었다. 어른 애 할 것 없이 저희끼리 손가락질을 해가며 떠들어댔다. 그러면서 졸졸 따라왔다.

경호를 맡은 정병들은 처음에 긴장을 늦추지 않았지만 시간이 지나면서 눈동자를 이리저리 굴려 이색풍경을 곁눈질했다. 도저히 웃음을 참을 수가 없어 시시덕거리기도 했다. 그도 그럴 것이 생김새가 꼭 원숭이 꼴이었으며 어른의 키가 고작 백제 사람의 어깨 밑이어서 난쟁이 나라에 온 것 같은 기분이었다.

선광은 어린 나이치고는 의젓했다. 풍 왕자는 제명 여왕에게 사신단의 도래를 알리기 위해 입궁하느라 직접 나오지 못했다는 해명이었다. 그는 왜 나라의 풍물을 이것저것 소상하게 설명하며 먼 길을 오셨으니 오늘은 여각에서 편히 쉬라는 범절도 잊지 않았다. 일행은 밤이 늦어서야 큐슈에 도착, 여각에 여장을 풀었다. 꼬박 사흘을 해풍에 시달린 사신 일행은 모처럼 편안한 잠을 잤다. 남쪽이어서인지 밤에도 그다지 춥지 않았다. 풍 왕자는 다음날 뵙기로 했다.

아침 일찍 백제에서 가지고 온 예물을 챙겨들고 풍 왕자 저택을 방문했다. 왕자는 문밖에서 기다리고 있었다. 풍채가 늠름했다. 삼십 대 초반답지 않은 위엄을 띠고 있었다. 왕재의 풍모가 배어있었다. 그가 만면에 웃음을 띠며 사타를 영접했다.

"장군, 먼 길 오시느라 고생이 많았습니다. 제가 풍입니다."
"오~오, 왕자님, 소신 문후 여쭙니다. 여기는 통변사 최천동입니다."
"왕자님, 소신 최천동 인사 올립니다."
"아~아, 그래요? 잘들 오셨습니다. 어서 들어가서 얘기를 나눕시다."

사신 일행을 맞는 예법에 소홀함이 없었다. 저택은 그리 크지 않았으나 정원의 화목이며 연못이며 시중드는 사람이며 한결같이 단정했다. 왕자는 능숙한 백제 말로 이것저것을 물었다. 사타 장군과 일통 최천동은 크게 안심을 했다. 자칫 귀국 종용을 못마땅하게 여

길지 몰라 그간 마음을 졸여왔기 때문이었다. 그러나 고국에 대한 애정이 넘쳐나 절반은 성공했다는 생각이 들었다.

"왕자님. 여기 신임장을 가져왔습니다. 부여 복신과 흑치상지, 도침 선사, 지수신 등이 함께 수결했습니다. 아시다시피 왕 폐하를 뵈올 수가 없는 상황이라서 부흥군을 이끌고 있는 자들이 뜻을 모은 것입니다."

"아~아. 그래요? 장군, 참으로 안타깝습니다. 북방 대륙과 남방 도서를 모두 아울러 온조 대왕의 유지를 지켜온 우리 백제가 한낱 무리들의 잔꾀로 곤경을 치르고 있다니 참으로 안타깝고 분합니다. 왕 폐하와 태자 형님은 무사하신 건지 염려가 큽니다."

"왕자님. 소신들의 면목이 없습니다. 들려온 바로는 두 분 모두 강녕하시다고 하니 다행입니다. 너무 심려치 마옵소서."

"그렇군요. 그런데 어찌 제 앞에서 칭신을 하십니까?"

"왕자님. 무슨 말씀이십니까. 이제 우리 백성이 누구를 믿고 의지하겠습니까. 의당 왕자님께서 귀국하셔서 부흥을 도모해 주십시오. 소신들의 일치된 의견이옵고 백성들의 소망이옵니다."

"허~어. 제가 왜에 오래 눌러앉아 왜 사람이 다 되었는데 아직 저를 기억하고 있단 말입니까?"

"기억하다마다요. 이번에 꼭 모시고 가려고 작정하고서 건너왔습니다. 부디 용단을 내려주옵소서."

"장군 말씀은 고마우나 왜의 볼모나 다름없는 처지입니다. 다른 대안을 찾으심이 좋을 것 같습니다."

"왕자님. 섭섭하신 말씀입니다. 주류성에 이미 삼 만이 넘는 군사가 모였습니다. 왕자님께서는 귀국하셔서 거느려 주시기만 하면 됩니다."

"군사 삼만이라…. 전투는 수효싸움이 아니니 하기 나름이겠지만…. 제명 여왕께서 허락하실지도 의문이고…."

"그것은 염려 마십시오. 저희가 나서서 진언할 것입니다. 남달리 백제에 정이 많은 분이시니까 틀림없이 저희의 간청을 들으실 것입니다."

"그러면 궁에서 연락이 오는 대로 알현키로 하지요."

"감사합니다. 왕자님!"

이미 황극 여왕으로 군림하여 일 년간 친정동생에게 양위를 했다가 왕위에 복귀한 제명 여왕은 풍모부터가 여장부였다. 무왕의 총애를 받던 황녀였으나 무왕이 급서하면서 왕권 쟁탈의 소용돌이에 휘말려 부득이 왜로 망명, 일국을 이루었다. 삼십이 년 전의 일이다. 그때 뱃속에는 교기 왕자를 잉태하고 있었다. 여왕이 단 아래로 내려와 사신 일행을 두 손으로 맞았다. 신임장을 받아든 손이 떨리고 있었다. 언젠가 이런 날이 있을 것을 알고 항상 마음속에 유념하고 있었던 제명이었다.

"백제의 사신 사타와 최천동이 알현합니다. 폐하."

"두 분 반갑습니다. 그간 얼마나 고초가 많으셨습니까. 사비성이 함락되고 왕 폐하께서도 아니 계신 터에 백성들을 아우르느라 애

쓰신 충정이 참으로 가상합니다."

"황공하옵니다. 부디 백제국의 위난을 돌보아 주옵소서."

"이르다 말입니까? 신임장에서 풍 왕자의 귀국을 요청했던데 의당 그리해야지요. 풍 왕자를 보내 백제를 안위토록 할 것입니다."

"감사합니다. 폐하의 성심이 이렇게 깊을 줄은 미처 짐작치 못했습니다."

"염려하셨다구요? 아닙니다. 그동안은 백제가 항상 우리를 돌보아 주지 않았습니까. 순망치한이라 했습니다. 입술이 없으면 이빨이 시린 법이지요. 그렇잖아도 당나라는 호시탐탐 우리 왜를 노리고 있었는데 이번에야말로 본때를 보여 줄 기회입니다. 노독이 만만치 않을 테니 풍 왕자가 떠날 차비를 하는 동안 편히 쉬도록 하세요."

"예~예. 여기 조그만 예물을 준비했습니다. 가납하옵소서."

"고맙습니다."

또렷또렷한 백제 말이 사신단의 마음을 사로잡았다. 이쪽에서 이치를 설명하기 전에 의중을 간파한 한마디 한마디가 과연 여걸다웠다. 풍 왕자의 귀국 차비는 의외로 신속하게 진행되었다. 각지의 병선을 죄다 모으고 전투물자를 꼼꼼히 챙겼다. 풍 왕자의 사병을 위주로 오천의 병력을 엄정 선발했다. 불과 열흘 만에 쓰쿠시 항을 출발하는 병선단의 모습은 자못 장관이었다. 병선 이백 척이 항구를 벗어나자 물자 운반선 백여 척이 뒤를 따랐다.

귀로는 현해탄을 건너자마자 삼한반도의 서쪽 바다로 멀찍이 나가 북쪽을 향하는 항로였다. 많은 병력과 물자를 움직이는 데는 육

로보다 해로가 낫다는 판단 아래 주류성에 인접한 개화 포구(지금의 부안군 하서면)를 통해 상륙키로 한 것이다.

왜군들의 규율은 본받을 만했다. 병선을 처음 타본 병사도 있으련만 한 치의 흐트러짐 없이 일사분란하게 움직였다. 섬나라 사람답게 물길도 잘 헤쳐나갔다. 사타 장군과 일통 최천동, 또칠 방령은 풍 왕자의 귀국이 든든하기만 했다.

쓰쿠시 항을 출발한 지 사흘째였다. 바람이 거세게 일면서 파도가 높아졌다. 돌풍이었다. 북서풍이 부는 계절에 방향을 바뀌면서 휘몰아치는 돌풍은 흔한 일이 아니었다. 경험이 많은 백제 사신단의 선장은 사색이 되어 제일 가까운 섬으로 일단 피항, 때를 기다려야 한다고 주장했으나 왜 선단은 이까짓 겁나지 않는다며 듣지 않았다.

그렇다고 대오를 이탈할 수도 없는 일이었다. 배는 너울 속에서 춤을 추며 병사들의 창자 속까지 뒤집어 먹은 것을 토해내게 했다. 우두머리들은 배 끼리 부딪히지 않도록 충분한 거리를 유지하라고 닦달했으나 배는 고삐 풀린 망아지처럼 날뛰기만 할 뿐 속수무책이었다.

돌풍은 다음날 해 질 무렵에야 수그러들기 시작했다. 밤이 되면서 겨우 잠잠해졌다. 피해가 많았다. 실종된 병사 삼백에다 파손되어 항해할 수 없는 배가 오십여 척에 이르렀다. 멸실된 물자도 만만치 않았다. 밤새 점검한 끝에 이튿날 아침 풍 왕자에게 보고하는 왜군 수장 이치노 다쿠쓰의 얼굴에 낭패의 빛이 역력했다.

"손실이 만만치 않군."

"왕자님, 면목 없습니다."

"이 사람, 돌풍이 자네 것이었나?"

"예?"

"하늘이 하는 일이니 자네의 탓이 아닌 게야. 하늘은 말이야. 가 끔 사람의 마음을 새롭게 다독여주지. 그동안 병사들이 뜻을 곧추 세우지 않고 너무 들떠 있었던 게야. 부서진 배의 병사와 물자를 옮겨 싣고 부상자는 정성껏 치료하도록 하게나. 알겠나? 이제 목적 지까지는 순항일 게야."

"예! 명 받들겠습니다."

다시 이틀 만에 식장포(지금의 동진강 하구) 못미처에 있는 개화에 도착했다. 일행은 물때를 맞추어 두포천(斗浦川)을 거슬러 올라가 고잔나무개(부안군 상서면 목포)에 닻을 내렸다. 복신과 도침, 흑치, 지수신 등 모든 수뇌부가 마중을 나와 도열했다. 복신이 앞장서 풍을 맞았다. 그는 예의 과장된 몸짓으로 풍을 반기며 두 손을 덥석 잡았다.

"왕자님. 귀실복신입니다. 먼 길 오시느라 고초가 많으셨지요. 제 명 여왕께서도 평강하시지요."

"아, 당숙님. 오랜만에 뵙습니다. 풍입니다. 이렇게 다들 나와 계 셨군요."

"여기는 영군 장군 도침이옵고 이쪽은 흑치상지 장군, 지수신 장군입니다.”

“귀장들의 늠름한 모습에 마음이 놓입니다. 날씨가 매서우니 어서들 들어갑시다.”

“길이 험하니 말을 타시지요.”

“그리합시다. 모두 함께 가십시다.”

풍 왕자를 맞은 주류성은 돌연 활기를 되찾았다. 왜군 오천이 합세함으로써 군세가 삼만을 훌쩍 넘었다. 우선 편제 개편 작업에 착수했다. 왜군은 풍 왕자 직할부대로 성 내곽의 경비를 맡고 복신 장군이 제 일군으로 세 개의 방을 맡아 북방지역의 성을 공략하고, 도침 대사가 제 이군으로서 서부지역을, 흑치 장군이 제 삼군으로서 동부지역을, 사타 장군이 제 사군으로서 남부지역을, 지수신 장군이 제 오군으로서 성 외곽 경계와 후원군 역할을 맡아 각각 세 개씩의 방을 거느리도록 했다.

풍 왕자의 군 통솔능력은 예상외로 탁월했다. 예전 백제가 통할하던 이백여 개의 성을 주성과 외성으로 나누고 주성을 확보하는 데 총력을 기울여 적을 물리치면 주변의 작은 외성은 쉽게 장악할 수 있다는 계책을 내어놓았다. 그리고 본성인 주류성의 외곽 일백여 리 안에 있는 성을 우선 점령, 피성으로 활용하자고 제안했다.

복신 장군으로 하여금 곧바로 임존성 탈환에 나서도록 했다. 임존성을 장악하면 흑치 장군이 가세, 사비성을 탈환하라고 명했다. 사비성은 백제의 왕성이었던 만큼 이를 얼마나 빠른 시 일 안에 탈환하느냐에 백제 부흥의 성패가 달려있다는 설명이었다. 사비성을 차지하면 백성들의 호응도 훨씬 높아질 것이라고 분석했다.

　도침에게는 사타 장군과 함께 가장 가까이 있는 고사비성(고부)을 일격에 무너뜨려 점령한 다음 두량이성(주산) 태산성(태인) 거마성(백산) 흰내말성(부안)을 차례로 접수하라고 하달했다. 그리고 당부하는 것이 있었다. 가급적 야간공격을 피하라는 것이었다. 병사의 피해가 크다는 이유였다. 또한 화공도 자제하라는 당부였다. 물자의 소실을 염려해서였다. 특히 백성들에게 피해를 주어 원성을 사지 않도록 하고 이를 어길 시에는 군율로 다스리라 했다.

　한편 성곽 보수와 식수원 개발, 숙영지 마련에 여념이 없는 삼통 아중달에게 도침의 특명이 떨어졌다. 하던 일을 왜군 수장 이치노에게 맡기고 공성무기 제작에 나서라는 것이었다. 도침은 성문을 뚫는 쇄문차, 성벽을 공략하는 사다리, 개인 병장기인 삼지창을 그린 도면을 펼쳐놓고 상세하게 설명했다.

　쇄문차의 도면을 들여다보던 중달은 적이 놀랐다. 치수까지 꼼꼼하게 적어놓은 도면에서는 앞바퀴가 뒷바퀴보다 세배 이상 크게 그려져 있었다. 이는 힘의 집중력을 이해한 밑그림이었기 때문이다. 앞바퀴가 커야 차의 달려가는 힘이 말뚝 끝에 제대로 전달된다. 또 뒷바퀴는 작아야 방향 조절이 용이하다. 한 방에 한 대씩 배정하려면 열다섯 대는 만들어야 한다.

　사다리도 지금까지는 성벽에 기대어 놓고 오르려니까 위에서 밀어버리면 그만인 상황이었으나 이를 피하기 위해 낫 모양으로 만들어 위에서 뛰어내리도록 고안되었다. 물론 밑에서 받치는 힘이 있어야 하고 훨씬 높아야 하는 만큼 장대의 길이가 문제였다. 또 맨 꼭대기에서 낫 모양으로 굽어진 사다리를 지탱해줄 견고성도 문제였다.

삼지창은 공격과 수비를 겸하는 병장기라는 점이 특이했다. 가운데의 긴 창끝은 공격할 때 적의 몸을 겨냥하고 밖으로 휘어져 있는 양옆의 작은 창끝은 적의 창이나 칼을 걷어낼 수 있는 훌륭한 방어 무기였다. 중달은 삼지창의 도면을 대장간에 넘겨주어 밤새워 만들라 당부하고 사다리 제작을 위한 재료준비에 나섰다.

튼튼하면서도 가벼운 장대는 대나무가 제격이다. 수소문 끝에 대나무 자생지인 잣나무개(지금의 부안군 진서면 백포)를 향했다. 주류성에서는 삼십 리 상거다. 지아골 삼거리까지 시오리, 거기에서 왼편으로 가면 소해(우포) 흘덕(흥덕)이고 오른편으로 가면 버드네(유천) 쇠터(우동) 연못(연동)을 거쳐 잣나무개다. 바닷가의 아담한 산자락이다. 거기서 곧장 뱁재를 넘으면 선바위골(입암)이고 거기가 소래사(내소사) 입구다.

잣나무가 우거진 산자락에 대나무가 무성했다. 대나무는 순이 올라와 최소한 삼년은 묵어야 단단히 여문다. 삼 년쯤 지나면 겉이 진초록으로 변하면서 점점 짙어진다. 대나무는 순이 나온 다음 굵어지는 것이 아니라 처음부터 굵은 순이 나와 곧게 자라서 해를 지날수록 여물어지는 독특한 비초비목 非草非木이다. 속은 텅 비어 한번 자라면 더 자라지 않으며 베어내면 마르기 시작하는데 더욱 단단해져 절대 부러지지 않는다. 굵기가 어른 장딴지만한 대나무는 삼십 척 이상 자란다.

대밭을 관리하고 있는 주인은 가(價) 씨라고만 밝힐 뿐 사례를 거절하며 약간 가느다란 대도 베어주며 가져가라 했다. 창대를 만드는 데 요긴할 것이라 했다. 병사를 인솔하고 온 달평이 끼니를 걱정하자 이번에는 미리 준비했다며 푸짐한 밥상을 내왔다. 참으로 인심이 후했다. 병사 하나가 두세 개씩 묶어서 어깨에 짊어지고 긴 대나무를 질질 끌고 출발, 연못에 이르자 달평은 이통 중달에게 꼭 들러볼 데가 있다며 먼저 가시라 했다.

　　달평은 올 때부터 연못 앞바다를 건너 길게 누워있는 산등성이가 궁금했다. 애벌레 한 마리가 길게 누워있는 형상인데 예사롭지 않았던 것이다. 조그만 배를 빌려 타고 바다를 건넜다. 오른편에 섬 세 개가 나란히 있는데 배 주인에게 물으니 곰못(곰소)이라 했다. 어부 몇 가구가 모여 소금을 구워낸다 했다. 바닷물을 큰 솥에 넣고 불을 때서 끓이면 소금 결정이 생기는데 이곳의 염도가 높아 고운 소금을 만드는 데 적합하다 했다. 소금은 지금 가고 있는 애벌레 모양의 산 건너편 자락에서도 만든다 했다.

　　병영을 유지하는 데 소금은 귀한 것이었다. 오랜 시간 염분을 섭취하지 못하면 각질이 생기고 여름에는 열사병에 견디지 못했다. 사비성에서도 임존성에서도 여기 주류성에서도 소금을 금보다 귀히 여기고 있다. 소금의 생산지를 확인한 달평은 애벌레 산에 도착하자 사공에게 꼭 기다려 달라 부탁하고 비탈길을 올랐다. 따라온 막둥이가 또 궁시렁댔다.

　　"오십부장님. 참 눈도 밝으요 잉."

"또 무슨 트집이냐."

"여그가 소금가마 있는 줄 어찌콤 알았당가요 잉."

"야! 내가 건지 채고 왔냐? 짐작이 있어서 기냥 와봤지?"

"그렇겄지라우. 오십부장님잉게. 우린 못 보는 것도 다 보고…."

"막둥아, 너 시방 맘 상한 거 있냐? 매급시 투정부리고 그러냐 잉."

"아니고만유. 근디 여그 땅은 이상허구만유."

"멋이 이상 혀!"

"이거 봐유. 흙이 흐거잖아유."

"흙이 흙이지, 그러믄 똥이냐?"

"아이고오. 오십부장님, 이거 봐유. 흙이 흐건 색깔이잖아유."

"으응? 그려! 이것 보고 백토라고 허는 거여. 언능 가보자. 저 너머에 또 멋이 있을랑가."

능선을 넘어 바닷가로 내려가자 초가집 몇 채가 눈에 들어왔다. 역시 바닷가에서는 소금을 굽는지 큰솥에서 김이 무럭무럭 올라오고 있었다. 달평이 다가가 얼마나 사갈 수 있는지 물었다. 다섯 가마니는 된다 했다. 그러나 참 양식 아니면 팔지 않는다 했다. 알았다며 돌아서는데 언덕배기에서 시커먼 연기가 일고 있었다. 한눈에 옹기 굽는다는 것을 알았다. 인적이 드문 곳에서 굳이 옹기를 굽고 있는지 궁금했다. 운반이 어려운 곳이기 때문이다.

허리가 구부러지고 눈도 애꾸인 주인이 한 개 남은 눈을 이리저리 굴리며 무슨 일이냐고 물었다. 이렇게 인적이 드문 곳에서 옹기를 구워내면 팔 때는 어찌하느냐고 물었다. 배로 건너간다 했다.

그런데 옹기가 아니고 밥주발이라 했다. 옹기야 찰흙으로 빚어도 되지만 밥주발은 개흙에 백토를 섞어야 한다 했다. 개흙은 찰흙보다 찰지지는 않지만 가루가 고와서 잿물도 잘 먹고 구워놓으면 매끄럽단다. 대신 여기 백토를 고루 섞으면 때깔도 곱고 불꽃에도 강해 단단한 밥주발을 만들 수 있다는 것이다.

 아닌 게 아니라 만들어놓은 밥주발을 보니 회청색이 돌면서 단단해 보였다. 달평은 얼마든지 가져갈 터이니 많은 양을 만들어 달라 부탁하고 뒤돌아섰다. 병영에서는 항상 식기가 문제였다. 바가지나 뚝배기는 잘 깨지는 바람에 식기로서는 부적합했다. 나무 그릇은 보급에 한계가 있었다. 달평은 이통 중달에게 줄 선물이 생겼다며 싱글벙글 좋아했다.

하늘의 뜻은 알 수 없고

따뜻한 봄 햇살이 내장사 법당 앞뜰에 가득했다. 오동나무에는 지난해 맺혔던 열매가 가지 끝에 그대로인데 움이 새로 돋고 있었다. 단풍나무도 빨간 새싹이 움돋고 있었다. 개울물은 아직 손이 시리나 풍성했던 겨울눈 덕분에 맑은 빛이 더했다. 병풍처럼 둘러친 뒷산의 우뚝한 바위 너머로 종달새의 지저귐이 소란스럽다. 장끼 한 마리가 푸두둑 날아오르자 뻐꾸기가 덩달아 목청을 뽑는다.

'和暖春城 萬花方暢 丈夫之氣像(화란춘성 만화방창 장부지기상, 따뜻한 봄날의 산성에 온갖 꽃이 만발해 있는 것이 대장부가 갖춰야 할 기상).'이라고 했던가? 신선봉 연자봉 장군봉의 웅자가 내장사를 감싸 안고 남성미를 자랑하는 봄이었다. 뜰에서 춘색을 만끽하고 있던 달래는 해미 보살이 간직하고 있는 그림 '월심춘색'이 생각나자 새삼 명치끝이 저려왔다. 그때였다. 일주문을 다급히 들어서던 장정 하나가 유해 선사를 찾았다.

"선사님. 정촌 다내 마을에서 급한 전갈을 갖고 왔구만이라우."

"다내 마을에서? 혹?"

"야. 꺽손 아니 목거수 씨 어무이가 위급하다고 달래를 데리고 오라 혔구만요."

"왜 갑자기?"

"지는 잘 몰르지만요, 메칠 전부터 편찮다는 얘기가 있었구만요."

"그래? 나무아미관세음보살. 알았다. 곧 차비를 시키마."

"그러면 지 몬자 내려갈까요?"

"아니다. 기다렸다 같이 가거라. 거기 해미 있느냐!"

"예~에, 제가 갔다 올까요?"

"그래야겠다. 가까이 오너라."

"예~에."

"더 가까이. 아마 초상일 게다. 양초하며 백지랑 넉넉히 가지고 가거라. 혜구 스님이 곧 뒤따라 갈 게다. 아무래도 나는 내려가 보지 못할 것 같구나. 어서 서두르거라."

"예~."

"달래, 너 이리 오너라."

"예, 선사님, 저 여기 왔습니다."

"지금 해미 보살과 함께 내려가거라. 아마 할머니가 좀 편찮으신가 보다."

"예~. 선사님. 흐흐흑."

"왜 우느냐. 울 것 없다. 걱정하지 말고 다녀오너라."

달래가 서둘러 달려왔으나 할머니 대산 댁은 이미 숨을 거둔 뒤였다. 정월 보름날 내장사에 다녀오며 들린 고뿔이 쉬이 낫지 않더니 끝내 절명으로 이어졌다. 한약을 지어 먹고 다소 차도가 있는 듯했으나 아침을 먹은 후 가래를 끓다 기도가 막혀 운명한 것이다. 대산 댁은 마지막 숨을 헐떡이며 막손이와 달래를 찾았다. 발 빠른 남정네를 주류성과 내장산으로 보냈으나 도착하기 전에 숨을 거둔 것이다.

달래의 오열이 지켜보는 사람의 간장을 녹였다. 어머니보다 자상한 할머니였다. 어머니 등보다 할머니의 등에 더 업혀서 자랐다. 어머니보다 할머니의 빈 젖을 더 더듬으며 철이 들었다. 그 한 분뿐인 할머니의 마지막을 보지 못하고 헤어지는 것이 그렇게 서러울 수가 없었다. 지난번 내장사에 왔을 때 따라나섰어야 했다는 후회로 더욱 가슴이 아팠다. 달래는 차디차게 식어버린, 갈큇발처럼 거친 손을 만지며 서럽게, 서럽게 울었다.

밤중에 달려온 막손의 서러움 또한 비길 데 없었다. 주류성에서 고작 반나절 길인데 그깟 방령이란 직위가 무엇이기에 발목을 붙잡혀 삼 년 동안이나 찾아뵙지 못했다는 회한으로 머리를 쥐어뜯으며 방성대곡했다. 이통 정수탁이 마련해준 장례 물품을 가지고 뒤따라온 달평과 휘하들도 목 방령의 숨이 끊어질 듯한 통곡에 목이 메었다. 유해 선사 대신 온 혜구 스님이 장례절차를 집행했다. 달평은 금곡 마을 자기 집에 휘하를 보내 옹기 관을 가져오도록 했다.

삼일장을 마치고 삼우제를 준비하는데, 이번에는 내장사에서 혜구 스님에게 급히 오라는 전갈이 왔다. 유해 선사가 입적했다는 내용이었다. 해미 보살은 "아무래도 나는 내려가지 못할 것 같다." 하던 말을 듣고 왠지 방정맞은 불안감을 느꼈는데 당신의 운명을 알고서 한 말이라는 데에 생각이 미치자 마치 죄를 지은 것처럼 가슴이 짓눌렸다. 큰아들 꺽손은 삼일장을 마칠 때까지 유해 선사가 나타나지 않은 것에 약간은 불만이었으나 입적 소식을 듣고는 어안이 벙벙했다. 하늘의 뜻은 알 수 없다며 또 다른 슬픔에 휩쌓였다.

달래는 그만 까무러치고 말았다. 할머니의 초상을 치르느라 기진했던 터에 연거푸 충격을 이기지 못했던 것이다. 시어머니 상복을 입은 배들 댁은 달래가 까무러쳐 일어나지 못하자 가슴이 덜컹 내려앉았다. 장례 뒤처리를 도맡아야 할 큰며느리가 맥을 못 추자 둘째 며느리 아래끝 네가 고역을 감당해야 했다. 군영에 나간 남편이 삼 년 만에 돌아와 해후를 했으나 좋은 기색은커녕 말 한마디 나누지 못하고 있다.

삼일장과 삼우제를 마칠 때까지 달평을 비롯한 수하들이 대단한 몫을 했다. 모든 행동이 일사불란했다. 심지어 상차림까지도 맡아서 해냈다. 특히 달평의 마음 씀씀이는 지켜보는 이들을 탄복케 했다. 단순히 목 방령과의 인연 때문이 아니라 망자의 아들이나 손자가 된 것처럼 참으로 믿음직하고 의젓했다. 동네 사람들은 한결같이 그의 사람됨을 칭찬했다. 한돌이와 시돌이 차돌이 흰돌이는 어느새 그를 형처럼 따랐다.

한편 유해 선사의 입적은 인근 모든 사찰의 큰 슬픔이었다. 항상 큰스님의 역할을 하며 든든한 버팀목이었는데 병치레도 없이 갑자기 떠난 것이 더욱 아쉬웠다. 금산사를 비롯한 백암사 개암사 선운사 소래사에서 거의 모든 스님들이 조문했다. 유정의 애통함은 비길 데가 없었다. 금산사의 스승을 하직했을 때보다 더 큰 슬픔이었다. 많은 불도들이 찾아와 부조했다.

칠일장으로 다비식을 거행키로 하고 빈틈없는 준비를 해나갔다. 잘 말린 송판으로 관을 짰다. 비록 불에 타 없어질 것이었으나 선사의 행적을 닮은 소나무를 쓰기로 한 것이다. 관은 연꽃으로 장식할 작정으로 각 고을에서 손재주가 좋은 사람들을 데려왔다. 그 가운데 건이 끼어 있었다.

건의 솜씨는 남달랐다. 연꽃이든 모란꽃이든 생화보다 더 정교하다는 평이었다. 백지를 오려 위아래 농담이 다르도록 물을 들인 다음 말려서 대나무 통에 얹어놓고 실로 고르게 휘감는다. 그리고는 손끝으로 한 매듭씩 당겨 모으면 주름 잡힌 꽃잎 형상이 된다.

양쪽 끝을 오므려 묶으면 길이와 너비가 각각 크고 작은 꽃잎이 만들어지는 것이다. 이것을 차곡차곡 곁들여 포갠 다음 가운데에 노란 꽃술을 만들어 넣으면 근사한 연꽃이 된다. 연꽃도 크고 작은 것을 고루 만들고 대나무 가지에 녹색 종이를 감아 꽃대를 만들어 매단다. 아주 수월한 작업이 아닌데도 건은 눈 감고도 해낼 만큼 숙련되어 있다.

그가 수채 옆에 쭈그려 앉아서 대나무 쪼개는 칼을 갈고 있었다. 부침개에다 탁배기 한 사발을 들고 산림 보살 해미가 다가왔다.

"총각, 출출할 텐데 이거 요기 좀 하게나. 꽃 만드는 솜씨가 어쩌면 그렇게 좋을까.”

“지는 술을 못 먹는디요. 그냥 부침개나 먹을랑만요.”

“그런데 지난번 다내 초상집에서도 꽃을 만들었지. 아마?”

“야, 거그 방령님 댁에 초상났다기에 따라왔지라우. 그런디 또 여그 초상났다고 혀서 스님 따라왔고만이라우”

“솜씨가 좋으니까 여기저기서 오라는 것이지. 그런데 총각은 집이 어디요?”

“지는 집이 없구만요. 철들기 전에는 할머이와 살았는디 할머이가 돌아가셔뿌링 게 집안이 망혀서 그때부텀시 떠돌아 댕기는구만요.”

“부모님은 어찌하고?”

“아버이는 지 어렸을 때 돌아가셔뿌릿고 어무이는 얼굴도 몰르는 구만이라우.”

“쯧쯧쯧. 그래도 좋은 솜씨를 배워서 앞가림은 할 수 있으니 다행이구려. 그런데, 얼래? 총각은 왼손잡이우?”

“야, 그려서 할무이한티 늘상 혼났고만이라우.”

“하기야 왼손잡이가 무슨 큰 흉이겠소? 양부모 가운데 한 분이 왼손잡이였던가 보네.”

“야, 할무이헌티 늘 지 에미 닮아서 그런다고 야단 들었고만이라우.”

“…?”

“동네 사람들 말로는 어무이가 달덩이처럼 예뻤다고 허등만요. 얼굴도 몰르는 어머이 찾는다고 온갖 군디 헤매고 다녔어도 여태 못 찾응 것 봉게 아마 벌씨 돌아가셨능가부요.”

"어머니가 왼손잡이라고? 성씨가 뭐라고 하던가. 외갓집은 어디고?"

"그렁 것 알면 벌씨 찾았지라우. 먼 바닷가에서 시집왔는디 군장을 지낸 집 딸이래요. 이름은 달네라고 혔다는디."

"달…네…?"

"그렁 것 갖고는 마당에서 바늘 찾기 맹키지요."

"혹 할머니하고 살던 데가 고시이 수산 마을 아니우?"

"얼래? 그렁 것은 어찌 안당가요?"

"성은 감 씨이고?"

"응…? 이것이 시방 무신 일인지 몰르겄네~?"

"그러면 총각 이름이 건인가?"

"… 얼래? 얼래?"

"그랬구나. 아이고 부처님. 관세음보살. 내가 총각 어미인 것 같구만."

"머시오? 어무이? 보살님이 우리 어무이? 그려요?"

"미안하구나. 젖도 떼기 전에 돌아선 에미가 미안쿠나."

"증말로 어무이 맞는당가요? 어디 봐요. 외약손잽이인가 말여요!"

"건아! 왼손잡이가 틀림없다. 내가 네 어미다. 아이고 세상에 이런…."

유해 선사의 칠일장이 엄숙하게 끝났다. 다비가 끝난 뒤 유골을 수습하는 과정에서 백여 개의 사리가 나왔다. 사리와 유골을 수습하고 부조를 세웠다. 찾아왔던 조문객들이 모두 돌아간 다음에도 건은 어머니 해미 보살 옆에 남았다. 그동안 못했던 자식 도리를 하겠다는 생각으로 이 궁리 저 궁리를 하고 있었다. 해미 보살은 자식을 찾은 기쁨에도 불구하고 마음이 심란했다. 선사의 유품을 정리하다가 "자식을 찾거든 환속하라."라는 유언장을 발견했던 것이다. 환속하라는 것은 절을 떠나라는 뜻이었기 때문이다.

불혼맹약(不婚盟約)

　　부흥군은 북진에 나섰다. 복신이 도침, 사타상
여와 함께 임존성을 향했다. 임존성을 빼앗아 이를 근거로 사비성
을 공략한다는 작전이었다. 임존성은 사비성으로부터 구십 리나
떨어져 있는 데다 신라나 당나라군이 많은 군사를 배치할 형편이
아니어서 공성이나 다름없었다. 이만의 군세가 주위를 봉쇄하는
것만으로 성을 고스란히 내어놓았다.

　부흥군은 서두르지 않았다. 사비성 주위의 지라성(支羅城, 지금의
대전 부근), 사정성(沙井城, 대전 중구 사정동), 옹산성(甕山城, 대덕구
장동), 진현성(眞峴城, 대전 유성구 진잔동) 내사지성(內斯只城, 유성 부
근) 등을 차례차례 점령해 신라군이 금강을 통해서 웅진성(熊津, 지
금의 공주)과 사비성으로 식량을 운반하는 통로를 끊어 당나라군
을 옥죄어갔다.

　그리고 마침내 본격적인 사비성 공략에 나섰다. 유인궤(劉仁軌)의
지원을 받은 당나라군은 성문을 굳게 닫고 수성작전으로 나왔으나
양도가 끊긴 데다 부흥군의 기세가 워낙 사나워 독 안에 든 쥐 꼴이
었다. 견디다 못한 유인궤는 도침에게 사자를 보내 "동이(東夷, 고구

려와 신라를 지칭)를 평정하여 당나라의 연호를 해외에 펴려 할 뿐."이
라며 화친을 요청했으나, 도침은 "당나라가 백제인들은 노소를 가리
지 않고 모두 죽인 뒤에 백제를 신라에 넘겨주기로 약속하였다는 사
실을 알고 있는데 어찌 가만히 앉아서 죽음을 기다리겠는가?"라며
굽히지 않고 사자를 옥에 가두는 등 담대하게 대처하였다.

유인궤는 장안에 원군을 요청하는 사자를 급파하는 한편 성문
을 열고 나와 죽기 살기로 대들었으나 번번이 패퇴, 성문을 다시 굳
게 닫았다. 부흥군은 그동안 개발한 각종 공성무기를 총동원, 거
듭 네 차례나 결전을 벌였지만 당나라 군의 저항도 만만치 않았다.
한편 풍 왕자는 흑치 장군과 함께 동남부 지역의 성들을 하나씩 하
나씩 점령해 나갔다. 어느덧 부흥군의 기치를 내건 성이 이백여 개
에 달했다. 부흥군이나 백제인들은 이제 대백제의 재건이 다 이뤄
진 것처럼 들떠 더욱 일치단결해 힘을 모았다.

이에 자연스럽게 풍 왕자의 국왕 옹립이 긴요하다는 기운이 일어
났다. 비록 당나라군이 몇몇 거점을 확보, 도독부를 세우는 등 신
라와 분할 점령하는 형세를 이루고는 있지만 이미 옛 땅의 절반 이
상을 되찾아 부흥운동이 성과를 거두고 있는 만큼 국본을 세워 나
라다운 골격을 갖추자는 의견이었다. 이를 주동한 사람은 일통 최
천동이었다. 그는 풍 왕자가 귀국한 시점부터 옹립을 염두에 두고
이통, 삼통과 함께 준비를 서둘러왔다. 수뇌부가 자리를 함께한 틈
을 이용, 일통이 말을 꺼냈다.

"감히 여쭙건대 이제 더 이상 미뤄서는 아니 될 줄 압니다."

"…"

"제가 뜬금없이 드리는 말씀이 아닙니다. 나라에 주인이 없는 유고 상태로 백성들을 아우르는 것은 무리입니다. 이쯤 해서 나라의 골격을 갖추었으면 합니다. 우선 왕 폐하를 모셔야 합니다."

"그건 그렇기는 하지만…"

"제일 급선무입니다. 선왕 폐하께서는 장안에서 수모를 견디지 못하시고 급기야 스스로 목숨을 끊으셨다 하니 이런 민망한 일이 없습니다만 보위를 언제까지고 비워둘 수는 없지 않습니까?"

"그야 그렇지요. 어느 분을 보위에 모셔야 할지…"

"의당 여기 계신 풍 왕자님이 계통을 이으셔야 할 것으로 압니다만."

"내가 말이오?"

"그렇습니다. 이 와중에 어느 분을 의지하겠습니까."

"하지만 융 태자 형님이 계시는데 내가 어찌 나선단 말이오. 태자님을 모셔오는 방안을 마련해야 할 것이오."

"그건 그렇지 않습니다. 애초에 태자님께서 당나라에 볼모로 붙잡혀 가시고 또 귀환하실 가망이 없기에 왕자님을 왜에서 모셔온 것입니다. 모처럼 백성들의 불안이 가시고 있는데 더는 미룰 수 없을 것입니다. 대를 이으소서."

"복신 이 사람의 생각도 같사옵니다."

"소신 도침도 그렇사옵니다."

"소신 지수신도 그렇사옵니다."

"소신 흑치상지도 그렇사옵니다."

"소신 사타상여도 그렇사옵니다."

"허어, 왜들 이러시오. 칭신까지 하면서 말이오. 내게 며칠 생각할 말미를 주시오. 내게 그만한 자질이 있는지도 의문이고 말이오."

"왕자님, 어찌 하늘의 뜻을 거스르려 하십니까. 어찌 백성들의 기대를 저버리려 하십니까. 미약하나마 저희들이 성심껏 보필할 것입니다."

"알겠소. 잘 알겠으니 며칠 말미를 주시오."

"예에, 그리하시지요. 그동안 저희들은 등극 준비를 서두르겠습니다."

풍 왕자는 울며 겨자 먹기로 등극을 수용했다. 사람이란 세상일을 자기 뜻대로만 할 수도 없다. 그렇다고 마음대로 아니 할 수도 없다. 세상이란 그런 것이다. 이 땅의 왕자로 태어났으나 왜에 건너가 그곳에서 산 날이 더 많다. 자기를 왕자라고 부른 것은 이 땅의 백성이 아니라 왜 나라 사람들이었다. 그것도 고모가 왜의 왕이기에 대접하느라 왕자라 부른 것이다.

고모 보황녀는 왕위에 오르기 전, 각 부족들을 점령하여 복속시키고 더 큰 세력을 눌러가며 권력을 장악할 때까지 풍의 도움을 크게 받았다. 가급적 귀국시키지 않고 곁에 두고 싶었다. 그러나 항상 백제라는 나라와 백성에 대한 사모의 정을 잊지 않도록 했으며 언젠가 반드시 돌아가야 한다고 가르쳤다. 백제의 왕자이기에 왜에서 태어난 동생 교기를 왜의 태자로 삼은 것은 당연했다. 사비성이 함락되고 왕 폐하가 당나라로 끌려갔다는 소식을 접했을 때는 귀국

준비를 서두르라는 명령을 내렸었다.

　그러나 풍은 이 땅의 주인으로서, 백성의 왕으로서 자격이 있는 것인지는 석연치 않았다. 더구나 그 역할을 감당해낼 수 있을지는 장담할 수 없었다. 간신히 부흥운동을 벌여 여기까지는 왔으나 온조 대왕 이래의 건국이념을 지켜 사해의 중심으로써, 평화공존의 토대를 이룩할 수 있을지 참으로 막막했다. 허나 망설이거나 멈출 수 없게 되었다. 왜를 떠나지 않았으면 모르거니와 일단 귀국한 이상 모든 짐을 질 수밖에 없다는 고뇌가 애를 닳게 했다.

　풍 왕자의 고뇌와는 상관없이 새로운 왕의 등극 행사 준비는 착착 진행되었다. 날짜는 구월 초아흐레로 잡혔다. 이날은 중양절로 한해의 농사를 마무리 짓고 거둬들인 곡식으로 하늘과 조상에 감사하면서 흥취에 젖는 날이다. 모든 절차와 행사는 일, 이, 삼 통이 맡아서 했다. 행사는 성안이 아닌 개암사 법당 앞에서 치르기로 했다. 백성들의 참여와 구경을 편하게 하기 위해서다. 이백여 성의 성주 또는 성장과 각 지역의 토호, 각 사찰의 주지와 상좌를 모두 초청대상에 넣었다.

　각 지역 토호와 백성들의 공물과 선물이 산적했다. 사찰에서도 갖가지 예물을 보내왔다. 왜에서는 축하사절단을 파견하고 궁에서 소용이 될 각종 진귀한 예물을 보내왔다. 금편, 은괴, 철정은 특별한 것이었다. 삼통 아중달은 식단의 장식이며 새로 등극할 왕과 중신들의 예복을 짜임새 있게 준비했다. 내빈의 임시숙소 마련에도 각별한 신경을 썼다.

　개암사는 경내를 온통 식장으로 내어놓고 그 준비를 마치 불사를 치르는 것처럼 정성을 다했다. 초하룻날부터는 인근 사찰의 주지승을 초치, 봉축예불을 아침저녁으로 계속했다. 그 가운데는 금산사의 유정 상좌승도 있었다. 유정은 행사 당일 대표독경을 하기로 돼 있어 예행연습을 하고 있었다.

"저 스님의 독경 소리는 참말로 듣기 좋네 잉."

"자네가 그 뜻이나 알면서 허는 소링가?"

"아따, 이 사람아. 뜻이사 몰라도 소리가 하도 낭청허니 듣기 좋게 안 그렁가?"

"그려도 귀는 뚫려있다고 들리는게비지? 근디 저 스님이 누군지는 알고 있능가?"

"내가 그것을 알았다가 어디다가 쓰게. 그러는 자네는 아능가?"

"알다 마다 이 사람아! 저 양반이 바로 금산사에 있는, 그 소문이 자자한 유정이란 스님이여!"

"아 그려? 근디 나이는 얼마나 되았능고?"

"나이는 멋 허게. 자네가 장개 보네줄랑가?"

"이 사람이 어찌 말 뽄새가 삐따닥허니 이런 데여?"

"아니, 여보게! 저 스님이 금산사에서 왔다고 했는가?"

"야아. 지는 그렇게 아능고만요. 삼통 어른."

"삼통 어른? 으허허허. 삼통 어른이 아니고 통령일세, 통령."

"예! 알겠습니다. 통령 어른!"

"으허허허. 이 사람들, 그냥 삼통이라고 부르게. 그건 그렇고 저 스님에 대해서 더 아는 것이 있나?"

"없시라우. 아직 스무 살도 안 된 미장개라는 것밖에는…."

"그럼 스님이 미장가지, 장가가는 스님 봤나? 사람이 싱겁기는."

"암튼 장개 안 간 것만은 틀림없고만이라우. 지가 보증한당게요."

"알았네. 보증까지야 필요 없고…, 어서 하던 일이나 하게나."

"통령님, 여기 계셨군요. 주지 스님께서 잠깐 뵙자고 아까부터 찾고 계십니다."

"그래? 지금 어디 계시는가?"

"저기 승방에 계시는구만요. 저기 저쪽이요."

"그래? 내 금방 가지. 그런데 저 아래 고잔나무개에 안내소 만드는 것은 어찌 되었나?"

"거긴 달평 오십부장이 맡아서 잘하고 있습니다. 염려 마십시오."

"내가 조금 있다 점검할 터이니 그리 알게."

"예! 통령님."

"아~아, 통령님 어서 오십시오. 나무관세음보살."

"아, 찾으셨다구요."

"그렇습니다. 소승이 궁금한 게 있어서 바쁘신 통령님을 번거롭게 합니다."

"원 별 말씀을. 그런데 무슨 일이신지요."

"다름이 아니라 내일 등극 행사 때 독경순서가 있는데…."

"예~에. 그렇지요. 유정 스님이 독경하신다 알고 있습니다만."

"그렇습니다. 그런데 등극하실 왕 폐하의 시호가 어찌 되는지 몰라서요."

"시호요?"

"그렇습니다. 시호를 알아야 호칭해서 축사할 것 아닙니까."

"예, 그렇겠군요. 시호는 도침 선사께서 풍장(豊障)왕으로 작명하셨습니다."

"풍장, 풍장이라. 참 좋은 시호입니다. 그리 전하겠습니다."

"큰스님. 소승, 유정 들어갑니다."

"아~아, 어서 들어오세요. 그러잖아도 오시라 할 참이었습니다."

"아~예, 선객이 있으셨군요. 평안하십니까. 소승 금산사에 있는 유정입니다. 나무아미타불."

"…?"

"…? 어? 시주님. 아니, 형님!"

"어~어? 지달이 아녀? 응?"

"형님! 그렇습니다. 지달이옵니다. 이렇게 형님을 만나 뵈올 줄이야. 관세음보살."

"풍문에 큰스님이 되었다는 얘기는 들었네만 이리 만나게 될 줄 몰랐구만."

"이곳에서는 무슨 일을 맡아 하시는지요."

"이번 행사를 통할해 준비하고 있네. 내일 경축독경을 한다고?"

"예, 여기 주지 큰스님께서 굳이 저에게 맡기셨습니다."

"그러면 주지스님께서는 벌써 알고 계셨습니까?"

"아, 아닙니다. 오래전 내장사 유해 선사님의 천거가 있었던 데다 들어보신 바와 같이 이 삼한에서는 가장 뛰어난 청음입니다."

"아, 예."

"그러니까 두 형제분은 출가하신 이후 처음 재회하시는군요. 부처님의 뜻이 깊습니다. 나무아미타불. 모처럼 만나셨으니 회포를 푸시지요. 그럼 소승은…."

두 형제의 상봉은 극적이었다. 벽골 신학마을 아주생의 둘째 아들과 셋째 아들이 하나는 부흥군의 핵심인물로서, 하나는 금산사를 대표하는 승려로서 뜻밖의 장소에서 만나게 된 것이다. 둘 다 몇 년 동안 벽골의 집안 사정을 모르고 있기는 마찬가지였다. 유정은 형수님과 조카들의 안부를 물었으나 아직 성혼하지 못한 것을 모르기에 묻는 것이었다.

어렸을 적 형 중달은 동생 지달에게 끔찍이 잘했다. 막내인 데다 머리가 총명해서 형의 사랑을 받을 만했다. 겨울이면 연을 부쳐주고 썰매를 만들어 주었다. 글씨를 배울 때는 여우 꼬리 털로 붓을 만들어 준 것도 형 중달이었다. 둘이 옛날의 회상에 젖어있을 때 밖에서 인기척이 났다.

"통령님. 급히 나와 보셔야 되겠구만요."

"으응? 무슨 일인가?"

"저기 아래 심달평 오십부장한테서 연락이 왔는데 귀한 손님이 오셨다면서 속히 마중하시라 합니다."

"귀한 손님? 누구시기에…."

"이 사람아, 누구긴 누구여! 얼른 문 열지 않구서."

"어어? 아니, 아버님!"

달평이 고잔나무개에서 내방객을 접수하는데 점잖은 풍모의 어른 넷이 함께 나타났다. 눈에 심지를 곧추세운 달평이 그 가운데서 강경포의 정우치 어른을 얼른 알아보았다. 지난번 일통과 함께 길지를 찾아 나설 때 들러 하룻밤을 유숙했던 강경포의 그 어른이었다. 화들짝 놀라며 허리를 굽혔다. 정우치도 그제야 알아보고 어깨를 다독이며 인사를 받았다. 달평은 급히 일통과 이통, 삼통에게 연통하도록 하고 직접 안내하여 모시고 올라오는 길이었다.

"아버님. 중달이옵니다. 그간 평안하셨는지요. 마침 여기 동생도 함께 있었습니다. 어서 안으로 드시지요."
"지달이가? 으응? 이 스님이? 허어, 잘들 있었느냐. 여기서 만날 줄은 미처 몰랐구나. 여기 어르신들은 애비의 지기분들이시니라. 인사 여쭙거라."
"어르신, 인사 올립니다. 삼통 아중달이옵니다."
"소승은 유정이라 하옵니다."
"허허허어. 아형의 자제들이구려. 나는 천동이 애비 되는 사람이고 이분은 수탁 군의 어르신이네. 그리고 이분은 흰내말에서 오신 최씨 어른이시네."
"어르신들께 인사 여쭙습니다. 원로를 와주셔서 감사합니다."
"으응. 내 익히 자네들의 활약에 대해 들었네. 수고들이 많구만. 지금 한창 바쁠 터이니 우리는 괘념치 말고 어서들 일 보게나."

"예에, 알겠습니다. 식전이실 텐데 주안상을 올리도록 하겠습니다. 말씀들 나누십시오."

"절간에 무슨 주효란 말인가? 괜찮네. 그런데 스님은 어느 산사에 계십니까?"

"말씀 낮추시지요. 소승 금산사에 있습니다. 법명을 유정이라고 합니다."

"아니, 자네가 그 소문이 짜한 금산사의 유정 스님이란 말인가? 허어, 참. 유정 스님이 다름 아닌 여기 아형의 자제분이라니. 아형께선 참 복도 많으십니다, 그려."

"어르신들, 말씀 낮추시고. 소승에게 무슨 재주가 있다고 이리 과찬이십니까. 원로에 곤하실 터이니 잠시 쉬시지요. 소승이 주지 큰스님을 모시고 오겠습니다."

유정이 공손한 태도로 물러나자 좌중은 연신 유정의 칭찬에 침이 말랐다. 어린 나이에 득도했다는 얘기, 독경 소리가 어찌나 청아한지 선계의 소리라는 소문이 자자하다는 얘기, 맑은 눈동자와 둥그스름한 얼굴, 온화한 풍모가 큰스님 감이라는 얘기로 끊일 줄 모르자 민망해진 아주생이 화제를 돌려 세 사람의 자제가 백제 부흥의 핵심 역할을 하고 있는 점에 대해 말문을 열었다. 그새 푸짐한 주안상이 들어왔다. 말만 잘하면 절간에 가서도 새우젓을 얻어먹는다더니 아들 잘 둔 덕분에 승방에서 술잔을 나누게 되었다.

"두 분의 자제야 재주를 타고났다 들었습니다만 제 자식이야 가진 재주가 없는데 통령이라는 자리를 꿰차고 있다니 의아할 따름입니다."

"아형께선 무슨 그런 말씀을…. 원래 재주란 알아주는 주인이 있을 때 발휘되는 것 아니겠습니까. 오시면서 보았다시피 이 구석진 곳에, 그 짧은 시간에 이렇게 짜임새를 갖춘 것을 보면 특출한 재주임이 분명합니다."

"그거야 정형과 최형의 자제분들이 해낸 것이겠지요. 특히 천동군은 왜에 가서 왕자님을 직접 모시고 왔다면서요."

"그게 어찌 그 애의 공이겠습니까? 과찬이십니다. 아무튼, 세 아이들이 힘을 합해 이렇게 큰일을 치러내고 있다니 대견하다 할 수밖에요."

"그렇습니다. 그런데 한 가지 걱정이 따릅니다."

"걱정이라니요. 혹 혼기를 놓치고 있는 것 때문에 그러십니까?"

"그렇습니다. 출가한 놈이야 아니겠지만 다 큰 놈들인데 이를 어찌해야 할지."

"괜한 걱정이십니다. 이제 나라의 기틀이 잡히면 어련히 좋은 혼처가 생기지 않겠습니까?"

"사실은 그게 걱정입니다."

"그것이 말이오?"

"예, 그것입니다. 생각해보십시오. 사람이란 권세를 잡으면 누리고 싶고, 누리다 보면 욕심이 생겨 과분한 것을 탐하는 것 아니겠습니까? 그런데 과욕은 반드시 그 결말이 좋지 않거든요."

"듣고 보니 아형의 말씀이 지당하십니다. 분명히 걱정거리로군요."

"그렇다면 지금부터 대책을 세워 미리 근신해야 할 터인데…."

"내일의 일을 장담할 수는 없는 일이고, 이렇게라도 하면 어떻겠습니까?"

"실천할 수 있는 계를 미리 정해두자는 말씀이군요."

"그렇습니다. 누대를 섬겨온 나라, 백제 아니겠습니까. 앞으로도 누대를 섬겨야 할 백제의 앞날을 위해서 우리가 할 수 있는 일은 우리만이라도 스스로 삼가는 본을 보이는 것이겠지요."

"우리 당대에 한해서라도 말이지요."

"세 분 형씨들의 말씀을 들으니 생각납니다. 우선 이 자리에서 우리네 집안은 서로 통혼을 하지 않기로 결의하면 어떨까요."

"불혼맹약(不婚盟約)이요? 그렇군요. 우리끼리 세를 불리거나 불리는 것처럼 보이지 않도록 해 스스로 본이 되자는 말씀이군요."

"참 좋은 의견이십니다. 다들 찬동하시겠지요?"

"동감입니다. 오늘 이 자리가 매우 뜻 깊은 자리가 되었습니다."

"자, 자, 그러는 의미에서 한 잔씩 쭉 듭시다. 하하하."

풍장왕 등극 행사는 격식을 갖추어 장엄하게 진행되었다. 다만 예전의 의전과는 사뭇 다름이 있었다. 옹립된 왕 한 사람을 위한 행사가 아니라 참석한 모두의 행사로 진행했다. 그래서 내외 귀빈의 자리를 옥좌의 바로 아래 단에 배정하고 취악대와 의전병, 일반 백성이 뜨락을 메웠다.

복신이 풍장왕에 등극할 것을 요청하는 주청사를 낭독하자 귀빈석에 앉아있던 풍 왕자가 상단으로 올라가 옥좌 앞에 서서 시종들의 도움으로 왕관을 쓰고 손에 홀을 잡았다. 이에 일제히 '천세 만세 만만세'를 열창했다. 이어 취악대의 호방한 연주가 있은 다음 유정 스님의 경축독경에 장내의 축제 분위기가 들뜨기 시작했다. 독경이 끝나자 신왕이 옥음을 내렸다. 왕은 일통이 작성한 태평사(泰平辭)를 낭독했다.

"백제 국민이여. 오늘은 지난날을 잊지 않고 오늘을 기억하며 내일을 기약하는 뜻깊은 날이다. 모두 기쁜 마음으로 기념하자. 그리고 굳게 다짐하자. 온 백제 국민이 노래하고 춤추며 우애하고 충성하는 나라를 반드시 세워나갈 것을 다짐하자. 모두가 힘을 한데 모을 것을 맹서하자. 나 풍장이 이를 당부하노라."

탐색전

새로 등극한 왕은 논공행상으로 신료와 장병들의 사기를 북돋았다. 복신을 좌평 겸 총사령관으로 삼고 도침과 지수신 흑치상지 사타상여는 대장군으로 승차시켰다. 목막수와 또칠 등 열다섯 명의 방령은 장군의 반열에 올랐다. 일통 이통 삼통과 김수(金受) 등은 모두 달솔 벼슬을, 정우치 아주생 최성기 최치랑 등 군량미 지원을 아끼지 않은 향민들은 은솔 직위를 받았다.

신왕 등극 축하연이 연 사흘째 이어지고 있었다. 본디 춤과 노래를 즐기는 백제인인지라 흥미로운 공연이 끊이지 않았고 술과 고기 또한 푸짐했다. 군영의 병사들뿐만 아니라 각처의 향민들이 제각각 장끼를 뽐내면서 흥겨워했다. 이때였다.

"급보요! 급보요!"

파발마의 요란한 발굽소리와 함께 숨넘어갈 듯한 전령의 외침이 장내의 흥을 깨고 말았다. 땀범벅이 된 전령이 왕 앞에 미처 부복하기도 전에 뒤이은 파발마가 또 들이닥쳤다.

"급보요! 급보요!"
"웬 소란이냐!"

좌평에 제수된 복신이 나서며 일갈했다.

"좌평 어른! 신라의 급습입니다."
"신라? 도대체 어디에 나타났다는 것이냐! 소상히 아뢰어라."
"예! 두량이성(부안군 주산면 사산리)에 신라군 삼천여 명이 들이닥쳐 공성을 준비하고 있습니다."
"고사부리성(정읍시 고부면)에도 이천여 명이 들이닥쳤습니다."
"두량이성과 고사부리에? 삼천 명과 이천 명이?"
"그렇습니다. 성 주변에 포진하고 있는 것을 오늘 아침 날이 밝아서야 알아챘습니다."
"그런데 파발이 어찌 이리 늦었단 말이냐!"
"주류성에 이르는 길목을 다 막고 있어서 멀리 돌아오느라 늦었습니다."
"그게 말이 되느냐! 멍청한 놈!"
"좌평 어른! 그것보다 우선 물 한 바가지 주십시오."
"으~하하하."
"으~허허허."

잔뜩 긴장해 있던 주위에서 웃음보가 터지고 말았다. 왕은 회심의 미소를 지었다. 사실 내심으로 본때를 보여줄 기회를 엿보고 있었는데 마치 울고 싶을 때 뺨 때려준 꼴이었다. 즉시 작전회의를 열어 각자에게 임무를 부여했다.

"고사부리성에는 또칠 장군이 두 방을 이끌고 가 수성하도록. 그리고 두량이성에는 목막수 장군이 세 방을 데리고 가 본때를 보여주시오."

"아니, 폐하, 적들이 턱밑에까지 와 있는데 저희들이 나서야 되지 않겠습니까."

"흑치 대장군, 염려놓으시오. 닭 잡는 데 소 잡는 칼을 빼서야 되겠오?"

"예? 무슨 말씀이신지…"

"두량이성과 고사부리성이 이 주류성의 바로 턱밑이라 하나 저들은 주력군이 아닐 것이오. 우리의 위세가 높아지는 것을 시기해 한 번쯤 시험해 보겠다는 의도요. 두 장군이 너끈히 감당해 낼 것이오."

왕은 등극식이다 축하연이다 해서 다소 해이해진 긴장을 다잡는 데 좋은 기회가 될 것이라 여겼다. 고사부리성은 성채가 튼튼해 적의 공략이 먹혀들지 않을 것이고, 공격하다 지치는 기색이면 꾀 많은 또칠 장군이 되치고 나가 적 진영을 유린하리라 짐작했다. 또 뚝심이 좋은 목막수 장군은 적의 약점을 찾아내 역습함으로써 신라의 혼을 빼놓고 말 것이다. 실로 놀라운 혜안이고 적절한 용병술이었다.

막손은 장군으로 승차하고서 첫 번째 나서는 전투라 약간 긴장이 되었지만 두려워하지는 않았다. 적은 사산리 뒷산 자락에 진을 치고서 성안의 눈치만 살피고 있었다. 왕의 말대로 성을 빼앗겠다는 의지가 없어 보였다. 막손 역시 느긋하게 기다렸다. 대신 밤만 되면 인근의 향민들과 함께 횃불을 만들어 들고 멀찍이 주위를 돌면서 꽹과리를 두들겨 적의 신경을 자극했다. 적들이 쫓아 나오면 얼른 불을 끄고 논두렁에 몸을 숨겼다. 초승달이 지고 없는 깜깜한 밤이라 가능했다.

이 작전이 적중했다. 적은 더 견디지 못하고 무작정 달려들었다. 앓느니 죽는 게 낫다는 발악이었다. 막손은 이때를 놓치지 않고 맞받아 치고 나가 적진을 유린했다. 신라 병들은 오합지졸이나 다름없었다. 왕의 예측대로 정예병이 아닌 데다 사흘 밤을 지새우다시피 해 몹시 지쳐있었기 때문이었다. 한 방이 앞에서 치고 들어가는 한편 두 개의 방이 좌우 양편에서 협공을 하자 적진은 금세 와해되고 말았다. 한 식경도 지나지 않아 결판이 났다. 거반은 부흥군의 칼에 맞아 죽고 나머지는 방향도 없이 뿔뿔이 도망쳤다.

그때 막손의 눈에 적장인 듯한 자가 기병 네다섯 기의 호위를 받으며 고사부리 쪽으로 내빼고 있는 것이 들어왔다. 휘하 방령이 나서려는 것을 가로막고 막손이 단기로 뒤쫓았다. 적과의 거리가 삼십 보 안으로 좁혀지자 막손은 품 안에서 조약돌을 꺼내 맨 뒤에서 따르는 자를 겨냥해 뿌렸다. 그렇게 세 명의 기마가 쓰러지자 적장은 이를 갈며 뒤돌아섰다. 장창을 잔뜩 꼬나 쥐고서 덤빌 테면 덤벼보라는 표정이었다.

막손이 입가에 웃음을 띠고 역시 장창을 쭉 뻗으면서 달려나갔다. 서로 엇비켜 나가는가 싶더니 적장의 얼굴에 낭패의 빛이 역력했다. 신라의 화랑 가운데 창술로서는 자기를 당할 자가 없다고 늘 자신했었는데 어쩐 일인지 자기의 손에 있어야 할 장창이 적장의 손에 옮겨가 있었던 것이다. 뒤돌아 다가온 막손이 장창으로 등자를 후려치는 바람에 적장은 말에서 굴러떨어지고 말았다. 나동그라진 적장의 목덜미에 장창을 겨눈 막손이 묘한 웃음을 지었다.

"너 이놈! 내 창대 맛이 으떠냐!"

"…?"

"너 귀머거리냐? 이 어르신 창대 맛이 으떠냐고 묻지 않혀!"

"니 창대 맛보다는 니눔아 돌팔매 솜씨가 쓸만 하구마."

"멋이어? 그러면 내 돌팔매 맛도 한 번 볼래?"

"장수된 자가 말이 많고 거칠구마. 백지 질질 끌지 말고 빨랑 결딴 내거라."

"얼래? 꼴에 장수라고 시방 제법 객식 갖춘 말 허고 있네 잉. 그러믄 마지막으로 니 이름이나 알아두자. 이것도 인연이라면 인연잉게."

"흐흐흐, 글마 제법 갱우는 갖추는구마. 나로 말하면 신라의 장군 김품일이다."

"품일 장군? 품일? 어디서 많이 듣던 이름인디?"

"니가 얼배기는 아닌가 보구마. 나가 그 유명한 김품석 장군의 아들 품일이란 말이제."

"그려? 너그머니랑 함께 할복한 품석이가 느그 아버지여? 근디 안 되았다. 오늘 이런 꼴 나서."

"니 말버릇 몬 고치나! 그러는 니눔아는 누고? 이름이나 알자꾸마."

"허허허. 내 함자나 알고 죽었다 이 말이어? 암, 갈쳐줘야지. 내가 바로 막손 목막수 장군이다 임마.'

"으흥? 그 돌팔매쟁이가 니여?"

"하이고 고놈 쓸만하네. 이 어르신이 느그 나라에서 그렇게 이름 났냐?"

"으음. 분하구나… 네깟 놈에게 당하다니."

"말버릇 한 번 고약허네 잉. 애비 이어 자식 놈에게까지 원한을 대물림하고 싶은 맴 없응 게…."

"메라고? 자식 놈에게 대물림?"

"그려. 우리가 멋땜시 이러는 중 모리겄다. 대대로 원한을 쌓고 말여."

"…?"

"너그 아들 놈 또 있겄지야? 이름이 멋이냐!"

"글마 이상쿠네. 와 자식까지 들먹여? 그래 내 아들은 대표화랑 품우다."

"대표화랑? 고것이 멋인디?"

"무식하기는…."

"야아! 되았다. 너 냉큼 일어나 빨리 돌아가거라."

"…?"

"어서 후딱! 내 맘 벤하기 전에 싸게 가버리란 말여."

"웬 선심이냐? 좋다. 오늘은 나가 졌다만 댐에 꼭 다시 한번 만나 겨루자꾸마."

"다음은 다음이고 처그 아랫놈 데리고 싸게 내빼란 말여. 내 수하들 몰려오기 전에 말여."

한편 고사부리성을 공격하던 우술랑 부대는 두량이 성을 공격하던 품일이 패퇴했다는 소식에 제풀에 놀라 물러나고 말았다. 또칠은 뒤쫓아 가 박살내자는 수하의 안달을 제지하고 날랜 병사를 시켜 그들이 어디로 가는지만 알아오라 했다.

신라는 주류성을 주성으로 삼은 부흥군의 군세가 만만치 않은 것에 새삼 놀랐다. 흠순을 대당장군으로 삼아 기선을 제압하려 했다. 그러나 너무 얕본 나머지 패퇴하고 말았다. 패전 소식을 들은 무열왕 김춘추는 치밀어 오르는 화를 참지 못하고 득병하여 이내 급사하고 만다.

막수와 또칠 두 장군의 승전 보고를 들은 풍장 왕은 기쁜 내색을 감춘 채 다음의 공격목표는 사비성이라며 전군에 출전준비 명령을 내렸다. 각 부서가 전열을 가다듬고 병장기를 보강하며 군수물자를 확보하는 데 온 힘을 쏟았다.

잡아리 꽁꽁

할머니와 유해선 사의 갑작스런 죽음은 달래에게 큰 충격이었지만 한층 성숙해지는 계기가 되었다. 갈피를 잡지 못하는 달래에게 해미 보살은 할머니만큼이나 자상한 보호자 역할을 해주었다. 건이와 함께 내장사를 떠난 해미는 일단 다내 마을로 달래를 찾아왔다.

건이는 종이꽃 접는 기술 하나로 얼마든지 뒤늦게 찾은 어머니를 호사시킬 자신이 있다며 먼 곳으로 떠나자 했다. 벤산 깊숙이 들어가도 좋고 아니면 더 남쪽으로 내려가도 좋다고 했으나 해미는 아무런 내색을 하지 않았다. 다시 만난 아들의 의견을 따르는 게 도리였으나 그동안 딸처럼 여겨왔던 달래를 나 몰라라 할 수가 없었다.

해미를 반긴 건 달래만이 아니었다. 달래의 어머니 배들 댁은 친동기를 만난 것보다 더 반겼다. 그리곤 아래끝 네의 건넌방에서 기거토록 배려했다. 달래가 마음을 다잡을 때까지만이라도 머물러 줄 것을 간청했다. 그렇게 시간이 흐르면서 해미는 점차 자신을 수습해갔다. 그러다가 나중에는 아래끝 네의 간곡한 만류로 차일피일 미루다가 결국 눌러앉고 말았다.

건이는 천성이 바지런해 아래끝 네의 농사일을 제집 일처럼 맡아서 하기에 이르렀다. 인근에서 혼례나 초상이 있으면 불려가 종이꽃을 만들어 과외 수입을 거두어 옴으로 살림살이도 든든해졌다. 사실 건이의 마음을 붙들어 두고 있는 것은 달래였다. 언제부터인지 마음이 쏠리고 있었던 것이다.

이를 알 리 없는 달래는 할머니의 일 년 상복을 벗고 난 어느 날 해미에게 금산사를 한번 가보고 싶다며 동행을 부탁했다. 워낙 속내가 깊은 달래의 뜻인지라 해미는 아무 소리 없이 길을 나섰다. 금산사까지는 태산(태인)과 서이(원평)를 지나는 반나절 길이다. 여인네의 발걸음이라 아침 일찍 나서도 당일 귀정이 빠듯하다.

가는 길 내내 둘은 아무 말이 없었다. 꼭 집어 할 얘기도 없었거니와 할 얘기가 있어도 할 필요가 없었다. 둘은 그만큼 마음이 연결되어 있었다. 중화참이 지나서야 도착했다. 산문을 서성이던 사미승의 안내를 받아 곧바로 산림 보살을 찾았다. 산림 보살은 괴이쩍은 눈길로 두 사람을 응시하다가 합장을 했다.

"저는 내장사 산림 보살로 있던 해미입니다. 나무관세음보살."
"나무관세음보살. 무슨 일이신지."
"다름이 아니오라 실은 유정 스님을 뵙고자 찾아왔습니다."
"상좌스님을요? 어쩌나….."
"예~에? 혹 스님에게 무슨 일이라도?"
"아닙니다. 그런 게 아니고 스님은 지금 아니 계십니다."
"…?"

"바로 어저께 출행하셨습니다."

"출행을요? 어디로요?"

"아무 말씀도 없이 그냥 나서시며 오래 걸릴 것이라고만 하셨습니다."

"그래요. 혹 짐작되시는 곳이라도….'

"아미타불. 모르는 일이옵니다. 한데 무슨 긴한 사연이라도 있으신지요."

"속가의 여인네가 불제자에게 무슨 긴한 사연이 있겠습니까?"

"예~에…?"

그만 속내를 들키고 말았다. 해미 보살은 얼른 산림 보살에게 많이 준비하지 못했다며 종이에 적은 시주단자를 건넸다. '백미 일 석 고사부리현 달천리 감건'이라고 쓰인 내용을 확인하자 뚱하던 산림 보살의 표정이 금세 바뀌었다. 아직 중화공양 전일 터인데 요사채에 들어가 요기부터 하시고 천천히 얘기하자며 방으로 들어가자 했다. 순간 달래의 망설임을 눈치챈 산림 보살은 말을 바꾸었다.

"처자는 참 좋은 얼굴을 타고났구먼. 어느 댁 규수인지요."

"예~에, 작년에 입적하신 내장사 유해 선사님의 글 제자입니다. 이름은 지월이라 합니다."

해미가 얼른 말대꾸를 했다.

"아~하, 그래요? 허~어, 그런데 이름이 지월이라 했습니까? 지초 지芝자 달月자 지월이요?"

"예에? 그렇습니다만…. 유해 선사님께서 지어주신 예명입니다."

"예명이요? 그랬었군요. 흐음. 그랬었군요."

"보살님. 왜 그러십니까?"

"아닙니다. 저를 한 번 따라와 보시지요."

달래와 해미는 영문도 모른 채 앞장서 가는 산림 보살을 따랐다. 그녀는 요사체 뒤편 오솔길을 아무 말 없이 잰걸음쳤다. 허리를 반쯤 구부리고 올라가야 하는 경사였다. 이마에 땀이 송골송골 맺혔다. 그렇게 한참을 걸어 올라가다 숨이 턱에 닿을 때쯤 산림 보살이 뒤돌아섰다. 그곳은 암자였다.

"여깁니다. 스님께서는 어제까지 줄곧 이곳에서 수행하셨습니다."

"여기에서요?"

달래의 다급한 대꾸였다.

"예, 작년에 이곳에 오신 후 새벽 예불 때 대웅전에 잠깐 내려오시고는 하루 종일 이곳에서 수행하시고 기거하셨습니다."

"하루 종일요?"

"예, 그렇습니다. 가끔 달 밝은 밤에는 뒤편 모악산에 오르시기도 하셨습니다만 거의 이 암자에만 계셨습니다."

　암자의 손바닥만 한 뜰에 올랐다. 그때였다. 달래는 까무러칠 듯이 놀라고 말았다. 암자의 현판을 본 것이었다. 거기에는 '芝月菴(지월암)'이라고 쓰여 있었다. 놀라긴 해미도 마찬가지였다. 산림 보살은 입가에 희미한 미소를 띠면서 두 사람을 번갈아 보다가 무슨 짐작을 했는지 돌단을 걸어 올라가 암자의 방문을 활짝 열었다.

　달래는 주저 없이 돌단에 올라 방안으로 얼굴을 디밀었다. 그 냄새였다. 방안에서는 내장사를 떠나며 꼭 안아주었을 때 코끝을 간질이던 바로 그 냄새가 배어 나왔다. 잠시 후 고개를 떨어뜨린 채 몸을 돌려 내려오는 달래의 눈에는 눈물이 흥건했다. 아무도 말문을 열지 못했다. 요사체에 가까워서야 해미가 물었다.

　"지월암이라는 현판은 누가 쓰셨습니까?"
　"그야 상좌스님이 직접 쓰셨지요. 벌써 작년 봄이군요."
　"그래~요~오."
　"현판을 써 놓으시고도 며칠을 망설이시더니 결국 당신이 직접 붙이셨습니다. 무슨 뜻이냐고 물어도 아무 대꾸를 않으셨습니다. 빙그레 웃으시기만 할뿐."
　"그러셨군요."
　"그런데…."
　"그런데, 왜요?"
　"항상 밝기만 하시던 스님께서 어제 떠나실 때…."

"떠나실 때…?"

"그렇게 처연한 모습을 보이신 것은 처음이었습니다. 모두들 숨도 쉬지 못할 만큼 당황스러워했습니다."

"…."

"아이고. 제가 쓸데없는 말을 했나봅니다. 나무관세음보살."

"…."

"어서 들어가셔서 요기부터 하시지요."

발걸음을 재촉해 돌아가는 내내 둘은 말이 없었다. 달래는 이제 접어야 한다는 생각에 골똘해 있었다. 속 좁은 여인네가 큰 뜻의 불제자에게 더는 짐이 될 수 없다는 다짐을 하며 혀를 깨물었다.

한편 해미는 부처님의 간섭이 지나치다는 엉뚱한 생각을 곱씹고 있었다. 며칠 전 달래가 금산사에 가자고 했을 때 바로 나섰더라면 해후가 이루어졌으리란 후회가 스멀거렸지만 예전 "부처님밖에는 누가 있으리오."라 했던 유해 선사의 목소리가 떠올라 고개를 가로저었다. 풀죽은 달래의 모습이 애처롭기만 했다.

유난히도 무더웠던 여름이 물러나려는 듯 아침저녁으로 서늘한 기운이 감돌았다. 들판에 누런 곡식이 고개를 반쯤 숙였다. "오야 워야!"라고 외치는 새 쫓는 소리와 딸기(머리 위로 빙빙 돌리다가 땅에 내려치면 '땅' 소리가 나는 몽톡하고 긴 새끼줄) 치는 소리가 어우러져 벼 이삭을 쪼려던 참새떼의 날갯짓을 바쁘게 한다. 빨간 잠자리는 초가지붕 너머로 높게 날고 보리잠자리는 아직도 미련을 못 버렸는지 시들어가는 호박꽃 주위를 맴돈다.

"잠아리 꽁꽁 거그거그 붙어라. 멀리 가면 죽는다. 잠아리 꽁꽁."

"잠아리가 니 말 듣고 가만 있간디? 지도 멀리 가야 사는 중 아는 디?"

"얼래. 다 잡었는디 놀래서 안 날라가버링가. 하이 참."

"시돌아. 잠아리는 잡아봐야 암껏도 아닝게 이리 날 따라와 봐."

"멋 헐라고 그런디?"

"내가 송아리 잡아줄게. 송아리 잡아서 저녁에 국 끓여 먹자."

"송아리요? 물속에 있는 놈을 으떻게 잡는다요?"

"긍게, 날 따라와 봐. 다 잡는 수가 있응게."

막손의 둘째 놈 시돌이가 잠자리를 잡는답시고 쫓아다니는데 그 새 매형이 된 건이가 송사리를 잡으러 가자며 꼬드긴다. 건이는 지난 초여름에 막손의 외동 딸 두레를 맞아 장가를 들었다. 마음속에 담아온 달래 얘기를 어머니에게 은근히 꺼냈다가 턱도 없는 인연이라며 핀잔만 들었다. 대신 입을 맞춘 어머니와 아래끝 네의 종용으로 두레와 혼인했다. 무던한 사람들이라 궁합이 잘 맞았다.

대나무 소쿠리 하나와 옹박지(옹자배기)를 옆구리에 낀 건이는 벼 이삭을 훑어 입안에 넣고 오물거리며 둠벙 가장자리로 다가가 소쿠리를 물속에 가만히 담그고 그 위에 입안의 으깬 벼 이삭을 훅 뿜어냈다. 숙 달아났던 송사리 떼가 금방 다가와 벼 이삭 알갱이를 입에 넣느라 부산하다. 이때 소쿠리를 휙 걷어 올리면 미처 도망가지 못한 놈들을 건져낼 수 있다. 속아서 달아났던 송사리 떼는 또 모여든다.

이삭 뿜어내기를 거듭하노라면 한 끼 국거리로 너끈하다. 신바람이 나 더 잡자고 안달인 시돌이를 달래 옹박지를 맡긴 건이는 건너편 산자락에 흐드러져 있는 쑥대를 잘랐다. 거기에는 쪽도 함께 너부러져 있었다. 쑥대는 저녁에 모닥불 연기로 모기를 쫓아내는 데 쓰고 쪽은 물감으로 제격이다.

끝물 애호박을 썰어 넣고 된장으로 간을 맞춘 송사리국은 푸짐했다. 마당에 멍석을 깔고 달래네 식구들까지 모두 모여 앉았다. 아직도 새색시 티를 벗어나지 못한 두레는 다가앉지를 못한다. 달빛이 교교했다. 요사이 건이로부터 염색 방법을 일깨우고 있는 달래의 손가락 끝에 물감이 시퍼렇게 남아있다. 뜰 안 가득히 흩뿌려지는 달빛에 달래는 갑자기 심란해진다.

건이는 눈에 띄는 모든 것을 재료로 삼아 물감 분말을 만들어냈다. 황토와 홍화, 치자, 감으로는 붉은색과 노란색 계통의 색깔을, 쑥과 쪽으로는 푸른색을, 소나무와 지푸라기를 태운 재로는 갈색을, 부뚜막의 그을음을 긁어모아 검정색을 추출해 비율을 맞춰가며 섞어서 원하는 색깔을 만들어냈다.

달래는 쪽빛의 짙거나 연한 쪽의 색깔을 가장 좋아했다. 그래서 손끝이 항상 푸른색으로 물들어 있었다. 가장 문제 된 것은 색바램이었다. 처음에 고왔던 색깔이 빨래를 하거나 시간이 지나면 바래는 것이었다. 이것은 건이도 알지 못했다. 그러다가 조개 껍데기를 불에 달구었다가 찬물을 끼얹으면 하얀 가루가 되는데 이것을 마루의 바깥벽에 발라 흰색으로 도벽하는 것을 우연히 목도했다. 그것으로 견뢰도를 높였다. 빛바램을 억제하는 방법이었다.

바느질 솜씨로 이름난 아래끝 네는 달래가 형형색색으로 염색해 주는 비단과 천으로 건칙의 동정과 소매의 끝동, 옷고름 등을 예쁘게 달아주었다. 이는 금방 유행을 타 남쪽 지방 백제인들의 옷치장을 바꾸어 나갔다. 멀지 않은 주류성에서도 소식을 듣고 달려와 군기며 군복의 염색과 제작을 의뢰했다.

내분(內紛)

임술년(662년)이 가을의 문턱에 서 있었다. 대장군 도침의 심기가 불편했다. 승려인 그는 불자대국을 꿈꾸어왔다. 그가 각처의 승려들을 부추겨 부흥운동에 적극적으로 가담토록 한 것도 불자대국(佛子大國)이라는 새 나라를 건설해보겠다는 야심이 있었기 때문이었다. 불국정토까지는 아니더라도 하늘과 부처님의 도움으로 불심이 나라의 기틀이 되는 나라를 건설하는 것은 얼마든지 실현 가능한 꿈이었다. 비정규 조직이지만 현재 승군의 위세는 정규군에 버금갈 정도다.

지난해 신왕의 등극 시 일통 최천동이 작성한 태평사를 추고할 때 불교를 나라의 근본으로 삼는다는 언급이 빠져있다며 강력히 이의 삽입을 주장했으나 무시되고 말았다. 일소에 붙인 장본인은 다름 아닌 복신이었다. 어려서부터 동문수학한 지기였으며, 숱한 전장을 누비며 생사고락을 함께한 복신이 앞장서 무안을 주자 도침은 배신감에 치를 떨었다.

그뿐만이 아니었다. 좌평으로서 총사령관이 된 다음부터 그의 안하무인 격인 태도가 도를 넘어있다고 생각했다. 일사불란했던 승군의 지휘계통을 시샘했던지 노골적으로 분산기도를 했다. 전투력의 증강을 위해서는 독자적인 작전보다는 각 군에 편입하여 총사령관의 전략지침에 따르는 것이 유리하다는 주장을 폈다.

도침은 위기의식을 느꼈다. 자칫 죽 쑤어 개에게 주는 꼴이 될 것 같다는 견제심리가 발동했다. 군사의 단합된 힘만을 따진다면 결코 승군의 조직으로 복신에게 뒤질 이유가 없었다. 복신의 위세가 더 커지기 전에 견제해야 함이 마땅했다.

그는 성내에 떠도는 유언비어의 진원지를 알고 있었다. 근자 성 안팎에는 듣기 거북한 낭설이 퍼지고 있었다. 풍장 왕이 백성은 아랑곳없이 주색을 탐한다느니, 왜로 돌아갈 날만 기다리고 있다느니, 선왕인 의자왕의 핏줄이 아니고 왜에 건너간 보황녀의 아들이라느니 입에 담기조차 민망한 내용들이었다. 기실은 복신의 신왕에 대한 불평이 심복들의 입을 통해 전파되고 있는 것이었다.

도침은 복신을 견제하고 자신의 위상을 확고히 하기 위해서는 세력을 연합할 필요를 느꼈다. 그 제일차 목표가 왜군의 수장 이치누였다. 그는 틈이 나는 대로 복신의 야심을 넌지시 귀띔했다. 이는 곧바로 신왕의 귀에 들어갔다. 그러잖아도 좌평 복신의 위세와 전횡이 못마땅했던 왕은 정면 돌파를 결심했다. 자칫 왕권의 몰락은 물론 백제 부흥의 꿈이 시들어버릴 수 있기 때문이었다.

왕은 조회를 열고 신료들을 향해 일갈했다. 부흥에 대한 신념이 무뎌졌거나 왕에 대한 충성심이 약해졌으면 미련 두지 말고 떠나라며 호통을 쳤다. 제 발이 저린 복신의 얼굴이 벌겋게 달아오르고 있는데 이를 훔쳐본 도침의 입가에 야릇한 미소가 드러났다.

조회를 마치고 바위 속 동굴로 돌아온 복신은 식음을 전폐한 채 무언가에 골똘하고 있었다. 복신은 오래전부터 울금바위에 있는 동굴에서 기거하고 있었다. 아무도 음습한 동굴 속에 숨어있다시피 한 그의 속내를 몰랐다. 복신이 내린 결론은 도침 제거였다. 화근은 미리 잘라내야 한다는 신념을 굳힌 것이다. 좀 더 오래전에 제거했어야 했다. 복신은 저녁에 자기의 거처에서 비상 군략 회의를 연다며 대장군과 달솔은 모두 참석하라고 각 처소에 통보했다. 그리곤 신임하는 장도리 백부장에게 귓속말로 무언가를 지시했다.

통보를 받은 도침은 무언가 수상한 낌새를 느꼈다. 항상 왕의 일거수일투족에 불만을 내뱉는 복신이 새삼 비상 작전회의를, 그것도 밤중에 자기의 처소에서 열겠다는데 의심이 가지 않을 수 없었다. 그렇다고 이유 없이 불참할 수도 없는 노릇이다. 심복을 불렀다. 다른 대장군들도 다 참석하는지, 언제 올라가는지를 세밀히 관찰하라 일렀다.

칠흑처럼 어두웠다. 진채에서 개암사 대웅전의 뒤편을 돌아 울금바위에 오르는 길은 좁고 가팔라 대낮에도 반 각은 걸리는 오솔길이다. 심복의 말을 따르면 달솔 셋이 먼저 올라갔고 뒤이어 대장군 셋도 등불을 들고 진채를 나섰다는 것이다. 그렇다면 안심이라고 판단한 도침은 좀 더 뜸을 들이다 진채를 나섰다. 무슨 암계가 있다 하더라도 모든 신료가 함께한 자리라면 야료를 부리지 못할 것이라는 안도였다.

그러나 그것은 도침이 스스로의 꾀에 빠지는 실수였다. 그는 마음 턱 놓고 진채를 나서는데 네댓 명의 군사가 마중을 나왔다며 등불을 밝혀 길을 안내했다. 께름칙했지만 따를 수밖에 없었다. 울금바위에 오르려면 개울을 건너 개암사 뒤편을 돌아가야 했다. 혹 야료를 부리더라도 경내를 벗어났을 때라고 생각한 도침은 수하들에게 경계를 게을리하지 말라는 눈짓을 했다.

개울은 수량이 많지 않아 항상 졸졸졸 흘렀다. 징검다리를 서너 개만 건너도 되는 보잘것없는 물이다. 그런데도 마중 나온 군사들은 양편으로 나뉘어 도열해서 등불을 비쳤다. 물속에 발을 적시면서 그렇게 서 있었다. 도침은 이쯤에서 경계를 늦추고 말았다. 그러나 징검다리를 건너뛰느라 잠시 주춤하는 사이에 목을 떼어 개울 속에 처박고 말았다. 물론 수하도 마찬가지였다.

다음날 처참한 모습의 시신을 수습하여 장사를 치렀으나 아무도 누구의 소행인지 입에 담기를 꺼렸다. 최근 성안을 휘감는 음습한 분위기가 그렇게 만들고 있는 것이다. 심증은 가면서도 아무런 물증이 없으니 공론화할 수가 없었다.

그러나 왕은 모든 사태를 꿰뚫어 보고 있었다. 그리고 불길한 징조에 몸을 떨었다. 그가 왜에 서른세 해 동안 머물면서 보고 몸소 경험한 것이 세력집단 내의 주도권 다툼이었다. 갖은 음모와 술수가 난무했다. 죽이지 못하면 자기가 죽어야 하는 내분은 항상 제삼의 세력에게 주도권을 빼앗기는 결과를 낳았다.

지금의 제명 여왕이 왕권을 잡았다가 빼앗긴 것도 자체 내의 내분이었고, 그 후 일 년 만에 다시 왕권을 되찾은 것도 상대편의 내분을 조장한 것이 주효했다. 도침의 급변으로 승군을 완전히 장악한 복신은 범이 날개를 단 듯 날로 기세가 등등해졌다. 복신의 위세에 왕의 어깨가 짓눌리고 있었다.

칠칠수구구공(七七水九九工)

　　계해(癸亥)년(663년) 유월. 왕은 드디어 사비성 탈환에 나서겠다고 선언했다. 막 모내기 철이 지난 터라 더는 미룰 수가 없다는 판단에서였다. 왕은 지수신과 이치노가 남아서 성을 지키라 하고 이만의 병력을 이끌고 북진에 나섰다. 위세가 자못 등등했다. 흰내말 명랑 금마저 함열 강경포를 지나 진악산(부여군 석성면)에 진을 세운다는 행군이었다.

　　명랑(부안군 죽산)을 지나면서부터 길가에 너부러져 있는 시체들이 즐비했다. 신라군과 당군에 저항하거나 포로로 잡혀있다 도망치면서 희생된 주검들이었다. 차마 눈 뜨고 볼 수 없는 참혹함이었다. 이를 보는 왕의 심기에 분노가 탱천했다. 나라 잃은 백성이 겪는 고통이란 어떠한 설명으로도 나타낼 수 없는 극한 그 자체였다.

　　노정 내내 말이 없던 왕은 함열에 이르러 야숙을 명하고 군 수뇌부를 소집했다. 작전을 논하기 위함이었다.

　　"명일 저녁이면 진악산에 당도하게 될 것이오. 사비성과는 불과 삼십여 리. 거기에 진채를 세우고 사비성 공략에 나설 것이오. 임존성에 파발을 띄워 백촌강 건너편 붉골에 진출하라 이르시오. 다만 염려되는 것이 한 가지 있소."

"그게 무엇이온지…."

"저들도 이미 우리의 진격을 눈치채고 있을 터, 신라 본영에 원군 요청을 해놓고 있을 것이오."

"그렇다면…."

"사타 장군! 만약 신라가 원병을 보낸다면 그 인솔은 누가 맡을 것 같소?"

"아마도 김유신일 것이옵니다."

"김유신?"

"신라는 김춘추가 지난해 두량이성 전투 패배로 화병을 얻어 갑자기 병사하고 태자 법민이 위에 올랐습니다. 법민을 빼놓고는 원병을 이끌만한 재목이 김유신밖에 없습니다."

"가당한 말씀이오. 그러면 김유신은 황등야산(계룡산)의 북쪽 길과 남쪽 길 중 어느 길로 올 것 같소?"

"아마, 아니 틀림없이 북쪽 길을 택할 것입니다."

"그러려면 황등야산을 멀리 돌아오는 험한 길이 될 터인데도 말이오?"

"그렇습니다. 김유신은 원래 꾀가 많으면서도 겁도 많아 부흥군의 주력군과 부딪힐 위험이 많은 남쪽 길은 절대 피할 것입니다. 그리고…."

"그리고?"

"김유신은 사비성이 쉽게 함락되지는 않으리라고 여기고 우리가 공격하다 지치면 뒤통수를 치겠다는 계산을 할 것이옵니다."

"맞는 말씀이오. 그러면 사타 대장군은 군사 오천을 데리고 황등야산 북편으로 가서 길을 차단하시오. 앞으로 닷새만 버텨주면 되오."

"소장 명 받들겠습니다."

"그리고 만약을 위해 남쪽은 옹산성과 진현성에 있는 군사들이 막을 채비를 하라 전하시오."

"명 받들겠습니다."

다음날 진악산에 진영을 갖춘 부흥군은 병사들을 배불리 먹이고 충분히 휴식을 취하도록 했다. 왕의 머릿속은 단숨에 성을 함락시킬 계책으로 복잡했다. 수성으로 나올 저들을 정공법만으로는 무너뜨리기 어렵다는 생각에 안절부절못하고 있는데 통기도 없이 휘장 문이 열리면서 좌평 복신이 들어왔다.

"아직 잠들지 못하셨습니까?"

"아니, 당숙. 통기도 없이 웬일이십니까?"

"아무래도 공략 전술 궁리에 성심이 어지러울 것 같아서 위로 겸 찾아뵈었습니다."

"아, 그래요. 앉으시지요."

"어렸을 때 사비성에서 뛰어노시던 생각이 납니다."

"예에? 그래요. 궁녀들과 숨바꼭질하던 때가 있었지요. 그때…, 그래….""

"아니, 전하 왜 그러십니까. 그때 무슨 일이 있었습니까?"

"아~, 맞아요. 그때… 그런 게 있었지요."

"…?"

"좌평. 지난번 사비성 공략 때 성에 몰래 들어갔다 나온 사람 있었다고 했지요?"

"예~예, 양쇠야치라고 지금 백 부장입니다. 불러올까요?"

"예, 그래 주세요."

"양쇠야치 백부장, 부름받고 전하를 뵙습니다."

"으응? 그래. 거기 좀 앉게나."

"기냥 서 있겠습니다."

"그래? 편하도록 하고. 백부장이 지난번 성안에 잠입했다가 나왔다지?"

"예, 그렇습니다."

"오늘 밤 다시 들어가게. 들어가서 이곳저곳에 불만 질러놓으면 되네."

"거기는 한번 써먹은 것이라 저들도 잘 알 텐데요?"

"바로 그거야. 설마 다시는 그곳으로 들어오지 않을 거라 여기고 있을 게야. 바로 허허실실 전법이지."

"전하의 혜안이니라. 명을 받들거라."

"예~예."

"내일 밤 자정이 되기 전에 수하 여남은 명 데리고 잠입하거라. 불을 놓아 소란한 틈을 타 남문을 열도록. 그 시간 우리는 동문을 맹공하고 있을 게야. 시선을 그쪽으로 끌자는 게지. 무슨 말인지 알겠나?"

"예~예, 전하, 명 받들겠습니다."

"내일 밤 자정이야. 시간이 어긋나면 아니 되느니라. 주위엔 발설하지 않도록. 알겠나?"

"예. 충!"

이튿날, 밤이 깊어지자 흑치 장군이 동문공략에 나섰다. 쇄문차와 사다리차로 맹공을 퍼부었다. 성안의 저항도 만만치 않았다. 한 식경 쯤 지나자 이번에는 복신 총사령관이 일대를 이끌고 조용히 남문 쪽으로 접근하여 매복했다. 성안에서 불길이 치솟으면 곧 문이 열릴 것이고, 그러면 단숨에 쳐들어가 모조리 도륙하고 말 작정이다. 아마 날이 새기 전 사비성에는 백제 부흥군의 깃발이 내걸리리라.

한편 쇠야치는 날랜 병사 열 명을 이끌고 산비탈을 돌아 부소산 절벽 쪽으로 은밀히 접근했다. 지난번 동생을 구해낼 때 잘 써먹었던 길이다. 절벽에 거의 다다랐을 때 앞에서 인기척이 났다. 얼른 몸을 숨기고 엿보니 위장을 한 군사들이 꾸역꾸역 몰려나오고 있었다. 족히 오십여 명은 되는 것 같았다. 그들은 구석진 곳에 모여앉아 비밀통로 입구를 지키고 있었다. 난감했다. 이미 자정이 지나 불길이 치솟아 오르기를 눈 빠지게 기다릴 터인데 오도 가도 못 하고 있으니 낭패였다. 이렇게 서로 탄로 나지 않기 위해 대치하고 있는 동안에 날이 새고 말았다.

왕의 안색은 벌레 씹은 형상이었다. 누구 하나 말문을 여는 사람이 없었다. 간밤의 헛공격으로 병사들은 지치고 사기마저 떨어졌다. 그때 다급한 발소리와 함께 허름한 옷차림의 사내 하나가 병사들에게 이끌려 들어왔다. 외곽을 경비하던 중 수상해서 붙잡았더니 안주머니에서 이것이 나왔다며 비단 조각을 내밀었다. 거기에는 '七七水九九工'이라고 조그맣게 쓰여 있었다. 복신이 사내에게 물었다.

"이것이 무엇이냐!"
"모릅니다."
"어디로 가는 길이냐!"
"사비성 유인괘 장군을 찾아가는 길입니다."
"그러면 네놈은 첩자로구나."
"첩자는 아니고 선질꾼(보부상)을 하면서 심부름도 합니다."
"어느 나라 사람이냐!"
"당나라 사람입니다."
"그런데 백제 말이 이리 능하냐!"
"밀무역으로 선질꾼을 하면서 익혔습니다."
"고얀 놈이로고. 네 진정 이 글의 뜻을 모른단 말이냐!"
"소인은 모릅니다."
"좌평 어른, 그만 하십시오. 그자는 아무리 닦달해도 더 나올 것이 없을 것 같습니다. 돌려보내시지요."
"아니? 흑치 장군. 이 비밀문서를 보고서도 그런 말을 하오?"
"예. 비밀문서라서 이자는 모릅니다. 아마 당나라 본영에서 사비성에 보내는 암호문인 것 같습니다."

"그러면, 흑치 장군은 이 글자의 뜻을 알아보겠소?"

"예, 알 것 같습니다. 당나라 사람들은 비밀문서를 보낼 때 흔히 파자(破字)를 해서 씁니다. 이것도 그런 것 같습니다."

"파자요?"

"원군이 도착한다는 지점과 날짜인 것 같습니다."

"원군요?"

"그렇습니다."

"아, 아, 좀 자세히 말해보시오."

"우선 九九(구구)는 일 백(百)에서 하나가 빠진 것이니 흰 백(白) 자가 될 것입니다. 그리고 七七水(칠칠수)의 水(수)와 九九工(구구 공)의 工(공)을 합치면 江(강)이 됩니다. 그러니까 백강(白江)을 뜻하는 말입니다."

"백강이요? 그러면 백산(전북 부안군 백산면 용계리)에 이르는 백강(동진강)이라는 말이오?"

"예, 아마 백강에 상륙해 주류성을 공략할 속셈인 것 같습니다."

"주류성을? 우리의 근거지를 없애겠다는 계산이로군. 그런데 그게 언제라는 얘기요."

"七七(칠칠)이니까 칠월 초이렛날입니다."

"칠월 초이렛날? 불과 한 달도 안 남지 않았소."

"그렇습니다. 서둘러 회군하여 대비하는 게 상책으로 여겨집니다."

"허어, 이런 낭패가 있나."

"알았으니 모두들 회군할 준비를 서두르시오."

"예~에. 분부 받들겠습니다."

　왕의 한마디로 회군 결정이 났다. 허망한 일이었다. 사비성 함락을 눈앞에 두고 물러날 수밖에 없었다. 사비성을 탈환한다 한들 근거지로 삼아온 주류성을 빼앗기고 나면 도무(강진), 오차(장흥), 복홀(보성), 쌍암(순천), 구지하(고흥), 몰아혜(목포), 완도 인진도(진도) 등 남쪽 지방의 세력을 모조리 잃고 만다. 왜와의 통로도 막히게 된다. 그리되면 백제 부흥도 한낱 헛그림이 될 뿐이다. 왕과 신료들, 군사들의 낙담이 컸다.

석양 노을

　　　　모두가 주류성을 향해 지친 걸음을 내디디고 있을 때 복신의 머릿속은 복잡했다. 조카 풍이 왕재로서는 아무래도 부족하다는 생각을 지울 수가 없었다. 섣부른 사비성 공략도 그렇고 느닷없는 회군도 못마땅했다. 좌평이자 총사령관이며 아재비인 자기에게 의지하여 소상히 의논해야 묘안을 짜낼 것인데 요즘 들어 잔뜩 경계하는 태도가 역력하다.

　애당초 그를 왜에서 데려온 것이 잘못이었는지도 모른다. 군사를 모으고 조련하고 체제를 갖추느라 노심초사했던 것이 수포로 돌아가는 느낌이었다. 마음속 깊은 데서 솟아오르기 시작한 후회와 서글픔은 점점 시기와 증오로 증폭되었다. 자기는 험한 울금바위 동굴에서 거적때기를 깔고 지내면서 나라 걱정을 하고 있는데 왕은 비단과 주효로 호의호식하면서 모든 정무를 독단하려 들지 않는가? 거기다 왜에서 데리고 온 이치노와 왜군들만 측근에 두고 자기를 외면하면서 우매하기 짝이 없는 흑치와 지수신 사타상여 등에 의지하고 있는 것이다.

왕은 주류성으로 돌아와 저하된 군사의 사기를 높이기 위해 신경을 쓰는 한편 당군의 상륙에 대비한 작전 마련과 전투체제 정비에 심혈을 기울이면서 달솔 김수(金受)를 왜에 보내 원군을 요청했다. 그런데 문제가 있었다. 좌평 복신의 처신이었다. 사비성 공략 도중에 회군한 뒤부터 태도가 급변했다. 군략을 세운다는 명목으로 자기가 신임하는 장수와 승군의 우두머리, 의병대장만 불러 모아 구수회의를 거듭하면서 그 내용을 왕에게 상주하지도 않았다.

심지어 군사편제 개편을 주장하여 자기의 심복들을 요소에 전진 배치하고 흑치, 사타, 지수신 등 원로들의 활동반경을 제약했다. 한눈에 보아도 불편부당한 처사였다. 왕에 대한 무례이기도 했다. 참다못한 왕이 마침내 언성을 높였다.

"좌평, 혹 군사의 운영에 사심이 있는 것은 아니오?"

"예? 사심이라니요. 설마 이 아재비가 조카님을 따돌리기라도 한다는 말씀입니까?"

"아니, 좌평! 군신 간에 예의가 있거늘 아재비 조카를 앞세웁니까?"

"아~, 예. 그냥 가만히 계시면 명색이 좌평인 신이 다 알아서 할 터인데 사사건건 간섭을 하시니 그렇습니다. 전하께서는 그저 편안히 계시면 됩니다."

"지금 그걸 말씀이라고 하는 게요? 이 나라의 왕이 누구요? 그리고 부흥군의 수장이 누구요? 혹 좌평께서 왕이 되고 싶은 게요?"

"예에? 무슨 그런 황당한 말씀을. 신은 다만 지존이시니 편안하게 모시려는 충정에서 드리는 말씀인데…."

"우리가 온 힘을 모아 대적을 해도 모자라는 판에 왕은 허울만 쓰고 가만히 있으라는 좌평의 말에 어폐가 있지 않소이까?"

"전하, 신의 불충이옵니다. 신은 다만 지존을 편안하게 모시는 게 도리라고 여겨 드린 말씀인데 역정을 내시니 민망하옵니다."

"백성이 헐벗고 굶주리는 고통을 겪고 군사들이 목숨을 담보삼아 창칼을 겨누는데 왕이 허울이 아니고서야 어찌 편안하게 지낸단 말입니까?"

"진노를 푸시옵소서. 모두 신의 불찰이고 불충입니다."

"알았으니 돌아가시오. 내 좌평의 말대로 편안히 쉬고 싶소이다."

"제발 그리하옵소서. 그럼 신 이만 물러갑니다."

말본새가 가관이었다. 왕을 업신여기지 않고서야 이처럼 오만무례할 수가 없는 일이다. 무언가 내심을 다지고 있는 게 분명했다. 겉으론 고개를 수그리는 척하지만 말끝마다 역심이 드러났다. 그냥 넘어갈 일이 아니었다.

왕은 막손의 휘하에 있는 쇠야치를 은밀히 불렀다. 그리고 모종의 밀명을 내렸다. 쇠야치는 백부장에 올라 매번 전과를 올리는 데다 눈치가 빨라 모두의 신임을 받았다. 그는 우직하기도 했다. 그런 쇠야치가 밤만 되면 울금바위에 올랐다. 손에는 늘 술과 고기를 들고 복신을 찾아 안부를 묻고 불편한 것은 없는지 세심하게 챙겼다. 그리곤 성안의 분위기를 듣기 좋게 전하고는 내려왔다.

그는 비 오는 날에도 올라 동굴 안의 습기를 제거한답시고 이곳저곳에 촛불을 밝히는가 하면 경계를 하고 있는 장도리 백부장과 그 수하들과도 친밀한 관계를 유지하느라 애썼다. 처음 그의 행보에 다소 의심을 가졌던 복신도 변함없는 정성에 감복, 오랫동안 데리고 있던 장도리 백부장만큼이나 신임하게 되었다. 복신은 장차 큰일을 하려면 쇠야치와 같이 눈치 빠르고 충성스런 사람을 휘하에 거두는 것이 꼭 필요하다는 계산에 이르렀다.

쇠야치는 또칠, 막손 같은 장군은 물론 세 명의 달솔과도 스스럼없이 지내는 것을 자랑삼아 말하면서 은근히 그들의 감추어있는 내막도 까발렸다. 왕도 예외가 아니었다. 자기의 동생 쇠돌이가 왜의 파견병 수장 이치노 다쿠쓰의 동생 료타로와 가까이 지내 그에게서 얻어들은 얘기라며 온갖 거짓 정보를 고해바쳤다. 그러면서 왕이 도침을 살해한 범인으로 좌평을 의심하고 있는 눈치며 "위험한 인물을 어찌해야 할지 모르겠다."라고 푸념하더라는 얘기를 슬쩍 비쳤다.

순간 복신의 눈썹이 꿈틀했다. 쇠야치는 이때를 놓치지 않고 주위의 경계를 좀 더 튼튼히 하는 게 좋겠다고 진언했다. 이에 복신이 가까이 다가앉도록 손짓했다. 그리곤 목막수 장군의 휘하에 있으니 그와의 관계를 돈독히 할 수 있는 묘안을 궁리해보라고 귓속말을 했다. 쇠야치는 목 장군은 우직하기만 할 뿐 머리가 나빠서 좌평의 뜻을 펴는 데 큰 도움이 되지 않을 것이라고 능청을 떨었다.

쇠야치는 다음날도 바위굴을 찾았다. 늦은 밤이었다. 졸개 복장으로 변장한 목막수와 함께였다. 긴장의 빛이 역력했던 복신은 쇠야치의 눈짓으로 사태를 파악하고 다소 마음을 놓았다. 그는 수하를 불러 주안상을 가져오라 했다.

"목 장군이 예까지 올 줄은 몰랐소이다."

"좌평 어른! 하도 답답혀서 바람 쐴 겸 올라왔습니다. 혹 오해를 살까 보아 쇠야치의 말대로 변복을 했습니다. 무례를 탓하지 마옵소서."

"아니, 그게 무슨 무례라는 말이오. 오늘은 예서 술잔으로 답답함을 다 풀어내시오."

"고맙습니다. 우선 지 잔부터 받으시지요."

"아닐세, 잔이야 예까지 찾아온 목 장군이 먼저 받아야지. 자, 따름세."

"예, 여그서 혼자 계싱게 쫌메 쓸쓸허기는 혀도 생각을 가다듬는 디는 좋겠구만요. 여그, 잔 받으시지요."

"당 수병을 대적할 일이 걱정이오. 요즘은 그 생각으로…."

"날짜는 잡으셨능가요?"

"날짜? 무슨 날짜?"

"거병 날짜 말이지요."

"아~, 아, 거병 날짜. 스무엿새가 길일이오. 아~암, 그날이 길일이고 말고."

"스무엿새요? 그러면 닷새도 남지 않았군요."

"어젯밤 유성의 긴 꼬리가 북으로 뻗었었소. 하늘의 도우심이 있을게요."

"아하, 그려요? 스무엿새가 길일이라…."

동문서답으로 서로의 의기를 가늠하고 투합을 확인했다. 형식은 그랬다. 막손은 출병 날짜를 묻는 척했으나 실은 복신의 속내를 떠보는 것이었고, 복신은 거병을 출병으로 잘못 들은 척 실행 날짜를 귀띔한 것이었다. 두 사람의 명목상 투합은 중간자인 쇠야치의 재치가 작용한 결과였다. 복신은 막손을 굴 문밖까지 배웅하면서 "대장군! 와주어서 고맙소"라며 병권을 주겠다는 암시를 했다. 그렇게 그의 마음을 살 수 있다고 믿는 복신이었다.

복신은 다음 날부터 칭병을 했다. 실제로 이불을 뒤집어쓰고 드러누워 꼼짝하지 않으면서 음식 섭취도 몰래 했다. 이틀거리(학질)로 열이 높아 인사불성이라는 소문이 성내에 두루 퍼졌다. 이는 복신의 의도대로 왕의 귀에도 들어갔다. 왕은 복신이 조회에 연이어 불참하자 짐짓 모른 체하며 연유를 물었다.

"좌평이 며칠째 보이지 않는구료."

"예, 아뢰옵기 황송하오나 수일 전부터 삼일 열(이틀거리)로 몸져누웠다 하옵니다."

"뭐요? 좌평이 삼일 열로? 병세가 어떻다 하오?"

"매우 위중한 듯하옵니다."

"그런데도 아무도 과인에게 알려주지 않았단 말이오?"

"황공하옵니다."

"허~어, 좌평은 이 나라의 중추일 뿐만 아니라 사적으로는 나의 아재비요. 당장 의원을 보내 구완토록 하시오. 상태를 보아서 과인이 직접 문병할 것이니 의원은 다녀온 뒤 복명토록 하시오."

소식을 접한 복신은 속으로 쾌재를 불렀다. 내일이 바로 길일로 점찍은 스무엿새 경진(庚辰)일이다. 그는 장도리 백부장을 불러 사위경계를 철저히 할 것을 지시하면서 자기의 침상 뒤편에 네댓 명이 숨을 수 있도록 휘장을 치라 했다. 칼솜씨가 좋은 자로 고를 것도 명했다. 굴 밖 좌우에는 궁수를 배치하라 했다.

한편 복신의 진료를 마치고 온 의원은 얼굴빛이 약간 검기는 하나 숨이 고르고 맥이 정상이어서 큰 병은 아닌 것 같다고 복명했다. 그는 성심이 상할 것만이 두려워 이실직고한 것이다. 왕은 병세에 대해 아무에게도 발설하지 말라 하고 매우 슬픈 낯을 애써 띄웠다. 왕은 다음날 문병하겠다고 선언했다. 일부 신료들이 그곳은 험한 길이라 저어된다며 행차를 말렸으나 왕은 들은 체도 하지 않으며 병사들이 동요하지 않도록 이치노 장군과 목막수 장군 둘만 수행하라 일렀다.

복신은 길일이라 확신하는 다음 날, 왕의 문병 행차가 있을 것이라는 전갈을 받았다. 하늘이 돕는다 했다. 수행을 간소화한 데다 의기가 투합한 목막수 장군이 끼어있다 했다. 쇠야치의 말로는 성안의 분위기가 고조되어 있다 하니 왕의 신병만 처리하면 다음은 일사천리라 자신했다.

그러나 정오가 지나도록 왕의 행보 소식이 없었다. 울금바위에서 내려다보면 성안을 훤히 꿰뚫을 수 있다. 길은 오직 하나, 개암사의 뒤편을 돌아오는 좁고도 가파른 길이다. 내려가기는 쉬워도 오르기는 어려운 길이다. 왕은 해가 중천을 지나 서쪽으로 반쯤이나 기울어서야 느릿느릿 산을 올랐다. 마치 소풍이라도 나선 듯 한가롭기

그지없는 행보였다. 길이 좁아 연을 탈 수도 없고 가팔라 말을 탈 수도 없었다.

제 딴엔 모든 준비를 마친 복신이 연신 마른침을 삼키며 왕의 행보가 왜 이리 더디냐고 엉뚱한 장도리에게 짜증을 냈다. 이제 잠시 후 왕이 이 굴 안으로 들어오기만 하면 모든 일이 끝나는 것이다. 그때 왕이 동굴에 거의 다 왔다는 전갈이었다. 복신은 이불을 머리 끝까지 추켜올리며 신음 소리를 더 크게 냈다. 그런데 기다리는 왕이 좀체 나타나지 않았다. 다시 채근하여 물으니 굴 밖에서 석양 노을을 감상하고 있다는 대답이다.

"석양 노을을?"
"예, 미동도 하지 않고 서쪽 하늘만 쳐다보고 있습니다."
"서쪽 하늘을? 뒷짐을 진 채 말이냐?"
"그렇습니다."
"그렇다면 다른 뜻은 없는 게로구나. 내가 마중해야겠다."
"좌평 어른, 아니 되옵니다. 계획에 차질이 생깁니다."
"아니다. 내가 나가 마중을 해야 안심하고 굴 안으로 들어올 것이야. 어서 부축하도록 해라."

복신은 몸을 가누지 못하는 척, 장도리의 부축을 받으며 굴 입구까지 나왔다. 왕은 등을 보인 채 저만치서 서쪽 하늘의 노을만 쳐다보고 있다. 복신이 더는 기다리지 못하고 두어 걸음을 다가가며 헛기침을 했다. 그러고도 한 참 후 왕이 뒤돌아서며 복신을 쳐다보더니 빙그레 웃음을 띠었다. 그리곤 가까이 오라는 손시늉을 했다. 복신은 망설였다. 문병을 온 태도가 아니었기 때문이다. 그러나 왕은 지근에 아무도 없는 단신이었다. 목막수와 이치노, 그리고 그의 휘하는 굴 문의 양옆에 도열해 있다. 그래서 안심을 하고 다가갔다.

"이 험한 곳에 어인 행차시옵니까?"

"…"

"누추하지만 잠시 안으로 드시지요. 녹차로 더위를 식힐 겸."

"노을이 참으로 아름답구료."

"노을이요? 예, 예, 이맘때의 노을은 늘 보기 좋습니다."

"이맘때의 노을이라. 오늘이 아마 경진일이지요?"

"예? 예. 길일이옵니다. 그래서 노을이 저렇게…."

복신의 그다음 말은 이어지지 못했다. 그의 목이 이치노의 단칼에 떨어져 땅을 구르기도 전에 목막수의 창끝에 꽂힌 채 허공에 매달렸기 때문이다. 장도리와 저격수, 경계병은 모두 뒷짐결박을 당해 무릎을 꿇었다. 이들은 다음날 상좌평 복신을 살해했다는 오명을 쓰고 참수되었다. 왕은 복신의 장례를 장엄하게 치르라 명했다.

최후의 결전

백강 어구와 백산성에 전운이 감돌았다. 신라와 당나라, 백제와 왜 등 네 나라의 연합대전이 목전에서 무르익고 있었다. 당의 유인궤와 두상(杜爽)이 이끄는 수군 칠천 명이 백칠십 척의 전함에 나누어 타고 여차하면 남하하여 계화포구와 두포천 상류 나무개에 진을 친 왜군을 섬멸하고 주류성을 봉쇄하겠다는 작전을 펴고 있었으며, 또한 당의 유인원과 송인사(宋仁師), 신라의 문무왕(김법민)과 스물여덟 명의 장군이 이끄는 삼만여 명의 나당 연합군은 거마성(부안군 백산면 용계리 백산)에 진을 치고 수륙 양면 공격을 준비하고 있었다.

한편 주류성의 백제 부흥군은 왜의 천지(天智)왕이 된 교기가 파견한 수군 이만칠천여 명이 일천 척의 전함에 나누어 타고 합세함으로써 사기가 충천, 일전을 불사하고 있었다. 수적 우위로 수성보다는 선제공격을 한다는 전략이었다. 왜 수군의 수장인 가미쓰게누 노미와카코는 먼저 당 수군을 격파하는 것이 관건이라 여기고 선발대를 백강 어구로 출진시켜 적을 교란한 뒤 두포천을 따라 저기(돼지터) 백촌(주산면 백석리) 나무개(목포)에 나누어 정박하고 있는 주력군을 투입한다는 계획을 세웠다. 거마성은 왜 수군의 백강 상류 접근과 때를 맞추어 왕이 삼만여 명의 전군을 직접 이끌고 나가 사위를 포위 공격하기로 했다.

계해(癸亥)년(663년) 팔월 스무여드렛날, 날이 밝자 기치를 높이 세운 부흥군이 주류성을 나섰다. 왕은 성을 나서며 배웅 나온 개암사 주지승의 대승하라는 기원과 함께 합장을 받고도 아무런 응대가 없었다. 다만 뒤돌아 한참 동안 성을 주시할 뿐이었다.

거마성까지는 육십 리 상거다. 막손이 인솔한 일군은 거마성 동쪽의 배들(이평)을 향해, 또칠의 이군은 서쪽의 흰내말(부안읍)을 향해 나가고 흑치는 주력군인 삼군을 이끌고 갈마을(갈촌) 널다리(평교)를 지나는 지름길을 택했다. 왜군이 백강을 따라 북쪽에서 밀고 내려오면 거마성은 꼼짝없이 독 안에 갇힌 꼴이 될 것이라는 용병이었다. 왕은 삼군의 후방에 위치해 이치노의 호위를 받았다.

전단은 부흥군이 거마성에 접근하기도 전에 벌어졌다. 산의 꼭대기에 지휘부를 설치한 나당 연합군은 부흥군의 움직임을 훤히 내려다보고 있다가 오리 상거로 접근하자 일단의 군사를 내보내 싸움을 걸었다. 불과 이삼백 명의 소부대를 내보내어 세 불리하면 뒤로 내뺐다가 다시 접전을 시키곤 했다. 동서 남쪽에서 모두 같은 전술로 나왔다.

한편 왜군 수장 가미쓰게누는 계화 포구의 선단으로부터 연락이 오기만을 학수고대했다. 오정이 지났는데도 아무런 소식이 없다. 왠지 불안했다. 연락병을 급히 보냈으나 숨을 헐떡이며 되돌아온 연락병의 얼굴은 사색이 되어있었다. 포구에 있던 선발대는 모두 불에 타 파선하고 당나라 수군이 벌떼처럼 몰려오고 있다는 것이었다. 전함의 수효가 일백 척을 훨씬 넘는다고 했다.

가미쓰게누는 결단을 내렸다. 각 포구에서 출정을 기다리고 있는 선단에 급히 출발하라 명령했다. 너무 서두른 나머지 전함들이 서로 부딪혀 상당수가 파손됐다. 그도 그럴 것이 두포천은 소형 고기잡이배나 드나드는 곳이었기 때문이다. 엎친 데 덮친 격으로 겨우 뱃머리를 돌린 배들도 빠져나갈 수가 없었다. 수로가 좁은 데다 썰물 때를 맞아 물이 줄어들고 있었다. 간신히 물줄기를 탄 배들도 앞으로 나아가지 못하는 것은 마찬가지였다. 역풍이 불고 있었던 것이다. 썰물 때 뭍을 향한 해풍이 부는 것은 당연한 이치인데도 가미쓰게누는 미처 그걸 간파하지 못하는 중대한 실수를 범하고 말았던 것이다.

나당 연합군의 소부대와 신경질적인 접전을 계속하느라 전력을 소모하고 있던 부흥군은 백강으로 치고 올라올 왜의 수군을 기다렸으나 해가 저물도록 깜깜무소식이었다. 지나친 자신감에 차 있던 부흥군은 만약의 경우를 가상한 대비책도 소홀했을 뿐만 아니라 각 군 간의 연락수단도 미흡했다. 수군 전함의 반 이상은 파손되거나 갯벌을 벗어나지 못했으며 간신히 계화포구에 당도한 전함도 적의 화공에 대부분 불타고 말았음을 알지 못했다.

왕은 접전을 멈추고 야영을 준비하라 일렀다. 점심도 굶은 병사들은 허기에 지쳐 제 몸 하나 가누기도 어려운 지경에 이르렀다. 겨우 주먹밥 한 덩이씩을 나눠준 뒤 각자 알아서 노숙하라는 명령을 내린 왕은 급히 작전회의를 열었다. 의견이 분분했다. 지금이라도 회군해 주류성에서 수성전을 펴자는 의견, 그곳에 갇히면 혈로가 없어 최악의 경우 몰살을 피할 수 없을 것이라며 죽어도 예에서 싸우다 죽자는 의견, 밤이 깊어지면 들불을 피워 기습 화공을 하자는 의견 등 분분했다.

왕은 저들이 비록 밀집된 장소에 집결해 있다 하나 화공기습으로는 큰 전과를 올리기 어렵고 위험이 따른다며 말렸고, 회군해 수성전을 펴는 것은 적들의 전략에 휘말리는 것이라며 마다했으며, 결국 다음 날 날이 밝는 대로 총력전을 펴자는 데로 의견을 모았다. 찬밥 한 덩이로 허기를 달랜 병사들은 찬 이슬을 맞으며 노숙을 감내했다.

그것은 수군의 실책에 이은 두 번째 실책이었다. 밤이 깊어지자 야습을 감행한 것은 나당 연합군 쪽이었다. 희미한 달빛 아래 꽹과리를 두들기며 진지를 덮쳤다. 부흥군은 전열을 가다듬기도 전에 적의 불화살과 장창의 공격을 받아 짚단 쓰러지듯 무너졌다. 대항하는 자보다 도망하는 자가 더 많았다. 회심의 일전을 다짐했던 전선은 뒤죽박죽이 되고 말았다. 왕과 장군, 지휘자들의 독전 고함은 한낱 공허한 메아리였다.

왕은 사태를 간파했다. 또 한 번 결단을 내려야 했다. 이번은 이기느냐 지느냐의 결단이 아니라 사느냐 죽느냐의 결단이었다. 자기는 죽더라도 군사들의 목숨은 한 사람이라도 더 건져야 했다. 왕은 어두운 밤하늘을 쳐다보았다. 저 멀리 거마성 너머 북쪽 하늘에 북두칠성이 길게 누워있었다. 탄식했다. 전쟁을 앞두고 신료를 버렸으니, 그것도 골육상쟁의 피를 흘렸으니 어쩌면 당연히 받아야 할 업

보인지 모른다는 탄식이었다. 왕은 흑치 대장군을 불렀다.

"나의 부덕의 소치고 불찰이오. 이제 다른 대안이 없는 것 같소. 항복을 선언해야 하겠소."

"전하! 어찌 심약한 말씀을 하십니까? 날이 밝는 대로 군사를 수습하면 다음을 기약할 수 있습니다."

"아니 될 말이오. 벌써 반이나 죽어 나갔소. 더 이상의 죽음은 무의미하오."

"그러면 사해를 아우르는 문화 대국을 이루시겠다는 포부는 어찌 되옵니까?"

"살기 좋은 세상, 살맛 나는 세상도 목숨이 붙어있고 나서의 일 아니겠소?"

"… 전하! 부디 후일을 기약하소서."

"이런 답답한 사람들 하고는….."

왕은 자기를 결박해 나당 연합군의 진영으로 끌고 가 항복을 선언하라 했다. 대신 남은 군사들의 목숨은 지켜달라는 조건을 성사시키라 했다. 이때 왕의 귀국 이래 줄곧 신변을 경호했던 이치노가 가만히 흑치의 소매를 잡아당겼다. 이치노는 흑치의 귀에 몇 마디를 소곤거렸다. 이에 흑치 장군이 갑자기 목장군을 불러 휘하 몇 명을 데리고 왕을 뒤따르라 명했다.

영문을 모르는 막손은 백부장 달평을 비롯한 수하 여남은 명을 차출했다. 모두에게 말이 준비되었다. 이치노가 앞장을 서고 왕을 옹위한 흑치와 달평 등이 뒤를 따랐다. 거마성 쪽을 향해 전력으로 달렸다. 그 사이에도 나당 연합군의 부흥군 도륙은 계속되고 있었다. 부흥군 잔여 군사는 이제 도망할 엄두도 내지 못하고 그저 죽기 살기로 대항하고 있었다.

만감이 교차하는 왕은 이치노의 인도에 따라 무작정 달렸다. 앞장서 달리는 이치노는 어느새 거마성을 멀리 돌아나가고 있었지만, 왕은 미처 눈치를 채지 못했다. 아마 밤이 어두운 데다 길이 낯설어서였을 것이다. 얼마를 더 달렸을까, 뒤늦게 자기의 의도가 빗나가고 있음을 깨달은 왕이 고삐를 잡아당기며 말을 세웠다.

그때였다. 뒤쪽에서 말발굽 소리가 요란했다. 횃불을 밝혀 든 일단의 기병이 다가오고 있었다. 나당 연합군의 추격병이 분명했다. 눈에 쌍심지를 세운 흑치가 막손에게 뒤를 맡으라 하고는 왕이 탄 말의 배를 창대로 쿡 찔렀다. 놀란 말이 내달리기 시작했다. 막손과 달평이 버티고 서서 달려오는 추격병을 막아섰다.

눈앞에서 왕을 놓친 추격병의 우두머리는 이를 갈았다. 다짜고짜 창을 휘둘렀다. 창끝은 막손을 빗나가 옆에 있는 달평의 말 목덜미를 찔렀다. 낙마하여 나동그라지는 달평을 주시하던 막손은 창대를 꼬나 쥐고 우두머리를 노려보았다. 뒤돌아서는 놈의 가슴패기에 바람구멍을 내리라 작정하고 창을 드는 순간 그 역시 땅바닥으로 굴러떨어지고 말았다. 뒤편에 있던 놈이 갈고리로 그의 목깃을 훑어 내렸던 것이다. 허망했다. 그런데도 웃음이 나왔다. 기가 막힐 때 나오는 그런 웃음이었다.

"이눔아가 갈고리 한 방에 실성했나. 와 실실 웃노? 냉큼 일어서 래이."

"이런 호랑이 씹어갈 놈! 어따 대고 사술을 부리냐! 시방."

"어라? 으허허허. 으허허허."

"실성은 니놈이 혔는갑다. 맹갈 없이 웃고 지랄이여."

"원수는 외낭구 다리에서 만나다쿠더니 오늘 니 잘 만났다. 니 돌팔매 쟁이 아이가, 그렇제? 맞제?"

"어, 어. 그러고 봉게 너 품석이 아들놈 품일이 아녀? 앗다, 반갑다 잉."

"방가분 건 니가 아이고 나란 말여."

"니가 시방 나 만나고자파 여그까장 온 것이냐? 만나믄 어쩔라고 혔는지 몰르겄다만 자 인자 만났응게 언능 볼일 보거라."

"인연이 참말로 얄궂데이."

"좋고만. 다시 만났응게 오늘 새로 한판 붙자. 지난번 빚도 있응게."

"빚은 나가 졌지 니가 졌냐? 마 오늘 그 빚 갚아주꾸마. 얼른 일어나서 돌아가거라. 저거 니 수하 델꼬 냉큼 돌아가. 나 맘 변하기 전에!"

"빚진 거 갚는다고? 그려, 그려. 알겄다. 그런디 이 댐에 또 만날랑가 모리겄다?"

"다시 안 만났으면 좋겠구마. 대대로 원한 살 일 없어야제."

먼동이 틀 무렵, 왕 일행은 백강 하구 언저리에 도착했다. 왕을 좌정시킨 이치노가 인근에서 배를 한 척 구해왔다. 사실은 억지로 뺏어왔다. 가진 것이 없어 타고 갔던 말을 고스란히 내주었는데도 선주는 못마땅했다. 배에 오르는 왕을 향해 허리를 깊숙이 꺾은 흑치가 비감 어린 어조로 물었다.

"전하. 바다를 건너 본토 백제로 가셔서 안돈하옵소서."
"본토 백제?"
"예~에, 대륙에서는 백제 방을 그렇게 부릅니다."
"장군, 나라 잃은 패주를 반길 리가 있겠소?"
"패주라니요. 잠시 머무시면 기필코 되돌아오실 것이옵니다."
"아니오."
"아니시라면? 왜로 가실 작정이신지요."
"거기도 아니오."
"그러시면?"
"고구려로 갈 요량이오. 가서 추모대왕(고주몽) 할아버님 산소에 술이나 한 잔 따르고 싶소. 잘못을 빌어야지요."
"그리하옵소서. 그리하옵소서."

흑치는 이치노에게 반드시 연락해주도록 당부하고 돌아섰다. 막손이 추격 병을 따돌려주어 간신히 왕의 탈출을 도왔다. 달평의 안부가 궁금했다. 급한 마음으로 말고삐를 잡아채는 순간 일대의 기병이 에워쌌다. 이제 눈에 뵈는 것이 없게 된 흑치였다. 그의 현란한 창술 앞에 적병은 순식간에 절반이나 나동그라졌다. 우두머리를 포함한 나머지는 말머리를 돌려 달아났다.

흑치가 기를 쓰고 추격했다. 거의 따라잡을 즈음 다른 일대가 길목을 지키다 대들었다. 그들도 여지없이 무너졌다. 살아남은 자만 또 도망을 쳤다. 이러기를 서너 번이나 되풀이했다. 그러다 불이 휘황하게 밝혀진 군막 앞에 도달했다. 아뿔싸! 놀란 흑치가 말머리를 돌리려는 순간 너털웃음과 함께 큰 고함이 들려왔다.

"흑치 장군! 기다리고 있었소이다."

"…?"

"흑치 장군. 나 유인원이오. 설인귀 장군께서 흑치 장군을 꼭 모셔오라 하셨소이다. 이제 체념하시오."

"…"

"장군! 풍을 탈출시킨 것만으로 장군의 도리를 다했소. 이제 망설일 것이 없소이다."

"…"

'결국 이렇게 되고 마는 것인가…' 흑치의 체념은 의외로 빨랐다. 군막 안으로 든 흑치는 유인원의 깍듯한 접대를 받으며 투구와 찰갑을 하나씩 벗었다. 지난 삼 년간 일구월심 한 가지 집념으로 내달리면서 흘린 땀이 배어있는 갑주였다. 허리에 찬 보검, 풍장 왕으로부터 하사받은 보검까지 풀어놓자 홀가분했다. 생각지도 못했던 홀가분함이 온몸을 감쌌다.

주류성의 망루에 오른 막손은 계곡 입구에 겹겹이 진을 친 나당 연합군의 선두에서 위풍당당한 모습의 흑치상지를 발견하고서 그만 기가 질리고 말았다. 백산 들판에서 살아 돌아온 병사는 채 오천도 되지 않았다. 그나마 다행이라 여겨 또칠과 함께 경계를 단단히 하며 수성전을 준비해왔다. 지수신 장군은 임존성을 사수하고 있고 사타상여 장군은 생사를 모르는 터였다.

더욱 경악할 일이 벌어졌다. 당나라로 압송되었던 융 태자가 사타상여 장군과 나란히 서서 적장 유인원을 옹위하고 있었기 때문이다. 왕이 혼자 내뺐다는 사실이 알려지면서 사기가 땅에 떨어졌던 오천 군사는 더는 싸울 엄두를 내지 못했다. 결기 있는 백부장 몇몇이 이곳에 뼈를 묻자며 부추겼지만 식어버린 전의가 되살아날 리 없었다.

품일이 선봉으로 나선 신라군은 문무왕의 독전을 받으며 물밀듯이 치고 올라와 삽시간에 성을 쑥밭으로 만들었다. 소래사로 통하는 좁은 길과 울금바위를 넘어 도망친 자만 살아남았다. 고작 오백여 명에 불과했다. 이렇게 삼 년간의 백제 부흥운동은 막을 내렸으며, 대백제 육백팔십일 년의 역사가 종지부를 찍었다. 계해년(663년) 구월 초이렛날이었다.

달평은 이틀 전, 일·이·삼통과 함께 강경포로 가 그곳에서 대기하라는 막손의 명을 받고 울금바위를 넘어 성을 벗어났다. 비밀작전이라 짐작했다. 일·이·삼통 역시 달평이 그러한 명을 받은 것이라 여겼다. 그래서 의심하지 않고 따라나섰던 것인데 이는 그간의 공로에 대한 막손의 마지막 보답이었다.

달평은 강경포에 도착해서야 막손의 의중을 파악하고 부리나케 되돌아 왔지만 성안은 이미 주검들만 가득했다. 피비린내가 진동했다. 까마귀 떼가 제 세상을 만난 듯 시체를 쪼고 있었다. 망연자실한 달평이 겨우 정신을 가다듬은 것은 개암사 스님들의 부산한 발자국 소리를 듣고서였다. 시체를 수습하여 매장하고 있었던 것이다. 햇볕 드는 쪽에 커다란 구덩이를 파놓고 집단 매장하는 평토장이었다.

순간 달평은 정신이 번쩍 들었다. 막손 생각이 났던 것이다. 부리나케 달려가 주지 큰스님을 찾았다. 눈을 휘둥그렇게 뜬 스님은 아무 말 없이 눈짓으로 그를 안내했다. 절 뒤편의 판판한 곳에 대강 염습을 한 다섯 구의 시신이 가지런히 뉘어 있었다. 모두 방령의 복색을 하고 있었다. 한꺼번에 화장할 준비를 하고 있었다.

제4부
월붕산의 노래

모정(母情)

　　삼통 아중달이 다내를 찾아왔다. 주류성이 함
락된 구월 초이렛날을 기일로 삼아 막손의 일 년 상을 준비하고 있
을 때다. 성이 함락되기 직전 막손의 밀명 아닌 밀명을 받고 일통
최천동, 이통 정수탁과 함께 강경포로 탈출, 목숨을 부지한 아중달
이다. 그는 '木莫手 將軍之 墓(목막수 장군지 묘)'라고 새긴 비석을
마련해와 다내 뒷산의 묘지 앞에 세우고 술을 따랐다.

　지난해 주류성이 함락되어 부흥군이 와해 되었다는 소문이 두
루 퍼지고 있을 즈음 달평이 막손의 시신을 넣은 관을 지게에 짊어
지고 한밤중에 찾아왔었다. 쉬쉬하며 뒷산의 양지바른 곳에 매장
했다. 나당 연합군의 서슬이 퍼렇던 때라 곡소리조차 삼갔다. 시신
을 찾은 것만으로 다행이라 여긴 장사였다. 아래끝 네의 간장을 녹
여내는 흐느낌만 있었을 뿐이다.

　정읍현 점촌의 달평과 흘덕의 김박지도 찾아왔다. 신라 점령 이
후 정촌현은 정읍현으로 이름이 바뀌었다. 부령(부안, 흰내말에서 이
름이 바뀜)의 최치랑 어른은 부조를 보내왔다. 시신조차 수습하지

못한 한 동네의 떨렁이와 깝칠이는 막손의 묘와 나란히 가묘를 썼다. 모든 일이 손을 맞춘 듯 척척 진행되었지만 아무도 말이 없었다. 이러한 침묵은 부흥군 와해 이후 삼한 서남지역에 나타난 두드러진 현상이었다.

한과 울분을 안으로만 삭였다. 그것이 망국의 유민이 살아남는 지혜였다. 그 대신 생업에 집념을 쏟았다. '씰데 없는 소리'나 '쓰잘데기 없는 소리'는 아예 눈과 귀와 입을 닫고 오로지 먹고사는 일에 매달렸다. 터 잡을 땅뙈기가 없는 사람은 가무를 생업으로 삼아 이곳저곳을 떠돌아다녔으며 돌 쪼기, 쇠 벼르기, 대나무 엮기, 나무 다듬기, 소금 굽기, 옹기 굽기에 매달렸다. 이도 저도 아닌 사람은 도적 노릇을 했다.

백부장이었던 달평도 완전히 다른 사람으로 바뀌어 있었다. 부흥군에 관한 얘기는 입도 뻥긋하지 않았다. 그새 몰라보게 노쇠한 아버지 심수리를 대신해 도기 굽는 가업을 꾸려나가는 데 온 힘을 쏟았다. 통가마를 새로 짓고 물레간도 넓혔다. 그는 요즘 백토와 개흙을 섞어 만든 태토로 색이 밝고 단단한 수병과 반상기 그리고 화병 등을 만들어내느라 여념이 없었다. 구월에서 상달로 넘어갈 즈음 달래의 아버지 꺽손이 점촌으로 불쑥 찾아왔다.

"얼래? 어쩐 일이랑가유. 통기도 없이?"
"무신 대단한 인물이라고 미리 통기허고 댕긴당가? 이 사람아!"
"근디, 뜬금없이 여그까장 먼 일이당가요?"
"왜? 내가 못 올 디 왔다는 말인가?"

"어찌 첨부터 말씸이 삐딱하당가요?'

"에끼! 이 사람, 어른헌티 그 무슨 말버릇인가?"

"얼래? 잘못혔구만이라우. 암튼 때 되았응게 들어가시지라우."

"아닐쎄. 자네 춘부장 어른 잠깐 뵙고 그냥 가야 쓰겄네."

"야~아? 먼 일이 있당가요?"

"아니라고 허는디 아까부터 차꼬 먼 일, 먼 일을 찾았싸."

"아부이는 처 쪽 방에 계싱게 지 따라오시기라우."

"여그 해뉵 좀 끊어왔응게 찬이나 허고⋯."

"아~, 기냥 오시면 어떻다고 비싼 걸 가지고 오시고 그런대요? 아부이 손님 왔구만요. 처그 다내서요."

가대가 꽤 넉넉했다. 물레간 옆으로 안채를 아담하게 앉혔고 곳간도 큼지막했다. 안채 뒤편엔 채마밭이 널찍했다. 가마에서는 흰 연기가 모락모락 피어오르고 있었다. 두엇의 인부가 아래쪽에서 흙을 져 나르느라 구슬땀을 흘리고 있었다.

"가마에 어저께까장 불 넣다가 시방은 식히는 중이구만이라우. 한 사나흘은 식혀야 헝게 인자부터 쬐꼼 숨 돌리것고만이라우."

"팔리기는 잘 허고?"

"그러믄요. 새로 맹근 것들은 없어서 못 판당게요."

"새로 맹근 것?"

"야~. 옹기만 맹글다 봉게 힘 들어가는 것맹키 이문이 적어라우. 그래서 밥주발 같은 생활도기를 한 번 혀보고 있구만이라우."

"그려? 자네는 원래가 야무진 사람잉게."

"먼 칭찬이랑가요? 지헌티 헐 말씸 있는가요?"

"헐 말은 무신 헐 말…."

중이 제 머리 못 깎는다고 꺽손은 주막에 마주 앉아서도 할 말을 꺼내지 못하고 있었다. 바로 달래의 혼사 얘기였다. 어젯밤 배들 댁은 달래를 시집도 안 보내고 늙도록 데리고 살 것이냐고 다그쳤었다. 원래 여식 혼사 문제는 안사람 몫이라 여기고 있는 터였으나 배들 댁이 지난해 낭재로 건이를 들먹였을 때 역정을 내며 돌아앉았던 것이 책임을 떠맡게 된 내막이다. 그래서 눈여겨 온 달평을 마음에 두고 속내를 떠보러 온 것이었으나 쉽게 말문이 열리지 않았다.

"달평이 자네 인자 봉게 불효가 막심허군 그려."

"야~아? 매급시 먼 말씸이당가요?"

"매급시가 아니라 안 그렁가. 늙으신 아버이 모시고 살면서 말여, 그러능 게 아녀."

"…? 지가 멋을 잘못혔는가요?"

"아암, 잘못이라면 큰 잘못이지."

"오늘 왜 이리 쌌는대요? 앞뒤로 왔다갔다 험서?"

"아~아, 어서 장개 가서 손주새끼 낳아드려야 헐 것 아닝가!"

"으헤헤헤. 그렇게 고말 헐라고 여태 뜸들였당가요?"

"왜? 내 말이 틀렸능가?"

"틀리긴요. 딱 맞는 말씸이기는 헌디 누가 지 같은 사람헌티 딸

줄라고 허겄시오? 옹기쟁이헌티?"

"있으면 어쩔 턴가! 있으면 어떨 티여?"

"지야 감지덕지지요. 근디 고게 누군데요?"

"누구긴 누구여. 자네 앞에 앉은 바로 나지."

"예~에? 어르신이 지한티 딸 줄라고요? 그렇게…, 달래 아기씨 말잉가요?"

"그려! 내가 진작부터 자넬 점 찍어두었네."

"에이 참, 말씸은 고마운디요. 고건 안 될 말이여라우."

"멋이어? 안되어? 고게 먼 말이어 시방? 어찌 안 된다는 거여! 달래가 어쩌서?"

"그렁 게 아니고요. 달래 아기씨는 인물 좋고 문자 속도 훤하고 그렇게, 맞는 짝을 찾아야지요. 언감생심 지가 어찌…."

"흐~응. 그려? 핑계가 그럴 듯 허네만 나도 말 났응게 못 물리는 중만 알게. 나중에 사주단자 적어 보내어. 날짜는 내가 잡을 팅게."

"어르신. 지 말씸 좀 더 들어보시기라우. 지같이 못난 놈이…."

"더 들어 볼 것 없응게 그리 알어. 나 가봐야 쓰겄네."

가을걷이가 끝난 동짓달 초이튿날로 혼사 날이 잡혔다. 옹골찬 달래는 이렇다 저렇다 말이 없고 해미가 덩달아 좋아했다. 지난봄, 금산사를 다녀온 뒤부터는 얼굴에서 수심이 사라진 듯 보였다. 아마 체념한 것이라 여겼다. 그러나 그것만도 아닌 것이 밤이 깊어지면 언제나 홀로 뜰에 서서 북극성을 바라보는 습관이 이어지고 있었다.

달래의 올곧은 마음을 잘 알기에 아들 건이가 넌지시 달래 얘기를 꺼냈을 때 일언지하에 묵살해버렸던 것이다. 혼사는 때가 있는 것인데 자칫 혼기를 놓칠까 노심초사하던 해미였다. 달평네와 사주단자가 오가는 동안 내색을 하지 않던 달래가 정작 혼삿날이 정해지자 차근차근 준비를 해나가는 것을 보면서 더는 상처받지 않고 살아갈 수 있도록 신명을 다 하겠다는 다짐을 했다.

　건이가 온갖 솜씨를 발휘해 초례청 장식을 준비하고 있는 가운데 꺽손은 돼지를 잡았다. 돼지 멱따는 소리가 가신 지 얼마 되지 않아 삶은 내장이 탁배기와 함께 각각의 방에 나왔다. 이곳저곳에서 왁자지껄하며 웃는 소리가 더욱 커졌다. 방안에서 신방 이불을 시침하는 이, 부엌에서 전을 부치는 이, 마루에서 산자를 튀기는 이, 송화가루로 다식을 찍어내는 이들 모두가 입만 열면 달래의 칭찬이었다.

　"요새 그만한 처자가 어디 있대여?"

　"긍게 말이어. 인물 좋지 얌전허지 솜씨 좋지…."

　"그게 당가? 근방에 그 문자 속 당헐 사람이 어디 있겄어."

　"그려. 말 들어봉게 달래의 사주팔자가 그렇게 좋담서?"

　"좋웅 게 아니라, 아주 큰 인물 될 사람이라등만."

　"그런디 어디서들 그렇게 자세히 들었당가?"

　"아 머시냐, 내장사에 있는 선사님이 그러셨다능만."

　"나도 좀 자세히 알게 갈쳐줘 봐."

　"거 머여. 문재(文才)라등가 멍가, 암튼 글재주를 타고났다고 안혀?"

"거그다가 재물 복이 겁나게 많디야."

"얼래? 긍게 큰 부자 된다는 말 아녀? 달래는 참 좋겠다."

"달래만 좋겄어? 달래 데려가는 신랑도 좋지."

"그려, 그려. 처그 점촌에서 옹기장사헌다는 그 신랑이 복 터졌지."

"몰르면 가만히들 있어. 기냥 옹기장사가 아니라 시방은 장거리에 큰 도점을 몇 개나 채리고 있다등만. 거그 가면 없는 것이 없대야."

"맞어. 흐건 반상기를 봉게 증말로 욕심나더라고."

아낙네들의 수다가 끊이지 않는 동안 배들 댁은 달래를 앞에 앉혀놓고 눈물을 훔치고 있었다. 자기 속으로 낳았으면서도 철이 들면서부터는 함부로 대할 수 없는 위엄에 짓눌려 하고 싶은 말 한 번 제대로 하지 못했다. 그러나 이제 출가시키면 더는 자기에게 속하지 않는다는 서운함으로 눈물 감장을 못 하고 있는 것이다.

"서방이라는 것은 말여. 그냥 남정네가 아니고 하늘인 거여. 그리서 서방을 거스르면 자기가 고달파지는 거여. 여그는 차돌이 흰돌이가 다 컸응게 걱정할 것이 없어야. 시부님 잘 공대하고 서방 뜻 잘 받들거라."

"…."

"에미가 참말로 에미 노릇을 못 혔다. 갈쳐준 것도 없고 정도 많이 쏟지 못 혔어야. 할머니가 다 키워주셨응게…."

"…."

"그리도 에미는 하나도 걱정 안 헌다. 니가 지 앞가림은 잘 헐팅게…. 그리고 해미 보살님이 당분간 니 뒷바라지혀 줄 팅게 마음이 놓여야."

"…."

"그런디 이 말을 히야 쓸랑가 모리겄다. 그 금산사에 있다는 그 스님은 인자 싹 잊어부려야 헐 틴디…."

"…예에?"

"그려야. 한때의 정분이라고 생각허고…."

"어무이, 어찌 그것을?"

"내가 모르는 중 알았능 게비지? 시상의 어느 에미가 자식이 가슴 아퍼허는 것을 모리겄냐? 에미는 니가 혼차 이겨낼 중 알았어야."

"어무이…, 흑흑흑…."

기어이 달래가 무너지고 말았다. 오랜만에, 참으로 오랜만에 어머니의 치마폭에 얼굴을 파묻고 엉엉 울었다. 배들 댁은 달래의 고운 머릿결을 정성스럽게 쓸어주었다. 역시 가슴에 북받치는 것이 있었으나 꾹 참아냈다.

꿩! 꿩! 장 서방

달래의 신접살림은 알뜰살뜰했다. 달래가 워낙 알뜰한 데다 달평의 살가움이 더해서였다. 달평은 참 살가운 사람이었다. 달래는 아무래도 자기에게 분에 넘치는 색시라고 생각했다. 점촌 사람들 모두가 달평이 복덩어리를 데려왔다며 부러워했다. 달평은 이에 보답이라도 하듯 매사에 신중했고 달래의 뜻을 받들었다.

달평은 오늘도 갓 구워낸 자기 가운데 색깔이 마음에 들지 않는다며 절반이나 깨부수어 집어 던졌다. 그랬다. 달평의 머릿속에 있는 화병은 부흥군에서 군상을 할 때 이통 정수탁이 당나라 것이라며 내주었던 그런 것이었다. 주둥이와 도지미로 받쳤던 밑바닥을 빼고는 전체에 푸른빛이 감돌던 그런 것이었다. 갖은 방법으로 유약을 별러도, 불 때는 시간을 조절해도 색깔이 거무칙칙하거나 군데군데 얼룩이 졌다. 좀 괜찮다 싶은 것은 단단하게 굳지를 않고 쉽게 깨졌다.

여름 가을 내내 화병과 씨름하느라 이제 지칠 지경이 되었다. 뒤에서 지켜보던 달래가 유약의 내화성이 약한 듯하니 청석(靑石)과

철석(鐵石) 가루를 섞어보면 어떻겠느냐고 귀띔했다. 눈이 번쩍 뜨인 달평이 두말없이 채석장을 찾아다니며 철석과 청석을 구해왔다. 욕심냈던 색깔은 아니었지만 제법 티를 냈다. 달래는 좀 더 색깔을 밝게 내려면 태토의 색깔이 맞아야 한다며 백토의 함량이 많은 것 같으니 황토 찰흙을 더 섞으라 했다. 태토의 색깔이 너무 밝으면 구웠을 때 오히려 어두운 색깔이 나온다는 것이었다. 시집오기 전 건이에게서 배운 염료추출과정을 잘 써먹고 있는 것이다.

신기하게도 훨씬 밝은색이 나왔다. 달평이 쾌재를 불렀지만 달래는 아니라 했다. 색깔의 농담이 아니라 명암이라 했다. 밝기보다는 맑기가 더 중요하다 했다. 달평의 눈이 휘둥그레졌다. 아버지는 옹기를 만들면서 항상 소리가 맑아야 한다고 귀가 따갑도록 말했었다. 그런데 아내 달래는 색깔이 맑아야 한다지 않는가?

달평이 길을 나섰다. 양에 차는 몇 점을 걸망에 짊어지고 남쪽 끝마을 도무(강진)를 향했다. 오래전부터 도무의 가마가 유명하다는 아버지의 말을 들었기에 본고장을 찾아 품평을 받고 싶어서였다. 말을 탈 재간이 없으니 발품을 팔아야 했다. 가고 오는 데 열흘은 족히 걸리리라. 도무에서도 한나절을 더 걸어 남쪽 바닷가 사당마을(강진군 대구면 사당리)에 닿았다.

양지바른 산자락 여기저기에 가마가 길게 누워있고 몇 군데에서는 연기가 솟고 있었다. 무작정 가장 넉넉해 보이는 집을 찾아들었다. 인부들이 갖가지 모양의 자기를 지푸라기로 감싸서 달구지에 싣느라 정신없이 바빴다. 슬그머니 다가가 살펴보니 모두가 그럴싸

했다. 우선 모양들이 특이해 눈여겨보는데 뒤에서 쉰 듯한 목소리가 들려왔다. 뒤돌아보니 환갑을 넘겼음직한 노인이었다. 엉겁결에 허리를 굽혔다.

"처그 정읍 사는 심달평이고만요. 자기 맹그는 것 배울라고 먼 길을 왔구만요."

"정읍? 거기가 어디메여?"

"야~아, 옛날 정촌을 시방은 정읍이라고 허는고만요."

"정촌? 여기서 솔찬히 먼 딘디? 그렇께 어찌서 왔다고?"

"자기 맹그는 것 배울라고 안 왔는가요."

"긍께, 나가 누군지 알고 온 것이어?"

"저어, 기냥 가마가 큼지막 혀서 들어와 봤구만이라우."

"그런디, 아께 이름이 멋이라고 혔제?"

"성은 심가고요. 이름은 달평이구만요."

"뭣이? 달팽이? 으허허허."

"그렇다문 지대로 찾아오기는 혔는디 시방 이렇게 바쁜 것 봄서도 모리겄능가? 근다…, 정촌이라고 헝께 생각나는구만. 거기 어디 심수리라고 옹기 잘 맹그는 사람 있는디, 혹시 아능가?"

"예~에? 그 어른 아시능가요? 지가 그 냥반어른 아들이고만요."

"뭣이여? 자네가 심술이 옹 자제라고? 허~어, 그려? 잘 찾어왔네. 그런디 그 어른은 잘 계시능가?"

"야~아. 잘 기시는고만요. 으떻게 아신당가요?"

"오래전 젊었을 때 옹기 굽는다고 같이 배우러 다녔다네. 어찌나 사람이 바르고 고집이 세던지 그때는 다들 알아주었제."

"아이고, 어르신 인자 지 절 받으셔야 쓰겄네요."

"절은 무슨 절. 이럴 것이 아니라 어서 안으로 들어감세. 다리품 파느라 힘들었을 틴디 저녁 먹음서 얘기험세나."

"어르신 반갑고 고맙고만요."

저녁상이 푸짐했다. 동모 자식이면 내 자식이나 마찬가지라며 겸상을 했다. 손수 술까지 따라주었다. 손가락 끝이 뭉툭한 게 지금도 물레를 돌리는 모양이다. 술을 먹지 못한다며 사양하는데도 한 사코 권한다. 다리 퇴악 난 것은 술 한 잔 먹고 푹 자야 낫는다며 연거푸 권한다.

이곳에 가마를 낸 지 할아버지 때부터 백 년도 넘었고 지금은 한성과 평양성, 금성(계림, 지금의 경주)은 물론 왜와 당나라에서까지 물목 단자가 온단다. 사당 가마 팽기칠이라면 꽤 유명하단다. 팽기칠이 어른의 이름이었다. 달평은 술잔을 피할 겸 가지고 온 화병을 꺼냈다. 요모조모 살피던 팽 영감은 눈을 크게 떴다.

"긍께, 이것을 자네가 맹글었는가?"

"야~아, 여그서 나온 것 봉게 이것은 화병도 아니고만요."

"아닐세. 제법 괜찮아. 색깔이 맑아서 좋아. 그런디…."

"…?"

"그런디, 유약을 바를 때 말이어. 단번에 덤벙한 것(유약에 덤벙 담그는 방식) 같은디 일단 귀얄(붓으로 얇게 칠하는 방식)로 얇게 칠해놓고 마른 다음에 덤벙을 하는 게 때깔도 곱고 깊은 맛이 날 게야.”

“그려라우?”

“그라고 소리가 둔하네. 불을 쫌메 더 높여 때. 재벌구이 헐 때 말이어, 속불꽃이 빨갛게 밝은 색이 될 때까장 높이 때야 혀.”

“옹기보담 월등히 높게라우?”

“그렇제. 옹기는 불꽃이 노란 정도로 되지만 자기는 말이어 훨씬 높아야제. 그래야 가볍고 단단해지거든.”

“도기허고 자기는 그렇게 다르구만요 잉?”

“도기는 깨지면 흙으로 돌아가지만 자기는 말이어. 그냥 사금파리로 남는 겨. 그래서 불땀이 쎄야 자기가 되는 겨.”

“아~, 그렇구만요 잉.”

“그라고 병 주둥이를 쫌메 늘여 봐. 손아귀로 잡을 수 있을 만큼 말이어. 대신 아랫배는 이보담 불룩혀야 볼품이 생기제.”

“오늘 어르신헌티 참말로 많이 배웠구만요.”

다음날 달평이 하직인사를 하자 팽 노인은 물목 단자와 은자 하나를 손에 쥐어 주며 만드는 대로 가져오라 했다. 은자는 노자가 아니라 선금이라 했다. 달평의 발걸음이 가벼웠다. 가을걷이가 끝난 들판이라 하나 사람 그림자가 귀했다. 어쩌다 만나는 사람도 풀 죽어 있기는 마찬가지였다. 백부장까지 올라 물불 가리지 않고 내달리던 때가 언 듯 떠올랐으나 이내 고개를 저어 털어냈다.

달평은 사흘 길을 죽인 다음 고시이(전남 장성)에서 밤을 묵고 나흘째 날 갈재의 길목에 들어섰다. 갈재를 넘으면 바로 모량부리(전북 고창)이고 지척인 흘덕(흥덕)을 지나서 한나절이면 점촌에 닿는다. 갈재는 뫼가 높고 골이 깊어 대낮에도 호랑이가 나온다는 험산이다. 정상을 넘는 데는 아흔아홉 번 굽이를 돌아야 한다. 말동무가 있을 땐 쉬엄쉬엄 이 길을 택하지만 바쁜 걸음일 땐 백암사에서 내장사로 통하는 지름길도 있다. 골이 깊고 험해 되도록 피하는 길이다.

달평은 주저하지 않고 지름길로 들어섰다. 길을 재촉해야 할 급한 일이 있다기보다 어서 가서 달래를 보고 싶었다. 길을 나선 지 여러 날이라 걱정을 쌓을까 염려해서다. 걸망에는 은자도 들어있다. 자기도 모르게 콧노래가 흘러나왔다. 달래가 입버릇처럼 흥얼거리는 "돌하 노피곰 도두샤(달아 높이 좀 돋아서)."이다. 깊은 속뜻이야 모르지만 지금은 동네 사람 모두가 따라서 입버릇처럼 흥얼거리는 노래다.

갑자기 길가 숲 속에서 장끼 한 마리가 푸드덕하며 날아오르더니 저만큼 개울 건너로 달아난다. 이내 산이 쩌렁쩌렁 울리도록 '꿩! 꿩!' 울어댄다. 이상한 일이다. 꿩은 원래 양지바른 산자락에 서식한다. 그리고 산란기인 봄철이 아니면 꿩꿩 울어대지 않는다. 멀리 날지 못하기에 제 위치가 드러날까 봐 몸에 밴 자구책이다. 달평은 심심풀이로 꿩의 흉내를 내 본다.

"꿔~엉! 꿩! 장(長) 서방~ 아들 낳고 딸 낳고~ 멀 먹고 사능가~. 앞집에서 콩 한 되~ 뒷집에서 팥 한 되~ 그럭저럭 먹고 산다~."

어렸을 적부터 불러온 노래다. 춘궁기 어려운 시절에도 서로서로 십시일반 도움으로써 잘 견디어낸다는 인심이 그대로 배어있어 정서에 맞았던 듯 널리 퍼져 있는 노랫말이다. 그때였다.

"여그 좀 잠깐 보고 가야 쓰겄는디?"

"…?"

"여그 이쪽이여. 혼자인 게빈디 암말 말고 짊어진 걸망 후딱 벗어 놓고 가번져."

"…? 멋이어? 긍게 자네들이 도적이어?"

"봄서 모리겄능가? 우리가 거 유명한, 거 멋이냐 깔재, 그려 깔재 당인게 잔말 말고 가진 거 주고 가랑게."

"으흐흐흐, 깔재당? 이름 한 번 그럴 듯 허다만 나 쉽게 짐 못 벗 응게 그리 알어."

"얼래? 니가 한 번 쌔기냐? 우리 떡보 장군헌티 맛을 봐야 정신 채리겄냐?"

"떡보 장군이고 똥보 장군이고 난 모릉게 느그딜 맘대로 한 번 혀봐라."

"그려? 앗다, 겁나게 쎄게 나오네? 야~, 안 되겄다. 작은 성님 오 시라고 혀야겄다."

"…?"

"야~아, 작은 성님 여그 왔다. 근디 뭣이 이렇게 시끄럽냐?"

"…? 얼래? 너 시방 깜이 아녀? 마병대 있던 깜이! 너 여그서 화 적질 허냐?"

"…? 하이고매. 이게 누구셔! 달팽이 성님 아녀유?"

"뭐? 달팽이? 너 화적질 헝게 눈에 뵈능 게 없냐? 말 똑바로 못혀?"

"야, 알았시유. 달평 백부장님! 이러면 되았지유?"

"지금이 어느 땐데 백부장 찾고 지랄이냐. 그건 그렇고 말이다. 아까 들응 게 떡본지 똥본지 너그 대장인가 분디 지금 어디 있냐?"

"헤헤헤. 그렇잖혀도 지가 모실라고 허는구먼유~. 지 따라오세유."

우거진 숲 속을 한참 걸어 올라가니 커다란 바위 등걸 밑에 게딱지만 한 초가지붕이 나왔다. 지붕이라기보다 덮개였다. 땅을 깊게 파고 그 위에 지붕을 덮어씌워 비바람을 피하고 있는 토굴집이었다. 떡보 장군이란 사람은 다름 아닌 득보였다. 부흥군에서 군기단을 맡았던 진동(충남 금산군 진산면) 사람 득보였다. 위엄을 갖춘답시고 없는 수염을 기른 것이 꼭 염소수염을 닮아서 웃음이 나올 지경이었다. 그새 몰라보게 늙어 보였다.

"오십부장님. 지 달평, 심달평이어라우. 여그서 보다니 어쩼든 반갑구만이라우."

"아이구, 백부장님! 만나 봬서 반갑기는 허지만서두 면목이 없구만유. 자, 여쪽으로 앉으시유~."

"그리도 명색이 나라 찾자는 부흥군이었는디 여그서 화적질로 양민을 괴롭힌대요?"

"하이구. 백부장님 말씀이사 백번 맞지유. 허지만 누구는 이런 짓이 허고 싶어서 허겄시유."

"그러면 누가 억지로 시켜서 허능가요?"

"그런 건 아니지유. 아따 머시냐. 지난번 주류성서서 몰살당할 때 으떻게 으떻게 빠져나와 목심은 건졌지만 어디 갈 데가 있남유? 여그 있는 아덜도 다 갈 데가 없담서 지를 따라옹게 할 짓이 아닌 줄 암서도 이렇게 되았구만유. 먹고는 살아야 헝게유."

"그리도 하필이면 화적질이랑가요."

"백부장님, 우리는 화적이 아니구만유."

"그러면 의적잉가요?"

"그게 아니구유. 화적은 분탕질 치는 놈덜이구유, 우리는 산적이구만유."

"야~아? 산적이유? 으흐흐흐. 그렇게 산도둑이란 말이고만요잉."

"그리도 우리는 없는 사람은 그냥 보내고 좀 넉넉한 사람덜만 상대허는구만유. 헤헤헤."

"얼래? 그렇게 나도 넉넉헌 사람으로 보았는 게비지요?"

"아마 그랬을 거구만유."

"허어, 그려요? 그러면 내가 얼매나 있어 뵈능교?"

"아따, 백부장님도. 그 걸망 속에 은자 몇 개는 있능 것 같구만유. 안 그려유?"

"으하하하. 그러고 봉게 산적질로 도가 텄구만."

"그렇지유? 지 말이 맞지유?"

"하하하, 지가 졌구만요. 오십부장님. 아니 득보 형님! 인자 지 만났응게 이 짓 청산허고 절 따라갑시다요."

"이 많은 식구를 델꼬 가서 어쩔라고유?"

"지가 점촌서 큼지막헌 가마 굽고 있응 게요. 굽지는 안 헐 것이 만요. 여그 대강 정리혀 놓고 점촌으로 오시랑게요. 알겄지라우?"

달평이 도무 다녀온 얘기를 소상하게 늘어놓자 달래의 눈빛에 생기가 돌았다. 무언가 가능성이 보였다. 그건 가능성이라기보다 희망이었다. 그렇다. 대대로 섬기던 나라가 망하고 새로운 주인 신라와 아직도 이 땅을 떠나지 않고 있는 당나라의 아귀다툼 속에서 질곡의 나날을 보내야 하는 망국 유민들의 생활은 고달팠다.

땀 흘려 애써 가꿀 만한 토지는 몇몇 유력자들의 독차지였고 굻는 배를 채워줄 만한 손재주와 수완도 부족했다. 남의 등을 쳐먹고 뺏어 먹는 것도 애당초 갈무리해둔 게 없는 빈 독이니 따먹고 따먹히는 공깃돌 놀이와 다름이 없다. 물산이 풍부하다는 왜와 요서 지방의 것에 눈독을 들여도 내 것이라고 내놓을 만한 것이 없으니 바꾸어 오기도 어려운 실정이었던 것이다.

달래의 희망이 바로 이것이었다. 산야의 어디에서든 긁어올 수 있는 흙을 벼르고 다듬고 구워 애완 골동품과 생활 도구로 둔갑시키면 저들의 마음과 욕심을 채울 수 있다는 희망이었다. 달래는 혼인하여 다내 댁이 되었지만 아무도 그녀를 다내 댁이라 부르지 않고 지월 아씨라 불렀다. 해미 보살이 늘 그렇게 불렀기 때문이다. 그녀의 언행은 금방 동네 사람들의 귀감이 되어 앞다투어 입에 침이 마르도록 칭찬했다.

소일거리가 없는 사람들에겐 옹기 굽는 일을 도우라 하고 넉넉한 품삯을 쳐주었다. 밤에는 불러 모아 재미있는 얘기를 들려주기도 하고 문자를 가르쳐주기도 했다. 더러는 구워낸 그릇을 머리에 이고 이 동네 저 동네를 돌면서 팔아오기도 했다. 그들의 입에선 시도 때도 없이 달래가 흥얼거리는 '돌하 노피곰 도두샤'가 흘러나왔다. 다리가 아플 때도, 주정뱅이 남편 미운 생각 날 때도, 이고 간 물건이 다 팔려 흥겨울 때도, 밤길이 어두워 무서울 때도 입버릇처럼 흥얼거렸다.

아이들과 남정네들도 따라 부르기 시작했다.

'돌하 노피곰 도두샤'를 이어서 후렴은 제멋대로 만들어 불렀다. "돌하 노피곰 도두샤, 철도 없는 우리 서방 밤마실로 날이 새네, 어긔야 어강됴리 아으 다롱디리, 동지섣달 긴긴밤 야속하기 그지없네."

이런 식이었다.

우후청천(雨後靑天)

　　　　　　애벌구이를 유약에 덤벙 담갔다가 흘러내리기
가 멈추는 것을 기다려 도지미 위에 가지런히 올려놓고 잠깐이면
어렴풋이 도막이 형성된다. 이때 손가락이나 붓대로 물결 모양을
내거나 나선을 그려 넣는다.

　갈재에서 한꺼번에 내려온 깔재당 패들이 이젠 제법 손에 익힌
기술로 제각기 맡은 일을 척척 해낸다. 달평은 그들을 위해 숙소를
새로 번듯하게 지었다. 그들의 음식 수발 빨래 수발은 동네 아낙네
들의 손길이 동원되었다. 가마에 불을 지피기 전 이맘때가 가장 분
주하다.

　아까부터 낯모르는 이가 주위를 서성이다 달래의 눈에 띄었다.
걸망을 짊어졌으니 먼 곳에서 왔다는 표시다. 미투리와 버선발에도
흙먼지가 잔뜩 묻었다. 행색은 남루했으나 서 있는 몸가짐이나 얼
굴의 형색은 먹물 밴 자국이 역력했다. 달래가 의아한 눈초리로 다
가갔다.

"저희 가마에 처음 오신 것 같은데 무슨 볼일이라도…."

"아~, 예. 처음 길입니다. 병 모양이 하도 좋아서 잠시 넋을 뺏겼습니다."

"병 모양이요?"

"예, 처음 보는 모양입니다. 긴 목과 볼록한 배의 선이 참 아름답습니다."

"…?"

"실용적인 미에다 감상적인 미를 곁들였군요."

"…? 혹 도공이세요?"

"아닙니다. 그저 여기저기 떠돌다 보니 눈 호사가 좀 늘었나 봅니다."

"그럼 여기도 저기에 속하나요?"

"예? …허허허. 아씨의 언골(言骨)이 놀랍군요. 예, 여기도 다른 데 가면 저기가 됩니다."

"호호호. 손님의 언중(言中)에도 골이 깊습니다. 어디에서 오셨는지요?"

"당나라에서 오는 길입니다."

"당나라요? 거기서 예까지 웬일로…."

"지나는 길이었습니다. 그런데 저 애벌구이를 보니 뭔가 그려 넣고 싶어서 발길이 떨어지지 않았습니다."

"그러면 화공이세요?"

"화공이라기보다 그냥 그림공부를 좀 했습니다."

"당나라에서 그림공부를요? 아~, 이럴 것이 아니라 잠깐 안에 드시지요. 저희 주인을 불러오겠습니다."

"그보다는…, 저기 유약을 묻히기 전에 그림을 한 번 그려봤으면 합니다만…"

"…지금요? 그렇게 하시지요."

그는 하성(河成)이었다. 해미 마을 백중서의 셋째 아들 시루, 갑사
의 하휴 선사에게 사사한 하성, 수묵화를 공부하기 위해 당나라에
갔던 하성이었다. 그는 부흥군의 처절한 몸부림마저 수포로 돌아
간 고국의 산하를 보면서, 신라와 당나라의 강압과 수탈을 보면서
허탈감에 빠졌다. 그냥 당나라에 머물러 있는 게 나았다는 생각이
들었다. 그 호방하고 생기 넘치는 묵객들의 활동이 새삼 그리웠다.

하성은 수묵화의 담백한 맛을 제대로 표현한다는 찬사를 들었
다. 백제인의 뛰어난 예술성을 익히 알고 있으면서도 좀체 인정하
려 들지 않는 당나라의 화단이었지만 하성의 심미안에 대해서는
누구 하나 감탄치 않는 사람이 없었다. 그러나 지루했다. 고국이 그
리웠다. 그보다는 달녀에 대한 생각이 사무쳤다.

잠시 고국에 들러 뒷모습만이라도 한 번 보고 왜로 건너갈 요량
이었다. 내장사를 찾았으나 그녀의 행방을 아는 사람이 없었다. 유
해 선사 입적 후 아들과 함께 절을 떠났다는 귀띔이 고작이었다. 혹
다내 마을의 지월을 찾으면 알 수 있으리라 했다. 그러나 지월은 시
집을 가고 없다 했다. 낯선 이의 수소문이 의아했지만 아래끝 네는
해롭지 않다는 직감으로 점촌을 일러 주었던 것이다.

하성의 붓끝은 오묘했다. 연황색의 애벌구이에 짙은 먹물로 산을
그리고 내를 그렸으며, 달을 그려 넣었다. 산에서는 솔바람이, 내에
서는 물줄기가, 달에서는 그림자가 흘러나오고 묻어나는 듯했다. 달

래의 눈이 휘둥그레졌다. 어느새 달평도 다가와 하성의 예사롭지 않은 붓놀림에 넋을 빼앗기고 있었다. 하성은 서너 개의 각각 다른 그림의 여백에 세필로 화제를 적어 넣었다. 月心春色(월심춘색)이었다.

달래는 너무도 놀란 나머지 하마터면 소리를 지를 뻔했다. 목구멍에서 연방 "아니, 이럴 수가." 하는 신음이 흘러나왔다. 달평이 돌아보고 왜 그러느냐 물었지만 달래는 입을 열 수가 없었다. 얼굴이 달아오르고 숨도 가빠졌다. 더 참지 못한 달래는 안채를 향해 내달았다. 하성은 전혀 이를 눈치채지 못하고 애벌구이의 밑바닥에 조그맣게 月(월) 자를 써넣으며 이를 점촌 가마의 표시로 삼는 게 어떻겠느냐 했다.

달평이 자세를 가다듬으며 안으로 들자 권했다. 그에게서 많은 것을 배울 수 있으리라는 계산에서였다. 하성은 사양하지 않았다. 제일 깨끗한 방으로 안내한 달평은 여기 머물며 가르침을 달라 간청했다. 하성은 이렇다저렇다 말이 없었다. 달평은 이를 허락으로 알고 방을 나와 저녁상을 준비하라 일렀다. 하성은 안주인이 지월이라는 것을 짐작은 했지만 섣불리 달녀의 소식을 물을 수가 없었다. 좀 더 지체하면 기회가 오리라는 기대로 달평의 제안을 받아들인 것이다.

달평이 푸짐한 저녁상을 들고 방 앞에 섰다. 뒤에는 물그릇과 술병을 든 해미가 따랐다. 밥상이 들어간 문 사이로 물그릇을 들여놓던 해미는 얼핏 손님을 살폈다. 달평의 태도로 보아 진객이라 여긴 나머지 궁금해서였다. 밥상을 받아들던 하성도 뒤따라 물그릇을 들이미는 해미와 순간 눈이 마주쳤다. 그리곤 시간이 멈춘 듯 세 사람의 동작도 거기에서 멈추었다. 찰나의 멈춤이었지만 거기엔 십 팔 년의 세월이 녹아있었다.

해미의 손에 들려있던 술병이 떨어져 마룻바닥을 굴렀다. 달평이 놀라서 뒤돌아보았을 때는 해미가 저만큼 달려가고 있었다. 술병을 다시 챙기러 가는 줄 알았다. 뒤늦게 좌정한 하성은 머리를 수그린 채 어쩔 줄을 몰라 했다. 얼굴이 발그레 상기되어 있었다. 달평은 다시 술병이 들어오기를 기다렸으나 한참이 지나도록 기미가 없자 숟가락 들기를 권했다.

마치 정신 나간 사람처럼 허겁지겁 달려오는 해미를 본 달래는 사태를 알아차렸다. 자기도 놀란 나머지 미처 귀띔을 못한 채 벌어 진 사단이었다. 해미는 방에 들어가 가느다란 신음 소리를 토해내 고 있었다. 치맛자락에 얼룩진 택배기 자국으로 상황을 짐작한 달 래는 해미 대신 술병과 물그릇을 들고 사랑채를 향했다. 기침 소리 를 내며 방에 가서 깊숙이 머리를 숙였다.

"죄송합니다. 혹 시루님이 아니신지요."

"…?"

"아까 月心春色(월심춘색)이라고 화제를 쓰실 때 알았습니다만 보살님께 미처 귀띔해 드리지 못했습니다."

"…으흐흐흐. 이 사람의 불찰이었습니다. 내가 먼저 말씀을 드렸 어야 하는데 병 모양에 정신이 팔린 나머지…. 으흐흐흐."

하성의 갑작스런 흐느낌과 돌변상황에 어리둥절해진 것은 달평이었다. 아내가 낯선 이 사람을 어찌 알고 있으며 해미 보살과는 또 어떤 사이이기에 허둥대며 난리인가? 우연히 지나가던 과객이 아니라 사연이 있어 일부러 찾아온 사람이라면 그 내막이 있을 터, 몹시 궁금했지만 진중한 달평은 정신을 가다듬어 상기된 하성에게 술잔부터 권했다. 그제야 하성은 자기의 본색을 드러내며 자초지종을 털어놓았다.

　밤이 이슥해지자 달래는 해미를 종용하여 하성의 방을 찾았다. 하성은 의관을 그대로 한 채 기다리고 있었다. 달래가 정면으로 앉고 해미는 모로 앉았다. 참 어색한 자리였다. 지난 십팔 년간 서로 마음에만 묻어두었을 뿐 얼굴 한번 마주친 적이 없는 둘의 사이였다. 아직 어렸을 적의 풋사랑이었고 지금은 중년이 된 두 사람이었다. 만난 순간 단번에 서로를 알아차렸다는 것이 어쩌면 기적이었다.

　"두 분의 사연을 잘 알고 있습니다. 그동안 얼마나 마음을 끓이셨습니까?"
　"…."
　"…."
　"여기 해미 보살님은 저의 친어머니와 같으신 분입니다. 그래서 시루님에 대한 사연을 제 아픔처럼 여겨왔습니다."
　"으흠. 시루는 어렸을 때의 이름이고 갑사에 계시던 하휴 선사님으로부터 하성이라는 예명을 받았습니다. 물 하(河) 자, 이룰 성(成)

자, 하성입니다."

"예에? 그 명성이 자자한 불화의 대가 하성님이 바로…?"

"대가라니요. 당치도 않습니다. 허명이겠지요."

"겸사의 말씀이 지나치십니다. 하휴 선사님을 뛰어넘는다는, 그래서 청출어람(靑出於藍)이라는 소문을 익히 들었습니다. 그런데 재작년 내장사에 들르셨을 때 왜 흔적만 남기고 그냥 떠나셨습니까?"

"아~아, 받아보셨군요. 당나라를 향해 가던 길, 돌아온다는 기약이 없는 길이라 뒷모습이라도 보고 싶었지만, 아, 해미 보살님이라 했던가요? 법당에서 나누는 선문답을 듣고서 부끄러움이 앞섰던 게지요. 그래서 도망치다시피…"

"그러하오면 이번에는…"

"아, 무슨 바람이 불었느냐는 힐문이군요. 부끄럽지만 이번에는 왜로 건너갈 요량이어서…"

"호호호. 그러니까 하성님은 어디로 도망갈 때마다 보살님 생각이 나는군요. 호호호."

"으허허허. 그렇게 들렸습니까?"

"예, 그렇게 들렸습니다. 하오나 이번에는 도망가지 마옵소서. 여기에 머무시면서 후학을 기르시옵소서. 저도 배우겠습니다."

"…? 소문에 당찬 분이라는 얘기는 들었소만 생각이 깊구려."

"헛소문을 들으신 게지요. 그리 약조해주시는 줄 알고 저는 물러가겠습니다. 두 분이 천천히 쌓인 얘기를 나누시지요. 술상을 새로 들이겠습니다."

달평은 다음날부터 서당 짓는 일을 시작했다. 가마에 불을 지펴야 했지만 잠시 뒤로 미루었다. 서당은 하성이 거처할 방과 생도들이 공부할 널찍한 방 그리고 커다란 마루로 그림 잡았다. 가마터를 훨씬 비켜 간 곳에 자리를 택했다. 온 동네 사람이 마을의 경사라며 두레에 나섰다. 집터를 다질 때에는 장정들이 "돌하 노피곰 도두샤, 우리 동네 경사 났네, 어긔야 어강됴리 아으 다롱디리, 서당 짓고 훈장 모셔, 돌하 노피곰 도두샤, 눈 뜬 장님 고친다네."를 합창하며 힘을 모았다.

하성은 애벌구이한 그릇마다 그림을 그렸다. 눈을 덮어쓴 매화, 꽃망울이 맺힌 난초, 찬 서리 비켜선 국화, 칼바람을 맞고 선 대나무 그리고 달빛 아래의 소나무 등 그릇의 형태와 크기에 따라 여러 모양의 그림을 그렸다. 그릇의 밑동엔 항상 月(달 월) 자를 삐딱하게 써 넣었다.

서당채 공사가 대충 마무리될 즈음 하성의 그림 넣기도 마무리되어 드디어 가마에 불을 지폈다. 불을 지피기 전 화구 앞에서 고사를 지내는 달평의 정성은 지극했다. 이번에는 그림도 그림이지만 색깔을 제대로 내고 싶었다. 당나라에 있을 때 바다 건너 먼 서쪽에서 들여온 유리병을 보았던 하성은 그 푸른색을 염두에 두고 여러 번 우후청천(雨後靑天)을 입에 담았었다. 비가 갠 다음의 푸른 하늘 빛깔, 그것을 우후청천 색이라 했다.

유약을 만들 땐 염료의 내력을 잘 아는 건이가 와서 거들었다. 열 번도 넘는 시험을 거쳤다. 달평은 실험을 위해 조그마한 시험 가마를 만들어 사용했다. 불땀과 시간 조절이 관건임을 알았다. 가마도

통 가마여야 불꽃이 제대로 피어나는 것을 깨달았다. 그리고 반드시 도지미가 필요했다. 처음에는 약한 불로 시작해서 가마 전체가 웬만큼 달구어졌을 때 불땀을 바짝 높여 이틀 정도 유지해주어야 소성이 제대로 되었다. 충분히 식힌 다음 불문을 여는 것도 유의점이었다.

불을 지피기 시작한 지 열흘째, 가마가 충분히 식은 것을 확인하고 마침내 불문을 열었다. 달평의 손이 떨린다. 맨 처음 꺼낸 것은 거의 숯덩이였다. 달평의 안색이 일그러진다. 중간 부분부터 조금씩 제 모습을 갖추더니 차츰 선명한 색을 드러냈다. 가마의 가장자리에서는 예의 얼룩진 것들이 대부분이었다. 세 개에 하나꼴만 겨우 낯 색을 유지했다. 그래도 달평의 얼굴엔 만족감이 묻어났다.

달평은 도무에서 가지고 온 물목 단자 별로 상품을 골라 볏짚으로 정성스레 감쌌다. 한 바지게 양이 족했다. 다음날 당장 길을 떠날 것이라며 동행할 바지게 꾼으로 깜이를 지목했다. 그릇의 형태만 갖추었을 뿐 저자에 내놓을 수 없는 것들은 동네의 가가호호에 나누어 주었다. 혹 소문을 듣고 타지에서 온 사람이 피목이나 양식과 바꾸자 하더라도 응하지 않았다. 그냥 소용만큼 나누어 주었다. 온전치 못한 것에 값을 매기면 온전한 것의 값이 내려간다는 것을 알기 때문이었다.

사공의 콧노래

도공 팽기칠은 달포가 넘어서야 나타난 달평을 나무랐다. 남에게 넘길 물건은 상태와 값도 중요하지만 더 중요한 것은 약조기한 즉 납기를 맞추는 것이라 했다. 설 대목을 겨냥해 물건 대줄 것을 약조했는데 벌써 섣달그믐이 코앞에 다가와 있는 것이다. 기한을 못 맞추면 제값을 받아내기가 어렵다는 것이었다.

바지게에서 꺼낸 물목을 살피던 팽 노인은 희색이 만면했다. 이리저리 돌려보고 속을 살피고 두드려보던 팽 노인은 입가에 빙그레 웃음을 띠며 대견하다 했다. 은자 세 개는 받을 수 있겠다 했다. 그러면서 이번 계림(경주)길은 동행하자 했다. 물건은 사가는 사람을 보고 만들어야 마음을 얻을 수 있다는 설명이었다.

도무에서 서라벌까지는 천 리가 넘는 길이다. 바닷길이 그래도 수월하다. 감은포(경북 경주시 감포읍 감포리)까지는 뱃길로, 거기서 서라벌은 뭍길로 가야 한다. 바람을 잘 만나도 왕복 열흘은 족히 걸린다. 달평은 함께 갔으면 하는 깜이를 점촌으로 돌려보내고 범선에 올랐다. 몇 년 전 왜 사신단에 끼어 다녀오면서 뱃멀미는 어느 정도 익숙해졌다 싶었는데 전혀 도움이 되지 않았다. 몸을 가누지 못하는 달평이 안쓰럽다는 것인지, 재미있다는 것인지 팽 노인은 웃음을 흘리며 갑판에 나가 바람을 쐬자 했다.

"배에다 몸을 맡겨야 멀미가 덜한 게야."

"배에다 안 맡기먼 지가 시방 파도에다 맡기능가요?"

"허어어, 젊은 사람 성깔은…. 배를 바람이 움직인다고 생각허는가? 아니여, 결국 사람이 움직이는 거여. 세상만사 역시 사람이 움직이는 것처럼 맹키여."

"무신 말씸인지 모르겠네유. 시상 만사를 사람이 다 으떻게 움직인다요? 자기 뜻대로 안 되능기 어디 한둘잉가요?"

"지 뜻대로 안 되는 거는 다 욕심이 많아서 그런 기여. 그리서 어른들이 순리를 따르라고 자꾸 말씀하는 거란 말여."

"사내새끼가 욕심이 없으면 어따 쓴다요? 팽이야 지자리 걸음이지라우."

"그리 생각허는가? 옹기 하나 굽는디도 지 욕심대로만 되던가? 장인은 말여. 욕심을 부리면 안 되어. 기냥 정성을 다 허다 보면 하늘이 도와주는 거지."

"…"

"그걸 하늘 욕심, 하늘 뜻이라고 허는 게지. 백제가 망허고 신라가 흥하는 것도 맹키 하늘 뜻인 게야."

"…"

"그러고 말이어. 내 물어볼 것이 있는디. 자네가 빚은 그 색깔은 으떻게 냈능가?"

"철석과 청석을 썼구만요."

"철석을? 오 그려. 철석 가루가 환원염에 녹색으로 변한겨. 근디, 쫌 더 찐하고 밝아야 혀. 그리야 우리 색깔이 된당게."

"더 찐한 색이요? 그러면 쪽빛인디요?"

"그려! 쪽빛이 원래 우리의 색깔이랑게. 아 머시냐. 맞아싼디 시퍼렇게 멍드는 색깔 말이어. 그것이 쪽빛깔인 거여."

"그러면 어르신은 그런 색깔 낼 중 아능가요? 좀 갈쳐 주어유."

"나도 시방 연구 중이지만서두 우선 말이어."

"우선요?"

"자네가 맹근 것은 색깔이 옅으면서도 죽은 색깔이여. 아매도 도지미 간격이 너무 빽빽헝 거 같은디 한 척 간격으로 약간 헐렁해야 불꽃이 고르게 빠져나가지. 그러고 가마의 경사가 느슨하면 불 고이는 시간이 많아 색깔을 죽인단 말야. 가마를 새로 지을 필요는 없고 칸칸이 계단을 만들게나."

"그리서 앞의 것은 숯덩이 맹키로 타버렸구만요 잉."

"그렇겠제. 이번에 건진 것이 얼마나 되나? 그리 높지 않제?"

"야~, 그렇구만요. 열 중 두세 개구만요."

"그리서야 품삯이나 되겠나? 열 중 여덟은 되아야 장인이라 할 수 있제."

밤이 되어 파도가 잠잠해지자 뱃길이 수월해지고 멀미도 가셨다. 바다는 칠흑이었다. 별빛이 총총한 게 그나마 다행이었다. 보통 밤 뱃길은 피하는 게 사공의 불문율이다. 그러나 달빛이 밝거나 지금처럼 별빛이 총총하면 길을 서두르기도 한다. 사공에게는 길을 줄이는 게 선가를 높여주는 게 되기 때문이다. 이는 화주에게도 득이 되기에 배 안은 흥이 돋아난다. 아닌 게 아니라 이때 사공의 흥얼거림이 가느다랗게 들려왔다. 달평이 귀를 쫑긋했다.

"돌하 노피곰 도드샤, 천신님 도우시고 해신님 도우셔, 어긔야 어강도리 아으 다롱디리, 풍신님도 도우셔 뱃길 천 리 멀지 않네, 어긔야 어강됴리 아으 다롱디리, 가는 길 수월하면 오는 길도 수월하제, 어긔야 어강됴리 아으 다롱디리, 동여맨 마누라 속곳 어서 가서 풀어야제, 어긔야 어강됴리 아으 다롱디리, 돌하 노피곰 도드샤…."

발 없는 말이 천 리 간다더니 점촌의 노랫말과 가락이 어느새 땅 끝마을까지 도달한 것에 신기함을 감출 수 없었다. 그랬다. 달은 백제인이 아니더라도 삼한 땅의 모두에게 정겹고 살가운 존재였다. 거기다 가락이 아무라도 따라 하기 쉬울 만큼 단조로웠다. 단조로우면서도 싫증이 나지 않았다. 그것은 가락의 음운이 이 땅에 사는 사람의 호흡에 딱 맞는 그런 것이기 때문이리라.

신라의 수도 계림은 첫눈에도 서라벌다웠다. 기와집의 처마가 맞닿아 있고 고샅은 널찍했으며 남녀의 복색은 화려하고 깔끔했다. 말을 탄 무사들의 왕래가 잦았다. 밤이 되자 여각의 주변은 불야성을 이루었다. 왜인은 물론 당나라 복색을 갖춘 자, 멀리 서역에서 온 듯 눈이 부리부리한 자들도 섞여 있었다.

다음날 여각 주인의 안내를 받으며 나타난 거간은 여인네였다. 치장이 호사스러웠다. 물목 단자와 견품을 세밀히 살피던 여인네는 만족한 미소를 지었다. 사내의 간장을 녹일 만큼 아름다웠다. 그녀는 밑바닥에 月(달 월) 자가 쓰인 달평의 목이 긴 병을 요모조모 살피더니 어디에서 나온 것이냐 물었다. 정읍현 점촌가마라는 대답을 듣고서는 눈을 가느다랗게 떴다.

"이 그림은 누가 그린 것이오?"

"…"

"예사 솜씨가 아닌 듯한데…"

"예, 맞습니다요. 당나라에 가서 공부하고 온 하성이라는 화공이 그린 것이구만요."

"당나라요? 그럼 그림값은 얼마나 쳐준 거요?"

"그건, 그건…"

"백 점에 은자 셋이었다 합니다."

"백 점에 은자 셋이오? 이 그림이?"

"아, 예, 예, 예…"

"다음에 올 때 그 사람도 같이 올 수 있겠소?"

"그건, 그건…"

"아, 예. 그리하도록 허겠습니다요."

"일단 이 그림이 있는 것은 다른 것의 두 배를 쳐드리리다. 그리고 여기 물목 단자는 가급적 이 그림을 넣어서…, 점촌가마라 했던가요? 거기서 만들어 주세요."

"…?"

"…?"

"아, 그리고 거기서 가까운 황해 포구가 어디지요?"

"…? 예, 큰 배를 댈만한 곳은 강경포가 그중 가깝습니다요."

"강경포? 날짜를 다시 연통할 터이니 착지를 강경포로 해주세요."

돌아오는 길의 팽 노인은 싱글벙글하느라 입을 다물지 못했다. 달평이 덕분에 예상했던 값의 두 배를 받았을 뿐 아니라 봄내 여름내의 일감을 확보한 것이었다. 청자 그림이 자기의 눈에는 별스럽지 않은 듯했는데 서라벌 거간의 눈치를 보아서는 보통의 걸작이 아닌 모양이었다. 다음 올 때 꼭 같이 오라 했는데 잘못해서 뺏기는 것이 아닐까 하여 오히려 불안이 앞섰다.

달평이 도무를 떠날 때 팽 노인은 은자 열 개를 챙겨주며 잘 간수하라 일렀다. 여기저기 산도적 떼가 극성이라고 귀띔했다. 겨울 지나고 해동하면 만들기 시작해 늦어도 춘삼월까지는 마무리해야 한다고 신신당부했다. 도무에서는 곧바로 강경포로 갈 것이라고 일러주었다. 달평은 점촌을 향해 발걸음을 재촉하는 동안 머릿속이 복잡해졌다. 가마의 개축, 서당의 낙성, 화공의 그림, 당나라와의 교역 등 감당해야 할 일들이 겹겹이었다.

재회

     서당이 문을 열었다는 소식이 전해지자 인근 각 처에서 아동들이 꾸역꾸역 모여들었다. 주로 넉넉지 못한 집안의 아이들이었다. 월사(月謝)를 받지 않는 데다 먹고 자는 것이 무료라 니까 배곯음을 면키 위해 오는 아이들도 있었다. 그 가운데 미장가 인 아이들만 받아들였다. 삼십여 명이나 되었다. 특별히 그림 솜씨 가 있는 사람은 나이에 불문하고 별도로 모았다. 여인네도 받아주 었다. 이들은 자비생(自費生)이었다.

  정이월을 지나서 춘삼월에 개소식을 갖기로 했다. 그런데 마땅한 훈장이 없었다. 그림은 하성이 맡기로 했으나 글공부는 학덕을 겸 비한 사람이어야 한다는 게 달래의 의견이었다. 이때 달평의 머릿 속에 떠오른 사람이 일통 최천동이었다. 그러면 어느 누구에게도 뒤지지 않는 훌륭한 훈장이 될 것이다. 달평은 부랴부랴 신촌(충남 보령)으로 향했다.

  수소문해 찾아간 신촌의 최성기 집안은 몰락해 있었다. 마름이었 던 늙은 딴죽이 영감이 퇴락한 집안을 지키고 있었다. 깊은 한숨을 섞어 내뱉는 자초지종은 듣는 사람의 억장을 무너지게 했다. 백제의 명맥이 끊어진 후 신라 감영에서 들이닥쳐 최성기를 압송해 닦달했다. 부흥군을 적극적으로 도왔다는 죄목이었다. 온갖 고초를 감내하던 최성기가 장독으로 끝내 숨을 거두자 아들 최천동은 모든 전답문서를 동네 사람들에게 골고루 나누어 주고 신촌을 떠났다는 것이다.

"증말로 영민하고 인정 많은 사람이었지유~. 사내대장부 난세를 이겨내지 못했으니 죽은 목심이나 마찬가지라며 혼자 떠났구만유."

"아니, 식솔은 으찌 하고라우?"

"식솔이유? 그 냥반 처복이 읎었던지 늦장가를 들었지만서두 금방 간질병으로 죽고 말았시유. 안방 큰 마님은 어르신 돌아가시고 꼭 석 달 만에 돌아가셨구유. 을매나 딱하던지 원…."

"으데로 가신다는 말씸도 없었고라우?"

"…."

"혹여 짐작 가는 디라도 있을 것 아닝가요?"

"부흥군에 기셨다고 혔지유? 으짤랑가 모리겄네유."

"예에? 무신 알만한 방도가 있긴 헝가요?"

"그려유. 이럴 중 알았는지 멫 자 적어준 게 있긴 혀유. 꼭 믿을 만한 사람한티만 비어주라고 혔구만유."

"그것이 어디 있능가요?"

"찬찬히 있어 봐유. 내가 금방 찾아 올팅게유."

쪽지에는 '강경포'라고만 쓰여 있었다. 강경포라면 틀림없이 이통 정수탁을 일컬음이리라. 두 사람의 관계를 알 수 있는 사람은 부흥군 출신밖에 없으니 일종의 암호였던 것이다. 달평은 딴죽이 영감을 안심시킨 다음 망설이지 않고 강경포로 정수탁을 찾아 나섰다.

강경포 정우치 옹 집은 부흥군 시절 일통과 함께 남쪽의 길지를 찾아 나섰을 때 들러 하룻밤을 묵었던 곳이다. 그리고 풍장왕 등극 행사 때도 주류성으로 찾아온 옹을 만났었다. 달평은 마치 행상인 양 행세하며 정수탁을 찾았다. 집에 없다 했다. 아마 건넛마을 서당에 간 듯하다 했다. 서당은 조그만 개울을 건너 양지바른 산자락에 있었다. 아이들의 글 읽는 소리가 문밖까지 새어 나왔다.

"지 잠깐 뵈어라우. 지 달팽이구만요."

"…."

"문 열고 좀 내다 보랑게요. 정촌의 심달팽이어라우."

"멋이어? 심달팽? 백부장?"

"하이고머니나. 여그들 계시는구만요. 지 잠간 들어갈랑만요."

"어서 오게나. 자네가 여긴 웬일인가? 갑자기 무슨 일인가, 응?"

"그건 차차 얘기허구요. 우선 지 절부텀 받으셔야 안 쓰겠능가요 잉."

"절은 무슨 절. 이리와 아랫목으로 앉게나. 여긴 바닷가라 강바람이 매섭다네. 여기 찾는다고 얼마나 고생했는가. 아 참, 너희들은 이제 집으로들 돌아가거라."

아무 말이 없던 최천동은 눈치 빠르게 학동들을 모두 돌려보냈다. 달평은 여전히 미심쩍어하는 정수탁을 모른 체하고 최천동에게 눈길을 박았다.

"헤헤헤. 지가 올 중 몰랐지라우?"

"그러면 신촌에 들러서 오는 길인감?"

"예~에, 딴죽이 영감한티 대강 소식은 들었고만이라우. 그리도 이렇게 잘 계싱게 을매나 다행인지 모리겄구만이라우."

"그려. 한 번 세운 뜻을 굽힌다는 게 이렇게 힘든 줄은 몰랐네. 그건 그렇고 여긴 웬일인가? 자네 지금도 가마 굽고 있는가?"

"야~, 배운 도적질이 그것 뿐잉게요. 그런디 시방은 쬐끔 재미가 생겼고만이라우."

"거 다행이네. 가마 굽는 일에 재미라. 그게 그렇게 재미있는가?"

"그러믄요. 아 전번에 지 군상 다닐 때 이통 어른께서 주셨던 그 화병 있잖응가요? 지가 시방 그것을 구워내고 있구만이라우."

"아니? 그 청자화병을? 응?"

"예~에, 그렇당게요. 엊그저께도 서라벌에 가지고 가서 큰돈 받아왔구만요."

"허허허. 달팽이 새집 지어 이사 가야겠네 그려!"

"예~에? 으헤헤헤…."

"으허허허…."

"그러잖여도 새집 지어놓고 모셔 갈라고 이렇게 안 왔능가요 잉."

"…?"

"…?"

정수탁이 이곳 서당은 자기가 잘 건사할 터이니 한번 다녀오라고 권하는 바람에 최천동이 마지못해 달평을 따라나섰다. 정수탁은 삼월 초 개소식에 맞춰 삼통 아중달도 함께 찾아가겠다 약조했다. 그 말은 최천동에게 그동안 점촌에 머물러도 된다는 의사표시였다.

달래는 큰 잔치를 차렸다. 학동이 사십여 명에 이르고 동네 사람과 인근의 나이 많은 분들을 모두 초청했다. 다내의 친정 식구들도 빠짐없이 참석했다. 내장사의 혜구 스님도 달려왔다. 때맞춰 정수탁이 아중달과 함께 도착, 잔치 분위기가 고조되었다. 정수탁은 지필묵을 넉넉하게 준비해왔고 아중달은 손수 만든 분판(粉板)을 한 바지게나 가져왔다.

서당 앞마당에 차일을 치고 또래끼리 모여앉아 술과 고기를 나누느라 왁자지껄했다. 억지로 훈장을 맡게 된 최천동과 멀리서 달려온 정수탁, 아중달은 방안에 좌정했다. 달평이 함께 들어간 하성을 소개했다. 모두들 하성의 소문을 들어서 알고 있는 터였다. 정수탁이 말문을 열었다.

"당에서도 존명이 자자하다는 얘기를 들었습니다. 가히 산수화의 절필이라는 칭송이더군요."

"거북한 말씀입니다. 겨우 흉내를 내는 수준인 것을요."

"겸사의 말씀이 과하십니다. 계림에서도 초청이 왔다는데 장차 왜에도 가보셔야지요."

"그럴 심산입니다. 고구려의 담징 스님이 호류사(法隆寺)의 금당벽화를 그리셨다는데 꼭 보고 싶은 그림입니다."

"반드시 기회가 있을 것입니다. 우리의 문화가 왜에 고스란히 전해지고 있는 것은 참으로 다행한 일입니다."

"그렇습니다. 미개한 왜가 우리의 문물에 속히 익숙해져야 사해의 세력균형이 든든해질 터인데요."

"그보다는 대부분의 백제 유민이 아직도 마음을 가다듬지 못하고 있는 것이 안타깝습니다."

"그야 나라의 주인이 바뀐 터에 어찌하겠습니까?"

"주인이 바뀌다니요? 이 땅의 주인은 여전히 우리인 게요."

"백제가 주인이었다가 이젠 신라가 주인이 아니구요?"

"신라도 망합니다."

"예? 신라가 망하다니요! 누가 들으면…."

"이 세상에 망하지 않는 나라가 있답니까? 신라도 언젠가는 망하고 또 다른 나라가 서겠지요. 그래도 백성은 그대로입니다. 그러니 우리 백성이 이 땅의 주인이랄 밖에요."

"듣고 보니 옳은 말씀입니다. 그렇다면 우리는 또 백성다운 삶을 개척해 나가야겠군요."

"그렇습니다. 서라벌과 요동 요서 왜에 우리가 가꾸어왔던 문화를 오롯이 전파함으로써 문화 대국의 긍지를 이어가야겠지요."

서로의 뜻이 통하고 의기가 투합하는 자리였다. 특히 하성의 깨달음은 컸다. 그림에만 전념하느라 사실 나라의 흥망과 백성의 도리, 민초들의 마음가짐 같은데는 별 관심을 두지 못했다. 하물며 백성이 이 땅의 영원한 주인이라는 의식은 가져보지 못했던 것이다.

불사와 시주

　　꼭 십 년 만에 귀정했다. 몇 해 전 입적하신 유해
선사의 호통을 몽중에서 들었다. 그 알 듯 모를 듯한 미소는 그대로
였으나 어조는 단호했다. 선사는 행구를 차려 백사순례(百寺巡禮)
에 나서라는 다그침이었다. 당장 출행하라는 성화였다. 독경음으로
온 나라 중생의 귀를 맑게 해주라는 당부였다.

　운수행로(雲水行路), 발 닿는 대로 떠돌겠다는 당초의 생각을 접
고 금강산을 향했다. 금강산은 오래전부터 불교의 영지(靈地)로 여
겨오고 있다. 쉬엄쉬엄 속리산 소백산 설악산을 넘어 뜨거운 샘물
이 나온다는 온정마을에 다가서니 저 멀리 비로봉이 보이고 만물
상이 눈에 들어왔다. 물이 맑아서인지, 물줄기의 흘러내림이 여인
네의 오줌 줄기 같아서인지 옥류(玉流)라는 이름이 붙은 계곡의 길
목에 신계사(神溪寺, 519년 보운이 창건)가 나타났다.

　금강산에서 가장 오래된 유점사(楡岾寺)의 말사인 신계사는 금
산사와는 비교하기가 거북할 만큼 큰 절이었고 고색이 창연했다.
주지승을 만나 승방을 요구했다. 난처하다는 기색이 역력했다. 유
정은 품속에서 은자 하나를 꺼내 시주하겠다 했다. 그제야 밝은 표

정으로 돌아와 오래는 아니 된다며 맨 구석진 방에 여장을 풀라
했다.

계곡에 내려가 몸을 닦고 온 유정은 새 옷으로 갈아입고 법당 앞
에 섰다. 벗어놓은 신발로 보아 꽤 많은 불도가 모여 있는 듯했다.
조용히 문을 열고 들어가 맨 가장자리에 앉아 가부좌를 틀었다. 모
두의 시선이 집중되고 있는 것을 몸으로 느꼈다. 개의치 않고 독경
을 시작했다. 처음에는 낮은 소리였으나 주위가 조용해지는 것을
느끼며 점차 목소리를 높였다.

"관자재보살행심반야바라밀다시 조견오온개공도일체고액사리
자색불이공 공불이색색즉시공공즉시색수상행식역부여시 사리자
시제법공상불생불멸불구부정 … 아제아제바라아제바라승아제모
지사바하."

마하반야바라밀다경(摩訶般若波羅蜜多經)이다. 독경이 끝났는데
도 아무도 말이 없다. 더러는 눈을 똥그랗게 뜨고 입을 벌린 채 넋
을 놓고 있었다.

"…"
"…"
"혹 금산사에서 오신 유정 스님 아니신지요?"
"…"
"역시 유정 스님이셨군요. 존명을 익히 들었습니다. 이리 가운데

로 앉으시지요. 저는 주지를 맡고 있는 겸오입니다."

"…."

"미처 몰라뵈었습니다. 듣던 대로 천상의 독음이오이다. 나무관
세음보살."

삽시간에 소문이 퍼졌다. 이튿날부터 불도들이 구름처럼 몰려왔
다. 불도가 아닌 사람도 많았다. 유정의 독경을 듣는 것만으로 정신
이 맑아지고 마음이 안정된다는 평이었다. 절의 대접이 달라졌다.
승방도 널찍하고 깨끗한 방으로 옮겨주었다. 주지 겸오는 잠시도
떨어지지 않고 붙어 다니며 불법을 논하고 불편함이 없도록 보살폈
다. 그렇게 여섯 달이 지났다.

유점사와 비로봉 아래에 있는 장안사(長安寺)에서 진즉부터 와
달라는 독촉이 있었다. 유점사는 창건한 지 이백 년이 넘는 고찰
인 데다 여러 말사의 본사인지라 승인보전 약사전 산영루 등 건물
이 웅장했고 계율도 엄격하게 운영되고 있었다. 허운(虛雲) 대사 등
승속 모두가 깍듯이 대했다. 유정은 법력이 높은 허운 대사 밑에서
삼 년을 수행했다. 유정이 유점사에 머무는 동안에도 불도들의 내
방이 번잡했다. 아예 몇 달씩 눌러앉아 있는 불도들도 있었다.

금강산의 정기를 흠뻑 흡수한 유정은 월정사(月精寺, 강원도 평창
군 진부면 오대산), 수덕사(修德寺, 충청남도 예산군 덕산면 사천리 덕숭
산), 법주사(法住寺, 충청북도 속리산), 황룡사(皇龍寺, 경상북도 경주시
구황동), 동화사(桐華寺, 대구시 동구 도학동 팔공산), 통도사(通度寺,
경상남도 양산시 하북면 지산리 영취산), 선운사(禪雲寺, 전라북도 고창

군) 등 백 개도 넘는 각지의 사찰을 두루 도는 십 년 운수행로를 마쳤다.

금산사에 돌아오자마자 불사를 시작한다고 선언했다. 넓은 웅덩이 뒤편에 극락전을 세우겠노라 했다. 승속들의 자원마련을 염려한 반대가 만만치 않았으나 모두 물리치고 지월암에서 백일기도에 들어갔다. 인근 사방 백 리에 통발하고 탁발에 나섰다. 유정 스님이 십 년 수행을 마치고 돌아왔다는 소식과 함께 극락전을 세워 백성의 안녕을 발원하겠다는 뜻임을 전파하자 속속 시주가 쌓였다. 달래에게 이 소식을 전해준 것은 해미 보살이었다.

"지월 아씨! 들으셨는가. 유정 스님이 귀정하셔서 큰 불사를 벌인다 하는데…"
"…"
"듣기로는 유해 선사님의 몽중 당부가 있으셔서 그간 백사순례를 다녀오셨다 하던데."
"금강산에도 다녀오셨겠군요."
"잘 모르지만 아마 그러셨겠지."
"그곳에는 달이 늦게 뜨고 일찍 진다는데…"
"왜 언짢허우?"
"그럴 리가요. 그새 십 년의 세월이… 불사를 벌이려면 시주탁발이 있을 것인데…"
"많은 호응을 얻고 있다 하는고만. 하기야 백성들이 마음을 둘

데가 없으니…. 아직 여기에는 당도하지 않았는가부."

"보살님이 한 번 다녀오시지요."

"내가? 지월도 이참에 다녀오는 게…."

"호호호. 보살님은 유정 스님을 아직도 예전의 소년 유정으로 여기십니까?"

"… 호호호."

"아마 기도처에 있을 것입니다. 행장을 넉넉히 꾸려서 한 석 달 수발하고 오세요. 그보다 큰 시주가 어디 있겠습니까?"

"지월은…, 지월은…, 흐흐흐."

금산사에서는 벌써부터 터를 닦느라 부산이었다. 지월의 말대로 유정은 백일기도 중이라 했다. 해미는 달평이 수결한 시주단자를 늙은 산림 보살에게 건네며 방 하나를 부탁했다. '白米 貳百石 店村 沈達平(백미 이백석 점촌 심달평)'이라고 쓰여 있는 단자 봉투를 상좌승에게 전하고 온 보살은 너스레를 떨며 깨끗한 방을 내주었다. 해미는 한 가지를 더 부탁했다. 지월암에 계시는 유정 스님의 수발을 맡게 해 달라 했다. 산림 보살은 흔쾌히 허락했다.

그러잖아도 십 년 전 유정 스님이 길을 떠난 다음 날 찾아왔던 해미와 지월을 어렴풋이 기억해내곤 긴가민가하던 터였다. 워낙 소식을 하는 데다 깔끔한 분이라 크게 신경 쓸 일이 없다 했다. 해미는 온갖 정성을 기울였다. 삼시 세 때 고른 영양식을 준비하고 매일같이 가사와 속옷을 새로 들였다. 아침저녁으론 따뜻한 소세 물을 대령했다. 그렇게 보름이 지났을 즈음, 기척이나 내색이 전혀 없던 유정이 착 가라앉은 목소리로 문밖의 해미에게 말을 건넸다.

"터 닦는 일은 얼마나 진척이 되었습니까?"

"…? 얼추 다 되어가는 듯합니다."

"지월 아씨는 어찌 오지 않으셨습니까?"

"예에? 스님. 어인 말씀을…."

"한 번 헛걸음했다 해서 두 번 걸음을 싫다 하는 것이군요."

"스님, 그걸 어찌…, 벌써 십 년 전의 일이온데…."

"허허허. 다 부처님 뜻인 겝니다. 허허허."

"그러면 연통을 하오리까?"

"해미님, 벌써 잊으셨습니까? '부처님 밖에는 누가 있으리오.'라고 하셨던 유해 선사님의 음성을. 허허허. 소승이 아직 해탈을 못 했나 봅니다."

해미는 혼미에 빠졌다. 인기척만으로 자기의 수발을 어찌 알았으며 십 년 전 이곳에 다녀갔다는 사실은 또 어찌 알며 유해 선사가 자기에게 건넸던 "부처님밖에는 누가 있으리오."를 어찌 알고 있단 말인가? 그리고 달래를 보고 싶다는 것인지 잊어버렸다는 것인지 통 갈피를 잡을 수가 없었다.

백 일째 되는 날 유정이 지월암을 내려왔다. 그새 전혀 낯선 얼굴이 되어있었다. 얼굴은 수염으로 가득했고, 눈에서는 형형한 빛이 흘러나왔다. 유정은 상좌승으로부터 불사 진척상황과 시주현황을 들은 뒤 공사현장으로 내려가 여기저기를 살폈다. 기둥이 서고 대들보 위에 서까래 작업이 한창이었다. 유정은 뜬금없이 단청은 하지 말라 주문했다. 그리곤 곧바로 해미 보살을 찾았다.

"이제 내려가시렵니까?"

"…? 무슨 말씀이신지…."

"아니면 눌러 계시겠습니까?"

"…?"

"아드님에게 단청을 부탁하려 합니다. 괜찮겠지요?"

"그렇긴 합니다만, 스님께서 어찌 그리 소상히…?"

"허허허. 소승이 그 정도는 압니다. 해미 보살은 이곳에서 항상 제 옆에 있고 싶으신 게지요?"

"…?"

"그리하세요. 지월 님의 어머니 같으신 분이면 소승에게도 어머니 같으신 분…. 그걸 모르셨습니까? 한 중생의 마음을 보듬어 주지 못하면서 어찌 억조창생의 극락정토를 들먹이겠습니까? 염려 놓으시고 금산사의 살림을 모두 챙겨주세요."

"스님! 스님! 우둔한 이 사람을 꾸짖지 마소서. 흑흑흑."

"그리고 한 가지 부탁이 있습니다."

"부탁이요? 무슨 일이온데…."

"벽골 신학마을에 사람을 보내 어머님을 좀 모셔왔으면 합니다. 아버님은 중간에 한 번 뵈었지만, 어머님은 출가 후 한 번도 뵙지 못했습니다. 이곳에 얼마나 와보고 싶으시겠습니까. 나무아미타불."

"염려 마십시오. 그리하겠습니다."

석 달을 채우면 돌아올 줄 알았던 해미가 다섯 달이 지나도록 아무런 연통이 없자 조바심이 난 달래는 건이를 불러 금산사에 다녀오라 일렀다. 그러잖아도 어머니의 안부가 궁금하던 차여서 건이는 부리나케 달려갔다. 공사는 거의 마무리되어가고 있었다. 웅장했다. 그런데 서까래와 기둥에 단청이 없었다. 단청작업은 꽤 까다로운 일인 데다 시간이 많이 걸려 지붕을 얹고 문설주 작업이 끝나면 바로 시작하는 게 보통인데 말이다.

넓은 경내를 이리저리 헤매다 온 얼굴이 털투성이인 스님을 만나 해미 보살을 찾는다며 합장을 했다. 스님은 빙그레 웃기만 했다. 아무 말 없이 건이의 위아래를 샅샅이 훑고 있었다. 눈빛이 불을 뿜는 듯해 계면쩍어졌다. 뭐가 잘못되었나 싶어 괜한 주눅이 들 지경이었다. 스님은 뒤돌아서더니 자기를 따라오라 했다. 거역할 수 없는 위엄이 감돌았다. 스님은 법당에 들어가 가부좌를 틀더니 건이가 앉기를 기다려 말을 건넸다.

"오실 줄 알았습니다. 얼마나 걸리겠습니까?"
"예에? 지를 지두르셨다구요? 왜요? 그리고 얼매나 걸리다니요?"
"석 달을 드리겠습니다. 밤새워서 하세요. 천하제일의 단청을 보게 해주세요."
"예에? 단청을요? 지보고 저 새로 지은 집의 단청을 허라구요?"
"집이 아니라 극락전입니다. 뇌록(磊綠)과 다른 물감은 제일 좋은 것으로 충분히 마련해 드리겠습니다. 그리고…."

"그리고요?"

"수공비는 일백 석입니다."

"일백 석요?"

"왜요, 적습니까? '화공 감건, 백미 일백 석'을 시주한 것으로 기록하겠습니다. 나무관세음보살. 으허허허."

"허 참, 내…."

"당장 오늘부터 시작하시지요. 보살님은 저 아래 요사체에 계십니다. 그럼 소승은 이만."

"…."

해미의 안부가 궁금해 건이를 보냈더니 이번에는 건이마저 소식이 없다. 이모저모를 따지며 곰곰이 생각하던 달래는 미소를 머금었다. 십 년 세월을 수행한 유정의 달라진 모습을 감지한 것이었다. 이번에는 달평에게 한 번 다녀오기를 부탁했다. 이백 석을 시주한 달평이었다. 곡 신심만은 아니더라도 챙겨보고 싶은 불사였는데 아내의 간곡한 부탁이 있자 두말없이 길을 나섰다.

화공 하성이 극구 따라나섰다. 하성은 자기의 할 일이 있을 듯싶었다. 각처의 사찰을 돌며 벽화를 그린 게 어디 한두 곳인가. 당주 달평이 백미 이백 석을 시주했다는 사실을 알고 있는 터였다. 그래서 진즉부터 꼭 벽화로 시주하겠다는 심산을 가지고 있었다. 또 한가지 해미의 소식이 더없이 궁금했다. 그동안 연을 맺지는 않았지만 한 울타리 안에서 조석 상면하는 것으로 마음의 든든한 버팀목이었다. 여러 달 못 보고 지내면서 자기 마음의 반쪽이 이미 해미인 것을 절감했다.

　해거름 녘에 나타난 달평과 하성을 달려와 반긴 것은 건이였다. 단청은 시작단계이지만 일이 고된 것이 아니라 말벗이 없어 힘들었다. 무슨 조화로 두 사람이 함께 나타났는지를 따질 필요도 없이 그저 반갑기만 했다. 세 사람은 모처럼 한 자리에서 겸상을 하면서 회포를 풀었다. 해미는 감추어 둔 곡차를 넉넉히 내왔다.

　"달팽이 성님. 여그 유정 스님이라고 있는디요. 말도 말어요. 눈빛이 꼭 호랭이 맹키로 무서워서 말도 못 붙인당게요."
　"자네가 호랭이를 보기는 혔능가? 사람 눈이 으떻게 호랭이 눈 같당가. 이 사람아!"
　"여그 불당의 벽화에 맨 호랭이 그림인디 왜 몰라라우. 꼭 호랭이 눈이랑게요."

　듣고 있던 하성이 말을 가로챘다.

　"새로 지은 극락전에 벌써 벽화를 그렸다는 겐가?"
　"아녀라우. 아직 안 그렸는디, 말 들어봉게, 그 호랭이 눈깔 스님이 유명한 화공을 기다린다고 하등만요."
　"그 화공이 누구라고 하는데?"
　"그야 지가 알겠능가요? 그 어디냐, 황등야산의 있는 갑산가 어딘가에서 공부한 화공이라던디요."

"그래? 흐흐흐. 내 임자 만났구만."

"먼 말씸이데요?"

"으응? 내일 아침에 보면 알 걸세. 오늘은 일찍들 잠자리에 들세나."

등하불명이라 했던가? 건이는 십 년 가까이 옆에 있었던 하성이 유정 스님이 찾는다는, 갑사에서 공부한 그 유명한 화공인 줄은 짐작도 못 하고 있었다. 그리고 달평도 모르고 있는 사실이 하나 있었다. 십수 년 전 개암사 앞마당에서 있었던 풍장왕 등극 행사 때 대표독경을 한 스님을 다시 만난다는 사실과 그 유정 스님이 지금은 자기 아내인 달래가 그토록 괴었던 인물이라는 사실을 말이다. 다음날 달평과 하성은 유정 스님을 만났다.

"스님, 소인 점촌 사는 심달평입니다. 예전 주류성에서 뵌 일이 있었구만요."

"아~예, 고잔나무개에서 안내를 맡아보셨지요. 목막수 장군의 휘하로 큰 무공을 세우셨다 들었습니다. 그러잖아도 이번 불사에 과분한 시주를 해주셔서 꼭 한 번 찾아뵈려던 참이었습니다. 나무 관세음보살."

"…? 스님께서 그런 사소한 것까지 알고 계셨습니까?"

"사소한 것이라니요. 그런 것이 소승에게는 무엇보다 중요한 것을요. 나무아미타불. 그리고 여기 옆에 계신 분께서 이번에 벽화를 시주하신다고요?"

"예~에? 아니, 스님께서 이 사람을 알아보고 계셨습니까? 황등 야산 갑사에서 하휴 선사님께 사사한 하성입니다. 말씀하신 대로 벽화를 시주할까 합니다. 허락해 주실런지요."

"허락하다마다요. 기다리고 있었습니다. 타처의 절에도 시주하신 분이 내 고장의 절에 시주 안 하실 리가 없을 것이라고 생각했습니다. 혼자 계시려면 적적하실 터이니 여기 건 화공과 함께 거처하시지요."

"내 외벽에 다 그릴까요?"

"아닙니다. 소승이 어찌 그런 욕심을 내겠습니까? 외벽은 건 화공이 그릴 것이오니 내벽에만 그려주십시오. 기한은 마음에 두시지 않아도 됩니다."

"스님께서는 벽화를 예술이라 여겨 주시는군요. 이렇게 고마울 데가…."

"지당한 말씀을요. 어떤 그림을 어느 쪽에 그리실지도 마음대로 해주십시오. 그리고 틈나시는 대로 소승에게 호랑이 그림 하나 그려주시지요. 여기 건 화공이 무서워하는 호랑이 그림을요. 하하하."

"하하하…."

"하하하…."

"헤헤헤…."

옆에 앉아있는 건이의 눈이 휘둥그레지고 말았다. 호랑이 눈깔 스님이 찾는다는 유명한 화공이 바로 함께 있던 하성이라니. 그리고 전후좌우를 다 꿰뚫고 있는 스님의 법력이 놀라울 뿐이었다. 그래도 건이가 아직 모르고 있는 사실이 더 있었다. 하성과 어머니가 어릴 적부터 괴었던 사이이며 하성이란 예명의 성(成) 자가 어머니의 성을 딴 것이라는 사실을, 그리고 그 정이 여전히 가시지 않고 있다는 것을.

바람 값

갑술년(675년) 사월 초파일 금산사 극락전의 낙성식이 연등 행사와 함께 성대하게 치러졌다. 벽화와 단청작업에는 하성의 그림 제자들이 모두 동원되었다. 구름처럼 몰려든 불도들이 그 아름다운 자태에 탄성을 연발했다. 특히 하성이 그린 사천왕상은 금방이라도 뛰쳐나올 듯한 그림이어서 시선을 집중시켰다. 부라리고 있는 매서운 눈이 꼭 자기를 쏘아보고 있는 착각으로 몸을 사리는 사람도 있었다.

사흘 동안이나 계속된 연등 행사가 끝나고 불도들의 발걸음이 잦아들자 유정은 치목장과 불상 제작자, 벽화를 그린 하성, 단청을 도맡은 건이를 한자리에 불러 차를 대접했다. 그간의 노고를 치하하며 은자를 아끼지 않고 베풀었다. 하성이 한사코 사양하자 유정은 그 호랑이 같은 눈에 힘을 주며 윽박질렀다.

"먼 길에 드리는 노자인 것을요!"
"예~에? 먼 길이라니요. 제가 어디를 간다고 그러십니까, 스님?"
"왜에 다녀오셔야지요. 그곳의 아스카 문화가 한창 꽃피고 있다는데 그 특출한 재주를 전수하셔야지요."

"스님께서 저의 속마음을 어찌…."

"소승이 어찌 화공의 감추어둔 큰 뜻을 모르겠습니까. 벌써 칠십여 년 전 고구려의 담징 스님이 법륭사(法隆寺, 호류지)에 그린 금당벽화가 많은 중생에게 불심을 심어주었다 합니다. 화공께서는 금산사의 사천왕상을 그곳에 옮겨놓으시지요. 그게 부처님의 은덕을 갚는 길입니다. 나무관세음보살."

"제게 부처님의 은덕이 있다는 말씀입니까?"

"있다마다요. 해미 보살님을 만난 것이 바로 부처님의 은덕이지요. 아니 그렇습니까?"

"예~에? 스님께서 어찌…?"

건이는 물론 모두의 눈이 휘둥그레졌다. 도대체 무슨 말을 주고받는 것인지 가늠이 되지 않았다. 하성은 고개를 숙인 채 무언가에 골똘해 있고 나머지는 벙어리가 된 듯 잠잠했다. 그때였다. 밖에 손님이 왔다는 해미 산림보살의 통기가 있었다. 모두가 누군가 하여 문 쪽으로 고개를 돌리는데 문이 조용히 열렸다. 유정이 착 가라앉은 목소리로 반색을 했다.

"어서 들어오시지요. 지월 님. 이리 기다리고들 있었습니다. 나무관세음보살"

"…."

"…."

해미의 안내로 모습을 나타낸 사람은 다름 아닌 달래였다. 달래가 둘째 아들 관(官)을 데리고 다소곳이 들어와 유정과 좌중에게 합장을 했다. 자중은 다시 한번 어리둥절해지고 말았다. 해미만이 옆에서 뿌듯한 웃음을 참고 있었다.

"절간을 제대로 지었는지 감수하러 오셨군요. 소승이 보아서는 제법 잘 되었습니다만. 허허허. 지월 님의 안목은 워낙 높으신지라 어떨지. 허허허. 이번에 많은 시주를 해주시고 화공들까지 동원해주셔서 무어라 고마운 말씀을 드려야 할지…."
"당치않은 말씀을…. 참으로 애를 많이 쓰셨습니다. 스님."

좌중은 이제 갈피를 잡을 수 없게 되었다. 유정 스님과 지월, 아니 달래는 마치 십년지기처럼 말을 나누고 있는 게 아닌가. 이때 또 한 가지 의아한 일이 벌어지고 있었다. 이제 여덟 살밖에 되지 않은 달평의 둘째 아들 관이 주위에는 아랑곳없이 부처를 향해 연신 절을 올리고 있었던 것이다. 가장 놀란 것은 달래였다. 말리지도 못해 구경만 하고 있는데 유정이 입을 열었다.

"이제 됐느니라. 배는 그만 드리고 이리 가까이 오너라."

멈칫하던 관이 유정에게 쪼르르 다가가 공손히 무릎을 꿇으며

"스님, 여덟 살이옵고 이름은 벼슬관官자 관이라 하옵니다. 절 받

으십시오. 그리고….”

“그리고? 무엇인고?”

“스님의 독경음을 듣고 싶어 어머니를 졸라 따라왔습니다.”

“내 경 읽는 소리 말이냐. 누구에게 들은 말이 있는 것이냐.”

“스님, 그게 아니라 저의 아버지께서 할아버지 말씀이라며 항상 ‘독은 소리가 맑아야 한다.’라고 가르쳤습니다.”

“그래서?”

“그런데 맑다는 뜻이 어떤 건지 몰라 맑은 소리로 이름났다는 스님의 목소리를 들으면 알까 하고….”

“기특하구나. 내 조금 있다 저녁 공양 때 들려주면 되겠느냐.”

“기다리겠나이다.”

“허허허, 소승이 오늘 큰 분을 만나 뵈었습니다 그려.”

달래가 보다 못해 끼어들었다.

“스님. 무슨 그런 말씀을. 아직 어리니 너그럽게 보아주옵소서.”

“아닙니다. 큰 나무에 큰 열매가 맺혔구려. 아직 어리지만 하성 화공께서 왜에 가실 때 대동하고 가서서 견문을 넓혀주시지요. 부처님의 뜻인 겝니다. 나무아미타불.”

“아직 어린 것을….”

“어리다니요? 저렇게 어른스러운 걸 보시면서도. 그건 그렇고, 지월 님! 여기 글 하나 써주십시오. 極樂寶殿(극락보전)입니다.”

“현판 글씨를요? 서투른 제가요?”

"어인 사양이십니까. 부처님의 뜻이라 하지 않습니까. 먹은 갈아두었습니다."

달래의 붓글씨가 달필은 아니었으나 여인네의 글씨답지 않게 획마다 힘이 넘쳤다. 좋은 글씨라는 주위의 칭찬이 자자했다. 해미 보살은 이것이 두고두고 자랑이었다.

졸지에 어린 것을 떼어놓고 점촌으로 돌아가는 달래는 마음이 복잡했다. 그나마 다행인 것은 해미 보살이 옆에서 거두어 주는 것이었다. 유정은 무슨 생각이었는지 하성과 관이 당분간 절에 머물 것이라고만 말했다. 어린 관은 입을 앙다물고 떠나는 어머니에게 작별인사를 했다.

"어머님, 살펴 가십시오."
"혼자 지낼 수 있겠느냐."
"혼자라니요. 여기 보살님도 계시고 화공선생님도 계시는데요. 소자는 마음을 정했사오니 걱정마시고 먼저 내려가십시오."
"어쩌면 네가…."

기가 막힐 일이었다. 섭섭한 마음이 들었다. 평소 당차고 똘똘한 것은 눈여겨봤지만 이렇게 옹골찬 줄은 몰랐다. 아마 훈장 최천동의 영향이 컸으리라. 그는 하늘 천(天) 자를 가르치면서 하나(一)는 사람(人)의 머리 위에 있고 하나(一)는 사람의 마음 가운데 있는 것을 형상한 것이라고 설명했다. 그리고 하늘은 세 가지 뜻을 갖고 있다고 부연했다. 첫째는 땅의 반대개념(Sky)이고 둘째는 무한한 공간(Space)이며 셋째는 하늘나라(Heaven)를 의미한다고 설명했다. 달래는 십수 년 전 유해 선사와 선문답을 나눌 때 "사람은 하늘이다."라고 한 것이 떠올랐다. 관이 벌써 그 경지에 이르렀다는 상념으로 어쩌면 이제 내 자식이 아닐지도 모른다는 생각을 했다.

달평의 일손이 바빠졌다. 강경포를 통한 해상운반으로 물류가 활발해져 평양성과 국내성, 당나라의 자기 주문이 쇄도하고 있었기 때문이다. 하성의 그림이 곁들인 완상 자기는 토호와 부호들의 군침을 돌게 했다. 정수탁은 처음 계림 거상의 요구에 따라 용선해 주는 데 그쳤으나 점차 물량이 많아지면서 자체 무역선을 운용했다.

당나라에서 찾는 물품은 호피 수달피 등 피륙과 산삼 등 약재 그리고 삼베와 모시 베가 주류였다가 지금은 도무와 점촌의 완상 자기가 선적물량의 절반을 차지했다. 돌아올 땐 당의 금은 세공품, 비단, 서역에서 건너온 유리제품과 향료를 싣고 와 평양성과 계림에 풀었다. 때론 현해탄을 건너 왜에 다녀오기도 했다.

뱃길은 항상 바람이 관건이었다. 가을과 겨울철엔 해풍이 불어 당나라로 가는 길이 수월하고 봄 여름철엔 육풍이 불어 반대로 당에서 돌아오는 길이 수월했다. 그래서 제철에 선단을 잘 꾸미는 게 해상무역의 성패를 가름했다. 정수탁은 가을 뱃길에 맞추기 위해 봄부터 물량준비를 서둘렀다. 달평에게도 성화였다. 바람 때를 놓치면 안 된다는 성화였다.

그러나 도자기의 생산은 마음먹은 대로 쉽지가 않다. 우선 태토를 멀리 버드내(부안군 보안면 유천리)와 잣나무개(부안군 진서면 백포)에서 운반해 와야 하고 때에 따라서는 더 멀리 모량부리의 바깥마을(고창군 고수면 외촌리)에서 싣고 와야 했다. 어제만 해도 버드내에서 백토를 싣고 오던 달구지가 다내 앞 개울에 빠지는 바람에 곤욕을 치렀다. 온 동네의 장정들이 동원되어 목도를 했다. "돌하 노피곰 도두샤 어긔야 어강됴리, 돌하 노피곰 도두샤 어긔야 어강됴리."를 연창하며 힘을 모았다.

달평의 수심이 커졌다. 정수탁이 주문하는 양을 채우려면 가마를 하나 더 만들어야 하는데, 그다음엔 태토를 운반해오는 일이 보통 일이 아니어서다. 무거운 게 흙이라 소달구지에 싣는 양은 많지 않고 그나마 비라도 내리면 더 무거워지는 데다 길이 미끄러워 여간 낭패가 아니다. 옆에서 지켜보던 달래가 은근한 소리로 참견을 했다.

"여기에 가마를 하나 더 짓는 대신…."

"으응?"

"흙이 있는 곳에다 가마터를 새로 여는 게 수월치 않겠수?"

"으응? 그려. 그러면 되지. 여그, 사람들도 많고 허니까 두 패, 세 패로 나누어 분 가마를 하나씩 맹글먼 되지. 왜 내가 그 생각을 못 혔으까."

"원래 달팽이는 제집밖에 모르니까요."

"뭐요? 시방 날 놀리는 거요?"

"그럴 리가요. 당주 어른을 누가 놀리겠수. 달팽이를 놀리는 것이지요."

"아, 알았소. 부인 말을 따르겠소. 되았지요?"

"호호호…."

　좀 멀기는 해도 흙이 제일 좋은 모량부리의 바깥마을에 먼저 가
마를 열기로 했다. 득보 영감을 책임자로 세워 일단을 편성했다. 하
성에게서 수학한 생도 중 원하는 자를 둘 뽑아 그림을 맡겼다. 바
깥마을 가마는 평평한 가마(平窯)로 앉쳤다. 자기만 만들기 위해 도
무의 팽 영감 의견을 따른 것이다. 모두가 열심이었다. 자칫 산적 질
로 세월을 보내다 종국에는 관아의 토벌에 결딴날 처지였는데 달
평이 거두어 주어 장가도 가고 아들딸을 낳아 문자속도 띄워주었
다. 그 은공을 갚는다기보다 각자 제 앞길을 연다는 생각으로 열심
을 냈던 것이다.

　달평은 바깥내의 가마가 성공하자 서둘러 버드내와 잣나무개에
도 가마를 세웠다. 깜이를 버드내, 박지를 잣나무개 책임자로 보냈
다. 흘덕 출신인 김박지는 장인 꺽손의 천거로 여러 해 전부터 물레
질을 배우고 있었다. 그는 어머니가 돌아가시자 아예 솔가를 해와
점촌에 정착했다. 달평은 전사한 막손과의 친분을 생각해 각별히
대했다. 우선은 그의 사람됨이 우직하고 부지런해 나무랄 부분이
없기 때문이기도 했다.

　잣나무개 가마는 대밭 주인인 가(賈) 씨로부터 그 옆의 땅을 사,
앉혔다. 산등성이라 연기가 잘 빠져나가고 화목 구하기도 수월한
데다 황토와 개흙이 지천이어서 가장 질 좋은 자기를 만들어냈다.

전장에서 한쪽 발을 다쳐 절름발이가 된 박지는 물레 돌리는 솜씨가 남달랐다. 긴 다리로 버티고 앉아 짧은 다리로 물레를 돌리면 중심축이 흔들리지 않아 병과 그릇의 형태가 고르게 나왔다. 그는 손끝도 마뎌서 주둥이와 목과 배의 두께를 아주 얇고 일정하게 뽑아냈다. 그만큼 발색도 골라 얼룩이 없었다.

달평이 이번에는 선단 주 정수탁의 당나라 행선을 따라나섰다. 그곳에서 겨울을 나야 하는 긴 외출이다. 달평은 떠나기 전 이것저것 두루 챙기며 단도리했다. 박지를 불러와 가마의 운영을 책임지도록 했고 잣나무개 가마는 깜이에게 관할하라 했다. 그는 아직 금산사에서 돌아오지 않고 있는 하성과 둘째 관이를 만나볼 요량으로 바쁜 걸음을 했다.

"스님. 달평이 인사드립니다."

"나무관세음보살. 시주님 어서 오십시오. 조만간 당나라로 떠난다는 소식 들었습니다. 관이 염려되어서 오셨군요."

"그렇기도 하지만 그 보다는 인사를 여쭐 겸사겸사해서…."

"잠시 소승을 따르시지요."

"…?"

"저 위 현판을 한번 보시라고 모셨습니다."

"…?"

"누구 글씨인지 알아보시겠습니까?"

"소인이 안목이 짧은지라…."

"그러실 줄 알았습니다. 관이 어머님, 그러니까 지월 님의 필적입니다."

"예~에? 언제… 저렇게."

"필체에 지혜와 힘이 넘칩니다. 아마 재복은 거기에서 묻어나오는 것일 겝니다. 시재와 재물이 부처님 뜻에 합당한 게지요. 나무아미타불."

"…?"

"자, 이제 그만 관을 만나보시지요. 아마 하직인사를 올릴 겝니다."

"… 하직인사요?"

"허허허. 만나보시면 아실 겝니다. 허허허."

그때 언제 나타났는지 하성과 관 그리고 해미 보살이 나란히 서서 인사를 했다.

"당주님. 오랜만입니다. 평안하신지요."

"해미도 이제 늙었나 봅니다. 당주님을 보니 갑자기 눈물이 납니다."

"아~, 그동안들 잘 기셨지라우."

"아버지! 소자 관이옵니다. 못 뵐 줄 알았는데…."

"그게 무슨 말이냐. 못 볼 중 알았다니. 참. 그새 많이 컸구나."

"아버지. 소자 곧 왜로 떠날 것입니다. 오래 걸릴 것입니다. 기체 보중하옵소서."

"아니? 관아! 애비가 통 못 알아 먹겠구나. 그게 네 소견이냐?"

"그렇습니다. 아버지. 부처님의 뜻이기도 합니다."

"허~어 참, 어머니한테는 말씀드렸느냐!'

"예~에, 어머니는 진즉부터 알고 계십니다. 그럼. 당나라 길 잘 다녀오십시오."

"허~어 참…."

"시주님, 너무 염려 마십시오. 관이 제 앞가림은 충분히 할 것입니다. 관세음보살."

금산사 지경을 벗어나 집에 당도하도록 낭패감을 다스릴 수가 없었다. 이제 겨우 여덟 살이다. 응석받이가 한창일 나이다. 그런데 마치 뜻을 세운 어른처럼 말하고 있으니 이 어찌 된 일인가. 그 나이에 왜에 가서 무엇을 하겠다는 것인가. 그리고 제 어미는 오래전부터 알고 있었다니 무슨 말인가. 왜 자기한테는 귀띔도 하지 않았단 말인가?

풀 죽은 모습으로 돌아온 달평을 달래 역시 풀죽은 모습으로 무덤덤하게 대했다. 달평은 그제야 깨달았다. 유정 스님이 다짜고짜 현판을 보여주며 달래를 미화한 것이며 속 깊은 그네가 한마디 없이 무덤덤한 것은 다 그럴 만한 연유가 있고 자기의 깜냥으로선 감당하기 어려운 사연이 있음을 알았다. 이럴 땐 아내의 뜻을 가만히 받아드리는 것이 상책임도 알았다. 달래는 유정 스님 같은 사람을 배필로 맞았어야 어울린다는 생각이 갑자기 뇌리를 스치고 지나갔다.

정수탁의 사람 보는 눈, 물건 보는 눈은 탁월했다. 다행히 순풍을 만나 칭따오(靑島)까지의 바닷길을 닷새 만에 건너서 육로로 한 달이 더 걸려 시안, 西安, 실크로드 시작 지점)에 도착했다. 정수탁은 여각을 정한 뒤에도 짐을 풀지 않았다. 백제의 무역상임을 알아차린 거간들이 문전성시를 이루며 물목을 보자 했으나 거들떠보지도 않고 거리 구경에만 매달렸다.

시안은 누 백 년의 국도답게 웅장하고 화려했다. 거리를 다니는 사람의 열에 한둘은 낯선 복장을 한 서역 사람이었다. 정수탁은 서역인들이 떠나기를 기다리고 있었다. 그들은 각종 진귀한 물품을 가져와 비단과 바꾸어서 떠났다. 따라서 그들이 떠날 때까지는 비단값이 천정부지였다. 사막을 횡단해야 하는 그들은 가을이 짙어지기 전에 서둘러 떠나야 했다. 정수탁은 그때를 기다리고 있는 것이었다.

겨울바람이 소매 끝을 파고들 때쯤 짐을 풀었다. 거간들이 침을 흘리며 달려들었다. 금수품목인 산삼과 인삼은 말할 것도 없고 수달피와 모시 베도 구매경쟁자가 많았다. 도자기는 없어서 못 팔 지경이었다. 정수탁의 능숙한 당나라 말에 거간은 농간을 부리지 못했다. 거간은 자기네들끼리 입찰경쟁을 벌이기로 합의했다.

그제야 수탁은 물목을 수량별로 고시했다. 피륙이 오백 점, 산삼 백 근, 인삼 삼백 근, 포목 칠백 필, 도자기 천이백 점이 하루에 다 거래되었다. 당연히 최고가였다. 거래대금은 무조건 은병이었다. 모두 삼만오천 냥을 챙겼다. 실로 어마어마한 이문을 남겼다. 자연히 물건을 손에 넣지 못한 거간들의 불평이 새어 나왔다.

"이보슈, 물주 어른, 값이 지나치게 과하오."
"값이 과한만큼 질이 실하지 않소이까."

"우리도 예전에 백제 땅에 다녀왔소만 거기에서는 이렇게 비싸지 않았소."

"바다를 건너오지 않았소?"

"바다를 건넜다고 다 비싸야 하는 거요?"

"그렇소. 그것이 바람 값이라는 거요."

"바람 값이요? 처음 듣는 말이오."

"허어, 바람 값도 다 나름이오. 순풍 값 다르고 돌풍 값 다르고. 폭풍 값, 태풍 값도 있다는 것을 모르시오?"

"허허허, 물주 어른 말 값은 못 당하겠소이다. 그려."

"허허허, 그러면 되었구료."

수탁은 다음날부터 또 거리와 산수 구경에 나섰다. 이번에는 서역인들로부터 물건을 사재기한 무역상들이 안달이었다. 수탁은 들은 체도 하지 않았다. 겨울을 지나 봄기운이 완연해지자 친숙해진 몇몇에게 구하고 싶은 물목을 제시했다. 이 또한 경쟁이었다. 금은 세공품과 향료, 유리제품은 소량에 그치고 비단과 백포(당목)를 다량 구입했다. 지필묵, 물감 등 잡동사니도 넉넉하게 챙겼다.

수탁이 열심히 끌어모은 것은 철정(鐵釘)과 청동괴(靑銅塊)였다. 아중달이 꾀하고 있는 민초의 생활도구 개량에 가장 필요한 것이 바로 쇠붙이였던 것이다. 특히 쇠붙이는 한 번 생성되거나 들여오면 닳아 없어지기 전에는 어떤 형태로든 이 땅에 남는다는 생각 때문이었다. 아직 제철 문화가 발달하지 못한 삼한반도에서는 쇠붙이가 은금만큼 귀한 물품이었다.

달평은 장수탁이 당초 생각했던 것보다 두 배나 많게 은자를 나누어 주는 데에 놀랐다. 그러나 정작 감명을 받은 것은 수탁의 세상 보는 안목과 사람 다루는 재주였다. 사람을 다룬다는 것은 욕심을 버린 채 먼저 마음을 움직여야 한다는 것을 깨달았다. 새삼 부흥운동이 성공을 거두어 정수탁 같은 사람이 백성을 다스렸다면 민초들의 삶이 얼마나 안정되었을까 하는 생각이 들었다. 그러나 다 부질없는 일이 되고 말았다.

위령제(慰靈祭)

　　　　　　 여섯 달 만에 돌아온 달평은 달래의 안색이 편치 않음을 느꼈다. 집안이 썰렁했다. 그러고 보니 아내가 삼베 소복을 입고 있었다. 화들짝 놀란 달평이 건넌 채 아버지 방을 살피니 마루에 상청이 뎅그렇했다. 아니? 설마… 다시 아내를 쳐다보았다. 그렁그렁한 눈으로 고개를 끄덕였다. 달평은 상청으로 달려가 엎어지며 대성통곡했다. 외톨이 자식 하나 키우겠다고 반평생을 홀로 지내며 고생한 아버지였다. 삼 대째 내려온 옹기 굽는 일을 천직으로 알고 열심히 살아온 아버지였다. 그 아버지를 외롭게 떠나시게 했다는 회한이 가슴을 에었다.

"그냥 갑자기 돌아가셨습니다. 편안하게 가셨습니다."
"임종은 한 게요?"
"예. 숨을 거두시기 전 저와 숭이를 부르셨습니다."
"먼 말씸을 하시던가요."
"잘들 있으라 하셨습니다. 숭이에게는 애비의 뒤를 이으라 하셨습니다."

"그리고요."

"애비에게 전하라시며 딱 한 말씀을 더 하셨습니다."

"…?"

"이利를 탐하지 말라고 이르셨습니다. 그리고 주류성에 묻힌 왜군사들 위령제를 지내 주어라 하셨습니다."

"이를 탐하지 말라? 위령제?… 으흐흐흐, 아버이는 참, 아버이는 참."

"민들 바위 아래에 모셨습니다. 숭이는 아마 거기에 간 것 같습니다. 하루에 세 번씩 꼬박꼬박 다녀옵니다."

"내 산에 다녀오리다."

민들바위가 있는 계집알봉(월봉산)을 오르면서 달평은 오롯이 아버지 생각에 젖었다. 다섯 살 때인가 어머니가 돌아가셨지만 아버지는 재취를 하지 않고 홀로 지내셨다. 그렇게 올곧은 분이셨다. 옹기를 구워 밥을 먹고 선대의 제사를 지낼 수 있는 것만으로 나라의 덕이라 여기셨다. 달평이 기대한 것만큼 가업을 잘 이어주는 것을 항상 고맙게 여기셨다. 아버지는 동네 사람들이 "심술이 달팽이 하나 잘 키웠어."라는 놀림조의 말을 할 때 가장 기분 좋아하셨다.

십 년도 훨씬 지난 백강 전투의 전몰자를 잊지 않으시고 위령제를 당부하신 것은 그들의 원혼이 아직도 이 땅을 맴돌고 있을 것이 불쌍해서일 것이다. 어쩌면 그들의 원혼이 이 땅의 후손들에게 해코지하지 않을까 염려하셨는지도 모른다. 마침 성묘를 마치고 내려오는 첫째 놈 숭崇이를 되돌려 앞세우고 산소에 올랐다. 저 아래 점촌 마을이 훤히 내려다보이는 좋은 자리였다. 한결 마음이 가벼워졌다. 산을 내려오는 길에 숭에게 물었다. 이제 겨우 열한 살이다.

"애비 없는 동안에 대신 장사 치르느라 고생혔다."

"아버지가 계셨어도 장손인 제가 당연히 해야 할 일입니다."

"그러냐? 그렇게 생각허냐?"

"그렇습니다. 아버지. 다녀오신 일은 잘 되셨는지요."

"그렇갑다. 그런디 너는 옹기 굽는 일을 어찌 생각허느냐."

"어찌 생각하기는요. 인제 저도 열한 살이나 됐는데 제대로 해나가야지요. 어린 관이도 왜에 가서 도자 기술을 전하겠다고 하는 마당에요."

"머시? 관이가 그랬단 말이야?"

"그렇습니다. 아버지. 옹기 굽는 일이 저까지 오대째인데 앞으로도 몇십 대 이어가야지요."

"그려? 으음, 그려? 그러면 되었다. 어서 내려가자."

최천동 훈장을 찾았다. 민망한 얼굴로 대했다. 거간의 사정을 고한 뒤 아버지가 당부했다는 위령제 건을 꺼냈다. 최천동이 눈을 크게 떴다. 비용이 문제가 아니라 관의 눈에 뜨일까 저어된다 했다. 개암사 주지에게 부탁, 절 안의 행사로 치부하자 했다. 뜸 들이지 않고 개암사를 찾았다. 개암사 입구인 고잔나무개에 이르자 최천동은 회한에 싸여 눈 시울을 붉힌다. 달평도 전장을 함께 내달렸던 동모들의 얼굴이 주마등처럼 떠올랐다. 제일 아쉬운 것은 목막수 장군의 장렬한 죽음이었다.

"뜻이 가상합니다. 나무관세음보살."

"절에서 맡아 해주시겠습니까?"

"하다마다요. 늘 그게 마음에 걸렸습니다."

"언제가 좋겠습니까."

"길일을 잡겠습니다. 그보다 이참에 유골을 모아 화장했으면 합니다."

"화장을요?"

"그렇습니다. 유골이나마 제 땅으로 돌려보내야 하지 않겠습니까."

"왜로요? 그런데 백골로 왜인을 가려낼 수 있을지요."

"뒷산에 묻을 때 왜인 복색을 한 시신만 별도로 모았습니다."

"그 경황 중에 그리하셨습니까. 스님."

"조용하게 일을 끝내고 연통하겠습니다. 나무상자에 고루 섞은 유골을 담아놓을 터이니 왜로 보내는 것은 요량껏 하시지요. 관세음보살."

"스님. 참으로 고맙습니다. 여기 은자 몇 개 가져왔습니다. 비용에 충당하셨으면 합니다."

"이렇게까지…."

"그럼, 이만 내려가겠습니다."

"살펴 가십시오. 나무아미타불."

귀정하는 동안 시종 시무룩해 있던 최천동이 말문을 열었다. 배들과 흘덕, 서이, 대시산(칠보), 버드내 등 열 곳에 낸 서당이 자리를 잡아가고 있어 여름 농사가 끝나면 몇 군데 더 늘릴 준비를 하고 있다면서 그 전에 자기가 왜에 한 번 다녀오는 게 어떻겠느냐고 달평의 의중을 물었다.

"먼 일이 있당가요?"
"유골을 전해 주어야 되지 않겠나?"
"그리서 직접 가시게요?"
"아무래도 왜로 가져가면 절차를 밟아 넘겨주어야 할 것인데…."
"말씸 들어보니 그렇네요. 배는 이통 어른한티 부탁혀봐야 헐 것 같은디요 잉."
"그래야겠지. 그런데 이참에 살아남은 병사들도 다만 몇이라도 모아서 데려갔으면 하는구만."
"그 사람들까지요?"
"많이는 못 데려가겠지. 허나 암암리에 모을 수 있는 데까지는 모아서 저들 가족한테 보내주어야지. 그게 사람의 도리지."
"그리하십시다요. 가마 일꾼 중에도 두엇 있응게요."
"그리고 관이는 내가 데리고 가겠네. 어린 것이 그렇게 옹골찬데 무슨 수로 말리겠는가. 내 생각엔 바깥마을 가마에 있는 득보와 여기의 가마 일꾼을 붙여주면 제 앞가림은 너끈히 할 수 있을 것 같네만."
"득보 오십부장을 대동하실라고요?"

"아직도 오십부장인가? 아마 그리하는 게 좋을 게야."

왜는 부흥군을 돕기 위해 두 차례에 걸쳐 사만에 가까운 군사를 보내왔다. 태반은 목숨을 잃고 더러는 배를 빌려 돌아갔으나 족히 이삼천은 뿔뿔이 흩어져 이 땅에서 연명하고 있다. 신분을 감춘 채 목숨을 부지하느라 얼마나 고초를 겪고 있는지는 불문가지다. 최천동은 그들의 고달픈 삶을 눈여겨보고 있었던 것이다.

달평은 정수탁에게 왜에 무역선을 띄우자는 전갈을 보내고 왜인 가마 일꾼에게 돌아가고 싶은 동모들을 수소문하라 일렀다. 희색이 만면했다. 눈물을 흘렸다. 가까운 곳부터 연락을 취해 파악한 귀환희망자는 사십여 명에 이르렀다. 가고 싶어도 가지 못하는 자도 많았다. 그새 자리를 잡아 장가를 든 자도 있었고 돌아가야 반길 사람이 없는 자도 있었다.

출항할 날짜를 사월 보름날로 정했다. 최천동이 모든 일을 암암리에 진행했다. 하루 전에 강경포에 모이라 약조하고 달평은 가져갈 물목을 단도리 해 왜인들이 짊어지고 가도록 하고 최천동은 하성과 관이를 대동키 위해 금산사로 떠났다. 이날부터 달래는 계집알봉에 올라 달을 향해 이들의 무사 순항을 빌었다. 어린 관이를 떼어 보내는 게 가슴이 미어지도록 애달팠으나 내색하지 않았다.

강경포에 모인 왜인은 육십여 명이 넘었다. 어찌 알았는지 소문을 듣고 달려온 자도 있었고 가족 몰래 도망쳐온 자들도 있었다. 천동은 도망쳐 온 사람 예닐곱을 불러 앉혀놓고 연유를 따져 물었다.

"바다를 건너 돌아가겠다는 이유를 알고 싶소."

"부모와 형제들이 보고 싶스므니다."

"그러면 여기 있는 가족이 보고 싶으면 다시 돌아올 건가?"

"…"

"당신들은 왜에 있는 가족이 보고 싶다지만 당신들이 떠나면 여기 있는 가족은 당신이 보고 싶지 않겠소? 당신들은 여기에 새 터전을 이루고 가족을 거느리고 있소. 왜에 있는 가족보다 더 소중한 가족이고 당신들이 책임져야 할 가족이란 걸 왜 모르시오."

"…"

"다시 생각해보시오. 왜로 떠나고 싶으면 가족을 다 데리고 떠나시오."

한둘이 흐느끼기 시작했다. 벌떡 일어나더니 잘못 생각했다며 배 타기를 단념했다. 수탁은 두 척의 배를 내 왜인들을 뱃사람으로 위장했다. 겉으로 보기엔 평범한 무역선이었다. 개암사에서 운반해온 유골 상자를 본 왜인들은 모두 숨죽여 울었다. 배가 포구를 완전히 벗어나자 그제야 보름달이 떠올랐다. 왜인 하나가 '달하 노피곰 도다샤'를 흥얼거리기 시작했다. 이는 곧 모두의 합창으로 변했다.

"달하 노피곰 도다샤 어긔야 머리곰 비취오시라 어긔야 어강됴리 아으 다롱디리"

한 사람이 노랫말을 이어가고 나머지가 추임새를 넣었다.

"떠나온 십여 년 부모형제 그립기는 어긔야 어강됴리 아으 다롱디리 아직 살아 계신가 얼골 잊어버렸네 어긔야 어강됴리 아으 다롱디리 좋은 임 벗님 만나 꿈의 소원 이루네 어긔야 어강됴리 아으 다롱디리"

구슬픈 노래가 밤바다를 흥건히 적셨다. 그동안 달을 보며 그리움을 달랬던 설움이 한꺼번에 폭발한 것이다.

엿새 만에 현해탄을 건너 구다라스(오사카)에 도착한 일행은 곧바로 주청(洲廳)을 찾아 사실을 고했다. 기대 이상으로 감읍하며 환대가 극진했다. 각 지역에 유골 귀환을 포고하고 나라(구다라스에서 백리 상거)의 호류지(法隆寺)에서 봉안식을 갖는다고 알렸다. 최천동 하성 심관 일행에 대한 환대는 날이 갈수록 더했다. 살아 돌아온 왜인들이 앞장서 그들을 칭송했기 때문이다. 특히 관이에 대한 평판은 아주 좋았다. 나이도 어린데 도자 기술을 전하기 위해 온 사절이라며 추켜세웠다.

하성은 육십여 년 전 고구려스님 담징이 그렸다는 호류지 금당벽화를 감상하느라 넋을 빼앗겼다. 금당 외진(外陣) 흙벽의 열두 면을 꽉 채운 여래상은 살아있는 모습 그대로였다. 섬세한 붓끝이 경이로울 뿐이었다. 내진소벽(內陣小壁)의 비천(飛天) 벽화 스무 면과 외진소벽(外陣小壁)의 산중나한도(山中羅漢図) 등 열 여덟 면을 꼼꼼히 감상하노라니 하루해가 저물었다. 종일 하성을 졸졸 따라다니던 관이 시큰둥한 표정이었다.

"피곤한 게로구나."

"그게 아닙니다. 제 눈에는 그게 그것 같은데 뭘 그리도 열심이십니까. 저는 스승님의 그림이 더 좋은 것 같습니다."

"하하하. 그리보았느냐. 그림이란 것은 말이다. 겉만 보아서는 거기서 거기 같은 게야."

"스승님은 겉 말고 또 다른 무엇이 보이십니까?"

"그렇지. 그린 사람의 생각과 마음을 읽어내야 그림의 진짜맛을 알 수 있는 게야."

"사람의 생각과 마음을 그림만 보고 어떻게 알 수 있는 것입니까."

"그것을 안목眼目이라고 하지. 사람을 다루는데도 안목이 있어야 제대로 거느리는 게야."

"그 안목은 어떻게 키우는데요?"

"겉만 보지 않고 감추어진 것을 찾아내 볼 줄 알아야지. 아~아, 늦었구나. 오늘은 이만 돌아가자."

하성은 다음날도 그다음 날도 나라에 있는 호류지를 찾았다. 십여 일이 지났을 때 주지승이 만나고 싶다는 전갈을 해왔다. 주지승은 하성의 눈매를 보고서 그가 범상치 않은 인물임을 간파하고 이번에 건너온 사람들을 통해 수소문했다. 당나라에 유학한 그림의 대가임을 알게 되자 만나보기를 청한 것이다. 그러잖아도 구다라

스 주청의 주사洲使에게 예물로 준 청자화병 그림이 이미 화제가
되고 있었다.

"시주님께 부탁이 있어 뵙자 했습니다. 벽화를 한 폭 그려주십시
오."

"벽화를요?"

"그렇습니다. 오래전 내 외벽에 담징 스님이 그려주셨습니다만 북
벽 한 면이 아직 비어있습니다."

"거기에 무슨 그림을 그렸으면 하시는데요?"

"그걸 소승이 어찌 알겠습니까."

"저같이 재주 없는 사람이야 더 모르지 않겠습니까."

"화공의 명성을 익히 알고 있습니다. 사양치 마시고 당장 오늘부
터 여기에 머무시면서 구상해 주시지요."

"…"

"기한은 정하지 않겠습니다. 담징 스님이 그린 오십 면의 여래상
과 잘 어울렸으면 합니다. 그럼 소승은 이만. 나무아미타불."

하성의 머리가 번뜩했다. 그 좋은 그림을 외적과 화마로부터 지
켜 줄 수호 그림이 없는 것을 안타까워하던 참이었기 때문이다. 사
천왕상을 그리기로 작정했다. 아마 반년은 걸리리라.

한편 최천동은 득보와 가마 일꾼 둘을 동원, 구다라노(백제마을)
에 가마를 짓도록 독려했다. 마침 인근에서 맞춤한 흙을 찾아냈던
것이다. 천동은 모든 일을 득보에게 일임하고 관이와 함께 여기저

기 구경하는 게 일과였다. 부족하거나 불편한 게 없는 생활이었다. 이번에 함께 온 왜인들과 백제 유민들이 앞을 다투어 돌보아주고 있기 때문이었다.

수전도작(水田稻作)의 대역사(大役事)

　　달래는 오늘도 달이 뜨자 계집알봉에 올라 먼 동쪽을 향해 '달아 노피곰 도다샤'를 읊조리고 있었다. 둘째 관이 왜로 떠난 뒤부터 버릇이 된 일과다. 가끔은 큰놈 숭이 함께하기도 하고 동네 이웃이 따라오기도 했다. 보름달이 좋을 땐 온 동네 사람이 모두 모여 함께 '달아'를 열창했다.

　어느 날 불쑥 아중달이 달평을 찾아왔다. 아중달은 그동안 남다른 손재주로 많은 생활 도구를 개량하거나 발전시키는 데 힘을 쏟아왔다. 대표적인 것은 물레방아였다. 디딜방아나 연자 맷돌은 인력을 쏟는 만큼 능력이 나지 않았다. 그는 어느 마을에나 있는 개울물을 이용, 물레를 돌리고 그 힘으로 절구공이를 들었다 놓도록 고안해냈다. 또한, 나무를 깎아 만든 쟁기의 날을 무쇠로 감싸는 보습을 만들어내기도 했다.

　베틀의 북을 고안한 것도 그였다. 막대기 끝으로 날줄을 씨줄의 이쪽저쪽에서 밀어 넣던 것을 양날이 뾰족한 북통으로 바꾸었다. 달구지의 바퀴에 얇게 편 쇠붙이를 붙여 수명을 늘린 것은 말발굽의 편자에서 얻은 착상으로 대단한 찬사를 받았다. 정수탁이 당에서 구해온 화약제조법은 여러 번의 시행착오 끝에 겨우 흉내를 내게 되었다. 그러나 이는 매우 위험한 일로 당국의 눈을 피해야 했다. 아중달이 부랴부랴 달평을 찾은 것은 도움이 필요해서였다.

"삼통 어른께서 어인 일이당가요?"

"이 사람아, 아직도 삼통인가? 벌써 이십 년도 지난 일인 것을. 그런데 훈장은 출타 중이신가?"

"야~아, 강경포에 댕겨 오신담서 나가신 지 한 사흘 되았는디요."

"거긴 왜?"

"그곳 서당도 그렇고, 요즘 지세도(地勢圖)를 만드신다고 열중인데 아매 그 일을 상의하러 가신 것 같구만요."

"지세도를?"

"야~아, 그렇게 있어야 질 찾기도 쉽고 곡식 산출량도 가늠할 수 있다고 하시더만요."

"그렇지. 역시 최천동은…. 어쩌면 내 생각하고 이리 잘 통할까…?"

"예~에? 무신 일이 있당가요?"

"내가 말일세. 벽골제방을 다시 쌓으려고 하네. 거기 수문지 자리에 서있는 석주(石柱)를 보면 비류왕 시대, 그러니까 육갑자(六甲子, 삼백육십 년)도 더 전에 축조한 것으로 되어있는데 말이네. 지금은 다 닳아지고 무너져서 제구실을 못하고 있거든. 그걸 다시 쌓아야겠어."

"…?"

"한 해 농사를 하늘만 쳐다보고 있어서야 되겠나? 수전도작(水
田稻作)을 하려면 항상 물을 가두어 놓을 수 있어야 하는데 바로
그런 둑을 쌓으려는 것이네."

"…?"

"야서이 용골의 개다리(김제시 부량면 신용리 포교)에서부터 초승
마을(월승리)까지 거의 십 리에 가깝지. 대역사가 될 게야. 농번기를
피해서 하다 보면 오 년은 걸리겠지."

"그 큰일을 어른 혼자서 하신다고요?"

"내 어찌 그런 일을 혼자 할 수 있겠나? 여러 사람의 도움이 있어
야지."

"여러 사람이라우?"

"그렇다네. 우선 돌을 떼어서 나르고 흙을 퍼 나르는 인력이 수
백은 붙어야 하고 척량 기술과 둑 쌓는 기술을 가진 사람이 있어야
하지."

"그 많은 사람을 으떻게 다 멕이고 재운대요?"

"그래서 자네를 찾아온 것 아닌가?"

"긍게 저보고 그 많은 사람을 다 멕이고 재우라는 말인가요, 시
방?"

"자네보고 다 책임지라는 것은 아니지. 거기 땅 가진 사람들은
다 덕을 보게 될 터이니 평수대로 부담을 시켜야지. 그러나 비용이
워낙 많이 드는 일이라서 말이야."

"…?"

"큰일은 큰사람이 하는 게야. 농사를 잘 지어야 백성이 배불리

먹고 나라가 편안해지는 거라네. 이번 일을 자네와 함께 해냈으면 하네."

"지가 무슨 큰사람이라고라우."

"…"

"어르신, 들어갈 비용을 모두 얼마나 계상하고 계신가요?"

주안상을 들여오던 달래가 귀동냥하고 대화에 끼어들었다.

"아니? 지월 님께서 먼저 알아들으셨습니까?"

"그러한 대역사에 너 나가 어디 따로 있겠습니까? 서로 힘닿는 데까지 합심해야지요."

"얼추 계산으로는 한 해에 오백 석은 있어야 할 것 같습니다."

"그럼, 저희가 해마다 비용의 절반을 염출하겠습니다."

"아니? 그렇게나 많이요?"

"나머지 절반은 거기 지주들께서 분담하시도록 잘 설득해주십시오. 그들이 적극적으로 참여해야 일이 진척됩니다."

"역시 지월 님의 혜안은 놀랍습니다."

"괜히 무등 태우지 마시고요. 단, 조건이 있습니다."

"조건이요? 어떤 조건이신지…. 무슨 일인들 못 들어드리겠습니까."

"거기 밥 짓고 나누어 주는 일은 제가 맡아서 하도록 해주시지요."

"예~에? 손수 그런 일까지 하시게요? 감지덕지입니다."

"하나 더 있습니다. 삼통 어른 부인 마님과 함께하고 싶은데요."

"…? 내가 이렇게 아둔하다니 용서하십시오. 의당 그리해야지요.

하하하.”

　“호호호.”

　먹여주고 재워주는 데다 품삯을 하루 쌀 한 되씩 쳐준다는 소문
을 듣고 춘궁기를 걱정하던 사람들이 꾸역꾸역 모여들었다. 숫자
는 나날이 늘어나 금방 오백 명을 넘겼다. 임시로 거처할 움막을
짓고 들것과 삽, 곡괭이를 만드는 대장간도 들어섰다. 인근 부농들
은 돌아가며 반찬과 술 등 새참 거리를 장만해왔다. 겨우내 곯던
배를 채운 인부들은 누구랄 것 없이 ‘달아 노피곰 도다샤’를 합창
했다. 자기들끼리 조를 짜서 꾀부리지 않고 열심히 매달렸다. 밤이
면 모닥불을 피워놓고 모여앉아 역시 ‘달아 노피곰 도다샤’로 흥을
돋우었다.

　오 년을 예상했던 제방 수축공사가 여섯 해 만에 마무리되었다.
원래의 모습이 군데군데 남아 있기는 해도 마실된 부분을 돌로 다
시 쌓고 전체의 높이가 한 장(丈) 반(아홉 자)이 되도록 한 장 정도를
더 쌓는 일이어서 생각보다 더뎠다. 높이만큼 기저를 넓혀야 했고,
새로 쌓은 부분을 다지는 일도 만만치 않았다. 아중달은 작업의 진
척상황을 면밀히 점검하면서 인력과 장비 투입을 정확하게 조절했
다. 인부들의 품삯도 한 톨의 차질 없이 지급되자 그에 대한 신뢰가
높아져 그만큼 일의 능률이 올랐다.

　돌로 다듬은 요구(凹溝)에 나무로 만든 둑판을 끼는 수문작업을
끝내자 그동안 동원되었던 인부들과 이웃 농민들 그리고 구경하는
사람들까지 한소리로 함성을 질렀다. 제방 아래에 제단을 만들어

향불을 피웠다. 최천동이 축문을 손수 지어 낭독했다.

"하늘에 계신 신이시어. 땅과 물을 관장하시는 신이시어. 두루 도우심으로 육 년간의 대역사를 마쳤습니다. 이곳에 큰물을 가두시어 수전도작에 부족함이 없게 하시며 연년세세 좋은 결실을 맺게 해주시어 백성들의 삶을 풍족하게 해주소서. 역사에 참여하다 혼을 뺏긴 억식이와 막생이 두 사람의 넋을 돌보아 주시고 다친 사람들의 아픈 곳도 어루만져 주소서. 이 제방이 몇백 년 몇천 년 후에도 전해지도록 지켜주소서. 예물을 흠향하소서."

축문 낭독이 끝나자 여기저기서 만세 소리가 나오고 더러는 '달아 노피곰 도다샤'를 불렀다. 아낙네들은 흐느껴 우는 이도 많았다. 쌓던 돌더미가 무너져 사고를 당한 사람의 가족은 따로 모여 제사를 지냈다. 이 역시 아중달의 세심한 배려였다. 고기와 떡과 술이 푸짐하게 돌아갔다. 한쪽에서는 징과 꽹과리로 흥을 돋우었다. 너도나도 함께 어울려 춤을 추고 노래를 불렀다. 대풍을 꿈꾸는 사람들의 흥겨움은 땅거미가 질 때까지 이어졌다.

지난 육 년 동안 밥을 지어 모두를 배불리 먹이는 데 갖은 수고를 마다하지 않은 달래의 감회는 남달랐다. 문득 유해 선사 생각이 났다. 그분은 자기에게 문재(文才)가 있다 했다. 재물복도 타고 났다 했다. 남편 달평의 재바름으로 재물을 크게 모았고 그것을 이렇게 좋은 일에 썼다는 것이 내심 만족스러웠다. 해미 보살은 자기에게 좋은 얼굴이라며 큰일을 할 것이라고 했다. '혹 이 제방

쌓는 일을 일컬음이었을까?' 하는 생각이 들었다. 그러나 더 큰 일은 왜에 도자 기술을 전파한 것이고 그보다 더 큰일은 "달아 노 피곰 도다샤 어긔야 머리곰 비취오시라."를 전파해 고달픈 민초들에게 생기를 불어넣어 주었다는 사실에는 아직 생각이 미치지 못했다.

상념에 빠져있는 달래의 어깨를 도닥이는 손길이 있었다. 뒤돌아보니 해미 보살이었다. 벌써 환갑을 넘겨 호호 할머니가 되어있는 해미는 딸로 여겨온 달래가 대견스럽기만 했다. 부처님의 자비가 항상 머물러 있는 것을 지켜보는 것은 해미의 또 다른 낙이었다. 해미가 갑자기 눈가에 웃음을 가득 담으며 곧게 뻗은 둑 끝쪽을 가리켰다.

누군가 한 사람이 뚜벅뚜벅 둑 위를 걸어오고 있었다. 달래는 이마에 손을 얹어 가느스름한 눈으로 주시했지만 막 동쪽에서 떠오른 희미한 달빛으로는 누군지 가늠할 수가 없었다. 그는 가까이 다가오면서 노래를 부르고 있었다.

"달아 노피곰 도다샤 어긔야 머리곰 비취오시라 어긔야 어강됴리 아으 다롱디리 여기 쌓은 제방은 천 년을 가리라 어긔야 어강됴리 그 후에 누가 있어 오늘을 전하리 발 없는 말이 혹여 천 년에 다다를까 어긔야 어강됴리아으다롱디리."

귀에 익은 청음이었다. 그의 천상음이라는 청음에 귀를 기울이느라 사위가 조용해졌다. 달래의 가슴이 콩닥거렸다. 그는 다름 아닌 유정 스님이었던 것이다. 둑 아래 모여 있는 사람들에게 다가온 유정은 주위를 둘러보며 합장을 했다.

"소승이 불민하여 너무 늦게 당도했나 봅니다. 나무관세음보살."

최천동과 아중달 그리고 달평이 달려 나가 허리를 굽히고는 유정의 손을 덥석 잡았다.

"스님께서 오실 줄은 전혀 몰랐습니다. 그간 강녕하셨습니까."
"늦게 왔다고 타박하시려는 겝니까?"
"무슨 그런 말씀을…. 스님, 이쪽으로 오셔서 좌정하시지요."
"그럴까요? 그런데 명색이 중인데 남의 잔치에 왔으면 밥값은 해야겠지요?"
"…"
"소승이 축원기도를 하겠습니다. 그래도 되겠지요?"
"되다마다요. 그러잖아도 어쩐지 허전했습니다."

"수리수리 마하수리 수수리 사바하 수리수리 마하수리 수수리 사바하 수리수리 마하수리 수수리 사바하 나무 사만다 못다남 옴 도로도로지미 사바하 나무 사만다 못다남 옴 도로도로지미 사바하 무상심심미묘법 백천만겁난조우 나무 사만다 못다남 옴 도로도로지미 사바하 아금문견득수지 원해여래진실의 옴 아라남 아라다 옴 아라남 아라다 옴 아라남 아라다."

천수경이었다. 두둥실 떠오른 달빛조차 맑은소리의 독경에 취한 듯 휘영청 했다. 두 손을 모아 합장하는 자, 나무아미타불을 중얼 거리는 자, 옷소매로 눈물을 찍어내는 자, 깊은 한숨을 토해내는 자 등 각양각색의 감흥이 온 들판을 휘돌았다. 독경을 마친 유정은 곡 주 한 사발을 대접받은 뒤 모두의 만류에도 불구하고 일어섰다. 그 는 아직도 푸석푸석한 흙냄새가 묻어나는 둑 위에 다시 올라, 왔던 길을 되짚었다. 그 뒤를 달래가 종종걸음으로 뒤따랐다. 제방 아래 모여 있는 사람들의 시선을 고스란히 받았다.

"참으로 큰일을 하셨습니다. 유해 선사님의 가르침이 어긋나지 않았군요."

"어찌 제가 한 일이라고 못박으십니까. 부처님의 은덕이 이룬 일 이지요."

"항상 무심하다고 나무라시던 선사님이 오늘은 무던하다고 모처 럼 칭찬하시는군요."

"아직도 입적하신 선사님을 뵙습니까?"

"그렇습니다. 아둔하다는 나무라심을 항상 듣습니다."

"저도 그 아둔함이 몹시 서운했었습니다."

"그러셨지요. 밤하늘의 달님도 항상 그렇게 속삭였습니다."

"…? 스님께서도 달님을 찾으셨다구요? 그랬군요. 그랬군요."

"그러면 달님이 지월 님만 쳐다보는 달님이었습니까? 기울어졌다 가 다시 차고 기울어졌다가 다시 차는 달님은 지월 님을 꼭 닮았습 니다. 나무관세음보살."

"스님, 스님은…."

"천 년을 더 이어가겠지요. 어쩌면 만 년일지도…."

"어쩌면 영겁일지도…."

두 사람의 앞을 달그림자가 먼저 걸었다.

맺음말

　　　　　　　왜에 건너간 달래의 둘째 관은 그곳에 가마를
지펴 왜의 식기문화와 애완자기 문화의 싹을 틔웠다. 화공 하성이
옆에서 그를 지켰다.

　한편 최천동의 박학한 지식은 인근 수백 리 백성들의 의식을 바
꾸는 데 큰 영향을 미쳤다. 우선 문자 해득률이 크게 높아졌고 주
인의식을 갖게 되었으며 우리의 전통과 문화에 대한 애착심이 생겨
났다. 이는 먼 훗날 이 고장에서 시가집 삼대목(三代目), 가사집 상
춘곡(賞春曲), 설화집 고금소총(古今笑叢) 등 다량의 서책이 간행되
는 밑거름이 된다. 최천동은 부흥군의 실패로 이룰 수 없었던 포부
를 이렇게 뿜어냈다.

　다시 말하고 싶다. 이긴 자가 쓴 역사에 기록되지 못해 잊혀버릴
수밖에 없었던 과거를 찾아 헤매는 것은 결코 쉬운 일이 아니었다.
심지어 더러 기록에 남아 있는 사람들의 이름과 생존 기간조차 일
치하지 않는 경우가 허다했다.

　턱 밑에 멍울이 생길 만큼 살가웠던 지명은 통일신라, 고려, 조선,

일제 강점기를 거치면서 거의가 옛 모습을 잃었다. 그리고 전설도 함께 묻혔다. 백제 무왕의 웅장한 꿈이 압축되어 있던 왕궁 미륵사지의 9층 석탑은 도괴와 개축을 거쳐 오늘날 새로 태어났지만, 필자의 억장이 오죽했으면 100번째의 탑이라는 뜻으로 '온탑'이라고 이름 붙였을까?

『천년의 노래- 정읍사, 달아 노피곰 도다샤』는 역사책이 아니다. 재미가 있어야 하는 소설책이다. 따라서 꾸밈이 많다. 그렇다고 허구는 아니다. 등장하는 대부분의 지명은 당시의 실명이다. 풍 왕자, 귀실복신, 도침, 흑치상지, 지수신, 사타상여, 제명여왕, 유해선사, 하휴선사, 하성 화공, 법민 태자, 고타소, 소정방, 유인궤, 유인원 등 모두가 당시를 살았던 실존 인물이다. 다만 모호했던 행적을 꾸밈으로 되살려낸 것뿐이다.

의생활, 식생활, 주거생활을 제대로 묘사하는 것은 애당초 불가능한 일이었다. 언어생활도 전혀 흉내 낼 수 없었다. 비록 제대로 흉내 냈다 하더라도 그 뜻을 곧바로 헤아릴 독자는 없으리라. 향토의 정서를 조금이나마 맛볼 수 있도록 오늘날 쓰고 있는 지역 사투리를 도입한 이유다.

필자는 불교도가 아니다. 단 한 번도 예불에 참석하거나 공양을 해본 적이 없다. 그러나 어쩌랴? 당시의 백성을 위안해주고 다독거렸던 종교는 불교였다. 절을 찾는 것과 불심을 가다듬는 것은 백성의 유일한 돌파구였다. 아무것도 제대로 알지 못하면서 불법을 논한 것은 필자의 어쩔 수 없는 만용이었다. 이 점 독자 제현의 양해를 구한다.

사해의 중심으로서 주변을 호령했고 사해평화, 문화대국 건설이라는 건국이념을 지키려 했던 백제와 그 백성들, 역경과 설움을 안으로 삭이며 '달아 노피곰 도다샤'를 불렀던, 하나가 아닌 수많은 달래의 한을 확인했으면 만족한다. 지금도 동북아시아의 평화와 공영이란 화두가 1,400년 전 그대로 남아 있다. 이번에야 이 화두를 이루어낼 수 있을까?

　이 장편 소설이 출간되기까지 온갖 수고를 아끼지 않은 작가 김명화 님과 각종 자료의 수집과 확인을 도와주신 후원자님들 그리고 물심양면으로 시종 뒷바라지해 주신 미더운 芝仙 동지께 깊이 머리 숙여 감사하다는 말씀을 드린다.

계사년 구월
서정 최병요

전북 정읍시 정읍사공원의 조각상

달하 노피곰 도다샤

펴 낸 날 2022년 9월 30일

지 은 이 최병요
그   림 이주혜
펴 낸 이 이기성
편집팀장 이윤숙
기획편집 서해주, 윤가영, 이지희
표지디자인 윤가영
책임마케팅 강보현, 김성욱
펴 낸 곳 도서출판 생각나눔
출판등록 제 2018-000288호
주   소 서울 잔다리로7안길 22, 태성빌딩 3층
전   화 02-325-5100
팩   스 02-325-5101
홈페이지 www.생각나눔.kr
이 메 일 bookmain@think-book.com

• 책값은 표지 뒷면에 표기되어 있습니다.
  ISBN   979-11-7048-442-4(03810)